CLINTON DAVISSON

HEGEMONIA

VELLANDA

2025

PUBLISHER Artur Vecchi

LEITURA CRÍTICA Newton Rocha

REVISÃO DE TEXTO Camila Villalba

CAPA, PROJETO GRÁFICO E DIAGRAMAÇÃO Fabio Brust – *Memento Design & Criatividade*

ILUSTRAÇÃO DE CAPA Matias Streb

Dados Internacionais de catalogação na Publicação (CIP)

C 641

Clinton Davisson
Hegemonia : Vellanda / Clinton Davisson. – Porto Alegre : Avec, 2025.

ISBN 978-85-5447-277-1

1. Ficção brasileira 2. Literatura fantástica I. Título

CDD 869.93

Índice para catálogo sistemático:
1.Ficção : Literatura brasileira 869.93

Ficha catalográfica elaborada por Ana Lucia Merege – 4667/CRB7

1ª edição, 2025
IMPRESSO NO BRASIL | PRINTED IN BRAZIL
AVEC EDITORA
CAIXA POSTAL 6325
CEP 90035-970 | INDEPENDÊNCIA | PORTO ALEGRE – RS
contato@aveceditora.com.br | www.aveceditora.com.br
Twitter: @aveceditora

Para Pedro Paulo Fialho
e Elizabete da Silva Fialho,
meus pais.

AGRADECIMENTOS

Em primeiro lugar, agradeço à Lisa Sukys, cujas ideias foram fundamentais para o desenvolvimento deste livro. O coração dos Vellanda ainda tem muito a ver com ela.

Ao amigo Alberto Oliveira, que me ajudou a aprimorar a língua dos dragões que criei lá em 2001.

À Lívia Kodato, que interpretou "Surpresas do Vento", dando vida à minha composição. "Surpresas do Vento" foi a primeira música que fiz para os gelfos em 2011. Acabou que foi a única que ficou no livro.

Aos meus pais, meu irmão e à Flávia Carvalho Gonçalves, que me deram apoio para finalizar o livro em um momento crucial da minha vida. Incluo também toda sua família, que me acolheu na hora mais sombria. Também aos meus três filhos, Marcelo, João e Jéssica, que mostraram que filhos fortes, corajosos e sabidos como a Jun Vellanda não é algo inverossímil.

À Fernanda Monteiro Galheigo autora da frase "Sou forte, sabida e corajosa".

Ao Artur Vecchi que não só acredita, mas acredita com profissionalismo.

À minha psicóloga Marina Del Vale que me aturou por 12 anos em seu consultório vestido com a minha fantasia de lagosta gigante (só os cinéfilos mais poderosos vão entender).

Ao Jung, gato da minha mãe, de quem copiei os movimentos das orelhas dos gelfos.

A toda comunidade de autistas, em especial aos que, como eu, também têm esta combinação inusitada de autismo de Nível 1, Transtorno do Déficit de Atenção com Hiperatividade e Superdotação e Altas Habilidades, por também terem me dado um acolhimento e direcionamento.

Um agradecimento também a todos os indígenas do Brasil e em especial aos yanomami, que lutam para preservar sua cultura e, com ela, toda floresta amazônica, mas devo destacar que este livro começou a ser escrito 16 anos antes de eu ter contato com eles e já estava bem perto de ser terminado depois da minha convivência com eles. É necessário, portanto, deixar claro que os yanomami não são gelfos. Os gelfos, apesar e ao contrário de tudo que acreditam, são o espelho de nós, humanos, todos, sem exceção.

— O conhecimento é um caminho sem volta.

"Primeiro eles te ignoram, depois riem de você, depois lutam contra você, e então você vence."
MAHATMA GANDHI.

"Como a alma não é naturalmente capaz de compreender as ideias sem a ajuda dos sentidos, os prisioneiros não podem deixar de supor que as sombras que veem são a realidade."
PLATÃO, *A República, Livro VII*

"Nunca se esqueça do que você é. Porque o resto do mundo não vai. Use isso como armadura, e isso nunca poderá ser usado para te machucar."
GEORGE R.R. MARTIN, *O Jogo dos Tronos.*

"Não deem o que é sagrado aos cães, nem atirem suas pérolas aos porcos; caso contrário, estes as pisarão e, aqueles, voltando-se contra vocês, os despedaçarão."
MATEUS 7:6

PREFÁCIO

O QUE SÃO LIMITES?

Por Nikelen Witter

Não se preocupe, não é uma pergunta para você responder. É uma questão para você pensar. Pensou? Vamos pular o meme "brasileiro olha na cara dos limites e ri deles". Falando sério: o que te veio à mente? Mapas? Aquelas coisas cheias de linhas imaginárias sobre terrenos que ninguém consegue ver exatamente daquele jeito? As margens de um rio? Você pode ter pensado em praias. Mas, talvez, só pense no oceano quando alguém te fala de algo "sem limites", muito embora, os oceanos tenham, sim, limites. Estes, é claro, são a terra. De fato, o que não tem limites é a terra, pois passa debaixo do oceano e não é cortada por nada além das nossas já comentadas "linhas imaginárias".

Porém, sendo um planeta, a Terra tem limites, os quais são dados por sua própria forma. A qual, aliás, não é esférica, mas geoide, que quer dizer que ela é irregular demais para ser considerada uma bola ou até mesmo ter aquela forma de laranja que nos ensinaram na escola — abaulada nos polos, lembra?

A questão é que, quando elaboramos um limite, imediatamente o colocamos em algo e isso nos força a criar esse algo ou imaginar esse algo até que haja outros limites. Veja, a Terra faz parte de um sistema (limites), que está em uma galáxia (limites), que viaja pelo universo.

Pronto, deu. Achamos algo sem limites. De fato... entramos numa área controversa, a dos limites do universo, mas sabemos que, até onde nossos instrumentos podem enxergar, o universo tem um limite, seja dele ou da nossa tecnologia.

O fato é que, antes e depois de estabelecer limites, nós precisamos imaginá-los. Precisamos inventar motivos para criar linhas e separações. Precisamos de História vivida e contada, precisamos de histórias épicas, anedóticas, mitológicas, lendárias e literárias para tecer essas informações nesse tecido que molda as margens, os limites das coisas.

Pois bem, mas não são as coisas que vemos e tocamos marcadas por margens e limites? "Este livro nas minhas mãos, não tem limites?", perguntará você. E eu responderei: "Não, não tem."

Quer saber por quê?

Claro que quer. Você chegou até aqui. Veio embalado na minha conversa, então, sim, você quer saber.

Vamos lá.

Há uma resposta física sobre porque os limites de qualquer corpo são, na verdade, uma ilusão sensorial. O fato é que a condensação de átomos em matéria não deixa de trocar átomos continuamente com o ambiente em que está imerso. Aliás, um corpo humano praticamente renova todos os seus átomos num prazo de cerca de 10 anos. Perceba, você já não é mais, em termos absolutos, a mesma pessoa que você era. Todos os seus átomos são outros. Isso serve tanto para dizer que somos "poeira de estrelas", como para dizer que nossos limites são, igualmente, uma ilusão.

Explodi a sua cabeça, não é?

E como você vai seguir lendo este livro, eu já te informo: é só o começo. Quando entrar na vida de Jun Vellanda, suas percepções de limites serão profundamente alteradas. Primeiro, porque nossa heroína é uma gelfa, uma criatura com pelos, rabo, focinho, um tipo ao qual as fadas, quando estavam em guerra, chamavam de gambá. E, sim, também há fadas neste livro, mas elas são apenas um dos tipos humanoides. E há guerra, é claro. No passado, no presente e no futuro. Guerras com o profundo interesse em traçar limites e vantagens (*spoiler* sobre a vida de graça para você: ao traçar limites, sempre se busca vantagens também).

Eu sei que essa falação antes de toda a aventura pode parecer fora de propósito, mas eu estou querendo é te preparar. Jun Vellanda não é uma gelfa comum. Os gelfos são criaturinhas bem tradicionais, temem a magia e o conhecimento. Acontece, e eu tenho certeza de que sabe disso, que a magia e o conhecimento são feitos da mesma substância. Magia é quando você sabe menos e não consegue explicar as coisas. Conhecimento é apenas saber mais. E é aí que a magia/conhecimento se torna venenosa. Por quê? Porque ninguém, absolutamente ninguém, depois que conhece e entende as coisas, vai se sentar e dizer: "Pronto, agora eu já sei o suficiente!". Não! Porque se tem uma coisa que não tem limites é a sede de saber, de conhecer, de entender, de imaginar, de criar além. É como ser enfeitiçado. É como ser pego por um tipo de doença (da qual não se quer ser curado). É como... se transformar em outra coisa e simplesmente AMAR isso. Essa é a jornada de Jun Vellanda.

Se essa transformação é tudo de bom? Ah, querida pessoa leitora, eu queria poder dizer que o conhecimento é sempre bom. Eu queria poder dizer que a capacidade de imaginar é sempre incrível e a sede de conhecimento só traz felicidade. Mas eu estou aqui para te preparar e não para mentir. O que eu posso te dizer é que a diferença entre a magia do conhecimento e a mais completa ignorância está nos limites. Isso mesmo. Os limites.

Porque a ignorância sempre e sempre te limitará. Limitará você a ser o que os outros dizem que você é. Limitará você a fazer o que os outros lhe dizem para fazer. E limites podem ser como prisões. Era isso o que Jun sentia. Mesmo muito jovem. E quando ela entrou no conhecimento, na magia, ela percebeu que ela podia ir além e ser muito mais; e que, mesmo que doesse, ela não abriria mão nunca de saber e de querer saber mais. Essa é a mais extraordinária das jornadas, a de extrapolar os próprios limites. A de reconhecer que imaginação, sede de conhecimento, amor e amizade são as coisas que, acima de todas as outras, NÃO DEVEM TER LIMITES.

Por isso, eu te convido a seguir com esta leitura. A se sentir pequena, acanhada, peluda, estranha, mas tão infinitamente curiosa que todo o medo vira nada diante da oferta: "Quer que eu te ensine mágica?".

Mas, caso depois de tudo isso, você ainda não tenha entendido o que são limites, não se preocupe. Em *Vellanda*, você vai descobrir duas coisas: 1) que limites existem para serem quebrados; e 2) que a imaginação de nosso autor Clinton Davisson também não conhece essa coisa boba chamada "limite".

Nikelen Acosta Witter é uma escritora, historiadora e professora universitária brasileira. É professora do Departamento de História da Universidade Federal de Santa Maria e uma das mais importantes representantes no Brasil do gênero *steampunk*. Foi indicada na categoria de Melhor Romance de Entretenimento no 62º Prêmio Jabuti com o livro *Viajantes do Abismo* (2019), publicado pela editora Avec. O romance também venceu o Prêmio Odisseia de Literatura Fantástica na categoria narrativa longa de Ficção Científica.

POR QUE DUVIDAIS DAS FLORES?

Há flores guardadas nas estrelas,
Em berços de fogo e luz,
Forjadas na ira de sóis extintos,
No véu do cosmos, tecidas em cruz.

Caminhais por mundos perdidos,
Vestistes armaduras de impérios caídos.
Fostes reis, fostes mendigos, fostes deuses e escravos,
E das estrelas trazeis os vestígios mais finos.

Quando as flores e a lâmina se unirem,
Quando as metades voltarem a ser,
O universo se dobrará a vós,
E sua luz há de sempre brilhar por todos nós.

Não pergunteis quem empunhará a espada,
Ela erguer-se-á por vós, sem temor.
Não indagueis por quem a guerra virá,
Pois será travada por vós, sem fim nem dor.

E nunca duvideis das flores,
Pois são feitas de estrelas e ardor.
Não busqueis a lâmina no firmamento,
Ela habita em vós, guardiões do amor.

Não pergunteis quem sereis, guerreiros,
Pois em algum tempo, em algum lugar,
Este destino será vosso,
E as estrelas hão de vos cantar.

Nunca duvideis das flores,
Pois são feitas de estrelas…
E vós também.

MATIAS
STREB

CAPÍTULO I

A CARAVANA

Quando a themis ofereceu várias moedas de ouro pela passagem, o gelfo sentiu um calafrio percorrer a espinha. Hesitou. Não por avareza ou dúvida quanto ao valor do metal — ouro era ouro, e mesmo um gelfo há de convir que ouro compra o pão e a paz. Mas havia algo naquela oferta que lhe pesava nos ombros, como uma mão invisível a lembrá-lo de sua natureza e, mais do que isso, da natureza alheia.

Fadas, ou themis, como gostavam de ser chamadas, eram humanoides. O gelfo sabia desde a infância que não devia confiar em humanos e em qualquer uma de suas variações. Tratava-se da única espécie que, quando cometia alguma atrocidade, se desculpava com a frase: "Desculpe, mas sou humano". Como se a condição humana fosse por si só uma justificativa, um salvo-conduto para toda espécie de erro. Essa era a natureza daquela espécie: da raça humana.

Mas Jorost também conheceu humanos bons. Houve até um humano que ele chamou de amigo, apenas um. Por isso mesmo ele decidiu que daria abrigo em sua caravana para a família de themis. A guerra entre as duas raças já havia terminado dez anos antes e os ressentimentos começavam a se dissipar. Além disso, as humanas foram educadas e gentis com ele e com sua família. Durante a estadia na cidade portuária de Alis Ubo, nenhuma themis ousou chamar os gelfos de gambás e nenhum gelfo ousou chamar as themis de fadas. Havia o dinheiro, havia a gentileza e havia a capacidade de achar que todos eram inocentes até provar o contrário. Talvez não fosse a natureza dos gelfos, mas com certeza era a natureza de Jorost Vellanda.

A nuvem negra escureceu o céu com velocidade espantosa. A caravana ainda não havia entrado na parte mais densa da floresta, onde estribeiras e figueiras erguiam-se imponentes, tapando o céu. Aves e insetos fugiram, seguidos por criaturas aladas maiores. Um som profundo ecoou, como um lamento coletivo.

Jorost Vellanda não esperava que a bruma chegasse tão cedo. Como todo gelfo, tinha uma péssima noção de tempo. Coçou o focinho úmido, hábito nervoso impossível de abandonar. Botou a cabeça para fora da tenda de sua carroça.

Eram três carroças construídas em robustas carapaças de cálcio, montadas sobre crustáceos grandes de seis pernas. Embora fossem velozes, tinham suas limitações. A escolta era feita por vários seguranças encorpados montados em aves velozes, chamadas de garravento e armados com as lanças com ponta de metal que chamavam de thuá. Era o bastante. Não havia necessidade de algo como um pelotão do exército, pois estavam perto da estrada. Mas, quando a bruma negra caía, tudo mudava.

Os pelos da nuca de Jorost ainda se arrepiavam e suas orelhas pontudas de marsupial teimavam em ficar mais baixas e achatadas para os lados. Era a primeira vez que trazia uma filha numa caravana.

— Pai, posso ver a bruma? — pediu Jun, ansiosa, do fundo da carapaça.

— Fique aí! — disse, com a voz mais ríspida do que desejava de verdade. Estava nervoso.

Segundo as themis, Jun tinha quatorze anos. Era uma gelfa felpuda, de pelo marrom aristocrático, herança materna. Jorost só a trouxera porque ela insistira sem parar em conhecer Alis Ubo, justamente porque sabia que havia muitas fadas na bendita cidade. A viagem transcorrera sem problemas. Entregaram a bebida e o gudango, o fumo tão apreciado pelas fadas, e o pagamento foi generoso. Era uma contradição entre muitas dos humanoides: eles sempre pagavam bem. Não, lucro não era o problema daquela viagem.

— Jun — chamou o pai, arrependido pela grosseria. — Estou feliz que tenha vindo, nos divertimos muito. Mas só vou ficar mais tranquilo depois que chegarmos com segurança em casa.

— O senhor já disse isso, pai. Te entendo e te agradeço por ter me trazido junto. — A gelfinha soltou um sorriso doce que, junto com seus olhos grandes de um amarelo dourado, derretiam sempre o coração paterno.

— Está gostando mesmo é de suas companheiras de viagem, né? — Apontou para as humanoides que acompanhavam a filha na parte de trás da carroça. A família de três fadas que havia pagado por uma carona na caravana também presentou Jun com vários livros que iam lendo para ela durante a viagem. Jorost sabia que o conhecimento das fadas era importante. Participara de uma guerra por causa desse precioso conhecimento. Mas também tinha medo pelos mesmos motivos. A cultura humana era uma coisa perigosa.

— Ainda bem que preferiram vir com a gente — agradeceu Jorost, surpreendido pela frase ser tão verdadeira quanto contraditória. — A viagem está sendo divertida.

— Nós é que agradecemos — disse uma das themis. — É mais seguro viajar com vocês.

— Mas poderiam ir voando, não? — A jovem Jun não conteve a curiosidade.

— Só as themis, as fadas maduras, podem voar. Nossa filha não pode, é uma indra ainda. E não podemos voar assim por grandes distâncias carregando peso.

Jorost acenou como se tivesse entendido — era considerado pelos gelfos como um conhecedor das fadas, mas não sabia tudo. Não entendia, por exemplo, como podiam se reproduzir se não havia machos na espécie, por exemplo. A família que transportava era composta de Dynaia e Sarya, ambas com o sobrenome Daê, as mães, e Imália, a filha, que parecia ser da mesma idade de Jun. Dynaia era muito branca de cabelo amarelo. Já Sarya, a outra mãe, tinha o cabelo e a pele muito pretos. Imália tinha uma pele dourada, olhos verdes e cabelos castanhos, como se fosse um meio-termo entre as duas.

As orelhas de Jorost se viraram para vários lados e seus olhos vagaram para o céu. Saiu da cobertura da tenda na carroça para ver um dos membros da comitiva. Reconheceu rápido que era seu filho mais velho montado no garravento.

— Pai! — gritou Jino Vellanda, se aproximando da tenda. — Avistamos um grupo de harpias.

Jorost sentiu o estômago congelar.

— Já posicionou os arqueiros?

— Dois na frente da caravana — respondeu Jino, apontando. — Dois atrás, e eu tô aqui.

— Quantas são?

— Tosken acha que são seis. — Jino subiu na tenda e preparou sua lança de madeira com ponta de metal. — Elas passaram voando e se afastaram. Não acho que vão voltar.

Jino passou por Jun e bagunçou o cabelo da irmã, passando a mão entre as orelhas da gelfinha.

— Você só me dá trabalho! — brincou Jino.

— Você gosta — respondeu a irmã.

Jorost pegou também o seu thuá, chegou até a borda e olhou para cima em todas as direções. Estavam na floresta, mas com árvores mais baixas. Olhou para o alto e viu o risco amarelo que iluminava o céu sendo, aos poucos, coberto pela bruma.

— O que vocês, fadas... themis fazem pra lidar com as harpias? — indagou Jorost.

Sarya olhou para Dynaia. Jorost não entendeu direito o diálogo silencioso.

— Se forem fêmeas, não atacarão — disse Sarya. — As fêmeas não... não atacam. Já os machos só atacam se estiverem em grandes grupos. Se são apenas seis, nunca terão coragem de atacar um grupo grande como vocês.

— Elas se afastaram, mesmo, pai! — gritou Jino de longe. — Não sei se nos viram. Apenas passaram voando fugindo da bruma.

— Grupos grandes os intimidam — garantiu Dynaia.

— Na verdade, eles são ladrões de pó mágico — disse Imália, com cara de raiva. — Se souberem que vocês estão levando fadas, como nós, vão atacar em grupo, matar a gente para roubar o pó mágico, vão comer nossa carne porque eles gostam e vão pegar vocês...

Sarya tapou a boca da filha com a mão.

— Desculpem Imália, ela escuta muitas histórias da avó, que gosta de assustá-la.

Jorost olhou para Jun. "Por Daison e todos os outros demônios, por que trouxe minha filha nessa viagem?". Jun encarou o pai de volta com os olhos grandes e curiosos e depois se voltou para Imália.

— O que eles vão fazer com a gente, Imália?

— Eles gostam da nossa carne, mas não comem gelfos. Acho que vão transformar vocês em casacos — respondeu a fadinha. — É o que eles fazem com gelfos. Eu não sei o que preferia. Virar casaco ou virar comida. Acho que não queria ser comida, não. Eles têm aqueles bicos grandes, sem dentes. Aqueles braços muito, muito longos e os bicos compridos. Meio gente, meio pássaro. Comem nosso fígado enquanto a gente ainda está vivo...

Sarya tapou a boca da filha de novo e deu um sorriso amarelo.

— Como conversamos antes — disse Dynaia —, vamos ficar escondidas. Harpias querem o pó mágico. Mas morrem de medo de gelfos, ainda mais em uma caravana armada como essa.

— Sim — concordou Jorost. — Como nós conversamos antes.

Dynaia retribuiu o sorriso, tão incerto quanto o dele, mas percebeu que as orelhas do gelfo ainda se mantinham baixas, achatadas para os lados, quando ele tornou a fitar o exterior. Procurava os gelfos mais jovens. Jino havia se afastado, mas havia outro jovem gelfo próximo.

— Tosken! — gritou.

O jovem gelfo se aproximou da carroça que liderava a caravana. Vestia um manto negro de tecido grosso que lhe cobria da ponta da cauda até as orelhas pontudas na cabeça. Apesar da neve já haver derretido, ainda estava muito frio nas regiões mais altas.

Tosken logo entendeu qual era a preocupação de Jorost e tentou se esticar o máximo possível sobre sua montaria. Teve que usar a cauda comprida para se equilibrar. Estavam num ponto elevado e a visão era bem ampla. A ave em que estava montado não voava, mas era mais alta do que as carroças da caravana e ele conseguiu discernir uma torre de pedras claras ao longe, escondida ao lado de um conjunto de árvores maiores.

— Já consigo ver a guarita, senhor! — comunicou.

A informação fez Jorost relaxar todos os músculos até então tensos, e seus pulmões soltaram o ar em um longo suspiro.

— Avise Jino! — ordenou.

O jovem acenou e cavalgou a ave de volta até a retaguarda da caravana, onde vários soldados vestiam mantos longos, mas azul-escuros. Apenas outro gelfo estava de negro e apenas por isso sabia que era Jino.

— Já estamos perto da guarita da estalagem — avisou Tosken quando se aproximou de Jino. Esperou que o amigo absorvesse as palavras e acrescentou: — A viagem está terminando. — Jino acenou com a cabeça e continuou a cavalgar. Tosken não se conformou. — A viagem tá chegando ao fim e você ainda não cortejou minha irmã! — Jino engoliu em seco. Tosken insistiu: — Ela não vai tomar a iniciativa, Jino.

— Tô esperando o momento certo — disse Jino.

Tosken bufou.

— E quando vai ser o momento certo? Quando ela já estiver casada com outro?

Jino fez uma careta e se afastou. Tosken insistiu:

— Só não espera demais. Junkah pode não ser nenhum modelo de beleza, mas é louco por ela. Talvez tão louco quanto você. — Tosken sorriu ao ver o rosto do amigo assumir um tom tão vermelho quanto uma moranda madura. Era um golpe certeiro, e ele sabia disso.

— Se é tão amigo de Junkah assim, Tosken Bazir, por que não fala para ele cortejar tua irmã? — disparou Jino, a voz carregada de irritação.

— Porque sei que ela gosta de você, Jino Vellanda, seu pateta! — respondeu Tosken, a voz firme e bem colocada, enquanto empurrava o amigo com tanta força que ele quase despencou da montaria. Foi por pouco, mas gelfos eram criaturas ágeis e não caíam com facilidade.

— Ah, já sei o que você está tramando! — retrucou Jino, apontando um dedo acusador. — Está me incentivando porque quer cortejar minha irmã!

— Jun? — Tosken deu uma gargalhada. — Ela ainda é uma filhotinha perto de mim.

— Não se faça de inocente, Tosken Bazir! — Foi a vez de Jino revidar, empurrando o amigo tão forte que o forçou a se agarrar às rédeas. — Jun é nova para você, mesmo assim acho que você é o início, o meio e o fim de todos os sonhos dela. Risa também é apaixonada por você. Mas foi Valla quem você cortejou antes de nossa viagem. E sei que ela aceitou. Parece que minhas irmãs têm uma queda por idiotas.

— Com um exemplo como você em casa, quem pode culpá-las? — provocou Tosken, com um sorriso que escorria travessura.

Jino riu, mas o peso em seu peito não cedeu. Ele desviou o olhar para a trilha à frente, como se buscasse coragem no horizonte.

— É verdade? Aimê gosta de mim? — perguntou por fim, com uma voz que saiu mais hesitante do que pretendia.

Tosken franziu a testa, fingindo uma longa reflexão.

— Quem não cairia por essa cauda felpuda?

— Tô falando sério! — insistiu Jino e, dessa vez, qualquer traço de bravata havia sumido.

— Eu também. — Tosken inclinou-se de forma sutil para a frente, a expressão mais suave agora. — Só não faça algo tão estúpido que a faça mudar de ideia. Entre nós dois, amigo, ninguém se supera em tolices como você.

— Tem certeza? Quer dizer… Tem certeza que ela gosta de mim?

— Conheço minha irmã, ora essa! Só acho que não vai esperar pra sempre. Você teve várias chances durante a viagem e não teve coragem pra se declarar. Ela pode pensar que você não gosta do cheiro dela.

— Vou tomar coragem dessa vez — disse Jino, sem muita segurança. — Vou dar um jeito…

Insatisfeito, Tosken se aproximou de novo do amigo e olhou para os lados para ver se ninguém estava próximo para ouvir.

— Por que você acha que minha irmã veio nessa viagem? — sussurrou no ouvido de Jino. — Ela odeia humanos, odeia viagens, odeia sair de casa… Veio pra ser cortejada por você, imbecil!

Dito isso, Tosken atiçou a ave para se afastar, deixando Jino absorver sozinho a informação.

CAPÍTULO 2

A ESTALAGEM

Ao chegar perto da guarita, o coração de Jorost por fim se acalmou. A pousada estava logo à frente, um local onde poderiam parar a caravana, dar descanso aos animais e fugir do frio cortante da bruma — e de quaisquer perigos que a floresta de Kellyni resolvesse oferecer.

— Aqui estamos, Jorost! — anunciou Elhiar Bazir, pulando da carroça com um sorriso de alívio. Ele caminhou até o portão, acenando para os gelfos na guarita. — Chegamos em segurança. Pode parar de reclamar agora.

— Não sei como você me convenceu a trazer meus filhos nessa caravana — resmungou Jorost, passando a mão na testa. — Só de vê-los ali, minha cabeça lateja, meu estômago dói, e até meus pelos parecem estar caindo.

— Filhos servem para isso, Jorost — respondeu Bazir com um sorriso torto. — Para nos deixar doentes. Mas eu trouxe o meu filho e minha filha, Jorost. Um dia eles vão ter que fazer isso sozinhos.

— Era mais fácil liderar um pelotão de soldados famintos, com armas enferrujadas, enfrentando frio e chuva. — Ele balançou a cabeça e olhou para os carroceiros que estacionavam próximo ao portão. — Aqueles eram bons tempos.

— E você reclamava do mesmo jeito — retrucou Bazir, cutucando-o com o cotovelo.

— Você não tinha esse sarcasmo irritante naquela época.

— Ah, tinha, sim. — Bazir deu de ombros com um ar quase inocente. — Eu tinha esse sarcasmo, sim. Mas tinha o cuidado de só fazer piadas quando você não estava olhando.

— Falava mal de mim pelas costas, seu traidor?

— Falava de frente, com toda certeza. — Bazir fez um gesto imponente com o dedo em riste. — O som sai feio quando tentamos falar pelas costas.

Jorost revirou os olhos, mas logo desviou a atenção para a pousada. Era cercada por grandes ferôneas, que serviam de barreira contra os tornados negros e outros horrores que a bruma trazia consigo. O lugar parecia seguro.

Bazir, confiante como sempre, tinha trazido Aimê e Tosken, seus dois filhos mais velhos. O caçula, Saran, ficara em casa com Loriza, sua esposa. Elhiar fora um soldado meticuloso e cuidadoso na guerra, mas esses dias haviam ficado para trás. Os inimigos de outrora agora eram parceiros comerciais.

A bruma começava a se adensar, escurecendo o céu. Um som profundo, quase um rugido, ecoava pela floresta, irritando os ouvidos sensíveis dos gelfos.

— Jino, me ajude com este portão! — chamou Tosken, empurrando com força. — Onde estão os guardas?

— Só vejo os da guarita — respondeu Jino, enquanto ambos forçavam o portão, que cedeu com um rangido pesado.

O estalajadeiro apareceu do outro lado, coçando a longa barba branca e bocejando.

— Saudações, viajantes! — disse o gelfo gordo, com uma voz carregada de sono. — Temos comida quente na cozinha.

— Agradecemos! — respondeu Jorost, dando um passo à frente. — Sou Jorost Vellanda, de Kopes. Este é o delegado Bazir.

— Desculpe, mas não tenho permissão para servir humanos — disse o estalajadeiro, apontando para as fadas e franzindo o nariz. Um cheiro leve de medo exalava de sua pele.

— Elas estão sob minha responsabilidade. Tenho o selo oficial — afirmou Bazir com seriedade, tirando um documento do bolso.

Era um salvo conduto real, da casa Lirolle. O gelfo ergueu as sobrancelhas e as orelhas.

— Nesse caso, você assina aqui — disse o gelfo, puxando um papel sob o balcão e mantendo os olhos fixos nas três humanas. — E vai se responsabilizar por qualquer eventualidade.

— Sem problemas. Diga onde devo assinar e nos diga seu nome, por favor.

— Lijalma Boro. — Ele inclinou a cabeça, ainda desconfiado, e virou-se para as fadas. — Peço que entendam. Ser rude não era minha intenção. A guerra pode ter acabado, mas as leis continuam.

— Não há problema algum, bom senhor — disse Dynaia de dentro da carroça. A voz tranquila. Por dentro, no entanto, ela refletia sobre as feridas ainda abertas da guerra.

A estalagem, com suas paredes de pedra grossa, exalava o cheiro de madeira queimada e o leve aroma de vinho envelhecido. O piso de lajes irregulares rangia sob os pés dos viajantes, e a luz suave das tochas, presas a ferro forjado nas paredes, dançava nas sombras, criando figuras fantasmagóricas que se moviam ao ritmo da brisa.

Boro levou todos para o salão principal de refeições, onde o ar era pesado com o calor de um grande fogo central, que crepitava em um amplo braseiro, lançando faíscas que, em um passado não muito distante, havia iluminado os rostos de nobres, mercadores e aventureiros reunidos ao redor das mesas de carvalho, cada uma delas coberta por um grosso manto de poeira e migalhas.

A pousada estava vazia no momento. Mas seu interior transbordava de histórias de um passado recente. As vigas de madeira expostas no teto, cortadas com habilidade, pareciam suportar não apenas o peso do edifício, mas também o murmúrio constante de conversas e risos. Ao fundo, uma grande tapeçaria pendia da parede, retratando um antigo banquete real, suas cores desbotadas, mas ainda imponentes.

A grande lareira dominava o espaço, onde carnes assadas e pães recém-saídos do forno eram trazidos por serviçais apressadas. O ar estava vibrante com o calor das chamas e o cheiro reconfortante dos alimentos, mas também misturado ao aroma picante de ervas secas que decoravam as paredes.

Acima, as escadas de madeira rangiam a cada passo, levando a quartos modestos, mas que prometiam o conforto de uma cama quente. Cada corredor era decorado com pequenos tapetes e lanternas penduradas, feitas com colmeias de vaga-lumes de cores variadas.

— Estamos com o segundo andar vazio hoje. Vocês podem se hospedar todos lá — informou Boro. Do lado de fora, o som crescia. Relâmpagos cortavam o céu com frequência assustadora, e trovões pipocavam, deixando Jun nervosa. A pequena gelfa apertou os braços do pai com força e suas orelhas abaixaram e se achataram para o lado.

— É essa a minha gelfa corajosa, pronta para enfrentar todos os perigos? — provocou Jorost com um sorriso brincalhão.

— Sou forte, corajosa e sabida! — respondeu Jun, repetindo a frase que Jorost e Pipa haviam lhe ensinado quando ela era apenas uma filhotinha. A lembrança trouxe um sorriso orgulhoso ao rosto de Jorost.

— Por que esses estrondos acontecem? — perguntou Tosken, abaixando a cabeça a cada explosão.

— A bruma é feita de esporos das nagácias — explicou Sarya. — Eles contêm minerais que, ao se misturarem com as nuvens de chuva, causam esses relâmpagos mais intensos.

— É Guinda expurgando o mal de dentro de si — acrescentou Boro, apontando para o céu escuro. — Quanto mais negra a bruma, mais pecados estamos carregando.

— Fale por você — murmurou Bazir, abrindo uma garrafa de ambusa. — Não acho que cometi tantos pecados assim. Pelo menos, não hoje.

Jorost não conseguiu evitar um sorriso diante da observação do amigo, mas, enquanto olhava para os relâmpagos ao longe, pensava em seus próprios pecados. E, no fundo, tinha que admitir que Boro talvez estivesse certo.

Uma gelfa gorda de seios volumosos entrou no refeitório empurrando um forno móvel exalando um cheiro de assado de coláx que fez roncar a barriga de metade dos gelfos presentes.

Bazir mandou Tosken buscar os soldados na entrada e acomodá-los no salão do refeitório. Mesmo assustado com os estrondos, o jovem obedeceu de imediato. Jino foi com ele para ajudá-lo.

— Vamos servir humanos? — perguntou a gelfa ao ver as fadas.

O clima voltou a ficar tenso. Boro olhou preocupado. Não havia explicado a situação para sua cozinheira. Espirituoso como sempre, Bazir resolveu interferir:

— Parece que vão servir, sim, só que os meus eu quero malpassados...

As fadas riram.

— O anel gira — leu Jun, olhando uma placa fixada na parede da cozinha.

— Vocês ensinam suas filhas a ler? — comentou a gelfa velha, assustada.

— Alda, por favor — pediu Boro, embaraçado. — São nossos hóspedes e precisam ser tratados como manda a cortesia.

Imália havia sido avisada pelas mães e por outras adultas que exibir o conhecimento sem reservas era algo que deixava os gelfos inquietos e desconfiados. Perderam uma guerra para uma raça só de fêmeas. Em vez de dominar e conquistar as terras que os marsupiais habitavam, as humanas preferiram mostrar compaixão. Deram assistência a algumas cidades e se retiraram. Isso soou como humilhação para a maioria dos orgulhosos gelfos. Para outros, nem tanto. De qualquer forma, ela teve o cuidado de pegar no braço de Jun e explicar baixinho:

— A frase se refere à faixa brilhante no céu, o risco. Nós chamamos de anel de fogo porque ele circula o planeta.

Imália falava rápido e parecia estar sempre muito ansiosa e impaciente. Durante a viagem, parecia querer explicar toda a cultura das fadas para Jun. Era bem-intencionada. Sabia que a amiga tinha uma curiosidade natural e ficava preocupada com a falta de recursos da cultura dos gelfos. Adotara para si a missão de ensinar tudo que pudesse a Jun enquanto estivessem juntas.

— Circula quem?

— Eloh, é o nome do lugar onde vivemos — explicou Imália. — Muitos chamam de Anelo também.

— Mas o lugar não chama Kellyni? — replicou Jun.

— Aqui é a floresta de Kellyni, mas o mundo é muito maior que a floresta.

— O mundo? Você quer dizer Guinda, então?

Sarya fez sinal para Imália como se fosse tapar sua boca mais uma vez. Para os gelfos, o mundo era um deus. Uma entidade única e viva.

Imália entendeu e achou melhor não dizer mais nada na frente da velha gelfa, que parecia brava.

Depois de checar o quarto onde iria ficar, Aimê entrou no refeitório com seu jeito espalhafatoso.

— Estou com tanta fome que comeria um bife de gulitema! — bradou.

Era uma gelfa amarela como o pai, alta e imponente. Caminhava como se estivesse rebolando, debochada e com um charme sem comparações. Ao contrário da maioria dos marsupiais, as fêmeas dos gelfos não tinham apenas as glândulas mamárias no marsúpio, mas também possuíam dois seios separados, localizados no tórax, semelhantes aos das humanas. Aimê tinha seios grandes. Ela sabia que isso chamava atenção e não via problema algum.

— Não temos gulitema na despensa! — disse Boro, erguendo os ombros. — Não é qualquer casa que consegue comprar, estamos muito longe do mar. Mas temos hoice, que é um peixe das lagoas próximas, muito saboroso, embora não tão gorduroso.

— Hoice é um tipo de baleia, não é? Só que de água doce. — Imália era tão afoita que respondia às próprias perguntas. — Deve ter um gosto semelhante a gulitema.

— O que é uma gulitema? — perguntou Jun.

— É como se fosse uma baleia muito grande — disse Imália.

— O que é uma baleia? — insistiu Jun.

— Você nunca viu uma baleia? — disse a indra, impaciente.

— Você está sendo rude, Imália! — repreendeu Sarya. — Ela não estuda nossos livros. Você mesma nunca viu uma baleia de verdade, apenas figuras em livros.

— Eu quero aprender tudo o que vocês sabem! — disse Jun, decidida.

— Venha então à cozinha — disse Alda, como se conhecesse Jun havia muito tempo. — Vou lhe mostrar como se prepara um bife de hoice.

Jorost consentiu, afinal, era natural para a sociedade dos gelfos que fêmeas se interessassem pela culinária e Jun só queria saber de livros. Nesse caso, o pai achou uma grande evolução. Quem sabe ela não despertava o interesse em cozinhar como as irmãs mais velhas já demonstravam. Dynaia e Sarya sorriram para Imália, dando a entender que ela também poderia ir. Alda, até então carrancuda, abriu um sorriso. Ela adorava mostrar seus dotes culinários a quem quer que fosse, mesmo que fosse humano.

Ao chegar à cozinha, os cheiros dominavam o ambiente de tal maneira que a barriga de Imália roncou, mesmo ela tendo o olfato menos desenvolvido. O que se dirá de Jun e Aimê.

— Isso é uma carne de hoice que veio de Bonva! — Alda apontou para um pedaço grande de carne rosada de quase vinte quilos exalando fumaça gelada. — Trouxemos gelo das montanhas pra poder preservar a carne — explicou quando viu Jun encarando a fumaça com mais curiosidade do que olhava para a carne.

— Mas não é tão grande — comentou Jun.

— Você esperava a baleia inteira? — Alda soltou uma gargalhada retumbante. — Elas ficam no lago, muito longe daqui. As gulitemas então... São do tamanho de cidades, não daria pra trazer uma inteira.

— Como se corta a carne? — indagou Aimê.

— Então você quer aprender os segredos da cozinha da Alda? — A gelfa sorriu triunfante. — Faz você muito bem. E vocês, gelfinha e... humana de cabelo castanho? Também querem dominar a arte da culinária? Sabia que não tem melhor forma de conquistar o coração de um macho que dominando primeiro seu estômago?

— Eu não entendi. — Imália arregalou os olhos. — É para preparar baleias ou machos da sua espécie? Vocês são canibais?

— Fadas não tem machos, não é? — lembrou-se Alda. — Não sei se é sorte ou azar de vocês. Mas, de qualquer forma, não cozinhamos nossos machos. Não que não tenha vontade às vezes, mas não. Tô falando de baleias. Apenas baleias.

Alda pegou um cutelo e cortou os pedaços grandes em bifes menores. Depois pegou uma faca afiada e tirou pequenos pedaços de gordura, deixando a carne mais limpa. Então pegou outro pedaço grande e chamou Aimê para perto.

— Você faz como eu mostrei. — Virou-se para as outras espectadoras. — E vocês só olham. São muito novas pra usar essas coisas afiadas. Ainda mais você, jovem humana. Se souberem que eu dei uma arma pra um humano, posso ser presa.

Alda pegou um avental e colocou em Aimê de uma forma solene. Jun e Imália olharam com os olhos brilhando, como se estivessem testemunhando um ritual místico de extrema importância.

Aimê sorriu, pegou o cutelo e imitou os movimentos da gelfa, que parecia satisfeita com sua performance.

A sala de refeições era ampla e preparada para receber caravanas semelhantes. Havia duas grandes mesas de madeira, cada uma com doze lugares, e quatro menores, com espaço para seis cadeiras. Estavam vazias, pois não era comum receber visitantes em época de bruma. A parede continha armações para que as lanças fossem penduradas e, assim que os soldados da tropa foram entrando, penduraram, um por um, seus thuás e depois foram até uma fonte lavar as mãos.

— Vejam bem — disse Alda para Imália, Aimê e Jun — como é o trabalho das serviçais.

Uma jovem gelfa entrou na sala com passos quase inaudíveis, empurrando uma caixa com rodas que rangia com suavidade sob o peso de uma pilha de pratos brancos de cerâmica bem polidos. Sem dizer uma palavra, ela começou a distribuí-los com gestos precisos e cuidadosos, colocando cada prato diante de cada gelfo presente. Depois, com a mesma atenção meticulosa, depositou uma faca reluzente, um garfo e uma colher ao lado de cada prato, como se estivesse preparando o cenário para algo muito mais importante do que uma simples refeição.

— Estão vendo? — Alda apontou com o focinho vermelho quando a serviçal começou a colocar grandes canecas de madeira ao lado dos pratos, na borda oposta à que estavam os talheres. — Invisível! O trabalho da serviçal é não deixar que saibam que ela está lá. O serviço tem que ser feito com sutileza.

— Na minha casa tem uma serviçal chamada Meida — comentou Jun.

— Ela é eficiente?

— Não sei.

— Se não fosse, você saberia! — decretou Alda com firmeza.

— Entre as fadas, não há serviçais — disse Imália. — Nós sempre ajudamos em tudo.

— Se não tem machos, deve ter menos bagunça — filosofou Alda, para depois soltar uma sonora gargalhada. — Peço desculpas pelo meu humor, jovenzinhas. Entendam, eu amo meu esposo. Não trocaria minha vida pela vida da rainha. Mas, quando vocês tiverem seus maridos, vão saber o que é o céu e o inferno ao mesmo tempo.

Jun ficou observando Tosken com olhos apaixonados enquanto ele cutucava Jino para que cortejasse Aimê.

— Aimê... — começou a dizer Jino, reunindo todas as suas forças. — Eu queria falar uma coisa com você depois da refeição.

— Podia dizer agora — forçou Tosken.

— Irmão, você não tá ajudando muito — disse Aimê com um sorriso. — Vou conversar com Jino a sós depois da refeição.

Aimê sentou-se ao lado de Jino, que mostrou a arcada dentária. Jun sentou-se no lado oposto da mesa, junto ao seu pai e Bazir. As fadas ainda não haviam chegado.

— O que achou da Alis Ubo, Jino? — perguntou Aimê.

— Acho que não vimos a cidade toda... afinal, não voamos.

— Talvez nem queiram mostrar porque têm medo de que a gente comece uma guerra por outra coisa — disse Tosken, se intrometendo na conversa.

— Como assim, irmão?

Tosken lembrou-se das histórias da guerra contadas pelo pai. Uma guerra de anos por causa do pó mágico.

— Depois da guerra pelo pó mágico, imagino que não queiram nos mostrar mais nada de valor, nunca mais — explicou Tosken.

— Mas por que não dividiam o pó com a gente? — O tom de voz de Aimê era agressivo. — Se não fossem tão egoístas, não haveria problemas.

— Tosken é um simpatizante dos humanos — comentou Jino, sarcástico. — As fadas não criaram o pó, apenas sabem onde conseguir, e não querem dividir com a gente.

— Talvez tenham pouco — sugeriu Tosken.

— Você é como Jun — afirmou Aimê. — Gosta dessas coisas sem pelo. Eu não gosto. São indecentes, com a pele à mostra! Será que raspam?

— Acho que nascem assim — disse Tosken. — Os pelos são curtos e finos.

— Mas você já viu um bebê humano? — indagou Aimê.

— Não, nunca.

— Talvez raspem o pelo dos filhotes à força quando ainda são bebês — sugeriu Jino.

— E por que não tem machos entre eles? — acrescentou Aimê, quase indignada. — Nunca vi uma criatura que só tenha fêmeas.

— Tem humanos machos — disse Tosken. — Mas não são como as fadas. São de outro tipo. Até as sereias, que também são parte humanas, têm seus machos.

— Você já viu sereias? — perguntou Jino.

— Sim, as harpias, aquelas que voam. — Tosken fez um gesto com estranho com as mãos juntas como se fossem asas.

— Existem outros tipos? — Aimê olhou a serviçal trazendo o carrinho de rodas cheio de comida.

— Há sereias com rabo de peixe e que vivem no mar. Eu nunca estive no mar, mas vi nos livros do pai. Se chamam sirenes, ou merfolk, e moram na costa.

— Viu — apontou Aimê. — Igual a Jun! Gosta de livros! Ao menos ela sabe ler. Porque você, meu irmão, só olha as figuras.

As serviçais deslizaram pela sala em silêncio, equilibrando pratos fumegantes com fatias generosas de carne de baleia. Cada porção era acompanhada de ervas frescas, fios dourados de mel escorrendo pelas bordas e um caldo espesso de ovos que exalava um aroma rico e tentador. Os soldados, sem qualquer cerimônia, lançaram-se à comida como lobos famintos, mas Aimê, diferente deles, moveu-se com uma calma quase ensaiada. Pegou o garfo com elegância, cortou um pedaço pequeno e perfeito, espetou-o com delicadeza e levou-o aos lábios como se estivesse saboreando um manjar reservado aos reis.

— Estou aprendendo a ler! — protestou Tosken, com a boca cheia de comida.

— Eu não quero ler — disse Jino, olhando a serviçal encher a caneca com cerveja. — Nunca! Quero ser um guerreiro!

— Não deseja beber, senhor? — perguntou a serviçal.

Aimê riu alto.

— Ele disse que não quer aprender a ler — explicou a gelfa, sem parar de rir. — Não pare de encher a taça dele, ou ele vai se engasgar com a comida.

— Ler é útil, mesmo pra um guerreiro — afirmou Tosken.

— Duvido — disse Jino, entornando a cerveja na boca.

— Ser guerreiro nesses tempos é que não deve ser muito útil — Aimê provocou. — Não tem guerra! E olhe pros nossos pais, guerreiros condecorados na guerra por matar muitos humanos. Agora são amigos deles, fazem comércio com eles. Se a guerra ainda existisse, não teríamos o ouro das fadas!

— Não tem guerras contra humanos, mas pode haver outros perigos, como as harpias. Vi muitos seres estranhos nos livros. — Tosken falava muito com as mãos e apontava à sua frente como se todos perigosos estivessem diante dele. — E existem os dragões!

— Dragões? — Jino e Aimê perguntaram juntos.

— São como grandes lagartos, só que voam. — Tosken fez uma pausa estratégica e depois continuou: — E soltam fogo pela boca!

— Que nojento! — exclamou Aimê. — Devem ter um hálito fedido!

— Não sei, nunca vi. Mas moram bem ao sul da floresta de Kellyni — afirmou Tosken, esperando que, com essa informação, provasse que não só aprendeu a ler textos, como também mapas.

As humanas vieram apenas depois. Estavam ajeitando a bagagem no quarto. Não queriam que os gelfos as vissem usando mágica. Imália viu as mães e chamou Jun para sentar-se à mesa com os outros. Como a mesa estava lotada, as fadas se encaminharam para outra mesa grande, onde já se sentavam os tratadores de camarões e outros serviçais que acompanhavam a caravana. Vendo isso, Jorost olhou para Bazir e se levantou para sentar junto às humanas.

— Segundo nosso costume — começou a falar —, não é correto que nossos convidados se sentem com criados.

— Não temos criados entre nosso povo, sr. Vellanda — afirmou Dynaia. — Não nos sentimos ofendidas em sentar com os seus porque acreditamos que todos somos iguais.

— Ao menos isso eu sei, themis — brincou Jorost. — Por isso mesmo que peço que aceitem minha companhia durante a refeição. O outro anfitrião, Bazir, ficará com a outra mesa, assim não haverá distinção.

— Não há necessidade dessa gentileza, sr. Vellanda — afirmou Sarya —, mas aceitamos!

Na verdade, as fadas adorariam se sentar longe da maioria dos gelfos para evitar os pelos que viviam caindo na comida. Mas pensaram que seria uma boa hora para manter silêncio em relação a isso.

— Vamos sentar aqui… — Jun apontou, como se o banco fosse um verdadeiro tesouro. — Perto de vocês!

Dynaia deu um sorriso amarelo, mas Imália sentou-se empolgadíssima ao lado da amiga. Sarya também não se incomodou com a presença dos dois gelfos. Sentou-se e encheu a caneca de cerveja preta.

— Vamos comer baleia preparada pela minha filha! — proclamou Sarya, chamando Dynaia com a mão direita.

— Não é baleia, mãe, é hoice — corrigiu Imália.

As mães riram da seriedade de Imália.

— Estaremos em casa em poucos dias, Dynaia — dizia enquanto servia a carne para Imália. — Vamos aproveitar a viagem.

— O que são dias? — perguntou Jun, sempre curiosa.

— É o tempo de uma cambalhota de ampulheta azul — disse Imália, balançando a cabeça como se respondesse uma questão numa prova. — São dez horas!

— O que são horas? — insistiu Jun.

— É o tempo de uma cambalhotinha… — respondeu Imália, rindo. — Mas acho que já lhe expliquei isso, não?

— Como é que é?

— É o tempo de uma cambalhota de ampulheta vermelha — disse Jorost, bebendo sua cerveja preta. — Nós temos ampulhetas na cidade, na praça central, presente das fadas. Não que usemos muito essa referência — explicou para Dynaia. — A maioria dos gelfos de outras cidades não sabe o que é isso, nem qual a sua utilidade.

"E travamos guerras por conta disso", pensou o gelfo para si, numa censura silenciosa. Na verdade, queriam o pó mágico. Quebraram várias ampulhetas, achando que o pó que havia ali dentro era mágico. Mas era apenas areia enfeitiçada. Quem ligaria para horas em um lugar onde o tempo parecia estar parado em um dia eterno?

— Pra que as fadas contam o tempo? — insistiu Jun.

— É uma boa maneira de organizar as coisas — explicou Sarya com paciência.

— A rotina das fadas é bem diferente da nossa, Jun — comentou Jorost, com a boca cheia de bife de baleia. — Pra você entender, só indo na capital de seu país. Eu estive lá uma vez. É uma bela cidade!

— Nossa cultura deve mesmo parecer estranha — concordou Sarya, achando graça. — Vocês têm uma pureza em lidar com a natureza. Vocês arrumam animais para tudo.

— Kellyni é uma floresta rica em recursos e em perigos — afirmou Jorost.

A ceia transcorreu animada, com música e contação de histórias, uma das tradições dos gelfos que as fadas não conheciam. A essa altura, estavam todos empanturrados de bife de hoice e vários tipos de doces de sobremesa.

— Se Saran, Jost e Risa estivessem aqui, estariam tocando músicas — comentou Jun. — Eles são muito bons.

— São seus irmãos? — indagou Imália.

— Sim, menos Saran. Ele é irmão de Tosken, mas gosta de música também!

Em meio à música, Jino e Aimê saíram para o jardim coberto. Tosken foi junto, como manda a tradição, e chamou Jun.

— Seu amigo fez sinal para você! — avisou Imália.

— Acho que Jino vai cortejar Aimê! — disse Jun, empolgada. — Peço licença a vocês.

— Como é que é? — foi a vez de Imália ficar curiosa com a tradição.

— Vem comigo! — Jun fez sinal para que a indra a acompanhasse. Enquanto caminhavam, a gelfa foi explicando a situação. — Ele vai cortejar Aimê, ou seja, vai pedir em namoro. Nossos pais querem que os dois se casem, mas os dois tem que se entender primeiro.

— Eles têm que se acertar, como se acerta um relógio, não é?

— Não sei o que é um relógio — sussurrou Jun. — Mas eles têm que ver se concordam em algumas coisas.

— Um relógio é um tipo de ampulheta... Ou a ampulheta é um tipo de relógio... — divagou Imália.

Os jardins da ampla estalagem eram refúgios perfeitos para um casal em busca de um momento de intimidade. Um espaço amplo, circular, com árvores pequenas e flores de todas as cores, oferecia o cenário ideal para Jino e Aimê, acompanhados discretamente por Tosken e Jun, como mandava a tradição.

Enquanto Jino segurava a mão de Aimê mais adiante, Tosken gentilmente tomou a mão de Jun, fazendo a gelfinha corar de emoção diante da gentileza do gesto. Tosken, sempre cortês, estendeu seu outro braço para Imália, que sorriu, reconhecendo o gesto de gentileza. Juntos, os três atravessaram o jardim de mãos dadas, mantendo distância de Jino e Aimê.

— Aimê... — começou Jino, mas sua voz se prendeu, um nó na garganta cortando-lhe o fôlego. Tentou novamente, com esforço: — Aimê...

— Você adora dizer meu nome, não é, Jino? — brincou Aimê, nervosa também. Receosa de parecer enfadonha diante da hesitação de Jino, decidiu romper o silêncio: — Ouvi dizer que seu pai conversou com o meu...

A tentativa quase desesperada de quebrar a barreira de timidez entre eles foi um sinal de coragem, um gesto pequeno, mas significativo, no jardim úmido sob o brilho suave do anel de fogo de Kellyni.

— Sim...

— Estou ficando tão nervosa quanto você, Jino! Se você não disser nada, vou acabar tendo que namorar outro candidato...

— Você quer namorar outro candidato? — perguntou por fim Jino, se sentindo provocado.

— Ah, ele fala! — bradou Aimê.

— Responda a minha pergunta, por favor — insistiu Jino.

— Depende, se você não me quiser...

— Quero você mais que tudo na vida! — disse Jino, com uma firmeza que surpreendeu até ele mesmo.

Foi a vez de Aimê ficar sem palavras. Sem saber muito o que fazer, Jino achou que era hora de dar um beijo. Os gelfos encostaram os focinhos grandes e rosados um no outro. Era a primeira vez em suas vidas que isso acontecia. Sentiram um arrepio maravilhoso percorrer suas nucas como se algo estivesse os puxando para cima e depois flutuassem. O toque era quente e molhado, um pouco áspero. Depois se beijaram com intensidade. Diante da cena, Tosken levantou Jun do chão e beijou sua testa, para depois rir da vergonha da gelfinha.

CAPÍTULO 3

O PÓ MÁGICO

Como a maioria dos humanoides que viviam naquele mundo sem noite, as fadas contavam o tempo com a ajuda de máquinas. Nada de relógios sofisticados, apenas o giro paciente das ampulhetas azuis, que mediam dias de dez horas. Cinco dessas viradas passaram na estalagem, onde a bruma continuava a teimar em obscurecer o céu. Para Jino e Aimê, cinco dias não eram nada além de uma eternidade de sorrisos, conversas intermináveis e beijos roubados. Para Jun e Imália, no entanto, aquele mesmo tempo trouxe um tipo diferente de aventura — uma permissão rara e preciosa dada pelos pais: dividir o mesmo quarto. Era algo simples, mas para as duas parecia a maior das epopeias.

No quinto dia, Jun abriu os olhos devagar, piscando contra a luz suave que vinha das velas. As velas eram feitas de seiva de ferôneas misturada a antenas de gafanhotos azuis — um detalhe que Jun achava tanto fascinante quanto perturbador. A chama tremeluzia com o vento que se infiltrava pelas frestas da janela, projetando sombras que dançavam nas paredes do quarto arredondado. Lá fora, a tempestade continuava sua sinfonia melancólica, com trovões distantes que soavam como o ronco de um gigante adormecido.

No entanto, dentro do quarto, tudo era calmo. Imália dormia ao lado de Jun, sua respiração profunda e ritmada — exceto pelos ocasionais roncos. Os roncos não eram barulhentos, mas, para os ouvidos sensíveis de Jun, pareciam o equivalente sonoro a um trovão súbito. Ainda assim, havia algo reconfortante no som. Imália estava ali, ao alcance da mão, e isso bastava para acalmar os nervos de Jun.

Sem nada melhor para fazer, Jun começou a organizar a cômoda, que parecia mais bagunçada do que uma colmeia após uma invasão de vespas. O móvel, de madeira clara com tons rosados, era tão bonito que parecia ter sido esculpido com magia. Cada curva e apêndice tinha um propósito: pendurar, guardar ou apenas encantar os olhos. Mas o conteúdo, ah, o conteúdo... Era um caos absoluto. Roupas emboladas, tecidos misturados, e um cheiro peculiar que variava entre lavanda e algo indecifrável.

Era fácil distinguir as roupas de Jun das de Imália. As vestes dos gelfos eram grossas, quase ásperas, feitas para suportar o frio e os ventos cortantes de suas terras. Já as roupas de fada eram leves, quase etéreas, com tecidos que pareciam flutuar no ar. Jun adorava os detalhes nas roupas de Imália — bordados finos, pequenas joias costuradas nos punhos e decotes. Mas também achava a falta de preocupação das fadas com odores um tanto desconcertante. Para um gelfo, o cheiro era tão importante quanto a aparência, talvez mais.

Jun estava tão concentrada em dobrar uma peça complicada que quase não percebeu o som suave da respiração de Imália mudando. A indra estava acordando. E, pelo tom da respiração que agora saía em pequenos sopros indignados, ela estava irritada.

— Me desculpa! — sussurrou Jun, com um sorriso torto de arrependimento. Suas orelhas se achataram e ela olhou para o chão com um pedido mudo de perdão, mesmo que Imália ainda não tivesse aberto os olhos.

Um som seco ecoou pelo quarto. Algo caiu no chão, emitindo um chiado estranho. Jun congelou, sua expressão passando de arrependida para culpada. Imália abriu os olhos, semicerrando-os com um misto de sono e curiosidade.

— O que você fez agora? — murmurou a fada, com uma voz rouca que ainda carregava vestígios de sono.

Jun deu de ombros, apontando para o pequeno objeto caído no chão. Um brilho sutil emanava dele, junto a uma vibração que fazia os pelos da nuca de Jun se arrepiarem.

— Acho que... derrubei alguma coisa. — Ela fez uma careta, como se isso fosse suficiente para evitar um sermão.

Imália suspirou e balançou a cabeça, mas seus lábios já se curvavam em um sorriso preguiçoso. Era difícil ficar brava com Jun por muito tempo. Afinal, aventuras pequenas ou grandes sempre começavam com um simples descuido.

— Cuidado com isso! — disse Imália em tom de urgência, mas ainda carregada de muito sono. — É o meu pó mágico!

— Me desculpa! — repetiu a gelfa. — Foi sem querer.

— Eu sei que foi, mas toma cuidado. Não quero acordar com você transformada em sapo.

— Como funciona isso?

Imália se levantou e pegou com cuidado o saquinho de pano azul onde estava o pó mágico. Jun não quis nem chegar perto. Sabia que aquela coisa havia sido motivo de guerras, mortes e outros terrores. Mesmo assim, queria saber como funcionava, mesmo que para saber como se proteger.

— Olha, vou ensinar para você, mas tem que prometer que não vai contar para ninguém que lhe ensinei — disse Imália, arregalando os olhos grandes e esverdeados.

— Não sei se quero saber. — Jun deu um passo para trás e falava sério. — Perguntei mais pra saber como evitar isso... Tipo, se você não acordasse e isso caísse em mim... Era só lavar as mãos?

Imália fixou os olhos em Jun, como se estivesse tentando decifrar um enigma. Então, sua expressão endureceu, assumindo a determinação de alguém que acabara de descobrir a solução de um problema antigo.

— Entendi — declarou enfim, com um ar de quem acabara de sair vitoriosa de um duelo intelectual. — Você tem certa razão, mas falta algo. Deixe-me explicar. — Ela se ajeitou na cama, arrastando os pés para o lado e gesticulando para que Jun fizesse o mesmo, sentando-se bem em frente a ela. — Conhecimento! — anunciou com uma intensidade que fez Jun recuar. — É a chave de tudo. A informação. O maior tesouro das fadas.

— Você está começando a me assustar, Imália — murmurou Jun, achatando as orelhas para trás.

— Não se preocupe, eu explico. — Imália respirou fundo. — Você é uma gelfa que mora numa árvore, certo?

— Sim!

— E eu sou uma indra. Ainda vou ser uma themis, ou, como alguns nos chamam, uma fada. Correto?

— Vocês não se incomodam de serem chamadas de fadas? — perguntou Jun, estreitando os olhos com curiosidade.

— Na verdade, não — respondeu Imália com um sorriso breve, mas sincero. — Até gostamos. Mas note uma coisa: nós não chamamos vocês de gambás, porque, bom, vocês não são gambás, são gelfos, ou duarnos. — Ela piscou um olho para Jun, que franziu o cenho, incerta se aquilo era uma piada ou uma provocação. — De qualquer forma, eu não gosto muito de ser chamada de humana, embora, de uma forma ou de outra, seja. Mas isso eu explico depois. Por enquanto, só entenda que sou uma indra, uma fada jovem. Está acompanhando?

Jun piscou várias vezes, sua mente tentando acompanhar o turbilhão de ideias que Imália acabara de despejar.

— Não estou entendendo, mas acho que sim — respondeu, hesitando como quem tenta se equilibrar em uma corda bamba.

Imália inclinou a cabeça, estreitando os olhos como se analisasse um quebra-cabeça complicado. Depois, suspirou e, paciente, continuou a desenvolver sua explicação, ignorando a confusão evidente nos olhos da gelfinha.

— Depois que eu virar uma themis, vou poder voar. Mas agora não posso. Igual a você. Nós duas não podemos voar, certo?

— Acho que sim... Quer dizer, com certeza, eu não posso. Agora sei que você também não pode.

— Se você sabe que eu não sei voar, você nunca me deixaria pular do alto de uma árvore — prosseguiu Imália, olhando para cima como se buscasse palavras no teto do quarto. — Se mora numa árvore e está viva, é porque também sabe que não pode voar, certo?

— Sim, mas isso é óbvio!

— Exato, amiga! — Imália sorriu, mas Jun não estava entendendo nada.

— O que isso tem a ver com o pó mágico?

— Tem tudo a ver! — Imália parecia impaciente agora, o que deixou Jun indignada. — Conhecimento. Você sabe que não pode pular de uma árvore. Isso é óbvio para você porque alguém falou e mostrou isso para você quando ainda era criança. Se não tivessem falado, você podia ter caído e morrido. Essa informação óbvia salvou sua vida.

— Bom... Talvez...

— O maior tesouro das fadas é o conhecimento, é a resposta óbvia para coisas que quase ninguém sabe.

— Não entendi.

A indra suspirou e pensou um pouco. Depois pegou o saquinho e afrouxou o laço que prendia sua borda. Jun afastou o rosto.

— Quer voar um pouco? — perguntou a indra, com um sorriso tão estranho que deu medo em Jun.

— Como assim?

— Deixa para lá, você é muito medrosa — suspirou Imália.

— Não sou medrosa — protestou a gelfa, tentando voltar à posição normal. — Sou forte, corajosa e sabida!

Imália olhou de lado para Jun, numa simulação de desprezo, e abriu o saquinho e enfiou o dedo indicador e o polegar para pegar um pó brilhante e azulado. Parecia areia colorida, ou pedaços de vidro. Brilhava muito, como se estivesse quente. Um calor azul.

— *Abequar Suruê!* — disse Imália para o pó, antes de soprar em direção a Jun.

A gelfa se assustou com aquilo, achou que o pó a faria espirrar, mas não fez. Também não incomodou seus pelos, nem ardeu o nariz rosado. Mas sentiu como se algo a envolvesse, algo que não pudesse sentir a ponto de definir. Mas estava lá.

— Pronto! — disse Imália, mostrando os dentes em um sorriso exagerado e um pouco cínico.

— Pronto o quê?

— Vou fazer em mim também para você entender. — Ela pegou de novo um pouco do pó. — *Abequar Imália!* — E soprou para cima, deixando o pó cair sobre si mesma. — Agora pense em uma coisa boa e...

Jun não estava entendendo nada. Cansada e irritada, se levantou para ir até a cozinha. Foi quando se esticou em direção à maçaneta da porta do quarto e percebeu que estava flutuando. Sentiu como se fosse cair: suas pernas subiram em direção ao teto como se estivesse levando um escorregão interminável. Imália segurou sua mão e ela parou no ar. Sem ter palavras para definir o que estava sentindo, Jun apenas gritou, um pouco de alegria, um pouco de medo e uma boa dose de pânico.

— Vem comigo! — disse Imália, flutuando em direção à porta enquanto puxava Jun pelas mãos. — Temos pouco tempo até o efeito passar.

Os corredores entre os quartos estavam vazios e as duas flutuaram até um salão que sempre ficava desabitado. Jun continuou sem palavras, apenas sorria com os olhos arregalados tentando ordenar na cabeça o que estava acontecendo. Sabia da mágica das fadas, mas nunca poderia supor que seria capaz de fazê-la voar assim.

— Esse feitiço faz voar por alguns minutos — disse Imália, puxando Jun para dar voltas no vasto salão. — A mestra Liana sabe como fazer alguém voar mais tempo, mas é um feitiço secreto. Só as themis mais sábias conseguem fazê-lo.

— Está brincando! Isso é maravilhoso! — exclamou Jun, sem entender muita coisa. E falou tão alto que Imália teve que avisar para não chamar a atenção dos outros.

— Se minhas mães descobrem que lhe mostrei isso, estarei muito encrencada! A gente aprende esse feitiço na escola para treinar para quando nossas glândulas de voo estiverem maduras, entende? — Botou o indicador em frente aos lábios em sinal para não fazer muito barulho. — Agora você voa sozinha. É como nadar, você pensa aonde quer ir e o corpo faz o resto.

Continuaram rodopiando pelo salão vazio por alguns minutos até começar a ficar difícil de voar. Jun sentia o corpo cada vez mais pesado e, por mais que se esforçasse, ficava apenas a alguns centímetros do chão. A sensação foi frustrante, como se estivesse acordando de um sonho muito bom.

— Podemos fazer mais? — pediu Jun, com os olhos brilhando.

— Não posso agora, minha mãe me mata — insistiu Imália, puxando Jun pelas mãos, agora em direção ao quarto. A gelfa ainda flutuava um pouco, como se fosse um balão cheio de ar frio. — Esse feitiço não é permanente, eu já disse isso, né? Vou mostrar outra coisa. Eu sei fazer um permanente.

Entraram no quarto, e agora Jun sentia seu corpo sendo puxado para baixo com toda força de seu peso. A indra abriu um baú e tirou um monte de coisas: um frasco transparente, um livro, outro saquinho de pó mágico, uma pena e vários objetos que Jun não conseguiu identificar.

— Esse pó mágico pode fazer tudo, não pode? — perguntou Jun, empolgada.

— Não é bem assim… — disse Imália, concentrada. — Eu sei que o pó parece que tem poderes ilimitados, mas não tem. Não faz tudo. Mesmo as sibilas, que são nossas fadas mais sábias, que conseguem se conectar aos Oráculos, não sabem tudo. Minha mãe me falou que existem em Anelo mais de dez mil idiomas diferentes. Os Oráculos que as sibilas acessam são apenas os do sul do planeta. Conhecem no máximo mil idiomas.

— Você fala tão depressa — protestou Jun. — O que é um idioma?

— Você já vai saber… Espere eu terminar isso aqui.

Imália ajeitou as coisas na mesa.

— Que feitiço é esse? — perguntou Jun, com os olhos fixos no frasco que brilhava à luz suave do quarto.

— Você gosta de livros, não gosta? — Imália respondeu, com um sorriso misterioso, desviando da pergunta.

— Gosto, sim! Você viu quantos eu li daqueles que me deu. — Jun inclinou a cabeça, tentando acompanhar a lógica da indra, mas se sentindo um pouco perdida.

— Sim, mas eles estavam escritos na sua língua. Agora vou lhe ensinar outra coisa… o conhecimento das fadas! Você vai saber ler em várias línguas e aprender vários conhecimentos que, para nós, são coisas óbvias! — Os olhos de Imália brilharam com entusiasmo.

— Você fala rápido demais, Imália. — Jun balançou a cabeça, rindo. — Mas quero aprender, sim. Vai me ensinar?

Imália, sem responder, voltou a tirar um punhado de pó brilhante da pequena sacola que trazia à cintura. Com movimentos precisos, colocou o frasco translúcido no centro de uma mesinha baixa e sentou-se no chão, batendo palmas para indicar que Jun deveria fazer o mesmo.

— Vou fazer uma poção mágica agora! — anunciou Imália com um ar teatral, como se esperasse aplausos de uma plateia invisível.

Jun sentiu o coração acelerar. Ela não sabia o que esperar, mas a palavra "mágica" sempre tinha um efeito poderoso sobre ela. Observava cada movimento de Imália com atenção, o brilho nos olhos de quem mal podia esperar pelo próximo instante.

— *Mboé Pauá* — disse Imália, fazendo o frasco se encher sozinha de algo que parecia vinho azul.

— Nossa! — exclamou Jun.

Imália pegou o frasco que brilhava um azul profundo e ofereceu à gelfa.

— Beba da minha taça e todas as suas perguntas serão respondidas! Ou pelo menos a maioria delas.

Jun não hesitou. Pegou o frasco e bebeu com vontade. Não pensou. Apenas queria saber a resposta de todas as perguntas.

— Sou forte, corajosa e sabida! — disse para si mesma.

— Agora vai ficar muito mais sabida do que jamais sonhou — disse Imália.

O líquido passou queimando a garganta da gelfa e se derramou em seu estômago com a força de mil das piores dores de barriga. Jun gritou na hora. Alto e com força. Era como se seu estômago fosse golpeado com um pontapé de Jino. Sentiu um calor subindo ao cérebro e depois em todo o seu corpo. O quarto inteiro pareceu começar a rodar. Sentiu náuseas fortes e vontade de vomitar.

— Jun? — gritou Imália, assustada. — Mãe! Mãe!

— Imália! — gritou Sarya, entrando no quarto. — O que está fazendo? Oh, não, Jun!!!

— Não era para acontecer assim! — exclamou a indra, apavorada. — Jun, fala comigo!

Tudo começou a ficar embaçado. O coração de Jun acelerou. Ficou sem ar e começou a suar. Na verdade, a gelfa sentiu como se sua cabeça fosse explodir.

— Imália, esse feitiço é para humanos. Não pode ser usado em gelfos — gritou Sarya. — Ela vai morrer!

— Não, Jun, desculpa!

Os gritos de Imália foram ficando cada vez mais histéricos e desesperados até que tudo ficou escuro e Jun não ouviu mais nada.

CAPÍTULO 4

A HORA DA MORTE

Quando Jun despertou, o caos já dominava o ambiente. O tempo parecia ter escapado como areia de uma ampulheta, e a antiga tensão entre gelfos e fadas havia ressurgido com intensidade. Jorost se recusava a permitir que Sarya e Dynaia se aproximassem de Jun, enquanto estas, por sua vez, vetaram Imália de qualquer contato futuro com ela. Jino e Aimê estavam imersos em seus próprios devaneios românticos e planos para o porvir, enquanto Tosken permanecia ao lado de Jun, vigilante. Foi ele quem tomou a incumbência de esclarecer tudo.

— Imália não agiu de má-fé — defendeu Jun.

— Também acredito nisso, mas seu pai tá fora de si — respondeu Tosken, franzindo o cenho. — Você teria morrido se as themis não chegassem a tempo. Usaram aquele pó mágico para te salvar.

— Imália não tinha conhecimento — insistiu Jun, com firmeza. — Esse feitiço é usado para adquirir informações essenciais. É como um atalho para a tecnologia das fadas. Ajuda a aprender línguas humanas, física, matemática, geografia... assuntos básicos que não demandam julgamento crítico. Assim, as fadas economizam tempo nos estudos.

As orelhas de Tosken balançaram várias vezes.

— Não entendi nada do que você disse, Jun.

— Só estou explicando o que esse feitiço faz, Tosken. — Jun se sentou na cama.

Tosken arregalou os olhos e coçou a cabeça.

— Acho que esse feitiço deixou você mais esperta. — Ele apontou para o nariz dela com um gesto incerto, como se tentasse adivinhar algo.

— Ele não pode me deixar mais esperta — replicou Jun. — São informações básicas, mas que, normalmente, nenhum gelfo tem acesso. Se bem que, para poder acomodar todas as informações, talvez o pó tenha ampliado a minha capacidade cerebral.

— Quem é esse tal de serbal? — Tosken parecia cada vez mais desconfortável.

— Estou lembrando de uma lista de feitiços — continuou Jun, empolgada. — Esse pó pode fazer quase tudo, mas poucos conhecem todos os feitiços possíveis. Na verdade, a maioria das fadas só sabe uma pequena parte deles.

— Você está me assustando, Jun! Vou chamar seu pai.

Tosken saiu apressado, enquanto Jun mergulhava em seus pensamentos, absorvendo memórias que antes pareciam fora de alcance. Era como se fragmentos de um mundo maior se revelassem diante dela: animais, lugares, histórias, tudo inundando sua mente ao mesmo tempo. Foi então que Jorost entrou no quarto, atravessando o limiar com um abraço apertado. Bazir veio logo atrás, observando em silêncio.

— Filhotinha, você está bem?

— Estou sim, papai. Nada de ruim aconteceu comigo. Por favor, não brigue com as fadas.

O gelfo suspirou olhando para Sarya e Dynaia paradas na porta.

— Nós lamentamos muito o que houve, Jun — disse Dynaia. — Imália foi repreendida por ter usado o pó mágico. É contra as nossas leis.

Após um momento em que Dynaia ficou coçando os braços e a cabeça, Sarya fechou a porta. Jorost entendeu que estavam diante de um problema diplomático grave. Fizeram guerras para ter esse conhecimento que Jun agora possuía. Sabia que tanto as fadas quanto os gelfos poderiam correr perigo agora.

— Nós podemos tentar reverter o que aconteceu — começou a dizer Sarya —, mas não por completo e talvez não sem deixar marcas indesejadas.

— Não quero que reverta — disse Jun, decidida. — Estou feliz assim.

— Assim, como? — perguntou Jorost, olhando para as fadas com cara de poucos amigos.

— É apenas um feitiço que usam para estudar, papai — explicou Jun. — Posso ser professora na nossa vila se eu quiser agora.

— Saber demais nunca é bom — murmurou Jorost, sacudindo a cabeça como se estivesse lembrando de algo que lhe foi dito em um passado muito distante.

— A Gúnia e os sacerdotes vão querer excomungá-la da nossa vila — disse Bazir. — Temos que tirar isso dela agora!

— Mas o feitiço não pode ser revertido, Bazir — insistiu Sarya. — O conhecimento é um caminho sem volta.

— Eu não quero tirar! — gritou Jun. — Quero continuar assim.

— Isso pode gerar um problema e tanto — retrucou Sarya. — Nunca um gelfo teve acesso a tantas informações. Se ela fosse com a gente para nossa cidade...

— Tirar minha filha de mim, jamais! — bradou Jorost.

— Nós poderíamos protegê-la em Neyd — replicou Dynaia. — Tenho certeza de que nenhuma fada faria nada de mal a ela.

— Acreditar em promessas de humanos não é uma opção válida — decretou Bazir.

— Teremos que guardar segredo então, Vellanda — insistiu Sarya. — Se outros gelfos, os da capital, souberem, podem querer usá-la.

— Ela está certa, pai — disse Jun. — Temos que manter segredo... ao menos por um tempo. — A gelfinha fez uma pausa, imersa em pensamentos. — Vou precisar de um pouco de pó mágico para me proteger. Sei que vocês não têm muito, não vou usá-lo para nenhuma banalidade, só quero ter um pouco por perto, caso precise para me proteger e proteger minha família. Eu sei que o pó não pode se reproduzir. Não podemos ordenar ao pó que vire mais pó. Quero só uma pitada. Prometo usar com sabedoria. Se não puderem, tudo bem, agora eu sei onde conseguir.

As fadas se entreolharam e vacilaram. Bazir suspirou e acenou para Jorost.

— Mais pó? — exclamou Jorost. — Esse troço só traz desgraça, guerras e morte.

— O conhecimento pode ser usado para o bem ou para o mal, sr. Jorost — replicou Sarya. — Mas não podemos dar o pó para um gelfo sem treiná-lo antes…

— Pelo amor de Guinda, vocês quase a mataram com isso, devem isso a ela. Podem fazer o treinamento que quiserem enquanto não voltamos pra nossa vila — repreendeu Bazir, no que as fadas concordaram.

— Quero ver Imália! — disse Jun com firmeza.

— Ela está muito triste pelo que fez — garantiu Dynaia.

— Pode pedir para ela entrar? — insistiu Jun.

As fadas abriram a porta e foram até o quarto. Jun ouviu os passos leves da indra. Imália estava com os olhos vermelhos e seu rosto apresentava um meio-sorriso constrangido, sem mostrar os dentes.

— Podemos ficar a sós? — pediu Jun.

Com um suspiro de Jorost, todos os adultos saíram do recinto, deixando as duas amigas sozinhas para o silêncio do quarto.

— Eu sinto muito, Jun — desculpou-se a indra. — Eu não achei que fosse lhe fazer mal.

— Não fez! — Jun sorriu. — Na verdade, me sinto ótima.

— Mas isso vai lhe trazer problemas. — A indra chorou e abraçou a amiga gelfa.

— Se aparecerem problemas, vamos resolver juntas — afirmou Jun. — É assim que as amigas fazem, não é?

CAPÍTULO 5

ADAPTAÇÃO

Levou tempo para Jun se adaptar ao que parecia uma enxurrada de conhecimento. Era como uma tempestade que não dava trégua, inundando sua mente até os cantos mais obscuros. Às vezes, sentia que estava se afogando. Então, as palavras saíam como vômito. Histórias, fatos, ideias, tudo jorrava dela sem controle.

Mas algo estava errado. Jun começou a esquecer coisas. Esquecia se havia tomado banho. Esquecia onde deixava as coisas. Pegava um copo na cozinha e o abandonava na sala. Alda não gostou e fez questão de lhe dizer. Às vezes, Jun ficava perdida nos próprios pensamentos. Era como se estivesse em outro lugar, presa a algo invisível.

Os sons começaram a incomodá-la. Pequenos ruídos pareciam grandes demais. Os olhos dos outros gelfos eram difíceis de encarar. Ela sentia que podia ver através deles, como se soubesse o que pensavam, o que sentiam. E, com isso, veio o medo de que pudessem fazer o mesmo com ela.

Certas coisas que antes gostava começaram a se tornar insuportáveis. O cheiro do borjão, que antes adorava comer cozido, agora a fazia querer vomitar. Parecia que algo dentro dela havia mudado, como se o feitiço tivesse mexido com partes de seu cérebro que nunca haviam sido tocadas.

Ainda assim, ela se sentia fascinada. Queria mais. Pedia livros a Imália, devorando cada um como se fosse a melhor comida que já tinha provado.

O grande salão da estalagem era um refúgio contra a escuridão do lado de fora. O teto alto, sustentado por vigas de carvalho entalhadas com símbolos antigos, refletia a luz quente das lamparinas encantadas. Mesas robustas estavam espalhadas pelo ambiente, algumas ainda com restos de pão e hidromel.

Lá fora, a bruma negra sufocava toda a luz, e a tempestade castigava as janelas com rajadas de vento e chuva. O trovão ribombava ao longe, como se o próprio mundo estivesse indeciso sobre o que viria a seguir.

Dentro, no entanto, a incerteza tinha outro nome. Jun.

Jorost passou a mão pela testa, os olhos estreitados em preocupação, e virou-se para as duas themis diante dele.

— Vocês precisam consertar isso. Agora.

Sarya e Dynaia trocaram um olhar breve.

— Não é tão simples, Jorost — disse Sarya, sua voz calma, mas firme. — A poção foi criada para humanos. Não imaginamos que teria esse efeito em uma gelfa.

— Mas teve — rosnou Jorost. — E agora minha filha... — Ele hesitou, como se as palavras lhe queimassem a língua. — Agora minha filha está diferente.

— Não diferente — corrigiu Aimê, dos fundos do salão. Seu tom fez com que todos se virassem para ela. — Apenas mais... Jun do que nunca.

Bazir, seu pai, franziu a testa.

— Não estamos dizendo que há algo errado com ela, Aimê, mas precisamos entender o que está acontecendo.

— E se não tiver nada de errado? — rebateu Aimê, os braços cruzados. — E se o problema for só a forma como vocês esperavam que ela fosse?

Jorost abriu a boca para responder, mas Aimê continuou antes que ele pudesse argumentar.

— Sabe o que penso? Penso no meu irmão Saran, que está lá em casa. Eles são da mesma idade. Eu sei que Saran sempre adorou Jun. Desde que eram filhotes. Sempre gostou dela exatamente como ela era. E isso não vai mudar só porque vocês acham que ela está diferente.

Houve um silêncio momentâneo. Lá fora, outro trovão sacudiu as janelas, e o vento uivou como se quisesse entrar.

Dynaia suspirou.

— Podemos estudar um jeito de reverter os efeitos da poção. Mas se Jun não quiser…

— Se Jun não quiser — completou Sarya —, talvez o que precisemos mudar não seja ela.

— Ela já disse que não quer! — A voz de Aimê saiu firme. Depois ela olhou nos olhos do pai, de Jorost e depois das fadas. — Ela vai precisar da ajuda de todo mundo. Espero que vocês não a abandonem agora.

Aimê olhou firme para as fadas durante a frase. A tensão cresceu. Fadas e gelfos se encarando.

Jorost passou a mão pelo rosto, exausto.

— Eu só quero que ela seja feliz.

— Então talvez tudo que precisemos fazer seja aceitar — disse Aimê, dando de ombros. — Quem gostava dela de verdade antes, vai continuar gostando agora.

O trovão rugiu outra vez, mas, dessa vez, ninguém mais se assustou.

CAPÍTULO 6

QUANDO AS TREVAS INVADEM

A bruma se desfazia aos poucos, relutante, como algo que ainda observava. Em breve, poderiam seguir viagem.

Então veio o estrondo.

Não um trovão, mas algo que despencou do céu, rasgando o telhado da estalagem. O impacto fez o chão tremer. Por um instante, o silêncio pairou, pesado e traiçoeiro. Depois, as vigas cederam com estalos secos, o concreto se esfarelou, e a madeira gritou.

E, então, o som da bruma.

Ela entrou na estalagem como dedos espectrais, um sussurro grave, vivo e faminto.

E, com ela, o cheiro.

Imália franziu o nariz, mas Jun sentiu primeiro. Era úmido e antigo, como terra recém-revirada, como carne esquecida no tempo.

Fosse lá o que caiu do céu, não era algo que deveria ter acordado.

— O que foi? — exclamou a indra, assustada.

— Que cheiro é esse? — indagou Jun.

— Cheiro?

— Sim, esse cheiro forte...

Do lado de fora do quarto, gritos, correria e confusão generalizadas. Não sabiam o que estava acontecendo.

— Você está sentindo um cheiro forte?

— Sim, mas... — Antes que Jun pudesse completar a frase, Imália pegou o pó mágico na sacola. — O que vai fazer?

— *Poxy Eyma!* — gritou para o pó.

— O que está acontecendo, Imália?

— Sereias — disse Imália, os olhos arregalados. — Atacam desse jeito. Jogam gás para fazer dormir. — Pegou o pó e disse mais alguma coisa, mas Jun não conseguiu ouvir. O barulho de destruição abafava tudo.

Na cabeça de Jun, as informações começaram a surgir. Sereias. Meio humanos, meio pássaros ou peixes. As fêmeas eram fortes, corajosas, podiam prever o futuro. Os machos não. Viviam à margem. Fracos, traiçoeiros. Sobreviviam de emboscadas e roubos. Gostavam de atacar caravanas de fadas, sobretudo quando a bruma negra cobria o céu. Tinham um fascínio pelo pó mágico das fadas.

— Eu sei! — disse Jun, a voz trêmula. — Lembro. São homens-pássaro, não são?

— Fique quieta. — Imália colocou o dedo nos lábios da gelfa. — Fiz uma proteção. Eles não vão nos ver, mas precisamos ficar quietas. Só assim salvamos os outros.

Elas estavam escondidas, cercadas por uma luz que quase ninguém podia enxergar. O medo de Imália era que os homens-pássaro vissem além do que deviam, como os pássaros da floresta, que enxergavam o que ninguém mais via. As duas andaram juntas, cuidadosas, sem soltar a mão uma da outra. Não podiam se perder. Não ouviram o bater de asas. Não sentiram cheiro algum.

Saíram do quarto e se depararam com o caos. Uma madeira gigantesca caíra sobre a estalagem. Era um galho de ferônea, grosso como uma muralha. Essas árvores podiam alcançar dois quilômetros de altura. Jun parou e olhou para cima. Entendeu. Os homens-pássaro haviam derrubado o galho carregado com gás de hiperfungos sobre o telhado.

Eles não eram bravos. Preferiam armadilhas a confrontos. O gás não matava, apenas fazia dormir. Extraíam-no de bolsas de fungos. Era eficiente. Eles entrariam, pegariam o que queriam — metais, armas, o pó mágico — e fugiriam sem deixar rastros. Nunca gostavam de voltar ao mesmo lugar.

Jun apertou a mão de Imália. O medo era palpável, mas as duas seguiram. Não havia outra escolha.

Chegaram à escada. Onde antes havia a sacada que dava para o salão, agora havia um tronco marrom. Nenhum sinal de quem estava ali momentos antes.

No caminho, a mente de Jun começou a lhe pregar peças. As "novas memórias" surgiam como um catálogo de horrores. Criaturas terríveis da floresta que usavam a bruma negra para caçar. Ela imaginou o dragão vermelho emergindo do pó. Seus dentes seriam tão longos quanto sua perna. Ele cravaria os dentes em seu ventre, perfurando carne e ossos. O sangue espirraria pelas paredes. A dor seria insuportável. Os ossos se quebrariam com estalos.

Mas a morte não seria rápida. O dragão a queimaria. Eles não comem carne crua. Primeiro os pelos queimariam, depois a pele. Bolhas se formariam antes de tudo carbonizar. O sangue ferveria. Os órgãos derreteriam.

Jun parou por um instante. Respirou fundo. Mas o cheiro de destruição enchia seus pulmões. Ela continuou. O medo não desistia, mas ela também não.

— Imália, eu não paro de pensar coisas que não me ajudam em nada no momento — sussurrou Jun.

— É esse maldito efeito colateral. Você não consegue focar. Faz um esforço agora. Não deixa o medo dobrar você, Jun — avisou a voz de Imália, tirando a amiga do oceano de pensamentos estranhos.

— O conhecimento é uma coisa assustadora — murmurou Jun.

— Foco, Jun! Foco!

Um farfalhar chamou a atenção das meninas. O som aumentou e se diversificou. Algo estava se aproximando, mas ainda não podia ser visto. De repente, algo pousou a vinte metros de Jun. Algo branco e azul que desceu com uma suavidade assustadora, quase não fazendo barulho algum. Jun teria gritado se tivesse fôlego, mas foi acalmada por Imália.

— Ele não pode nos ver por causa do feitiço, mas devemos ficar imóveis, homens-pássaro têm a visão muito aguçada…

Era mesmo um sereio. Uma criatura meio homem e meio pássaro. Não lembravam as fadas em quase nada. O corpo era quase todo coberto de penas. Poucas brancas na frente e muitas azuis nas costas e na cabeça. Tinha o corpo bem mais esguio que o das fadas, eram altos e magros. As pernas eram finas e muito longas, terminando em garras amareladas com longas unhas negras. Os braços eram separados das asas, mas eram longos e finos, lembrando mais membros de insetos do que de humanos. Quando ele apontou para cima, Jun sentiu um arrepio na espinha. Era uma criatura assustadora, com dentes pontiagudos e um nariz grande e pontudo. Os olhos eram bem maiores do que os olhos dos gelfos, que já eram grandes em comparação aos dos humanos, tão vermelhos que pareciam brilhar sob a escuridão da bruma.

Mais dez criaturas iguais desceram com suavidade e começaram a produzir sons que lembravam grasnados. Para espanto de Jun, ela conseguia entendê-los com clareza. Mais do que isso, sabia que aqueles seres falavam mal sua própria língua.

— Procura na casa toda! Elas tão guardando a coisa num baú! — disse o quinto harpio a pousar e que parecia ser o líder. O fato de não ser dos primeiros a pousar e não querer ficar sozinho lá em cima dizia muito sobre sua insegurança. Harpios eram covardes. Mas, quando em grande número, eram perigosos.

— Num tô achando as fada! — gritou outro.

— Tem qui corrê! Elas já vão acordá!

Entraram nos cômodos com rapidez impressionante. Nesse momento, Jun viu que todos estavam caídos inconscientes ao lado da escada. Amontoados, mas pareciam estar bem. Jun não teve, porém, tempo de conferir se estavam todos ali. Viu seu pai, as fadas e Jino, mas não viu Aimê, nem Bazir.

— O que vamos fazer? — perguntou Jun a Imália, que parecia indecisa.

— Eu posso fazer um feitiço para assustá-los, mas não sei qual...

Jun olhou para os lados e tentou se acalmar para conseguir pensar. Um monte de feitiços veio à sua memória com uma velocidade espantosa. Ela não apenas lembrava de como fazer, o que faziam, mas também visualizava seus efeitos como se assistisse a uma apresentação de teatro encenada no palco da praça principal de sua cidade.

— Achei uma gelfa morta aqui, Fliu! — gritou um dos harpios do outro lado da sala, fazendo o coração de Jun gelar. — Vamo saí daqui logo!

— Temo que achá o pó, pulhas! — grasnou o chefe.

Foi quando Jun distinguiu as roupas de Aimê e ficou desesperada. Esqueceu de tudo à sua volta e começou a correr gritando em direção à amiga. Quanto mais corria, mais nítida ficava a imagem e pior se tornava a sua realidade. A gelfa tinha sido atingida pelo tronco e estava com a cabeça esmagada.

— Aimê, não! — gritou Jun, fazendo os homens-pássaro saltarem de susto. Alguns voaram para um lugar mais alto.

— Que demônio é esse! — grasnaram alguns harpios em uníssono.

Jun chegou até a amiga, cujo rosto estava embaixo do tronco. Como se encaixado ali. Sabia que, se a mexesse, veria algo mais horrível do que tudo que já vira na vida: a amiga deformada e morta. Começou a gritar desesperada. Esquecera-se de tudo. Dos homens-pássaro, de Imália, da bruma que cantava um coro fúnebre sobre sua cabeça e da chuva que caía agora mais forte. Foi por causa da chuva que um dos harpios pôde notar sua presença.

— Olha lá! — gritou. — É um gambá molhado. Tá de feitiço! Olha! Olha!

— Olha! — gritou outro.

— Gelfo não usa feitiço! — protestou um dos sereios.

— Esse aqui usa, eu tô vendo!

— Pega ela!

Mesmo nervosa, Jun sabia que deveria correr. Seus olhos vagaram à procura de Imália e não a viu. Toda a confusão não ajudava. Resolveu que correria. Um harpio pousou na sua frente e a envolveu com os braços finos. A sensação era terrível. Pareciam quebradiços. Como não conseguia enxergar a gelfa com precisão, também não conseguiu segurá-la com firmeza, deixando-a escapar.

— Pega ela vocês e vocês outros procurem o pó!

— Deixa o pó pra lá, já era! — gritou outro. — Eles vão acordá. Se vê vocês, vão saber quem somo e vão atrás de nós pra matá a gente!

— Joga o gás de novo e voa.

— Elas tão com feitiço, cloaca! Não adianta!

Por fim, um dos harpios derrubou Jun com um empurrão. Caída no chão, foi segurada por duas das criaturas, que sacaram algo parecido com uma faca, só que maior. Não eram espadas, lembravam mais punhais.

— Mata logo!

O monstro fez um gesto longo com a faca e golpeou Jun no ombro. Ela gritou ao sentir o aço atravessando seus pelos e perfurando a carne. Ele fez de novo e de novo, com agilidade incrível para uma criatura que parecia tão desajeitada. O sangue de Jun começou a sair pelos orifícios recém-perfurados e a dor começou a tomar todo seu corpo.

— Matô?

— Tá morrendo.

— Fura até ela morrê, não confia que vai morrê até morrê direito!

A criatura apalpou o pescoço de Jun, achando a jugular, e deu mais três golpes. Tudo começou a ficar turvo. Até que houve um contraste. Tudo ficou muito claro... E quente! Algo explodiu ao seu lado e as mãos que a prendiam se afrouxaram, deixando-a cair no chão.

O harpio que a golpeara caiu para trás com uma lança atravessada no peito. Jun viu que havia um contra-ataque. Bazir saltou por cima dos homens-pássaro, rugindo, com seu thuá apontado para matar. Imália conjurava bolas de fogo, espalhando calor e caos. Parecia que iam vencer. Mas Aimê estava caída, e Jun sabia que ela também não resistiria.

A escuridão começou a envolver tudo. Jun sentiu o sangue escapar rápido demais. As memórias novas diziam que não havia como parar o fluxo. Sabia que existiam feitiços que poderiam curá-la, mas Imália era jovem demais para conhecê-los.

Talvez, se tivesse acordado suas mães, pudesse ser salva. Aimê também. Esse foi o último pensamento de Jun antes de a escuridão engoli-la por completo.

CAPÍTULO 7

FAMÍLIA

Do mirante de sua casa, Jorost Vellanda observava os filhos no alto das árvores, colhendo morandas. Os gelfos construíam suas moradas no interior das grandes ferôneas, usando pedra, barro e madeira para erguer estruturas complexas de vários andares. Sempre no topo, antes da copa, faziam um mirante para enxergar longe. Acima, as folhas enormes tampavam o céu, mas deixavam passar raios de luz do anel, iluminando partes do solo. O resto era sombra.

O mirante de Jorost dava para a clareira no centro da cidade. O risco de fogo brilhava acima das nuvens. O horizonte queimava em azul e laranja. As lembranças vieram. Ele tentou deixá-las para trás. Tentou.

Aimê se fora havia três anos, pelo tempo dos humanos. As fadas salvaram Jun, mas não conseguiram salvar Aimê. Nunca explicaram direito. Nunca mais voltaram. Nunca fez sentido, nem para Bazir, nem para Jino. A confiança se quebrou como os galhos das ferôneas. A guerra acabara, mas as alianças ruíram, até porque andar com fadas era arriscado. As caravanas seguiam mais raras e nenhuma fêmea podia viajar nelas.

Três anos atrás, Bazir matou dois com seu thuá. Oito fugiram ao ver resistência. Covardes. Deixaram Aimê e Jun caídas.

Imália despertou todos com um feitiço. Sarya usou o pó mágico para salvar Jun. Aimê, não. A mente estava destruída. Nem as sibilas podiam trazê-la de volta. E os gelfos não aceitaram. Porque aceitar é um verbo pesado demais quando a perda é grande. Explicar foi inútil.

Bazir passou pelo luto com a mesma bravura que Jorost conhecia dos tempos em que ambos eram soldados. As culpadas eram as harpias. Mas Jino, se perdeu. Virou sombra do que era. Amargo.

Afastou-se de Tosken e de Bazir. Qualquer um que lembrasse Aimê lhe causava dor. Se tornou superprotetor com Valla, sua irmã gêmea. Mas evitava Jun. Era como se odiasse que ela tivesse vivido.

Bebia ambusa até cair e procurava briga constantemente com outros gelfos da mesma idade.

Jorost seguiu com a vida, carregando mais uma culpa. Durante a guerra, fora um matador eficiente. Agora, era um colhedor de morandas. Mas sabia algo que outros não sabiam: como fermentar a ambusa vermelha. Era um processo valioso.

Fazia doações aos sacerdotes guinetistas para comprar sua paz. Mas a praga dos síssios piorava tudo. O dinheiro ficava escasso à medida que as bolinhas amarelas devoravam as morandas e estragavam o resto com suas larvas.

A bebida perdeu qualidade. Jorost perdeu credibilidade em outras aldeias. Sem dinheiro, sem paz — porque paz custava caro.

Ele olhou os filhos se esgueirando entre os galhos altos. Balançou a cabeça, tentando afastar os pensamentos como quem afasta síssios. Aquelas bolinhas amarelas, um misto de ave e inseto, eram tão insistentes quanto as lembranças.

— Senhor Jorost?

A voz de Meida tirou o gelfo de seus pensamentos. Foi como acordar de um sonho bom, mesmo que os pensamentos não fossem tão agradáveis assim. Estava preocupado com as finanças da família. Imaginava se poderia dar uma vida melhor aos filhos. Como faria isso?

— Senhor Jorost? — insistiu Meida.

O gelfo virou-se para a empregada. Uma jovem de 21 anos, no máximo, que mal entrara no período fértil. Não era bonita, mas cheirava a juventude e tinha um pelo amarelo brilhoso. Vivia na parte mais distante da vila. Era filha do velho Fucô, considerado louco por muitos de seus vizinhos.

— O que é, Meida? — disse, sem paciência.

— Eu queria pedir uma coisa ao senhor...

— Que bom que não quer mais — brincou o gelfo, para depois pegar uma xícara de chá.

— Ela quer te pedir um aumento, Jorost — interveio Pipa. — E ela merece!

O gelfo olhou com uma cara tão feia em direção à empregada que ela virou de costas e simulou uma fuga. Pipa a aparou, impedindo-a de sair. Meida entendeu que não havia escapatória. Ou apanhava de Jorost por pedir um aumento, ou apanhava da esposa dele por não pedir.

— Eu queria um aumento, seu Jorost...

— Isso eu já entendi — falou o patriarca, mal-humorado. — Mas por que Pipa acha que você merece?

Meida não respondeu.

— Ela está grávida! — bradou Pipa, sem nenhuma sutileza.

— O filho é de Jino? — presumiu Jorost, quase se engasgando com o chá.

— Não, não é de Jino! — respondeu Pipa.

— Mas eu vi vocês de namorico na outra estação...

— O filho não é de Jino! — repetiu Pipa.

— Então por que eu tenho que dar um aumento pra Meida?

A empregada permanecia quieta enquanto os patrões discutiam. Pipa respondia todas as perguntas direcionadas à jovem. Parecia que a presença dela ali não faria muita diferença.

— Responde, Meida, quem é o pai desses filhotinhos aí na sua bolsa? — insistiu Jorost, preocupado. — Jost? O filho é de Jost?

— Jost não tem bigodes formados ainda, Jorost! — exclamou Pipa, sem paciência. — Como vai fazer um filho?

— Você sabe muito bem como um gelfo sem bigodes faz um filho, Pipa! Difícil é eu, com minha idade, fazer mais filho agora, com tanta despesa pra pagar!

— Se você não doasse tanto dinheiro pra Gúnia, nossas finanças não estariam tão ruins!

Pipa não cansava de lembrar que podiam viver muito bem sem a Gúnia, que a família dos pais dela nunca tinha doado nada e viviam felizes.

— Petrúnio — murmurou Meida, quase num sussurro. — Estou grávida de Petrúnio.

Jorost se aproximou de Meida a ponto de quase seus focinhos se tocarem. Era como se ele estivesse procurando algo ou tentando se lembrar de alguma coisa.

— Aquele que batia em você? — perguntou depois de um silêncio.

— Jorost, não seja tão grosso! — censurou Pipa.

— Ele é que bate nela e eu que sou grosso? — replicou Jorost, cruzando os braços.

— Deveria dar um aumento a ela pra poder ajudar a criar a família!

— Jino não teve que pagar o tratamento desse aí?

— Ele bateu no Petrúnio depois que ele bateu nela — disse Pipa.

— Não foi Jino quem bateu em Petrúnio... — Meida começou a dizer.

— Foi Jun, eu sei! — afirmou Jorost, para depois levantar o dedo e se aproximar do rosto da empregada. — Mas isso é um segredo que não deve ser contato por aí. Por isso é um segredo. — Fez uma pausa pensativa. — Mantenha isso em segredo e eu te dou o aumento.

Pipa ficou quieta. Meida também, limitando-se a sorrir vitoriosa da maneira mais discreta que um gelfo conseguiria.

— Aquele imbecil está trabalhando na padaria ainda ou já foi remanejado? — perguntou Jorost, sem mudar a entonação irritada da voz. — Só falta eu ter que empregar o desgraçado também.

Meida afirmou com a cabeça, sem tirar o sorriso tímido do rosto.

— Você reclama demais pras despesas da casa, mas paga sorrindo aqueles valores absurdos pros sacerdotes. É uma vergonha! — brigou Pipa.

O gelfo ficou quieto e saiu do recinto. Muitas vezes Jorost teve que driblar a sua esposa e todo seu argumento contra os guinetistas. Eles eram a religião mais forte dos gelfos e a única conhecida na vila de Kopes, que ficava longe do mar e das guerras que Jorost tanto abominava, mas margeava um lago tão grande e tão profundo quanto um oceano. O Lago de Kremmer, também conhecido como Lagoa da Cachoeira Contrária, era ligação fundamental para alguns pontos isolados daquela região.

Pipa acreditava em Guinda, mas não na Gúnia guinetista. Muito menos no sacerdote da aldeia de Kopes que, para ela, não passava de um catalisador de riquezas. Segundo os ensinamentos do Guinair, Guinda não aceitava dinheiro, apenas ações para elevar a alma dos gelfos. Ao menos foi isso que ela aprendera de sua avó quando era uma filhotinha.

Jorost queria que seus filhos fossem respeitados. Mais do que isso, queria que eles nunca sentissem o peso do olhar da Gúnia, aquele olhar que ele mesmo enfrentara na infância, afiado como lâmina enferrujada. O mesmo olhar que o perseguiu quando começou a namorar Pipa, porque uma Lirolle — de uma linhagem de grandes guerreiros — não podia se casar com um Vellanda, um filho de pescador, um gelfo amarelo.

Mas o amor não se desfaz só porque o mundo quer. O mundo pode tentar. Pode rir. Pode sussurrar atrás das portas.

Mas Pipa esperou.

Jorost fez o que precisava ser feito. Foi à guerra e conquistou sua própria glória. Cinco longos anos de espera. O suficiente para que pretendentes dissessem a Pipa que ele estava morto.

Para que as certezas dela fossem testadas. E foram. Pipa sabia que seriam. Mas nunca, nem por um instante, duvidou. Quando o pai bufou, cruzou os braços e lançou aquele olhar duro que parecia querer esmagar a firmeza dela, e quando as propostas começaram a chegar — uma mais promissora que a outra, todas trazidas com orgulho como troféus — Pipa simplesmente ergueu o queixo e disse, com a voz firme de quem já tinha decidido:

— Não me casarei com nenhum outro. Se não puder ter Jorost, seguirei o caminho das sacerdotisas.

Foi como se tivesse jogado um balde de água fria na sala. Mas não importava. A decisão estava tomada.

Então Jorost voltou. Teve que resgatá-la de um mosteiro, o que causou um rebuliço daqueles — um escândalo, na verdade, como um enxame de síssios em pânico. Não havia outra escolha. Fugiram de Cestes para Kopes, deixando para trás não apenas as fofocas e os julgamentos — que, diga-se de passagem, eram abundantes — mas também uma família que ainda discutia o absurdo de os filhos terem cores diferentes.

Jino, Valla e Jun tinham herdado o tom marrom da mãe, quente e terroso. Jost e Risa, por outro lado, eram amarelos como ele, brilhantes e vibrantes como o sol. Diferenças pequenas, quase insignificantes, mas que, para alguns, pareciam importar mais que qualquer outra coisa.

Mas Pipa não ligava para isso. Ela sabia que família não era cor nem sangue — era afeto, era coragem, era a decisão de permanecer, mesmo quando os outros sussurravam pelas costas. E ela sorria ao ver os filhos correndo juntos, sem perceber que havia algo ali que os separasse.

Pelo tempo dos humanos, Jorost tinha 53 anos; Pipa, 50. Jino e Valla tinham 20; Jost e Risa, 18. Jun, a mais nova, agora tinha 17.

CAPÍTULO 8

PEQUENAS LEMBRANÇAS

O risco dourado que dividia o céu se derramava em feixes quentes sobre o Rio Verdejante, onde a correnteza sussurrava uma melodia antiga entre os musgos, a areia e as pedras. Na margem, ajoelhados sobre a terra úmida, Aimê e Saran trabalhavam com paciência, as mãos pequenas e ágeis talhando um pedaço de madeira.

— Segure assim, irmãozinho — disse Aimê, guiando as mãos de Saran com doçura. — Sinta a madeira falar com você. Ela já sabe que será um barco, só precisa que a ajudemos a se tornar um.

Saran, com os olhos brilhantes de entusiasmo, segurou o pequeno canivete e tentou imitar a irmã. A madeira era firme, mas cedia sob o toque paciente, ganhando forma aos poucos. Aimê observava com um sorriso terno, a brisa agitando seus cabelos claros e longos.

— E se ele afundar? — perguntou Saran, franzindo o cenho enquanto cortava uma lasca fina demais.

— Então faremos outro. E mais outro, até que um deles aprenda a navegar — respondeu Aimê, inclinando a cabeça com um olhar cúmplice. — Barcos são como a vida, Saran. Às vezes, eles afundam. Mas sempre podemos construir novos.

O jovem gelfinho assentiu, tentando esconder um sorriso tímido. Aimê sempre encontrava maneiras de transformar qualquer coisa em uma lição para o irmão. Para Saran, cada palavra dela era um segredo precioso do mundo.

O barquinho logo tomou forma, pequeno e rústico, mas carregado de significado. Aimê usou uma pedra redonda e áspera sobre a madeira, retirando as farpas, e soprou a poeira dos entalhes. Em seguida, fincou um pequeno galho no centro e amarrou nele uma folha larga, formando uma vela verde e vibrante.

— Agora, o batismo. — Aimê ergueu o barco com reverência e olhou para o irmão. — Como o chamaremos?

Saran hesitou por um instante e então suas orelhas apontaram para frente:

— *Desbravadoso!*

— Isso nem é uma palavra, Saran — riu a irmã.

— *Ventolino!* — insistiu.

— Que tal *Vento-livre*?

— O que é isso? — perguntou o gelfinho.

— Apenas me pareceu adequado, o vento vai levá-lo e para onde irá será sempre uma surpresa — explicou a irmã, passando a mão pela cabeça de Saran.

— Gostei desse.

Aimê sorriu, satisfeita.

— Um nome digno de um navegador.

— Eu não queria que você fosse nessa viagem, Aimê — disse o irmão, de forma repentina, tentando impedir as lágrimas de transbordarem.

— Eu vou voltar logo. — Ela abraçou o irmão. — Está vendo o brilho das ampulhetas ali perto da noraseira? Conte vinte cambalhotas daquelas azuis e eu estarei de volta. E a gente faz outro barco, maior ainda do que o *Vento-livre*. Vamos colocá-lo no rio?

Com delicadeza, ela colocou o barquinho na superfície cristalina do rio. Por um momento, ele oscilou, inseguro, depois a corrente o tomou em um abraço suave, levando-o rio abaixo. Saran o seguiu com os olhos, sentindo uma alegria inexplicável.

— Ele está navegando! — exclamou, vibrante.

— Sim — Aimê assentiu, fitando-o com ternura. — E sempre navegará, assim como nossas lembranças, que jamais se perdem completamente.

O vento soprou suave, trazendo o perfume das flores silvestres. Aimê afagou os cabelos de Saran, e ali, naquele instante, tudo parecia eterno.

Mas então a luz se dissolveu, sugada pela escuridão do quarto. O som do rio virou silêncio. O toque quente de Aimê sumiu, deixando apenas o peso frio da ausência.

Saran abriu os olhos para o teto de madeira escura de seu quarto. O som do rio era apenas um eco na memória, e a brisa não passava de um resquício de sonho. Inspirou fundo, sentindo o peso de três anos sem Aimê.

Virou-se na cama, os olhos úmidos. No canto da mesa, um pequeno barquinho repousava, esculpido com suas próprias mãos. A vela de folha havia muito seca. O tempo passara, mas o *Vento-livre* ainda estava ali.

Saran o pegou com delicadeza e saiu para a varanda. Uma névoa pairava sobre a floresta, dourada pelos raios do anel de fogo no céu. No coração, a dor da ausência e o calor das lembranças se entrelaçavam como raízes profundas.

Aimê se fora, Saran nunca aprendeu a contar. Aprender seria admitir que nunca mais voltaria a ver a irmã.

Desceu do quarto até a cozinha. Loriza, sua mãe, sentiu o cheiro de sua tristeza, mesmo entre as panelas fumegantes.

— Jino está aí — disse ela, apontando para a sala. Era uma tentativa de fazer o filho parar de pensar no que ela nunca iria parar de pensar. — Jost também. Vieram te chamar para caçar síssios.

Não era apenas diversão. As pequenas bolinhas amarelas pareciam pintinhos, faziam sons de pássaros, com silvos e cantos. Voavam grudadas umas nas outras por pedaços invisíveis. Quando mordiam, mordiam com força e, quando se reproduziam muito, acabavam empesteando as plantações de morandas. Cabia aos jovens essa tarefa.

— Você tá do meu tamanho — disse Jino ao ver que Saran havia acordado.

— É... — Saran percebeu que Jino estava sóbrio. Era raro.

— Vai subir com a gente hoje? — indagou Jost.

— Tá...

— Mas depois de comer um bolo com queijo de coláx — insistiu Loriza. — Quando a gente está bem alimentado, não fica tão triste.

A frase era um aviso claro de que ela sentia a tristeza em Jino e Saran. E sabia o porquê. Gelfos podiam farejar a tristeza e, embora Jino provavelmente se esforçasse para manter as orelhas erguidas, elas caíam para os lados sempre que ele se distraía. Saran nem tentava escondê-las.

— Sou mãe de Aimê — disse, a voz carregada de energia. — Guinda sabe o quanto sofro. Não entendo os desígnios dele, mas se decidiu levar Aimê antes do tempo, eu aceito. Sem peso, sem culpa. Não vou pagar nada a Kadhir pela alma dela, porque sei que ela foi para o melhor lugar que uma alma poderia ir. Não preciso comprar um lugar para minha filha. — Ela respirou fundo. — Meu coração também chora. Mas eu e Elhiar nos mantemos fortes. Pode parecer que não dói para nós, mas vocês não fazem ideia do que é perder um filho. Ficamos mancos para o resto da vida.

Loriza não chorou. Apenas tirou o bolo do forno e colocou-o sobre a mesa. Fez sinal para Jino, Jost e Saran se aproximarem. Antes de servir, estendeu as mãos. Um círculo de dor contida se formou. Era pequena perto dos três, mas os abraçou como se pudesse protegê-los sob seus braços.

CAPÍTULO 9

KOPES

A lenda dizia que gelfos e fadas guerreavam de tempos em tempos, sempre pelo pó mágico, e as batalhas sempre terminavam com a derrota dos gelfos.

Durante uma dessas guerras, um grupo de gelfos acampou às margens do Rio Kopes. O rio corria largo e fundo, afluente do Verdejante. Eles ergueram ali uma base para cercar Neyd. O cerco durou quatro anos. As fadas nunca foram derrotadas.

Após o conflito, veio a tão esperada paz. Algumas famílias de gelfos decidiram permanecer, construindo suas moradias próximas ao forte firmado no interior de uma noraseira. Tratava-se de uma rosa colossal, com pétalas brancas por fora e vermelhas por dentro. Eram pétalas grossas e resistentes, oferecendo um escudo natural contra criaturas maiores.

O talo da noraseira era curto, robusto e largo o suficiente para sustentar a grandiosidade de sua copa. Nele, foi esculpida uma entrada majestosa em espiral, como a própria essência de uma rosa desabrochando ao contrário. O caminho helicoidal serpenteava para dentro da cidade, suas paredes vivas pulsando com uma energia sutil, um sussurro da própria árvore que acolhia seus habitantes.

A vastidão de sua estrutura permitia que uma cidade inteira florescesse dentro dela, protegida pelo abraço de suas pétalas imponentes, que se curvavam suavemente para formar um teto parcial, filtrando a luz do anel de fogo em feixes dourados e carmesins.

Lá dentro, ruas se entrelaçavam entre corredores formados por fibras vegetais firmes como pedra, e os edifícios se moldavam à anatomia natural da noraseira. Vigas de madeira viva sustentavam praças e mercados, enquanto sacadas naturais brotavam das paredes orgânicas, oferecendo vistas para os jardins suspensos que pendiam das pétalas como cachos de luz esverdeada.

No coração da cidade ergueram-se a Gúnia, a prefeitura e a escola. Com o passar do tempo, ruas surgiram, assim como mercados e casas, enquanto oficinas e uma padaria se estabeleciam no chão. Uma praça, circundada por uma fonte cristalina, tornou-se o ponto central de encontro.

À medida que o burgo se expandia, seus habitantes buscaram refúgio nas imponentes ferôneas que rodeavam a grandiosa noraseira. Essas árvores colossais estendiam seus troncos maciços em direção ao céu da floresta, seus galhos entrelaçados formando passarelas naturais, onde os gelfos construíram lares protegidos da vastidão selvagem abaixo. A segurança que tanto prezavam estava ali, no alto, longe dos predadores e dos olhos curiosos dos estrangeiros. Do alto das grandes árvores, havia uma vista deslumbrante da noraseira e da cidade formada dentro das pétalas.

Embora distante da costa, Kopes prosperava graças ao comércio com as fadas. Contudo, o clero jamais viu com bons olhos a presença dos humanos, condenando-os veementemente, mesmo quando era impossível ignorar que a riqueza da Gúnia brotava exatamente daquilo que repudiavam. O verdadeiro pilar da vila era o coláx, uma fera que as fadas chamavam de quimera. Mamífero voador de aparência temível, ostentava três cabeças — leão, cabra e lagarto — e seu valor ia muito além do que se via à primeira vista. Os gelfos o aproveitavam de todas as formas: sua carne era servida em banquetes, o leite e os ovos compunham as refeições diárias, as peles forneciam vestes leves e resistentes, e até mesmo seu veneno, um poderoso anestésico, era cuidadosamente extraído e armazenado.

Em meio a tudo isso, Kopes era governada não por voto, mas por influência. O prefeito — ou burgomestre, como era chamado — não ascendia ao cargo por escolha do povo, mas pela decisão dos mais poderosos. E, assim, o título acabou nas mãos de Mitu, um gelfo astuto e prático, dono do maior mercado da vila, cujas prateleiras sempre estavam abastecidas com os melhores produtos... e os segredos mais valiosos.

Antes dele, era Kladus. Morreu de infecção. Diziam que foi por Ugamino, seu parasita. A história de como se conheceram era cantada pelos ventos de Kellyni.

Uma vez instalado na cabeça, o parasita de oito quilos compartilhava pensamentos e emoções com o hospedeiro, além de integrar-se ao seu sistema circulatório. Isso, é claro, resultava em um leve quadro de anemia e na necessidade de ajustes na alimentação para evitar que o parasita se debilitasse. O fato era que Kladus prosperou depois de sua união com Ugamino e só não fazia parte da corte real porque o parasita não aguentava muito tempo a maresia das cidades portuárias. Kladus passou de um andarilho fracassado a um eficiente administrador de Kopes.

Após sua morte, o viajado molusco reivindicou continuar hospedado na cabeça de Mitu, argumentando que havia sido coadministrador da cidade por muito tempo e que seria tolice desperdiçar toda sua experiência.

Mitu não gostou nem um pouco da ideia. Na verdade, ninguém se ofereceu para acolher o pequeno Ugamino, que ficou ainda mais indignado quando lhe sugeriram uma lhama como alternativa. Recusou com firmeza, declarando que manteria sua dignidade. Seu gesto foi aplaudido, e sua coragem, admirada por todos.

Em seu pequeno aquário, onde podia movimentar livremente seus tentáculos, Ugamino escreveu um comovente libelo na forma de um pomposo livro sobre o autossacrifício e a importância de abdicar de certos confortos para ajudar os mais necessitados.

O velho Tingo conseguiu apoio até das fadas para que o livro fosse copiado e distribuído. Kadhir reuniu todos na praça principal e, em uma honrosa homenagem, leu as quarenta páginas em voz alta diante de emocionados gelfos. Os aplausos foram de pé e duraram mais de dez minutos.

Aproveitando o momento, Ugamino saiu do aquário e fez um apelo público por um hospedeiro. O silêncio foi absoluto. Ninguém se manifestou. Na verdade, todos mantiveram uma distância segura do homenageado.

No ciclo seguinte, tomado pelo desespero, Ugamino espalhou besouros-carteiros por todos os cantos de Kellyni, até mesmo entre as fadas.

Nenhuma resposta.

Então, num ímpeto de fúria, tentou lançar-se sobre um guarda. Erro fatal. Precisaram de cinco gelfos para contê-lo e, quando finalmente o fizeram, transferiram-no para a delegacia, onde ficou sozinho, esperando, dentro de seu aquário agora selado.

O tempo passou indiferente ao parasita que um dia administrara a cidade. Quando enfim abriram sua cela, encontraram-no imóvel, seco, encolhido sobre si mesmo. Morto.

Não houve cerimônia. Nada de pira funerária, como era costume entre os gelfos. Mas atenderam a pelo menos um pedido em seu testamento: enterraram-no em um caixão. Simples, mas muito bem fechado.

CAPÍTULO 10

A GÚNIA

O rei Ian Bauron, o Eloquente, estava morto. Seu filho, Goluã Bauron, o Manco, tomou o trono. Mas o poder não era dele. Era de lorde Aurínio Filanoura, o guni. O ministro controlava a Gúnia e seu exército inquisidor. Ele dizia servir a Guinda, mas cada palavra sua vinha com um imposto. Cada ordem sua tomava mais das pessoas.

Aurínio encontrava pecados onde havia riqueza. Sempre havia provas — provas incontestáveis, dizia ele. As casas eram invadidas, e os culpados eram executados. As riquezas iam para a Gúnia, que crescia a cada dia. Os fiéis começaram a se afastar, mas Aurínio não parecia se importar.

O anel de fogo brilhava baixo no céu. O sul era um círculo ardente, e ao norte, o céu começava a ficar vermelho. Em breve, a bruma negra viria, escurecendo Kellyni ainda mais.

No jardim do lado de fora de sua árvore, a família Vellanda estava reunida, saboreando o lanche. Jost e Jino capinavam as ervas daninhas que importunavam as roseiras que Pipa cultivava. Saran também ajudava. Ele adorava fazer agrados para Pipa. O som distante de um sinete cortou o ar. Jorost se levantou. Visita. Não esperava ninguém.

Kadhir, o sacerdote, vinha montado em um conerante. A criatura era imensa, peluda, com seis patas musculosas e uma carapaça que parecia osso. Atrás dele, dez guardas da Gúnia montavam corredoras — garraventos brancas, cada soldado com uma lança reluzente. A Guarda Branca.

Jorost saiu correndo da casa. Não era comum ver Kadhir por ali, e menos ainda com um séquito. Mas foi o destino da comitiva que o fez parar no meio do caminho.

Eles vinham para sua casa.

Jorost parou, as mãos nos quadris. Pensava quanto tempo aqueles guardas aguentariam segurar as lanças. Pensava no motivo de Kadhir estar ali. E pensava se estava prestes a perder tudo.

— Pipa, Pipa. Venha aqui fora! — gritou Jorost

— O que foi, querido?

Ela seguiu o dedo apontado de seu marido e viu que a comitiva do sacerdote estava se aproximando deles. Abaixou a mão de Jorost e murmurou em seu ouvido que se recompusesse e se acalmasse.

Kadhir, o sacerdote, era um gelfo gordo e marrom, a cor considerada mais nobre entre as várias tonalidades de pelos dos marsupiais de Kellyni. Era alto, mais até do que Jino, e tinha um focinho virado para cima, fitando sempre a todos com um olhar superior. Vestia-se com roupas brancas de linho e uma grande túnica cobria-lhe todo o corpo — à exceção da cabeça, que era protegida por um chapéu de um único bico também com as cores branca e azul. Os gelfos que o escoltavam estavam uniformizados e no peito ostentavam o desenho da nagácia, a flor que simbolizava a Gúnia por lembrar a abertura de um marsúpio. Carregava, no alto do casco do conerante, uma muda da nagácia que espalhava o cheiro a grandes distâncias.

— O que fazem aí? Por que machucam Guinda sem necessidade?

Os três pararam o buraco que estavam fazendo no chão, perto da raiz da árvore, e olharam atônitos para a sumidade à sua frente. Pelo olhar de Jino, Jost achou que ele iria pegar uma lança e atacar o grupo de religiosos.

— Ca-ca-cavamos um buraco pra pegar minhocas pra uma pescaria — explicou Jost, tropeçando nas palavras.

— É... — Completou Saran.

Nisso, Jorost e Pipa se aproximaram.

— Vocês, pai e mãe, não ensinam seus filhos que não devem machucar o corpo de Guinda sem necessidade? Ele é sagrado.

Antes que Pipa começasse a discutir com o sacerdote, Jorost interveio.

— Eles estão se preparando pra pescar um grande peixe e ofertá-lo a Vossa Eminência no almoço do dia sagrado.

— Para mim? No dia sagrado?

— Sim, Vossa Excelência — responderam Jorost, Jost e Jino, quase em coro.

— Sendo assim, se é para a Gúnia e em um dia sagrado, então Guinda entenderá.

Toda a comitiva murmurou um sim, em uma concordância cega ao sacerdote. A Gúnia contava os dias quando isso a interessava.

Pipa mordeu a língua para não discutir com Kadhir. Não tolerava esse tipo de comportamento, nem mesmo vindo de um sacerdote. Se pudesse, diria com ironia que algo não deixava de ser errado só porque era oferecido à Gúnia. Mas, se eles estivessem pescando minhocas e pegando peixe para alimentar a família, seria pecado. Em respeito a Jorost, apenas balançou a cabeça e ficou em silêncio.

Para Pipa, todo dia era sagrado. Tanto os marcados por risadas e cambalhotas quanto aqueles em que ela acordava, cuidava da família e agradecia, no fim do dia, por tudo: comida, casa, filhos, trabalho e pelo marido. Isso era o que ela entendia do livro sagrado. Os Lirolle aprendiam mandru, a língua do Guinair, e ela sabia por quê.

— Vossa Eminência quer se refrescar em minha humilde casa? — perguntou Jorost.

— Vim tratar de negócios, Vellanda — disse Kadhir.

— Então vamos entrar. Pipa faz um bolo excelente.

— Hoje não podemos demorar — lamentou Kadhir. Ele desceu do conerante com um pesar genuíno. Era um gelfo guloso. — Partiremos antes que a bruma negra chegue.

Kadhir olhou para o alto da árvore onde a casa de Jorost ficava, trinta metros acima do chão. A gnelma, com suas doze pétalas, começava a se abrir. A flor só fazia isso quando a bruma negra estava próxima. Kadhir nunca recusava comida, mas até ele respeitava a pressa da escuridão.

As fêmeas, Valla, Risa e Jun, serviram suco de moranda aos soldados. Os machos cuidaram das garraventos e do conerante, alimentando-os com folhas frescas. Pipa, por sua vez, manteve o sorriso amarelo enquanto servia Kadhir.

— As terras que você doou à Gúnia no último ciclo — disse Kadhir, esvaziando o copo e sentindo o frescor do suco. — Vamos construir uma guarita na entrada da clareira.

— Isso é bom — respondeu Jorost. Não tinha outra coisa a dizer.

Um dos gelfos da escolta se aproximou. Era Shimbair Taliam, jovem, com vinte e cinco anos humanos. Pipa o reconheceu. Ele era o primeiro dedo da mão de Kadhir, segundo na hierarquia da Gúnia local. Era corpulento, de rosto forte, bigodes grandes que se projetavam dos lados do focinho pontudo e olhos penetrantes. Vestia-se com austeridade e trazia no olhar a cautela de alguém acostumado ao poder.

Shimbair vinha de Kopes, de uma família lendária pela avareza. Sua avó, Aurene, era famosa. Quando perdeu os dentes, ainda insistia em chupar a carne, mas nunca desperdiçava o que sobrava. Fazia sua empregada, Zani, comer os restos.

Pipa, no entanto, lembrava-se de Shimbair como um garoto. Ele brincava com Jino e Valla quando eram filhotes. Mesmo depois de entrar na Gúnia, mantinha um tom atencioso com ela e Jorost nas cerimônias.

Agora, ele estava ali, ao lado de Kadhir. A Gúnia sempre se fazia presente, mesmo nas sombras das florestas.

Já Kadhir não era de Kopes, mas um representante da Gúnia central, o kundra, ou coletor de impostos, que mantinha a conexão com o guni, autoridade máxima eclesiástica. Era o mais próximo de Guinda que havia em Kopes. Ao menos era o que pregava.

— Saudações, Vellanda — disse Shimbair de forma educada.

Jorost e Pipa cumprimentaram o jovem com sorrisos verdadeiros.

— A vila de Kopes é passagem para muitos estrangeiros e pretendemos cobrar por atravessar nossas terras — explicou Kadhir.

— Na verdade, o caminho é apenas pela clareira que fica bem longe da vila — observou Pipa, mal-humorada.

— Precisamos de uma soma grande para poder construir um centro de cobrança adequado — continuou Kadhir, ignorando o comentário de Pipa. — Acho que podemos lucrar muito com esse empreendimento. Já consegui doações de várias famílias, bons religiosos que não hesitaram em abraçar a nossa causa.

— Pode contar comigo, Kadhir — disse Jorost sem piscar e, ao mesmo tempo, segurando de forma sutil o braço de Pipa para mantê-la calada. — É um prazer servir a Gúnia.

— Precisamos de vinte moedas de ouro — apressou-se Shimbair, que parecia nervoso com a situação.

— Consigo logo após a bruma — disse Jorost, erguendo os ombros.

— Esperava que já tivesse consigo esse valor, Vellanda. — Kadhir não disfarçou o desapontamento na voz.

— Temos lá na copa da árvore — interveio Pipa com cinismo. — Se você não se importar em esperar um pouco pra irmos lá em cima buscar, contar…

— Não se incomode — resmungou Kadhir. — Temos que ir andando.

Cumprimentaram-se e retornaram às suas montarias. Assim que partiram, Pipa entrou para casa irritada. Jorost sabia que o dinheiro faria falta e sabia que as ideias de Kadhir em relação à fronteira acabariam por prejudicar o comércio de morandas. Foi atrás da esposa enquanto pensava em uma explicação convincente para sua submissão.

CAPÍTULO 11

JUN

A casa dos Vellanda estava talhada em um tronco de ferônea. A árvore era grossa, mas havia uma arte em esculpir quartos, salas, banheiros, escadas e janelas sem ferir sua estrutura. Usavam de tudo: vermes que comiam madeira, machados, picaretas. No fim, o verniz e a pintura davam o toque final.

Pipa subia as escadas devagar, equilibrando uma bandeja com uma sopa quente e um copo de suco. Para os outros filhos, deixava Meida levar a comida. Mas, para Jun, Pipa levava com as próprias mãos.

— Sua refeição, querida — disse Pipa, deslizando pela penumbra da casa com a tigela fumegante nas mãos.

Jun ergueu os olhos, a cauda longa e preguiçosa se enrolando. Agora que era adolescente, seu corpo se esticara para além da infância, mas seu olhar ainda carregava o mesmo brilho curioso de antes.

— Decidi voltar à escola, mãe.

Pipa parou no meio do movimento, dedos apertando a tigela. Um instante a mais e a sopa teria se espatifado no chão.

— Você lembra o que aconteceu da última vez, não lembra?

Jun soprou sobre a superfície quente do caldo. O vapor ondulou diante de seu rosto, obscurecendo-o por um momento.

— Como poderia esquecer?

Pipa se virou para a janela, como se buscasse alguma resposta lá fora. O anel de fogo cintilava no céu, seus raios dourados espalhados sobre a cidade adormecida. De tempos em tempos, quando o anel afundava mais no horizonte, era possível ver estrelas cintilando em uma parte do céu, mas também uma sombra negra surgia contra o brilho — um orbe escuro e faminto, sempre observando. Os sacerdotes murmuravam que ali viviam demônios.

Jun não acreditava em demônios. Ela acreditava em algo pior: humanos.

E, se estivesse certa, eles eram mais inteligentes que as fadas. Mas, no fim, isso só os tornava mais perigosos.

— Durante a guerra, as fadas usaram minas que lançavam maldições nos gelfos — disse Pipa. — Alguns perderam a voz, outros os pelos, outros só andavam de cabeça para baixo. Talvez tenham feito algo em você.

Jun ergueu as sobrancelhas.

— Já falamos sobre isso, mãe. A senhora sabe que não foi isso. Quero ir para escola e também quero tentar trabalhar fora para poder ajudar vocês com as despesas.

Pipa sabia. Tinha medo porque acreditava na filha. Sabia que o mundo lá fora era terrível.

— Eu sei, Jun. Desculpe por repetir. Mas você também repete. Essa coisa de escola… não é possível, filha. As coisas que você aprendeu ofendem os gelfos. Sobre trabalhar, você tenta, mas sempre acaba sendo demitida.

— Eu tento, mãe. E sei muito, mas parece que minha cabeça não aguenta. Esqueço de coisas simples. As fadas me deram algo, mas tiraram algo também. Mas não posso parar de tentar. Já faz três anos. Não posso me esconder para sempre.

A determinação de Jun estava ali. E Pipa sabia que não poderia segurá-la por muito mais tempo.

— Acho que sei como parar de assustar os outros gelfos, mamãe — replicou a gelfinha. — Mas viver escondida aqui assim é horrível demais! Me sinto como se fosse um peixinho dentro de um aquário. Eu vejo o mundo lá fora pela janela e não posso interagir. Todos conversam, se divertem e eu fico presa aqui. E pior: eu sei que, mesmo que eu saia, não vou ter ninguém para conversar, porque ninguém sabe o que eu sei. Talvez fosse melhor eu ir morar com as fadas. Mas acredito que lá também serei diferente, porque, afinal, sou uma gelfa.

Pipa deixou a bandeja em cima da mesa do quarto da filha e cruzou os braços à espera da continuação de sua fala.

— Vocês podem dizer que eu estou curada da minha... doença... E depois eu finjo que não sei as coisas que aprendi! — disse Jun, resignada.

— Não é essa a questão, filha. — Pipa suspirou. — Todos têm medo de você. Acham que você está amaldiçoada. É isso que os humanos fazem, amaldiçoam as outras criaturas. Os sacerdotes cobram caro ao seu pai para não nos excomungar pelas coisas que você disse sobre Guinda...

— Eles cobram papai para me curar com orações — disse Jun. — Então é só dizer que funcionou.

Pipa lembrou que o incidente com o professor foi bem menos discutido na vila do que as blasfêmias. Mitu, o prefeito, era um bom gelfo, mas até ele, quando Jun inventou uma maneira de usar as fezes das aves como combustível e aquecer a escola durante o inverno, chamou a gelfinha de louca. Mesmo depois que o invento funcionou.

— Mas eu gosto da escola, mamãe!

— Vamos ser realistas, você não tem nada pra aprender lá, Jun. — Pipa pegou um copo de suco para si mesma e bebeu todo de uma vez. — E eles não vão te deixar ser professora.

— Eu gosto de ter amigos. Presa aqui no quarto o tempo todo, eu não vou ter amigos...

— Se ficar falando sobre esse tal de tempo com suas amigas, não vai funcionar! — avisou a mãe. — Ao menos diga "clima", "estações", como todo gelfo de Kopes. "Tempo" é uma palavra humana. E aquela sua amiga Tâmi Merfa não quer que você volte à escola, lembra?

— Ela não é minha amiga!

— Ela não é amiga de ninguém — concordou Pipa. — Aliás, a única coisa que me agradaria se você voltasse pra escola era que ela ficaria muito brava.

— Isso quer dizer que gostou da ideia, não é, Pipa? — Era a voz de Jorost na porta do quarto.

— Estou dizendo que ela poderia circular fora de casa. Já que você está pagando pro Kadhir te absolver dos pecados, não pode colocar mais esse na promoção? — provocou Pipa.

— Mas ela vai ficar falando aquelas coisas de novo sobre ciência e contestando a religião...

— Pai, mas eu dizia a verdade! — argumentou Jun. — São coisas que aprendi com aquele feitiço das fadas...

Jorost também bebeu o suco. Estava nervoso. Muita coisa acontecendo ao mesmo tempo. Queria ter uma vida normal e queria dar à filha uma chance, mas pensava nos outros filhos, que sofriam perseguição na vila por causa da irmã.

— Nós sabemos. — Jorost fez um gesto defensivo, encolhendo os ombros, abaixando as orelhas e mostrando as palmas das mãos. — Você nos provou tudo. Mas isso deixa o povo lá fora nervoso, minha filha!

— Nossa filha tem o direito de ser quem ela é de verdade! — afirmou Pipa, cruzando os braços. Até então, era ela que argumentava contra a filha sair de casa. Agora virou de lado.

— Ninguém gosta da verdade. Todo mundo quer mentiras confortáveis pra poder viver suas vidinhas medíocres. A verdade incomoda os covardes e, adivinhe só, estamos cercados deles! — Jorost apontou para a janela, em direção à vila.

— Então o senhor também concorda, papai? — Jun era boa em entender os pais nas entrelinhas.

— Concordo com a proposta de sua mãe de você sair de casa, poder circular pelas ruas. — Jorost apontou para a filha. — Mas você vai ter que fingir que é tão ignorante quanto seus professores, seus colegas, os sacerdotes, todo mundo! Já que ficou mais inteligente, não deve ser difícil pra você. Se funcionar, talvez possamos deixar você ir também à escola.

Pipa riu alto, mas depois botou a mão na boca, envergonhada.

— Filha, eu confio em você, mas, por favor, tenha cuidado. Não saia com esses livros nas ruas e durma mais. Você quase não dorme.

— Eu durmo, mãe — respondeu Jun, olhando para os livros empilhados na parede do quarto. — Mas na hora que a senhora dorme.

— E, por tudo o que ainda nos mantém ocultos, não vagueie livremente com as fadas quando elas nos visitarem — advertiu Jorost, com a gravidade de quem sabe que certos encantos, quando vistos demais, tornam-se perigosos.

— Quanto a isso não precisam se preocupar, elas nunca mais voltaram aqui. Largaram Jun sozinha. — disse Pipa cruzando os braços.

— As fadas salvaram minha vida — lembrou Jun.

— Mas não salvaram Aimê — lembrou Pipa. — E muitos não perdoam isso.

— Era tarde demais, mãe — replicou a filha. — Quando o cérebro é destruído, pouco se pode fazer. Nem mesmo feitiços poderosos.

— Não quero ouvir falar de feitiços, Jun — disse a mãe de forma mais dura. — Nem aqui, nem lá fora. Se vai fingir que é tão burra quanto a gente, comece agora!

Depois de um silêncio, os três começaram a rir.

— Devemos esconder quem somos? — murmurou Pipa, olhando para Jorost. — Devemos esconder nossa filha?

A pergunta acertou o gelfo em cheio.

— Acho que não, mas, honestamente, não sei mais de nada. Quando ficamos sem dinheiro, parece que perdemos também nossas certezas.

— Talvez nossas certezas não devam depender do dinheiro — concluiu Jun.

O silêncio caiu entre eles, pesado e reflexivo.

— Você é forte, corajosa e sabida, Jun.

CAPÍTULO 12

VALLA E JINO

Ao contrário de Jun, que era vista como uma ameaça estranha e perigosa pela vila, Valla era o retrato do que todos esperavam de uma jovem gelfa marrom. Não apenas se encaixava perfeitamente nos padrões de normalidade, mas se destacava em tudo que as famílias consideravam valioso. Alta, esguia, com pelo marrom lustroso e uma cauda que balançava com graça, deixando os jovens gelfos fascinados. Os cabelos louros e lisos herdados do pai, combinados com o tom aristocrático do pelo, faziam de Valla uma mistura invejável.

Além disso, Valla tinha um talento especial: era uma verdadeira mestra na criação de aromas para ambientes. Na tradição dos gelfos, cada espaço da casa precisava exalar um cheiro específico. A cozinha devia ser um reduto de temperos frescos e delícias culinárias, sem nada que lembrasse algo estragado ou azedo. O quarto de dormir era impregnado com o perfume suave das flores dos sonhos tranquilos. O escritório de Jorost, por sua vez, exalava uma combinação de folhas serenas e extratos de plantas aquáticas do Lago de Kremmer, selecionadas com esmero.

O banheiro, como em qualquer lar gelfo, era um ambiente barulhento por conta dos comelimpos. Esses insetos mágicos tinham o importante papel de digerir as fezes. Ao finalizar suas necessidades, o gelfo lançava um punhado de larvas no vaso, que em instantes se transformavam em comelimpos voadores, deixando um aroma agradável no ar. Mas, antes de se transformarem, as larvas cantavam sem parar, fazendo alvoroço por sua comida. Valla, com seu bom gosto, sempre escolhia as fezélias azuladas no mercado, que deixavam um cheiro mais fresco, embora fossem mais barulhentas.

Sentada em um grande banco de madeira esculpido no galho da árvore que era a casa dos Vellanda, Valla trançava um enfeite de flores quando Jino saiu pelo portal. Ele mantinha o olhar baixo, como sempre, perdido em pensamentos.

— Vem comigo no mercado — disse Valla para o irmão. Não era um pedido.

— Eu ia subir pra minha cabana e dormir...

— Dorme depois!

Valla desceu da árvore pelas escadas entalhadas na madeira. Jino veio saltando por fora, se agarrando nos cipós e no tronco como sempre fazia.

— Você demora muito — gritou Jino na porta de casa para implicar com a irmã.

— Já estou aqui tem um tempão — disse Valla, saltando de trás da guarita nas costas de Jino.

— Trapaceira!

— Lerdo!

A gelfa foi andando com suavidade, balançando a cauda como se dançasse. Os jovens da vila de Kopes se encantavam com aquele andar. Jino se irritava.

— Parece uma humana assim!

— Vou contar pra mãe que mim chamou de humana! — desafiou a irmã.

— Eu conto a ela sobre Petrúnio! — devolveu Jino.

— Ele agora toma jeito, vai casar com Meida — disse com desdém.

— Mas ele queria casar com você. Se o pai sabe disso, te tranca no quarto pra sempre.

— Talvez eu tivesse aceitado, se você não tivesse por perto, tomando conta de mim...

Jino sempre se mantinha por perto, demonstrando que era o guardião da irmã. E ninguém o provocava, porque brigar com ele era como brigar com uma muralha. Imenso para sua idade, herdara o físico do pai; era campeão das lutas que organizava contra outros gelfos. Vez por outra ele gostava de surrar algum pretendente da irmã. Valla não impedia; ao contrário, gostava de ver quais os pretendentes continuavam a insistir em cortejá-la apesar da agressividade do irmão.

Jino vivia raivoso. Seu ódio era tamanho que podia sentir o gosto na boca. Mesmo antes da tragédia, quando era um filhote, Jino deslumbrava-se ouvindo histórias do velho Fucô sobre as guerras antigas. Fucô morava afastado da aldeia e era tomado por muitos como louco. Pipa um dia desconfiou que o velho contara mais do que devia, mas, ao expressar a preocupação para Jorost, este teve uma reação deveras violenta e deu uma surra em Jino e ainda repreendera Fucô por contar tais histórias ao seu filho.

— O pai continua bravo com cê — dizia Valla quando chegaram na pequena passagem no caule da noraseira que levava para a entrada da cidade.

— Será que é por causa de Fucô ainda?

— Não, bobo.

— Não gosto que me chame de bobo. Diz logo: por que o pai tem me tratado tão mal?

— Cê sabe muito bem — acusou

— Não sei!

— Sabe, sim!

— Me diz!

— Foi na outra estação. Porque cê não quis ir com Tosken no balão. — Valla parecia acentuar o balançar de sua cauda conforme se aproximavam do mercado. Sabia que havia jovens por lá. — Ele queria que cê fosse um herói que nem que ele. Que viajasse pra terras distantes e trouxesse tesouros.

— Sim, mas Tosken nunca mais voltou. Nem deu notícia. Morreu no mar, talvez. E eu ainda tô aqui. — Ficou um tempo calado, olhando pro nada. — Acho que ele nunca me perdoou por isso. Você tem razão.

— Eu acho que ele vai voltá, sim! — disse Valla com firmeza.

Jino baixou as orelhas.

— Por que você não foi com ele? — perguntou. Olhava firme para irmã. Nunca tinha tido coragem de perguntar antes.

— Por que cê não foi com ele? — devolveu Valla.

— Tosken é um covarde! — As orelhas de Jino viraram para trás e seus caninos ficaram mais proeminentes.

— Porque não protegeu a irmã? — suspirou Valla, impaciente. — Cê já contou essa história várias de vezes, Jino. Cês tinham desmaiado e...

— Porque ele não ficou aqui pra proteger vocês! — A voz de Jino falhou. A umidade nos olhos entregava mais do que ele queria. Virou de costas para esconder. Tarde demais. Valla entendeu.

— Jino, eu... — Ela segurou o choro com força. "Não somos assim", pensou. "Não somos chorões." — Cê tá certo. Eu entendo.

— Se eu tivesse morrido no mar, aqueles malditos podiam voltar... Não teria ninguém aqui pra proteger vocês. O pai tá velho...

— Por que eles voltariam, Jino? — Valla sacudiu a cabeça. — Kopes tem um exército. Teriam que vir tudo quanto é sereia da floresta.

— Jun tem pó mágico lá em casa... Eles matam por aquela porcaria. — Ele baixou as orelhas de novo. — Ela se acha tão inteligente, mas só faz colocar a família em perigo.

— Você tem é raiva dela — disparou Valla. — Porque as fada salvaram ela.

— Eu nem sei se aquilo ainda é minha irmã de verdade — sussurrou.

Valla olhou para o céu e acariciou a cabeça do irmão.

— Jun tá tão triste pelo sumiço de Tosken quanto nosso pai — disse Valla, a voz afiada. Queria mudar de assunto. — Ela gostava do Tosken antes de tudo isso acontecer. E ainda gosta.

— Mas ele gostava era de você. — Jino enxugou as lágrimas e cutucou o nariz vermelho da irmã.

— Quem não gosta? — respondeu ela, rindo de leve. As lágrimas escorriam pelas bochechas grandes. — Vamos no mercado. Me proteja dos assanhados.

— Vou acabar te deixando solteira pra sempre... — murmurou.

— Vamos ser dois velhos infelizes, Jino — brincou ela. — Mas juntos. Nascemos juntos, vamos morrer juntos.

Saíram andando. Viraram a esquina e deram de cara com Jun, distraída, os braços cheios de livros. Ia na direção da grande noraseira, em direção à cidade.

— Onde pensa que vai, irmã? — perguntou Valla. Parecia ter visto um fantasma.

— Vou à escola — disse Jun, sorrindo. Havia esperança no sorriso. — Papai e mamãe deixaram!

— Cê tá louca? — gritou Valla, furiosa.

— Não, está tudo bem! Papai e mamãe deixaram e...

— Jun, minha querida irmã, você se lembra da última vez que foi à escola?

— Sim.

— Lembra que um professor quase morreu por sua causa e nossa família paga por isso até hoje?

— Mas já faz três anos...

— O que daison é um ano, Jun? — bradou Valla. — Viu? Tá fazendo de novo. Ninguém sabe o que é um ano ou dois ou três. Ninguém se interessa em saber! Não percebe o mal que cê fez e faz pro nosso pai? Aliás, pra toda família! Tem gelfo que pensa duas vezes antes de me convidar pra uma festa só porque sou tua irmã. A gente somos odiados por todo mundo...

Jino sabia muito bem o que era um ano, mas ficou calado.

— O certo é dizer "nós somos odiados" — corrigiu Jun, como quem ajeita uma peça fora do lugar. — Ou "a gente é odiado".

Valla ficou furiosa. Sabia que não falava tão bem quanto Jun ou mesmo seus pais, pois nunca frequentou a escola para algo mais que namoricos e jogos de status e vaidades. Mas não gostava de ser corrigida.

— Você se acha muito esperta com esses conhecimentos de fadas na cabeça, não acha? — Com um movimento rápido, pegou os livros de Jun e jogou numa poça de lama. — Olha o que eu faço com seus livros e sua esperteza!

Jun ficou muda com os olhos arregalados. Apenas observou desesperada a lama escorregar pelos livros, manchando tudo de marrom. Valla não se deu por satisfeita e prosseguiu:

— Se não fosse por você, Tosken não teria agredido o professor e não teria que sair daqui!

— Mas ele não saiu por causa disso — defendeu-se Jun. — Ele saiu porque quis fazer uma caravana...

— E você ainda projetou aquele barco idiota que voa! — rosnou Valla. — Agora ele deve tá morto em algum lugar porque o barco deve ter caído. Tudo que você faz dá errado, claro que o barco também afundou. Por que ia ser diferente? Cê é um atraso de vida, Jun! É um peso pra nossa família e não deveria sair de casa nunca! O melhor seria deixar todos pensarem que você morreu. Seria uma benção pra nossas vidas!

Jino deu uma risadinha maldosa ao ver a cena. Riu mais ainda quando os olhos de Jun se avermelharam e a gelfinha saiu chorando em direção à casa dos Vellanda.

— Ao menos agora ela está na direção certa — brincou Jino.

— É melhor pra ela — suspirou Valla. — Assim ela não causa problemas pra nós, nem pro pai, nem pra ela mesma.

CAPÍTULO 13

PRESENTE, PASSADO E FUTURO

Muita gente acredita que viver é apenas se ajustar ao mundo. Aprender a lidar com as nuances da sociedade, a reagir de acordo com o que se espera. Mas nem sempre esses esforços são notados. Nem sempre ser parte de um grupo traz a recompensa que se espera. Quem vive em sociedade valoriza amiúde a aceitação. Jun sabia disso. No instante em que tomou aquela poção mágica, o conhecimento veio como um exército invadindo uma cidade. Penetrou suas memórias, trazendo lembranças que ela nunca teve. Impôs verdades terríveis, destruiu crenças como se arrancasse pedaços dela mesma. E depois a deixou sozinha, sem preparação, com uma família e amigos que a olhavam assustados, tentando entender no que ela havia se transformado. Eles riam, ou ficavam agressivos, ou a chamavam de louca. Ninguém estava lá para ajudá-la.

Depois das "verdades" ditas pela irmã, Jun passou muito tempo trancada no quarto. Não contou as voltas da ampulheta. Comia pouco. Dormia o tempo todo. A vida dela tornou-se um ciclo de comer, dormir, ir ao banheiro, e dormir de novo.

A mãe tentava alcançá-la. Sentava-se na cama, deslizava os dedos por seu cabelo, tentando alisar uma dor que não se alisava. Quando Jun chorava, Pipa chorava também. O pai esperou. Quando, num raro momento, Jun saiu para buscar comida, ele tentou dizer algo. Mas o que se diz a alguém que já não se segura em palavras?

— Filha, não sei o que é essa tal depressão de que você fala, mas acho que não é o que você tem — disse Jorost, lutando para abrir uma noz com uma faca pequena.

Jun não respondeu. Não tinha vontade de explicar ao pai algo que ela mesma não compreendia. Jorost coçou o braço e as costas, mastigou a polpa da noz, e procurou o olhar da filha, que estava fixo no chão. Depois desviou o olhar, encarando o centro de Kopes pela grande janela da cozinha. Jun seguiu o olhar dele, depois se levantou e voltou para o quarto.

— Não quer tomar um pouco de ar lá no mirante? — sugeriu Pipa.

Uma ideia sombria cruzou a mente de Jun, e ela quase sorriu. Acenou com a cabeça, levantou-se e caminhou em direção às escadas.

— Boa ideia que você teve, Pipa — disse Jorost, contente em ver a filha não voltar para o quarto.

— Cês podiam chamar o Kadhir ou Shimbair de novo — sugeriu Meida, depois que Jun subiu. — Tipo assim, Shimbair é curandeiro. É estudado. Entende de doenças. Ele é diferente de Kadhir. Ele gosta da Jun. Ele até aprende coisas com ela…

— Cala a boca, Meida! — rosnou Jorost. — Se Kadhir souber das conversas de Shimbair com Jun, talvez o expulse da Gúnia. Talvez expulse todos nós.

Jun subiu as escadas, sentindo a madeira firme sob os pés. O vento gelado anunciava o inverno. No topo, perto do mirante, ficava a oficina de Jino. Ela espiou. Vazia. Melhor assim. Seguiu pelo galho largo da ferônia onde os Vellanda viviam.

Lá de cima, o centro de Kopes parecia pequeno. Um ponto branco e vermelho — talvez a padaria — se destacava. Ao sul, o Rio Verdejante corria tranquilo. Acima, o anel de fogo riscava o céu azul, criando um arco-íris com o vapor das árvores. No horizonte, cinco montanhas flutuavam, suas cachoeiras eternas iluminadas pela luz. O céu inteiro pulsava com uma beleza selvagem.

Por um instante, sua tristeza se dissipou. Mas logo veio o pensamento: aquela beleza não era para ela. Era para os outros. Para os que podiam ser felizes na ignorância. Jun amava aquele mundo. Amava as árvores, as flores vermelhas, os pássaros e insetos em sua dança frenética. Mas não conseguia se sentir parte dele. O peso da ideia a fez desabar.

Ela chorou.

— Para que enxergar tanta beleza, Guinda, se eu não posso desfrutar? — gritou. — Não queria ser importante, nem muito conhecida. Só queria sentir que pertenço a este mundo. Mas nem isso me deixaram!

Olhou para baixo. A queda seria longa. Sem o pó das fadas, a gravidade não perdoaria. Seu corpo bateria em galhos antes de um misericordioso estrondo silenciar tudo. O pensamento a assustou. Deu um passo para trás.

As memórias da poção das fadas a invadiram de novo. Canções, histórias, vozes que não eram suas. Jun levou as mãos à cabeça, como se pudesse arrancar tudo aquilo com um gesto. Como se pudesse, enfim, voltar a ser apenas ela.

— Para que me lembro dessas coisas, Guinda? — O choro mal a deixava pronunciar as palavras. — E por que tenho que trazer problemas para a minha família? Eu não queria nada disso. Eu só queria ser feliz. Queria saber coisas. O que tem de errado nisso? O que eu fiz de tão errado para merecer isso, Guinda? Me responde?

Jun não soube dizer se o que aconteceu depois foi, ou não, uma resposta de seu deus. Mas o vento aumentou e algumas folhas do tamanho de casas voaram por entre os galhos em um som fluido típico do outono na floresta de Kellyni. Uma folha grande se desprendeu atrás de Jun e se arremessou com força nas costas da jovem. O impacto não doeu por causa da textura macia, mas a força do vento arremessou Jun para além da borda. Quando percebeu o que havia acontecido, estava caindo em direção ao abismo, mas no meio do caminho havia as folhas e cipós das plantas menores que parasitavam a grande forônea.

Jun tentou segurar as folhas, mas elas se rasgavam sob seus dedos. O vento era forte demais. Por fim, conseguiu agarrar um cipó. Não era firme. Com uma mão só, não podia confiar nele. Sua cauda se agitava sem parar, procurando algo, qualquer coisa. Pegou outra folha, mas ela também se desfez. Forçou o corpo e segurou o cipó com as duas mãos.

Olhou para baixo. Quatrocentos metros de vazio. Sua mente, cheia dos ensinamentos das fadas, não a poupava: era isso ou o fim.

— Boa hora para essas memórias me dizerem como sair daqui — gritou.

Não havia resposta, só mais lembranças. Referências inúteis, palavras de humanos que não ajudariam. "Ser ou não ser? Eis a questão!" A frase veio à cabeça, e Jun riu, amarga.

— Não sou tão esperta assim — murmurou, olhando em volta.

Outro cipó estava mais perto. Se pudesse agarrá-lo, talvez tivesse apoio para subir. Sua mão tremia, mas ela alcançou. Suas pernas chutavam o ar, procurando firmeza. Sua cauda balançava, desesperada.

— Pensa, idiota. Pensa! — gritou para si mesma.

Conseguiu agarrar o outro cipó. Seus pés encontraram apoio, escorregaram, mas logo se firmaram. Subiu devagar. Um metro. Depois outro.

— Como você foi se meter nisso, sua gelfa idiota?

Não olhou para baixo. Todos sempre diziam para não olhar. Mas, quando olhou, não sentiu medo. Não ficou tonta. Só pensou nas palavras que continuavam vindo, insistentes.

— "Os sonhos que virão no sono da morte..." — murmurou, entre um fôlego e outro. — "...quando estivermos escapados ao tumulto da vida..."

Subiu mais um pouco. O galho estava perto agora. A queda parecia tão distante quanto as palavras que não a ajudavam.

Jun estava a poucos centímetros de agarrar outro cipó quando sentiu o que segurava com a mão esquerda se partir. O estalo foi seco, quase cruel, e, antes que pudesse reagir, o vento tomou conta de seu corpo, soprando entre seus pelos enquanto balançava no vazio. E, então, o outro cipó também arrebentou.

Ela caiu.

O mundo virou de cabeça para baixo. A vila de Kopes se estendeu diante de seus olhos como uma tapeçaria viva — as casas, as torres, as pequenas trilhas que serpenteavam pela floresta. Mas Jun não gritou. Não queria chamar atenção. Não queria que seus pais ouvissem seus gritos e sentissem o coração partir antes mesmo que alguém pudesse contar o que tinha acontecido. Essa foi sua última decisão racional, até perceber que algo estava errado.

Ela não estava caindo. Estava subindo.

Havia uma pressão na cauda, forte o suficiente para fazer todo o corpo girar. Depois, sentiu um aperto em sua perna direita, firme e inescapável. Antes que pudesse entender, estava de volta ao mirante. Sentiu o solo sob os dedos e, apenas quando suas mãos tocaram a madeira, a segurança tomou forma. Só então Jun ergueu o rosto.

Esperava ver seu irmão Jino, com aquele sorriso travesso que sempre vinha depois de salvar o dia, ou talvez uma fada, com as asas brilhando contra o céu. Mas o que viu fez o sangue gelar.

Diante dela estava uma figura que parecia saída de seus piores pesadelos. Alta e esguia, coberta de penas brilhantes que reluziam como escamas molhadas, e com um rosto humano, cruel e sereno ao mesmo tempo. Era uma sereia.

Jun gritou.

Um grito agudo, desesperado, que ecoou pelo mirante e pareceu fazer o tempo parar.

— Não vou lhe fazer mal, jovem gelfa. — A voz da sereia era baixa, calma e feminina, como um sussurro que carregava poder.

Jun soluçou. Sentiu as lágrimas escorrerem por seu rosto antes de perceber que estava chorando. Aquele momento — a visão daquela criatura — foi mais aterrador do que a própria queda. Mas as malditas memórias voltaram, invadindo seus pensamentos com informações sobre sereias.

Os machos: assassinos, traiçoeiros, responsáveis pela morte de Aimê. As fêmeas, porém, eram diferentes. Guardiãs de Oráculos, capazes de prever o futuro. Viviam separadas dos machos, quase como outra espécie. Era algo semelhante às sirenes, ou merfolks, aquelas criaturas meio humanas, meio peixes.

A enxurrada de informações foi o suficiente para acalmar o coração acelerado de Jun.

— Obrigada por ter me salvado, dona sereia — disse ela com dificuldade, ainda com a voz trêmula e os olhos cheios de lágrimas.

A sereia apenas a observou, seus olhos brilhando de um jeito que Jun não conseguia decifrar. Sabedoria ou perigo? Talvez ambos.

— Meu nome é Ana — disse a sereia, com uma voz tranquila. — Foi uma honra salvar sua vida, jovem gelfa.

Jun ficou ali, tentando controlar a respiração. Ana permaneceu imóvel, o rosto calmo, mas impenetrável. O silêncio entre elas era pesado, cheio de palavras que não foram ditas. Então, sem aviso, a sereia se virou e olhou para o alto, como se estivesse pronta para partir.

— Espera! — disse Jun, levantando-se de repente, a mão estendida. — Você pode ver o futuro, não pode?

Ana parou, mas não se virou. Sua voz veio como um eco distante, lenta e medida.

— O passado e o futuro estão sempre lá — disse ela. — Você só precisa saber como olhar. Mas nem sempre é fácil.

Jun franziu a testa, os lábios apertados enquanto processava as palavras.

— E você viu o meu? — perguntou ela, hesitante.

— Vi — respondeu Ana, agora se virando para encará-la. — Não é uma visão simples. Sei que os machos atacaram você. Sinto muito por isso. Vejo que vai sofrer mais do que qualquer outro gelfo. Mais do que qualquer um que você já conheceu.

Jun quase sorriu, mas foi um sorriso amargo, vazio.

— Então você me salvou só para eu sofrer mais? — disse ela, a voz baixa, mas carregada de algo que parecia ironia.

Ana não reagiu ao tom. Sua expressão permaneceu inalterada, como se não tivesse ouvido o sarcasmo.

— Também terá mais alegria do que qualquer outro gelfo — respondeu ela, serena. — Você encontrará os humanos originais. Nem fadas, nem criaturas como eu. Eles não morrem mais. Assim como você... Você viverá muito, muito além do tempo de qualquer gelfo.

Jun arregalou os olhos, o coração batendo como um tambor preso no peito. Sua cabeça tentava processar o que acabara de ouvir. Respirou fundo, as mãos fechadas ao lado do corpo.

Ela fechou os olhos e pareceu contar, talvez até dez, talvez até cem.

— Meu nome é Jun Vellanda — disse, fazendo uma pequena reverência. — Eu posso lhe oferecer um suco?

— Se eu ficar muito tempo aqui, vou morrer cedo, Vellanda — respondeu Ana, imitando a reverência. — Mas eu estava indo para o sul, para Akonadi. E lá também tem morte. A morte que está vindo para cá. Quando a morte vem, tentamos fugir. Se não fugimos, tentamos negociar.

— Não sei se entendi o que você está falando, Ana.

— Os versos que você gritava. Pergunte no Oráculo. Você precisa completar o que começou. — A voz de Ana era aguda e o jeito de falar lembrava um tipo de canto quase hipnótico. Jun tentava lidar com aquilo de forma a esquecer que aquela silhueta fina com asas personificava todos os seus pesadelos.

— Podemos mudar o futuro? — perguntou, depois de um silêncio.

— O futuro e o passado estão aí, Vellanda — disse Ana, a voz baixa e firme. — Eles não são fixos. Mudam porque estão sempre acontecendo. O seu futuro agora está ligado às fadas. Elas são sua escola. Elas vão ensinar você a ser o que precisa ser. E o que seus parentes e amigos precisam que você seja. Fale com elas.

Jun franziu a testa, tentando segurar as palavras que lutavam para sair. Mas então cedeu.

— E se eu quiser tirar isso da minha cabeça e ser normal de novo? Posso?

Ana riu, mas não com desprezo. Era uma risada aberta, quase generosa.

— Você não quer isso, Jun. Portanto, não pode. — Ana balançou a cabeça, como quem sabe mais do que diz. — Se quisesse de verdade, talvez pudesse. Mas você gosta de quem é. Você gosta de ser Jun Vellanda. O que você não gosta é da maneira como os gelfos reagem ao que você se tornou.

Jun abriu a boca para retrucar, mas Ana levantou a mão, cortando o gesto.

— Você acha que os gelfos são idiotas. Admita. E, perto de você, talvez sejam. Agora, você tem escolhas difíceis. Pode tentar ser como eles, pode fingir ser como eles. Ou pode ensinar o que sabe e tentar torná-los menos idiotas. Isso é difícil. Vai levar tempo. Mas é o que você tem que fazer. É o que o destino quer. O que o universo quer. Talvez até o que seu Guinda queira.

Jun piscou, surpresa. A menção a Guinda a pegara de surpresa.

— É isso que você quer saber? Se Guinda existe? — Ana fez uma pausa, olhando para ela com algo que parecia pena e respeito ao mesmo tempo. — Eu não sei. A fé não está no passado, nem no futuro. Está no agora. Dentro de você. Você escolhe acreditar ou não.

Jun riu, um som nervoso, quase histérico.

— Faz tempo que ninguém me dizia coisas que eu não consigo entender — disse ela, metade brincando, metade séria.

Ana manteve o semblante sereno, inabalável.

— As fadas deram conhecimento a você, Jun, mas não lhe ensinaram como usar. Elas estão esperando que você diga que está pronta. Só que elas não entendem o que isso fez com você. Não sabem que você precisa de ajuda. É você quem tem que mostrar isso para elas.

Jun apertou os lábios, refletindo.

— E como eu digo isso para elas? — perguntou, depois de pensar um pouco.

Ana encolheu os ombros, simples e direta.

— Dizendo, ora. Escreva para elas.

CAPÍTULO 14

OS EMPREGOS DE JUN

Com o coração aberto e muita coragem, Jun tentou por algum tempo entrar no projeto de relocação de cidadãos de Kopes. A cultura dos marsupiais exigia que todos tivessem acesso ao trabalho. Não havia desempregados em Kopes. Mas o fato era que Jun acabou não se adaptando a nenhum dos serviços que lhe foram propostos, algo que a deixou muito frustrada pois queria poder ajudar os pais nas despesas da casa.

Primeiro trabalhou para os Merfa, uma família antiga e aristocrática. Todos os Merfa eram marrons, a cor mais valorizada entre os gelfos. Diziam que os marrons eram os gelfos mais puros, de linhagem mais nobre. Não era segredo que os Merfa ficaram felizes quando viram o declínio econômico dos Vellanda por causa da filha que enlouquecera. Ofereceram um trabalho para Jun com a satisfação que só os invejosos sentem.

No começo, Jun seria apenas uma ajudante na contabilidade. Os gelfos comerciantes sabiam fazer contas, ainda que de forma rudimentar, e viam o tempo de uma maneira diferente, sem se preocupar com "toda aquela baboseira" das fadas. Jun achou que podia lidar com a matemática simples das contas de seu Merfa.

O problema foi Tâmi Merfa e seu namorado, Garfael Linus. Eles estavam na sala no dia fatídico em que Jun discutiu com o professor Bonfalur. Ele queria expulsá-la pelos absurdos que ela disse. Bonfalur quase nunca recorria a punições físicas — na verdade, ele se orgulhava disso —, mas, segurando firme sua bengala, sentiu que essa poderia ser uma ocasião especial, talvez até justificável, para abrir uma exceção.

Tosken a defendeu, empurrando o professor, que caiu e quebrou a perna. Tanto Tosken quanto Jun foram expulsos da escola. Logo depois, ele partiu em uma nova caravana, desta vez em um balão que Jun construiu com a ajuda Mitu, que aproveitou e construiu vários outros balões e vendeu para outras cidades. Mas o tempo foi passando e Tosken não retornou. A culpa recaiu sobre uma suposta falta de confiabilidade nos balões. Ou seja, culpa de Jun.

Para Tâmi e Garfael, Jun era uma aberração. Convenceram seu Vícius Merfa a dar a ela trabalhos mais pesados, como limpar a cozinha e arrumar a sala. Jun se esquecia de lavar um ou outro copo, deixando algo sujo que logo era denunciado. As contas ficavam certas, mas, por ser distraída, Jun foi dispensada. Ela deixou com seu Vícius uma proposta para organizar a contabilidade de forma mais eficiente, mas foi em vão.

No próximo emprego, Jun foi trabalhar na estalagem do velho Yeibe Guima. O ar era sempre cheio de aromas de guisados e pães assados. Yeibe parecia gostar de Jun no começo. Ela tinha olhos grandes e expressivos que pareciam absorver tudo. Seu pelo marrom contrastava com o uniforme azul e desbotado da estalagem onde os clientes não vinham apenas para se alimentar, mas também para conversar e compartilhar histórias.

Yeibe, porém, era um gelfo de idade avançada e temperamento áspero e inconstante. Ele observava Jun de perto enquanto ela tentava servir os clientes, seu rosto enrugado formando um semblante quase sempre carrancudo.

Jun encontrava dificuldade em conversar com as pessoas. Para ela, era uma luta evitar os assuntos de que gostava. Falar sobre a colheita sem mencionar a palavra "tempo" era um esforço enorme. Não gostava das histórias de caçadores, nem das piadas sobre como um coláx gritava de três formas diferentes ao ser abatido. Mas ela tentava, mantinha-se firme. Quando conseguia engatar numa conversa, ouvia a voz de Yeibe resmungando ao fundo, quebrando o pouco de conforto que conseguira.

— Te apressa, garota! Estamos com fome aqui, não com paciência pras suas divagações! — rosnou Yeibe, batendo com impaciência no balcão.

Jun, com seu jeito desajeitado e sua tendência a perder o fio da conversa, tentava sorrir enquanto anotava os pedidos. Ela se esforçava para manter o foco, mas os ruídos da estalagem e a energia frenética dos clientes podiam ser avassaladores.

— Um pão de lúpulo e uma caneca de hidromel, por favor — disse um cliente, olhando Jun com uma mistura de curiosidade e impaciência.

— Ce-ce-certo! Um pão de... de... de lúpulo e um... um hidromel! — Jun repetiu para si mesma, tentando lembrar o pedido.

Yeibe bufou alto o suficiente para ser ouvido por todos.

— Pare de gaguejar, garota! Se não consegue lidar com um simples pedido, melhor voltar pra cozinha!

Os olhos de Jun encheram-se de lágrimas enquanto ela se desculpava e corria para buscar o pedido. Ela sentia o peso das críticas de Yeibe, como se cada erro cometido a afundasse ainda mais na tentativa de ser aceita.

Durante dias, Jun lutou para se adaptar. Sentia-se desconectada em meio ao caos da estalagem, enquanto o pensamento em cultura e ciência a levava a perder o foco em momentos cruciais. A cada erro, Yeibe repreendia-a com mais dureza, exacerbando sua ansiedade.

— Você é um desastre ambulante, Jun! Não pode nem servir uma mesa direito! — gritou Yeibe uma vez, quando Jun derramou sem querer uma jarra de suco de framboesa sobre um cliente regular.

— M-me desculpe, senhor... eu... eu não queria... — gaguejou Jun, lutando contra as lágrimas.

— Cale-se e limpe isso agora! — ordenou Yeibe, apontando para a poça de suco no chão.

Enquanto limpava, Jun sentiu um nó na garganta. Perguntava-se se algum dia acertaria, se poderia ser útil sem causar problemas. A pressão de Yeibe e a luta constante contra suas próprias limitações começavam a esmagá-la.

Pensava nas fadas, em como seria aprender mais sobre o mundo delas. Como havia sido divertido quando Tosken preparava sua nova caravana — a primeira como comandante, após ser expulso da escola. Jun sugerira usar o gás dos boluxos para transformar um barco em balão, permitindo que Tosken viajasse mais longe e rápido. Mitu, o prefeito, não apenas apoiou a ideia, mas usou o projeto de Jun para construir outros balões e vendê-los a gelfos de outras vilas. Que outras invenções ela poderia criar se tivesse... tempo? Mas estava ali, servindo mesas de gelfos esfomeados, tentando ajudar os pais. Porque Tosken não voltara com a caravana. Porque talvez o balão não fosse tão bom quanto pensava.

Num dia tumultuado, um cliente pediu um prato complexo. Jun teve dificuldade em entender. Enquanto tentava decifrar o pedido, Yeibe aproximou-se, observando-a com olhos críticos.

— Tá confusa de novo, Jun? Será que é pedir muito pra você se concentrar por alguns minutos?

Jun sentiu-se asfixiada pelas palavras de Yeibe. Ela abaixou a cabeça, murmurando um pedido de desculpas e tentando controlar sua respiração acelerada.

— Eu... eu estou tentando, sr. Yeibe. Eu... eu quero fazer certo — sussurrou Jun, os olhos marejados.

Yeibe suspirou, olhando para Jun com um misto de exasperação e algo que poderia passar por compaixão.

— Você é teimosa como uma mula, Jun. Mas, se quer continuar aqui, precisa melhorar. Não pode se deixar abater por cada erro. Mostre que pode aprender com eles.

Jun assentiu com determinação, decidindo não desistir. Ela sabia que suas peculiaridades, que para muitos eram obstáculos, também eram partes essenciais de quem ela era. Respirando fundo, Jun voltou ao trabalho, dessa vez mais consciente de suas habilidades e limitações.

— Sou forte, corajosa e sabida! — repetiu para si mesma.

Ao longo das semanas, com paciência e alguma orientação de Yeibe, Jun começou a se adaptar melhor. Ela encontrou maneiras de organizar na cabeça os pedidos, utilizou sua habilidade peculiar de memorizar os detalhes dos clientes para antecipar suas necessidades. Às vezes, Yeibe ainda a repreendia, mas agora também lhe dava elogios sutis quando ela acertava.

— Você melhorou um pouco, garota. Ainda tá longe de ser perfeita, mas pelo menos não é mais um desastre total — comentou Yeibe, com um leve sorriso.

Jun sorriu tímida de volta, sentindo-se grata pelas pequenas vitórias. Ela sabia que o caminho seria desafiador, mas estava determinada a mostrar que seu lugar na estalagem não era apenas uma questão de tolerância, mas de valor real.

Assim, entre travessões de conversas e os altos e baixos do serviço na estalagem, Jun Vellanda encontrou seu espaço, mostrando ao mundo e a si mesma que suas diferenças não a definiam, mas sim enriqueciam sua jornada.

Até que um dia Garfael Linus entrou na estalagem com Tâmi Merfa e, após serem atendidos, trouxeram seu pai para conversar com Yeibe. Jun foi acusada de ter errado o pedido e ter desrespeitado os clientes.

Por uma estranha coincidência, naquele momento estava ali Mitu, o prefeito de Kopes. Ao ver a conversa e as lágrimas de Jun, que estava nervosa demais para conseguir se explicar e se defender, ele se aproximou para entender melhor o que estava acontecendo.

— Essa gelfa é louca, senhor prefeito — disse Tâmi, com firmeza na voz. — Eu vou até olhar na minha bolsa se não está faltando nada. Olha só, meu lenço de seda desapareceu. Tenho certeza de que entrei com ele na bolsa.

Mitu olhou sério para Jun e depois para Yeibe, que retribuiu um olhar que Jun não soube interpretar.

— Eu concordo com vocês! — disse Mitu, olhando para os Merfa e depois para Yeibe. — Como prefeito desta pequena vila, eu mesmo vou cuidar disso. Venha, Vellanda, me acompanhe até a prefeitura. Precisamos ter uma conversa séria.

Um sorriso de satisfação se abriu no rosto largo de Tâmi Merfa. E aumentou ainda mais quando Mitu pegou Jun pelo braço, a gelfinha chorando sem parar.

— Não se preocupe, Yeibe, mandarei arrumar outro serviçal mais eficiente do que esta doidinha. — Tirou da bolsa alguns blocos de nichid. — Espero que isso cubra os prejuízos.

Jun tentou argumentar e tentou se desvencilhar da mão de Mitu, que a segurou mais forte.

— Cale a boca, sua doida! — disse em voz alta, para depois puxá-la. Quando estavam já do lado de fora da estalagem, Mitu se virou para

Jun com a voz mais calma, porém firme. — Confie em mim, Vellanda. Eu não esqueci dos balões que você fez pra prefeitura, mas fique quieta até chegarmos lá.

— Mas...

— Sem "mas".

Fizeram o percurso da estalagem até a prefeitura rapidamente. Na entrada, Mitu se dirigiu a um jovem gelfo que ficava na portaria.

— Chame mestre Bazir aqui — disse com firmeza. — Diga que estou com Jun Vellanda e que ele tem que vir rápido.

Subiram as escadas e, quando chegaram ao escritório de Mitu, ele pegou um lenço para Jun enxugar suas lágrimas. A jovem tremia de nervoso e não conseguia dizer nada. Mitu foi até a chaleira e encheu uma xícara de chá para Jun, que lutou para não derramar o líquido quente na mesa. Enquanto Jun tomava o chá, o prefeito se apressou a abrir um cofre e retirar várias barras de nichid e colocou em uma sacola, antes de entregar para Jun.

— Mas por que isso, Mitu? — indagou Jun, quase indignada.

— Você projetou a fábrica de balões que temos usado há estações pra abastecer outras cidades. Esta é sua parte nos lucros — explicou Mitu, dando de ombros. — Você merece.

— Mas eu não fiz isso esperando recompensa — retrucou Jun. — Foi um presente para Tosken, e dei a você como gratidão.

Mitu encolheu os ombros outra vez e começou a balançar a cabeça, como se quisesse encontrar as palavras corretas.

— Você é uma inventora brilhante, Jun. Deveria se orgulhar disso. E, por ter beneficiado a prefeitura, essa é sua recompensa.

— Mas eu só queria um trabalho normal. Eu não vou desistir, talvez eu possa vender comida no mercado do Fucô.

Mitu tomou um gole de chá com uma calma irritante.

— Você quer provar a si mesma que pode fazer coisas comuns, não é? — concluiu Mitu.

— Sim!

— Por quê?

— Porque eu esqueço as coisas, fico perdida em pensamentos, e fico nervosa à toa... — Suspirou. — Todo mundo me chama de louca.

Mitu balançou a cabeça.

— Seu pai espera que você se comporte de acordo com o que ele considera normal — disse o prefeito, com sarcasmo. — Ora! Ele ganhou respeito na guerra, matando fadas. Algo que ele detestou fazer. Isso é normal pra você?

— Às vezes precisamos fazer coisas que não gostamos — respondeu Jun.

— Isso é o que seu pai diria — discordou Mitu. — Você é especial. Suas invenções têm transformado a vila.

— Mas você me chamou de louca na frente de todos. — Jun cruzou os braços, encarando Mitu com os olhos faiscando de raiva.

— Eu jogo pelas regras da Gúnia e dos clérigos na frente deles — respondeu Mitu, sem remorso. — Mas eu não sigo todas as regras. Lembre-se que tentaram colocar um parasita na minha cabeça, e resisti à pressão da capital e das fadas.

— Mas você me rotulou de louca para todos — insistiu Jun.

— Se tentassem colocar um parasita na sua cabeça, eu teria defendido você. — Mitu quase sorriu. — Mas enfrentar o povo do jeito que você quer é arriscado. A vila é unida na sua ignorância.

— Eu quero provar a eles, Mitu — disse Jun, apertando uma luva de couro que achou sobre a mesa do prefeito.

Mitu tomou mais um gole de chá.

— Você não vai mais atrás desses trabalhos que não são pra você, jovem Vellanda!

— Está tentando me desanimar ainda mais? — questionou Jun.

— Quero que veja a verdade. — A voz de Mitu ecoou na sala de móveis de madeira. — Alguém capaz de projetar balões e aquecedores escolares, mas que prefere servir mesas está prejudicando não apenas a si mesma, mas toda Kopes.

— Eu não entendo, Mitu. — Jun começou a tremer de ansiedade. — O que quer que eu faça?

— Aceite os nichids. É mais do que... um ano de salário, estou certo? Um ano pela contagem dos humanos, não é?

— Sim, está correto.

As orelhas de Jun e de Mitu se viraram em direção à porta. Os passos de Bazir subindo as escadas eram inconfundíveis.

— Seu novo empregador chegou — disse Mitu.

Bazir entrou com seu cachimbo. Um olhar rápido entre ele e Mitu deixou claro que já tinham feito algum acordo.

— Seu Bazir…

— Seu novo ofício será visitar-me regularmente em minha humilde morada, minha querida Jun — disse Bazir, adornando as palavras com um sorriso travesso.

— E o que eu vou fazer lá? — perguntou Jun, curiosa.

— Se eu te contar, não vai ser uma surpresa — respondeu Bazir, com um brilho no olhar.

CAPÍTULO 15

A SEREIA

No topo da ferônea onde os Vellanda moravam, uma antiga carapaça de algum ser alado se fundia à madeira, transformada em refúgio. Jino passava incontáveis horas ali, sozinho com sua tristeza. Aimê estava morta. E, com ela, uma parte dele.

Não era apenas saudade dela. Era saudade de si mesmo — do Jino de antes. O garoto risonho, ingênuo, feliz. Agora, restava apenas um caçador consumido pelo vazio.

Ele passava os dias caçando pequenas aves. Incinerava ninhos de síssios, justificando a si mesmo que assim protegia as frutas de moranda e as folhas de gudango. Mas, no fundo, fazia por prazer. Deixava armadilhas por todos os cantos, só para sentir o momento exato em que a presa morria. Uma pequena vingança contra o mundo. Momentânea, insignificante, mas o suficiente para anestesiar a dor por alguns instantes.

Foi antes da bruma que Jino viveu sua caça mais memorável. A que mudaria sua vida para sempre.

O vulto azul e branco surgiu contra o céu. Grande, maior que um gelfo, com asas vigorosas e pernas terminando em garras. A cabeça era negra; os olhos, sombras vivas. Jino prendeu a respiração e deslizou entre as folhas longas da ferônea, tornando-se apenas um espectro entre os galhos.

A criatura pairava sobre as copas, bebendo as gotas acumuladas nas folhas.

Ele puxou a corda do arco.

Soltou.

A flecha cortou o ar. O grito ecoou logo depois.

E, então, Jino viu.

Não era um pássaro. Nem uma fada.

Era uma sereia do ar.

Cabelos negros, rosto pálido. Diferente dos machos, não tinha o bico alongado. Quase parecia uma fada. Mas as asas de pluma e as garras de fera não deixavam dúvidas. Era da mesma espécie que havia matado Aimê. Só que uma fêmea.

O gosto amargo da vingança subiu-lhe à boca, denso como sangue.

Jino ergueu a lança. Poderia acabar com ela ali mesmo.

Mas hesitou.

O que seria mais justo? Mais cruel?

A sereia tremeu. Ferida demais para fugir, olhou para ele. E sorriu.

— Não me mate — sussurrou. Sua voz era como o vento antes da tempestade, carregada de promessas e incerteza. — Posso ver o seu futuro. As fêmeas da minha espécie têm esse dom. Posso revelar o seu destino, Jino.

Ele inclinou a cabeça.

Um sorriso frio se formou em seus lábios.

Matar era simples demais.

— Quero Aimê de volta — disse, a voz rouca. — É só o que eu quero.

A sereia piscou, estudando-o. Seus olhos brilharam com algo que não era medo.

— Existe um ser capaz disso. Um gâmoni. Se encontrar o certo… e se ele quiser… talvez atenda seu desejo.

— Onde procuro essa criatura?

Ela sorriu de novo.

— Ele virá até você. Mas precisa entender que ninguém pode obrigar um gâmoni a nada. Você tem que ser gentil com ele.

Jino a observou. Olhar frio, calculista. Os dedos apertaram a lança.

— Ainda não sei se vou te matar.

A sereia suspirou, fechando os olhos.

— Mesmo assim, não fugirei.

CAPÍTULO 16

SARAN

— Jun, v-você v-veio! — exclamou Saran, como se fosse a coisa mais inacreditável que já acontecera.

— Eu venho sempre, qual o problema? — disse Jun, passando por Saran e entrando na casa. — Onde está Seu Bazir?

— N-no lugar de sempre, no terceiro andar, s-sala de-de treino. — Saran suspirou desapontado. Jun sempre agia de modo indiferente ou, ao menos, tentava agir. Gelfos sentiam o cheiro de uma atração, mas Jun considerava que Saran sentia atração por todas as fêmeas em idade para acasalar da vila de Kopes. Talvez de toda floresta de Kellyni.

— Pronto para apanhar hoje? — provocou.

— Detesto q-quando você fala assim — disse o jovem, subindo as escadas atrás de Jun. — É como se houvesse duas Jun Vellanda, sabe?

— Não, não sei…

— Você é tão humilde pras outras coisas, é tão doce, meiga, b-bondo-dosa… — balbuciava Saran, tropeçando nas próprias palavras.

— Onde aprendeu tantos adjetivos, Saran? — brincou ela, se sentindo lisonjeada.

— A-adje… O quê?

— Deixa para lá! Vou voltar para a escola, Saran!

— C-como assim? Os pro-professores vão deixar?

— Eles não têm que deixar. É obrigatório estudar! Vou dizer que fui curada da doença das fadas.

— Mas você não tem nenhuma do-doença — retrucou ele, com sua pureza inocente — Você só aprendeu coisas. Eu queria ser assim também.

— Mas eu vou fingir que não sei…

— Você não pre-precisa de-de escola, Jun, j-já sabe tudo.

— Não sei tudo. — Jun começou a se esticar, fazendo alongamentos. — Ninguém sabe tudo. E eu preciso sair do meu quarto e ir para outros lugares… Ficar vindo só aqui e vendo essa sua cara feia não é vida.

— Viu? Quando você treina, você vira outra Jun! — prosseguiu Saran. — Só porque é boa em loraína. Fica menosprezando os outros, sabe?

— Não menosprezo os outros, menosprezo você! — brincou.

Chegaram na sala de treinamento e Seu Bazir, pai de Saran, o cheiro permanecia indicando que ele deve ter dado uma saída.

— Viu, não gosto de você quando fica assim…

— Estou brincando, Saran! Você é meu melhor amigo, bobão! Mas tenho que provocar você para que não pegue leve comigo na loraína.

— Ah, entendi…

— Toma, trouxe para você! É um bolo que minha mãe fez, vamos comer enquanto seu pai não chega?

— Ele vai querer um pedaço — observou Saran ao sentir o cheiro agradável do bolo feito de pétalas nutritivas.

— Trouxe um pedação só para ele — disse Jun, estendendo um tecido no centro da sala para sentar-se. — Tem algo para beber?

— Tem fulinho quente na cozinha — disse, olhando para Jun e apontando para o andar de cima. Como ela não disse nada, ele completou: — Eu vou buscar.

— Seu pai… Saran… e você… — comentou Jun. — Sua família nunca me culpou pela morte de sua irmã. Vocês são os únicos na vila que não me culparam.

— Não foi sua culpa, ué — disse Saran, dando de ombros e saindo em busca da bebida. — Meu pai e minha mãe guardam sempre um momento sozinhos em que choram muito por causa de Aimê. Eles acham que eu não vejo. E eu... Eu sonho com ela sempre. Ela era a melhor gelfa de todas.

Saran tinha uma gagueira que ficava mais forte na presença de Jun. Mas nunca quando falava da irmã. Os olhos dele brilhavam, como se ela estivesse ali, diante dele, sorrindo.

— Ela dizia que eu e você éramos irmãos de pais diferentes. — Jun falou mais alto porque Saran foi para a cozinha. — São poucos gelfos na vila que nascem sozinhos. Valla e Jino, nasceram juntos. Jost e Risa, Tosken e Aimê. Só eu e você nascemos sozinhos.

Era um gelfo bonito e todas as jovens da vila suspiravam por ele, mas ele não percebia direito. Achava que eram apenas atenciosas. Na verdade, achava que todo mundo era bonzinho, até Jino. Todos menos o que chamava de "a Jun malvada".

— Pronto! — Saran voltou com a bebida quente.

— Rezei para Guinda hoje — disse Jun com a boca cheia. — Acendi uma vela na janela!

— P-pra quê? — Saran serviu a gelfinha num copo de cerâmica.

— Uma vela para Aimê, sempre. — Ela fez uma pausa. — E para que Tosken volte!

— Ah, tá! Eu sempre acendo uma vela para Aimê. Eu sempre penso nela.

— Mas devia também acender uma vela para seu irmão.

— Por quê?

— É o seu irmão, você deveria acender para ele também!

— P-por quê?

— Porque é o seu irmão, ora!

— Ah, tá!

Jun se irritou com a apatia de Saran, mas sabia que ele amava o irmão. No entanto, assim como acontecera entre ela e Jino, as coisas entre Saran e Tosken mudaram muito depois da morte de Aimê. Era como se um tornado tivesse passado pela vida de todos e revirasse tudo. Todos culpavam a todos e a si mesmos. Ninguém perdoando ninguém.

O guinetismo pregava que tudo acontecia por conta de algum pecado, uma falha de alguém. Isso implicava na existência de sempre pelo menos um culpado. Como os homens-pássaro estavam mortos, restava ainda culpa suficiente em cada um dos envolvidos.

Jun suspirou e levou o copo à boca e o barro grudou em seus lábios. Ela gostava quando isso acontecia. Deveria ser como um beijo ousado... embora nunca tivesse beijado. Evitou o assunto com Saran, que havia beijado metade da vila. Olhou discretamente os músculos do jovem gelfo escapando pela roupa desleixada, mas desviou antes que ele percebesse. Pensou consigo que Saran era muito lerdo para perceber esse tipo de olhar, mas mesmo assim corou.

— Está com c-cheiro de v-vergonha por quê? — perguntou Saran com inocência.

— Se seu pai chega e nos pega comendo em vez de treinar... — mentiu.

— Ele não liga. — Deu de ombros. — Contanto que...

— Mostremos o melhor de nós! — completou a gelfa. Era a frase preferida de Bazir. — Você está com cheiro de Inair! — comentou, num misto de brincadeira e acusação. O cheiro era tênue. Sabia que ele havia conversado com a jovem, que se casara havia pouco tempo.

— Ela me p-pediu pra levar as compras d-dela no no no mercado — respondeu o gelfinho.

— Pediu isso quando Junkah estava na colheita, não foi?

— Sim, se ele estivesse com ela, não precisaria da minha ajuda, ora! — disse, com uma simplicidade quase surreal.

— Por que ela não pede a outros gelfos?

— Na verdade, ela sempre pede...

— Inair se casou muito nova, Junkah não lhe dá muita atenção — disse, pensativa.

— Eu achei que Junkah fosse c-casar com V-Valla — observou Saran. — Não entendi nada quando ele pa-pe-pediu Inair.

— Valla disse não! — Jun não escondeu a raiva na voz. — Ela adora fazer isso com vocês. Joga o cheiro e depois dispensa. Faz todos ficarem com cara de bobo. Eu nunca faria isso.

— Ela é ta-tão bonita e tão cheirosa! — murmurou o gelfo. — Quando meu irmão chegar, eles vão se casar e nós dois vamos ser parentes, Jun!

Jun perdeu a fome. Levantou-se e guardou o pedaço de bolo. Saran ficou sentado sem perceber a irritação da gelfinha. Sempre lerdo.

CAPÍTULO 17

BAZIR

— Então a burguesinha resolveu aparecer? — A voz de Bazir ecoou grave e provocativa. O gelfo amarelo emanava um cheiro de felicidade que parecia mais forte naquele dia.

— Saudações, mestre Bazir! — Jun respondeu com uma reverência, os olhos baixos.

— Saudações, jovem Vellanda! — ele disse, já caminhando em direção às lanças de madeira na parede. — Mas chega de gentilezas. Então resolveu contrariar meu prognóstico e aparecer mais uma vez para o treinamento?

Jun e Bazir trocaram um olhar de cumplicidade. As emoções subiram à superfície, e Jun sentiu as lágrimas brotarem. Respirou fundo, percebendo que Bazir não queria que aquele momento fosse sentimental. Talvez nenhum dos dois estivesse preparado para isso.

— O mestre diz isso toda vez que venho, mas nunca desiste de tentar me intimidar!

— Acho que foi meu pai quem criou a "Jun má" — disse Saran, limpando o chão com cuidado após terminar de comer.

— Gelfos marrons não treinam loraína, é uma arte da ralé! Não sei o que você faz aqui! — Bazir respondeu com rispidez, pegando um thuá e jogando-o de forma displicente em direção a Jun, que o pegou com agilidade. — Uma gelfa marrom na casa de um amarelão como eu.

Jun olhou para Saran ao seu lado. Ele era marrom como a mãe dele. Mas Bazir gostava desses jogos mentais. Fazia parte do treinamento.

— Alguns gelfos marrons treinam, sim, até nesta vila — argumentou Jun. — Jino treina, Junkah, Polônio, Dunto...

— Mas não treinam com o melhor! — Com essas palavras, Bazir avançou sobre Jun com ferocidade. Jun se defendeu com destreza, contra-atacando com um movimento longo e preciso. O thuá voou devagar para longe, mas voltou rápido como um raio em direção às costas de Bazir. Era o "movimento de Zhan". Poucos conseguiam evitá-lo. Mas Bazir o fez com facilidade.

— Desista! — provocou ele. — Isso não é esporte para fêmeas!

— Não sou uma fêmea — gritou Jun, atacando com saltos rápidos. — Sou uma Vellanda!

— As glórias de seu pai não vão passar pro seu sangue — riu desdenhoso Bazir enquanto se agarrava com a cauda no teto, o que lhe deu um ângulo mais vantajoso para atacar a gelfa. — Você é uma Lirolle, aristocrática. Vai virar sacerdotisa se não conseguir marido!

— Nunca! — Jun estava ficando furiosa. Descalça, usou as garras dos pés para subir na parede e bateu forte seu thuá no teto. Era outra finta, o som confundia o adversário. O movimento seguinte tentou atingir a perna do mestre, mas encontrou apenas seu thuá. Houve mais seis golpes e contragolpes seguidos no teto da sala de treino.

— Há quantas cambalhotas azuis você vem aqui me fazer perder tempo?

— Foram muitas cambalhotas! Quase um ano humano — respondeu, trocando golpes com o mestre no teto.

— Por que treina loraína? — perguntou o mestre, se agarrando com as unhas poderosas no teto.

— Não sei, acho que para ser igual ao meu pai... Áu! — Jun foi derrubada do teto para o chão. A cauda amorteceu o impacto.

Bazir desceu do teto com elegância e estendeu a mão para ajudar a pupila.

— Demorou pra perder a concentração desta vez — observou Saran, que olhava tudo calado.

— Ele fez uma pergunta difícil!

— E você parou pra pensar. Esse foi seu erro — decretou Bazir. — Concentração é tudo numa luta. Não pode parar pra pensar nas provocações.

— Como consegue concentrar pensando tantos xingamentos, pai? — perguntou Saran.

— Ensaiei antes — respondeu Bazir.

— O senhor vai cantar na festa da cidade também?

— Não, meu filho cabeça-oca, eu disse que "treinei" o que ia falar antes pra não perder tempo pensando durante a luta — disse Bazir, sem paciência.

— Ah, tá...

— Vamos, temos muito treinamento pela frente. Já comeram bastante por hoje — ordenou Bazir.

CAPÍTULO 18

A VISITA

Foi com nuvens carregadas que Elhiar e Loriza Bazir fizeram uma visita à morada dos Vellanda. Loriza levou uma torta de frutas cítricas e seu Bazir mantinha o semblante formal e solene. Seu olhar sério e determinado contrastava com a inquietação de Jun, que correu para a sala de estar ao avistá-lo, temerosa de alguma notícia sombria sobre Tosken.

— Pipa! — exclamou Jorost. — Olha quem está aqui! Meida, traga algo pros nossos convidados!

— Olá, meu velho amigo! — cumprimentou Bazir, seu sorriso afável ecoando pela amplidão da sala.

— Pipa, a gente só se encontra na padaria coletiva, né? — disse Loriza com um sorriso.

— Verdade — concordou Pipa. — Nem sobra tempo pra gente comer um bolinho gostoso.

Os Vellanda ofereceram chá quente e conforto em meio à tempestade que rugia lá fora. Mas a atmosfera leve logo se dissipou quando Bazir, com olhos sérios, dirigiu-se a Jun.

— Não se preocupe, não estamos aqui pra falar de Tosken. Ele ainda não retornou, mas vai retornar — tranquilizou-a com voz calma, antes de voltar-se para Jorost. — Desculpe os longos intervalos entre minhas visitas, amigo. A vida não cessa, e minha responsabilidade pela segurança da nossa querida vila de Kopes também não. De fato, o que vim fazer aqui hoje é algo que estou adiando por muito tempo.

— Eu rezo pra Guinda sempre pra que ele volte em segurança — disse Pipa.

Loriza deu o braço para Pipa.

— Oramos juntas às vezes, né? — disse Loriza. — Mas nunca, nunca duvidamos que ele vai voltar.

Jorost, intrigado pelo ar mais solene de Bazir, inquiriu:

— Devo trazer a velha garrafa de ambusa ou apenas chá?

— Amigo, tem algo que precisamos discutir sem rodeios — interveio Bazir, tomando assento com determinação. — Vim falar sobre sua filha.

— Valla ou Risa? — questionou Jorost.

— A que mais se parece contigo, Jorost — respondeu Bazir. — Só que é bem mais bonita e mais inteligente. E que sempre foi minha Vellanda preferida.

— Valla ou Risa? — indagou Pipa, ansiosa.

— Jun, pelo amor de Guinda! — esbravejou Bazir, provocando rubor nas faces da jovem.

— O que ela fez? — indagaram Jorost e Pipa em uníssono, suas expressões refletindo apreensão.

Bazir, porém, irrompeu em gargalhadas, trocando olhares cúmplices com Jun.

— Daisons, ela não fez nada. Vocês é que estão fazendo com ela. Não compreendem a sorte que têm!

Bazir fez uma pausa e respirou fundo, como se estivesse escolhendo as palavras.

— Seu chá, Pipa, sempre foi uma obra de arte — comentou, antes de dirigir-se a Jorost. — Não concorda que o chá de Pipa é uma verdadeira poesia?

Jorost concordou, balançando a cabeça.

— O amor é uma força poderosa, mesmo após a morte... De todos os envolvidos, acho que a mãe de Aimê foi quem aprendeu a lidar melhor com a situação. Ou, talvez, quem disfarçou melhor. Loriza tem crises de choro até hoje. Mas ambos entendemos que, se sucumbíssemos à tristeza, não haveria ninguém pra cuidar dos outros filhos. Veja, Jorost, a sorte que você tem em comparação a mim.

— De alguma forma, eu sei que minha filha está bem e está torcendo por Jun — disse Loriza, com os olhos turvos de lágrimas.

— Sempre soube da sorte que tenho, Elhiar — murmurou Jorost, consentindo.

— Preste atenção, jovem — disse Bazir, direcionando-se mais a Jorost do que a Jun. — Seu pai e eu fizemos um pacto de lealdade.

Jorost recolheu-se, silenciando-se diante da seriedade de Bazir, que prosseguiu com firmeza.

— Durante a Guerra de Tórdus, contra os gelfos do mar, éramos parte da décima divisão de infantaria do rei Bauron, o Eloquente. Lutávamos pela ilha de Junger, cuja posição estratégica era vital pro conflito. Seu pai, mestre de armas e o melhor capitão da esquadra, e eu elaboramos uma manobra pra surpreender o inimigo. Enquanto três mil soldados marchavam pelo campo aberto, segui com seiscentos gelfos, liderados pelo Jorost, por uma passagem secreta sob um vulcão ativo. Uma estratégia ousada, mas que, se bem-sucedida, resultaria na vitória esmagadora. E, de fato, vencemos a batalha e fomos condecorados pelo rei Bauron.

— Dos seiscentos que entraram no vulcão, apenas cento e oitenta saíram do outro lado — complementou Jorost, a voz impregnada de mágoa.

— Seu pai recusou a condecoração e cogitou deixar o exército depois daquilo, mas eu o impedi — acrescentou Bazir, com acidez. — As terras que nos concederam como recompensa seriam suficientes para nos tornarmos reis, se assim o desejássemos. Jorost, contudo, doou sua parte às famílias dos soldados tombados no conflito. Eu fiz o mesmo.

— Por que morreram? — Jun interpelou, sua voz ecoando no recinto à meia-luz, ao mesmo tempo que a chuva rugia lá fora.

— Acampamos em uma grande caverna próxima a uma das crateras do vulcão — prosseguiu Bazir, preparando-se para contar detalhes que preferia esquecer. — O percurso foi longo e exaustivo, e a montanha exalava um cheiro que queimava nossas narinas. Muitos sucumbiram a uma doença que fazia jorrar sangue de seus corpos. Decidimos que era mais sensato descansar, e não havia lugar mais seguro que aquele.

Nós repousávamos em turnos e construímos uma escada pra única saída disponível. O antigo caminho havia desabado, e nossos artesãos tiveram que improvisar com os recursos ao nosso alcance.

Fez uma pausa, reabastecendo sua xícara de chá e contemplando-a em silêncio. Respirou fundo antes de retomar seu relato.

— Vocês sabem que leio muitos livros, não sabem? Tenho muitos lá em casa. Adoro histórias bem contadas. Mas algo me incomoda nos livros. Porque, quando uma tragédia acontece nos livros, tudo faz sentido. Sabemos por que aquilo está acontecendo. Sabemos que uma onda gigante está se formando no mar antes dela atingir os heróis. Sabemos também quando um exército vai ser atacado, sabemos por que eles estão sendo atacados. Nos livros, sabemos a lógica das tragédias. Mas, na vida real, as tragédias não têm lógica. Não sabemos as motivações de um vulcão. Não sabemos o que está acontecendo. É apenas terror e confusão... — Trocou olhares com Jorost, que concordou acenando a cabeça. — Estávamos dormindo quando os tremores iniciaram. Nos reunimos, recuperamos nossos pertences com certa calma. E então seguimos, de forma organizada, pela escada que mal suportava uma passagem contínua. Foi quando a montanha irrompeu em fúria, e lava começou a jorrar por todos os lados. Num instante, uma onda de lava avançava em direção à caverna como um mar de chamas. No tumulto e na agonia, a escada se rompeu... Não sabíamos pra onde correr. Tudo estava desmoronando, as tochas se apagaram e tudo ficou escuro, exceto pela lava quente que nos cercava.

— Saímos dali por puro acaso, pura sorte — comentou Jorost. — Nenhuma lógica.

— Poucos de nós — completou Bazir.

— Nunca me perdoarei por essas mortes, Elhiar — concluiu Jorost, com voz trêmula.

— Então você vai à Gúnia, rogar por uma redenção que, ao que parece, nunca alcançaremos. — Bazir inclinou-se para Jorost. — Já pensou que Guinda jamais vai te perdoar se você não se perdoar primeiro?

Jorost permaneceu em silêncio.

— Quanto à nossa filha, Aimê... — Bazir tentou retomar o fio de suas palavras, mas foi como se de repente lhe faltasse o ar, e as palavras se dissiparam. O salão, esculpido na madeira da gigantesca ferônea, mergulhou em silêncio, iluminado apenas pelas chamas vacilantes das velas e pelos estrondos ocasionais dos trovões.

Bazir respirou fundo antes de prosseguir:

— Jorost, meu amigo, durante tanto tempo carregamos esse fardo silencioso, esse peso insuportável que nos aprisiona no passado. Desde aquele fatídico dia, quando a tragédia nos roubou a preciosa vida de Aimê, carregamos não apenas o peso da nossa culpa, mas também o peso dos nossos medos e arrependimentos.

Jorost ouvia atento, seus olhos fixos em Bazir, buscando compreender a essência de suas palavras.

— Contudo, aqui e agora, diante de vocês, entendo que não podemos nos permitir afundar ainda mais nas nossas angústias. Devemos olhar pro futuro incerto que está à nossa frente e encontrar um propósito maior na nossa jornada — disse Loriza, com a voz firme e suave.

Jun notou a mãe reprimindo as lágrimas segurando o pano de prato junto ao peito, e Bazir dirigiu-lhe um olhar penetrante.

— Jun é uma jovem inocente que enfrentou o mesmo destino impiedoso que Aimê. Não merece ser castigada pelo simples fato de ter sido salva. Devemos protegê-la, não apenas como um dever, mas como uma honra que devemos à memória de Aimê. Por Guinda, se eu acusasse você, Jorost, de ser culpado pela morte de Aimê e exigisse algo em troca, aposto que você faria qualquer coisa que eu pedisse, estou certo?

— Sem a menor sombra de dúvidas, meu amigo — concordou Jorost. — Eu faria e faço qualquer coisa...

— Mas eu nunca culpei e nunca vou culpar você ou sua família, mas chegamos a um ponto que eu sinto que seja necessário eu pedir alguma coisa, sim! — A voz de Bazir ficou elevada e ecoou na sala.

— Qualquer coisa! — disse Pipa, para depois repetir aos prantos: — Qualquer coisa!

— Pois gostaria que passassem a tratar a nossa Jun com o carinho e compreensão que ela merece e precisa — bradou Bazir. — Pelos bigodes de Guinda, ela não é uma aberração, é uma benção. Ela sempre foi a melhor criatura dessa vila, mesmo antes de ter todo esse conhecimento das fadas. Ela fez o balão que meu filho usou na sua empreitada corajosa, e ele vai voltar com certeza e vai ser tratado como o herói que sei que meu filho é. Mas vocês sabem a heroína que sua filha é? Vocês sabem o bem que essa gelfinha pode trazer pra nós? E, droga, vocês sabem como ela sofre porque vocês têm vergonha dela?

Com olhos cheios de lágrimas, Pipa aproximou-se de Jorost, e ambos entrelaçaram as mãos, compreendendo o significado por trás das palavras de Bazir.

— Desde a morte de Aimê, prometi a mim mesmo que protegeria Jun com todas as minhas forças, como se fosse minha própria filha. Orientá-la com sabedoria e compaixão, pra que encontre paz em meio à tempestade que assola nossas vidas. E peço a vocês que, juntos, possamos transformar nossa dor em força, nosso arrependimento em redenção. Que possamos encontrar luz em meio às trevas, meu amigo. Que possamos honrar a memória de Aimê, não apenas com nossas palavras, mas com nossos atos. E que possamos encontrar paz nos nossos corações, sabendo que, apesar de tudo, ainda temos uns aos outros pra enfrentar os desafios que estão por vir.

Sem proferir uma palavra, Jorost e Pipa abriram os braços e envolveram Jun em um abraço reconfortante. As lágrimas correram livres por suas faces, e Bazir sorriu, aguardando que a família se recompusesse.

— Por isso, vim dizer que Jun tem treinado comigo por algum tempo — revelou Bazir, com suavidade. — Treina comigo e com Saran.

— Loraína? — sussurrou Pipa, com a voz embargada. — Por que está ensinando nossa filha a lutar como um macho?

— Pipa, traga mais chá, estou com falta de ar — solicitou Jorost, se abanando e se recolhendo em seu sofá.

Bazir ignorou a aflição do amigo.

— Primeiro, porque ela quis. E ela dá aulas pro Saran, que não é muito esperto. Ele aprendeu a ler, graças a ela, mas ainda não sabe contar. Acho que nunca vai aprender... Bom, mas é o nosso acordo. Eu aceitei com a condição de que, se demonstrasse talento e dedicação, a tomaria como minha pupila. E, sim, ela tem talento. Em segundo lugar, porque ela precisa aprender a se defender. O incidente com as fadas a transformou. Nosso povo não tolera o que é diferente. É meu dever não apenas protegê-la, mas também ensiná-la a se defender quando necessário. No entanto, não posso prosseguir sem a sua aprovação,

Jorost. Temos um pacto de lealdade. Peço a Guinda que te mostre a importância e urgência dessa decisão.

Jorost inspirou e assentiu.

— Minha filha tem um dom especial. Algo que pode ser valioso pra nós. Lembra do que Shodan nos disse? Aquela palavra estranha...

— Tecnologia — completou Bazir. — Disse que devíamos obtê-la ou sucumbiríamos.

— Quem é Shodan? — indagou Jun, com curiosidade. — Meu pai menciona esse humano de tempos em tempos.

— Prometo que te conto em breve, Jun — respondeu Jorost.

— Você é, ou foi, um dos melhores lanceiros do reino — disse Bazir. — Um verdadeiro gênio da loraína. Jino também é talentoso, Jost... Bem, Jost e Risa têm a música, mas a herdeira dos teus talentos com o thuá é Jun. Sabemos que você tem outros talentos que seus filhos herdaram, mas isso não vem ao caso agora. Vamos focar em Jun, pois, se ela pode manipular o pó mágico, precisa aprender a se defender. Ou carregaremos sobre nossos ombros mais uma morte, e posso te dizer com certeza, Jorost Vellanda, perder uma filha é uma dor insuportável. Aceite que Jun treine comigo e aceite a sua filha como o tesouro que ela é. Somos senhores de nosso destino, viajamos e conhecemos o mundo. Não devemos nos curvar a esses tolos que vivem em Kopes, limitados por suas visões estreitas.

— Concordo, Bazir — afirmou Pipa. — E agradeço por tudo o que está fazendo por nossa Jun.

Os Bazir despediram-se, partindo com a bruma negra e a chuva torrencial. Jun abraçou-o antes de sua partida, agora tendo o apoio da família, algo que sempre almejou.

CAPÍTULO 19

JOST E RISA

O monstro tinha cinco metros de altura e parecia uma mistura de gato com borboleta, isso se trocassem tudo o que os tornava agradáveis por coisas grotescas. O carudo tinha, como o nome sugere, o rosto grande em proporção ao resto do corpo. A começar pela boca que era enorme e cheia de dentes finos e longos. O maxilar possuía duas partes móveis que permitiam uma abertura de noventa graus. Era um sugador de sangue, um parasita de animais maiores que complementava a dieta com frutas. Os dentes poderiam esmagar um gelfo e drenar seu sangue, embora comer os pequenos marsupiais não estivesse entre os pratos preferidos dos carudos. Voava com asas azuladas que lembravam as asas de uma borboleta. Mas não batiam. Na verdade, eram órgãos semelhantes aos que as fadas desenvolviam quando se tornavam themis que produziam seu próprio campo gravimétrico, pois eram muito pesados para voar apenas com o bater de asas. O corpo era cheio de pelos azuis, finos, mas resistentes.

Jost, Risa e Saran se aproximavam da fera com um objetivo inusitado.

— Veja só que pelo lindo! — exclamou Jost, empolgado.

— Veja só que dentes enormes — observou Risa, preocupada.

— Vai ser uma caçada e tanto — completou Saran.

— Estou com medo — disse Risa.

— Eu também estou — consolou Saran. — Só os tolos não têm medo!

— Você parou de gaguejar, Saran! — observou a amiga.

— Eu p-parei?

— Só gagueja na frente de Jun — brincou Risa. — Assim eu fico com ciúmes.

— Mas eu não sou seu na-namo-mo...

— Ela sabe, seu bestalhão. Vamos revisar nosso plano? — sugeriu Jost.

— Mais uma vez? — protestou a gelfinha. — Deixa eu zoar o Saran só mais um pouquinho?

— Vai ser menos perigoso se soubermos bem todos os passos — explicou Jost.

— Ah, tá! — concordou Saran.

— Não tem mistério — disse Risa, sem paciência. — Eu trouxe o veneno de valúpias, está pronto. Saran coloca o veneno na lança e acerta o bumbum dele. — Apontou na direção do carudo ao longe. — Assim que ele dormir, Jost corta os pelos, botamos no saco e vamos pra casa antes do bicho feio acordar.

Saran acenou com a cabeça.

— A parte mais difícil é a minha?

— Sim! — Risa deu um sorriso amarelo.

— Pegou as valúpias maduras? — insistiu Jost.

— Claro! Acha que sou louca? Me dá os thuás!

Ele obedeceu. Risa era geniosa e, por vezes, genial. Ele tinha dito que só precisava de uma lança, mas Risa fez Jost trazer mais cinco... por precaução. A gelfa pegou o balde de madeira e mandou que se afastassem antes de abrir. Algo que parecia tinta púrpura bem grossa foi derramado no chão.

— Cuidado! — disse Jost. — Não deixe cair em você, não quero te carregar dormindo até em casa.

Risa o ignorou. Vestiu as luvas feitas de intestinos de lagarto e colocou a poção em diversas bolsas pequenas de menos de cinco centímetros e prendeu duas em cada ponta de lança. O thuá tinha pontas de metal com pequenas saliências que permitiam o encaixe de venenos como esse.

— Se eu acertar de primeira, q-quero algo em troca! — disse Saran com firmeza.

— Não entendo como podemos te ajudar com Jun, Saran Bazir — disse Jost, impaciente. — Ela treina com vocês, na sua casa!

— Se você não tem coragem de cortejá-la na tua própria casa, não vai ter coragem de fazer isso num piquenique à beira da lagoa — provocou Risa.

— Isso é pro-problema meu! — falou Saran, magoado. — Em casa não tem clima... Não ficamos sa-sozinhos. E ela fica estranha. Fala aquelas coisas. Eu me sinto meio burro perto dela.

— Perto de todo mundo — provocou Risa.

— Ah! Tá...

— Vamos dar um jeito de deixar vocês dois sozinhos — garantiu Jost. — Mas você vai ter que ser direto. Diz todas as coisas que fala pra gente, mas fala pra ela. Você fica paralisado perto dela.

— S-sei disso! — insistiu o jovem, nervoso. — Mas vai t-ter música, a lagoa, as p-pedras, o barulho da água subindo a cachoeira... Vai ser perfeito!

— Não precisa acertar na primeira, bobão! — disse Risa sorrindo. Não queria prorrogar o sofrimento do amigo mais do que o necessário. — Apenas acerte!

— Isso, tente fazer com que a gente não morra aqui e já está ótimo — brincou Jost.

— Pronto! — disse Risa, estendendo a lança. — Não pegue na ponta ou deixamos você dormindo aqui — ameaçou.

Saran pegou a lança, respirou fundo e seguiu na mata em direção aonde havia avistado o monstro. Jost foi junto, levando a bolsa onde guardavam as lanças. Risa ficou no mesmo lugar. Haviam combinado que três gelfos se movendo no meio da mata seria algo muito barulhento. Deixaram uma lança com ela por precaução.

— Entendo de thuá como você entende de música, Saran! — provocou Risa.

— Ah! Tá. Mas consegue ao menos saber pra que lado jogar o thuá — devolveu Saran.

Em meio a árvores gigantescas, o carudo preferia ficar a maior parte do tempo próximo a folhagens mais baixas para se esconder dos predadores. Sim, havia bichos que gostavam de comer aquele monstro. Tudo em Kellyni era exagerado, mas as coisas costumavam ser mais calmas perto da cidade das fadas. Estavam seguros se não fizessem nenhuma besteira. O problema era que caçar um carudo era uma grande besteira.

— Esse thuá é ótimo! — observou Saran mais para si mesmo.

— Confio no thuá. O problema é a mão que o segura — brincou Jost.

— Ah! Tá...

A criatura estava no período de frutas. Acabara de se alimentar do sangue de um sauro enorme e estava gorda e sonolenta. Não costumavam voar quando estavam cheias assim. Procuraria algumas frutas, comeria e depois encontraria um buraco para dormir.

Viu o bicho empoleirado no sopé de um morrote com uma fruta segura pelas patas. Os olhos eram vermelhos e profundos como se estivessem cheios de sangue.

— Está bem longe da clareira — disse Saran, preocupado. — Vou ter que correr em campo aberto sem que ele me veja.

— Vai ter que acertar na primeira mesmo! — observou Jost. — Não vai dar tempo de pegar outro thuá.

Saran pegou a lança e testou o peso, calculou de cabeça o que teria que fazer e respirou mais fundo que nunca. Em um movimento fluido, a criatura virou de costas para eles. Estavam a uns sessenta metros de distância.

— Que Guinda me ilumine e dê a esse thuá a trajetória certa!

— Assim seja! — orou Jost.

O jovem gelfo saltou para a clareira e correu tentando ser o mais rápido e silencioso possível. Os pés descalços produziam uma pancada surda na grama macia, mesmo assim, a criatura olhou devagar para trás.

Saran arremessou a lança a vinte metros de distância. A lança cortou o ar com um zumbido suave e acertou a coxa da criatura e lá ficou fincada por cinco segundos. O carudo arrancou o espeto de sua perna com profunda irritação e jogou longe.

— Acertei! — gritou Saran.

O veneno, entretanto, não surtiu efeito e o carudo levantou voo em direção ao gelfo com uma velocidade incrível. Quando sob ataque, os monstros conseguiam voar a curta distância.

— Corre!!! — gritou Jost enquanto pegava outra lança na bolsa e partia para o lado de Saran. No caminho, pensou se seria uma boa ideia: se o veneno não funcionou, a lança não surtiria muito efeito também na criatura. Mas ao menos distrairia o carudo o suficiente para Saran escapar.

A mão do monstro estendeu-se ameaçadoramente para Saran, que sentiu os dedos longos tocarem sua cauda. Quando viu Jost erguendo a lança e atirando, se abaixou, sentindo o carudo passar voando sobre sua cabeça.

A lança passou longe do monstro e agora ele estava quase em cima de Jost, que voltou para pegar outra lança. Saran correu para a lança que errara o alvo.

— Estamos perdidos! — gritou Jost ao ver o monstro pousar em sua frente e abrir a bocarra espetacular. A envergadura era tão grande que Jost calculou que tinha o tamanho de dez gelfos bem altos. O rugido ecoou pela floresta e o gelfo pôde sentir o hálito enjoativo da criatura.

Risa chegou ao seu lado e nada fez além de gritar bem alto, atingindo a mais alta escala de pavor. Os irmãos tiveram certeza de que morreriam diante da criatura que, por sua vez, caiu para trás como se fosse uma árvore derrubada por um lenhador. Saran chegou logo depois com a lança em punho, mas não precisou fazer mais nada. O veneno havia cumprido sua função com um pouco de atraso.

Pelo tempo de uma pequena prece, os três ainda ficaram se olhando com a respiração ofegante. Risa voltou a gritar, assustando Jost, que também gritou.

— Parem com isso e me ajudem a cortar esses pelos — disse Saran, sem paciência. — E lembrem-se: eu acertei na primeira. Se ele não caiu, é culpa dele.

— A culpa é do veneno! — corrigiu Jost.

— Vamos logo com isso porque não sei quando esse bicho pode acordar! — disse Risa, preocupada.

Jost e Risa eram amarelados como o pai. Nasceram juntos e eram quase inseparáveis. Formaram uma aliança desde pequenos, mesmo tendo pouca diferença de idade em relação a Jun.

A coisa que mais gostavam no mundo era fazer música e não se importavam em correr riscos enormes para conseguir produzir os melhores instrumentos musicais, fosse para alegrar a casa depois do almoço, fosse para tocar na praça pública em eventos, ou mesmo na Gúnia em cerimônias religiosas. Eram hábeis na manipulação da balinka, um instrumento de madeira com sete cordas esticadas — cordas essas feitas do pelo do carudo.

CAPÍTULO 20

ESCOLA

Na vila de Kopes, o tempo seguia seu curso, marcado pelo brilho do anel de fogo que cruzava o céu, ora mais próximo ao centro, ora quase desaparecendo no horizonte entre as altas árvores. Foi nesse cenário que Jun saiu de casa em direção à escola, enfrentando uma pressão constante. Cada passo parecia um esforço na lama, mas ela estava determinada, motivada pela ideia de Mitu. Ele planejava persuadir os sábios do conselho a permitirem que Jun trabalhasse oficialmente para a prefeitura, contanto que ela frequentasse regularmente a escola. Mitu conseguiu sua readmissão após o pagamento de uma multa, concebida por Kadhir e cobrada pela prefeitura. Apesar dos receios de Jorost, Mitu e Bazir apoiaram a decisão, deixando para Jun a tarefa mais desafiadora.

Jost e Risa, notando a insegurança da irmã, a acompanharam, oferecendo seu apoio de maneira peculiar: cantando. Valla, por outro lado, se afastou cedo para deixar claro às amigas que não compartilhava da mesma "doença" de Jun. Jino, evidentemente, não frequentava a escola, dedicando-se apenas às aulas de loraína.

Exceto pelo forno coletivo, a escola era a única atividade na vila que seguia algum tipo de horário regular. A educação não dependia apenas da idade, mas também do interesse dos alunos. Os sábios, que convocavam os alunos com incensos perceptíveis a quilômetros de distância, determinavam os horários das aulas, frequentemente prolongadas. Os estudantes levavam comida, pois sair para comer nem sempre era viável. No final das contas, o fluxo de alunos era bastante irregular. Alunos de diversas idades se misturavam e os professores ensinavam o que tinham vontade.

No lado de fora do prédio da escola, muitos gelfos jovens machos rondavam como se não quisessem nada, mas por conveniência levavam instrumentos musicais. Pois, no fim da aula, havia a celebração do conhecimento, que sempre terminava em uma festa musical regada a muita ambusa e gudango.

Sem ter muito que fazer, Jun se limitou a continuar andando. Chegou ao portal e o ultrapassou com a sensação de estar caindo em uma armadilha que ela mesma insistira em preparar para si mesma. Poderia fugir se quisesse?

— Sou forte, sabida e corajosa — repetiu para si.

As escadas chegaram e cada degrau se oferecia para seus pés. Sentiu como se fossem gritar cada vez que pisava neles. Gritar e acusá-la de alguma coisa. Qualquer coisa. Sempre havia as acusações. Era como se aquele não fosse seu mundo. Estava no coração de um monstro com dor de barriga. Em breve ela seria vomitada para fora. Talvez coisa pior…

— Voltar para a escola, que péssima ideia, Jun — murmurou para si mesma.

— Você não é bem-vinda aqui! — Tâmi Merfa e Garfael Linus surgiram do nada, acompanhados de vários alunos que tentavam impedir a passagem. — Não queremos você na escola, Jun.

— Eu só queria… — Jun ficou sem palavras e os olhos começaram a encher d'água.

— Não nos interessa o que você quer ou deixa de querer, Vellanda — bradou Garfael, apontando o dedo no focinho dela. — Suas blasfêmias quase causaram a morte de um professor e, se você ficar aqui, vai causar ainda mais problemas. Você tem mais que ir embora ou eu…

— Ou você vai fazer o quê, idiota? — Era a voz de Saran, sem nenhum sinal de gagueira.

— Essa criatura não pode entrar na escola! — gritou Tâmi.

— Bom, ela vai entrar comigo e não acho que tenha alguém aí capaz de me impedir de entrar com ela. — Saran olhou de cara feia para Garfael, que vacilou e olhou para o chão. — Sim, esse não vai fazer nada. Tem mais alguém?

Diante da covardia de Garfael, todos os alunos que estavam com ele foram se retirando até só sobrar Tâmi, que exalou um cheiro que misturava ódio e desespero antes de sair pisando duro.

Jun olhou para Saran e deu um sorriso tímido que transformou o brutamontes irritado novamente no gelfinho apaixonado, que deu um sorriso amarelo.

— V-vamos entrar? — sugeriu Saran.

Jun sorriu e segurou a mão dele e depois o abraçou, cheia de gratidão.

Jost e Risa estavam no topo da torre esperando o casal.

— Vamos marcar um piquenique, Jun? — sugeriu Risa, sob o olhar alarmado de Saran.

— Que ótima ideia! — concordou a gelfa, ainda suspirando.

— Você pode contar uma daquelas histórias dos livros das fadas! — disse Jost com um falso entusiasmo. Ele não curtia tanto as histórias; gostava de música e era Risa que fazia as letras e se interessava mais por palavras.

— Sim! Vamos, sim! — continuou Jun.

— Você vem conosco, Saran? — perguntou Risa com um sorriso amarelo.

— Acho q-que sim...

Jost quase esmurrou o amigo. Como assim, "Acho que sim"? Ele havia armado a coisa toda! Mas Risa cutucou o irmão, fazendo-o entender que tudo não passava de uma simulação desnecessária do amigo para não deixar transparecer que aquele piquenique com Jun era a coisa mais importante de sua vida em todos os tempos.

— Vamos então depois da aula — disse Risa. — Temos as frutinhas, os instrumentos musicais, tudo!

— Eu ajudo a le-levar — disse Saran. — Que tal ir à Lagoa de Kre-Kremmer?

— Lá seria perfeito — respondeu Risa, sem dar tempo para Jun pensar.

— Pode ser — Jun concordou de novo. — Adoro ver as pedras flutuando no ar.

As aulas do dia começaram no alto de uma torre cujo cume era em forma de uma grande flor. Lá, o velho Tingo falava sobre a guerra com os gelfos do mar. Não havia sinal de Tâmi ou Garfael, mas Jun tomou o cuidado para não falar nada. A aula não era nem um pouco objetiva e podia começar ensinando sobre como tratar montarias e terminar contando uma história de guerra. Alguns sábios podiam escolher alunos para serem auxiliares ou aprendizes. O mais certo, porém, era que os próprios filhos seguissem a labuta dos pais.

Havia algumas salas, mas o centro de educação era um grande pátio com árvores e grama. O professor ficava no meio dos alunos que ficavam de pé, ou sentados na grama, ou em cima de troncos de uma pequena árvore.

Um sentimento de tristeza tomou conta de Jun. Não pelo formato das aulas, mas pelo conteúdo, disperso e vazio, como se cada palavra proferida evaporasse no ar sem deixar rastro. Ele observava os colegas, tão imersos na rotina desgastada que sequer percebiam o vazio que crescia ao redor. Jun se perguntava se alguém mais sentia aquela ausência, aquele buraco onde deveria haver significado.

Como não havia pensado nisso antes? As aulas que os gelfos recebiam eram tão úteis para Jun quanto uma toalha para um peixe. Olhando para o modo como os professores davam aula, ela se sentiu ainda mais deslocada da sociedade dos gelfos. E agora? Passou os últimos anos se iludindo em relação ao retorno aos estudos. Sua mãe estava certa, Saran estava certo: não havia nada que ela pudesse aprender ali. E nenhum gelfo parecia estar disposto a aprender alguma coisa com a cultura de humanos. Tudo o que interessava aos gelfos em relação aos humanos era a manipulação do pó mágico, conhecimento que Jun possuía em um nível muito limitado. Isso a transformava em algo que não pertencia nem ao mundo dos gelfos, nem ao das fadas. O "forte, sabida e corajosa" aos poucos foi dando lugar a um sentimento de desespero. Lágrimas começaram a querer transbordar de seus olhos. E o que diria para Saran e os irmãos que a apoiaram? Que tudo fora um engano?

Jun engoliu o choro e forjou um riso que não era para ninguém. Ninguém na verdade estava olhando para ela. Havia uma agitação incomum naquele momento e não tinha nada a ver com a presença de Jun na escola. Imersa em seus pensamentos e frustrações, a gelfinha não havia percebido até o burburinho começar. Um burburinho tão intenso que atraiu a atenção dos estudantes sentados de pernas cruzadas na grama. Jun prestava atenção de olhos arregalados aos relatos de Tingo enquanto Jost e Risa se deitavam cada um em uma de suas pernas. Apesar das idades diferentes, todos os irmãos Vellanda faziam aula na mesma turma. Foi Valla quem primeiro se levantou para ver, do alto da torre, o que estava acontecendo: se aproximava um barco de madeira leve sustentado por um balão feito de pele de pterante cheio de gás de boluxos. Jun sabia que o balão era de Tosken, até porque foi ela quem projetou e ajudou a construí-lo.

Não pensou duas vezes e saiu correndo em direção à escada da torre, jogando os irmãos para longe. Seu coração parecia querer sair pela boca e a pequena distância entre uma noraseira e outra pareceu se esticar e se tornar infinita.

Foi um longo caminho da escola até o baloporto ao lado da prefeitura. Todas as fêmeas num raio de dez quilômetros pareciam querer chegar perto de Tosken, elevado agora a herói de Kopes como líder da caravana. Mitu o abraçou forte.

— Os besouros disseram que você trouxe ótimas notícias em sua bagagem, filho de Bazir! — festejou Mitu.

— Estamos carregados de mercadorias variadas, burgomestre — confirmou Tosken, com um sorriso aberto no rosto cansado. — A viagem foi um sucesso!

— Descansem agora, se puderem. — Mitu apontou para a multidão ensandecida e deu de ombros. — Os funcionários vão descarregar seus navios. Imagino que estejam com fome. Temos uma mesa farta e copos cheios pra vocês.

— Confesso que não tenho dormido bem, mas acho que o sono pode esperar um pouco — disse Tosken, recebendo agora um abraço apertado do pai, seu Bazir, que quase esmagara o filho com seus braços fortes.

Jun saiu cabisbaixa da recepção, pois não conseguiu nem que Tosken a notasse em meio àquela multidão. A sensação de ser ignorara foi latente. Também ficou chateada por Bazir não ter lhe contado sobre a volta do filho. Mas foi Saran o mais arrasado, porque os planos para o piquenique falharam de forma lamentável com o retorno do irmão. Mas, na terra do dia eterno, nada como uma sombra do anel após a outra. Pois, se o tempo não era contado por todos, não quer dizer que ele não passava.

CAPÍTULO 21

BRU

Eram quatro gelfos viajando em uma carroça singela, tímida em sua jornada. Aventurava-se pelas veredas enlameadas da floresta de Kelliny, arrastada com esforço pelo estoico Buxido, um peixe de listras brancas e vermelhas, que se locomovia com suas barbatanas no ar, como se flutuasse, mas não havia água ali. No entanto, indiferente a esse relevante detalhe, resistia aos caprichos do solo esburacado. O anel de fogo, ignorando as misérias terrestres, lançava seus feixes dourados entre as copas espessas, despertando um brilho úmido nos musgos e um fulgor nostálgico nos troncos antigos.

Entre o chiar das rodas e o farfalhar das folhas, Camboa olhava para Nathana e Laline, duas irmãs que acabavam de ajudá-los a escapar de ladrões da floresta. Em retribuição, seu amigo Munjalur, dono da carroça, havia oferecido carona às irmãs até a vila de Kopes.

Um grande arco triangular marcava o início do território de Kopes. Para os gelfos, esse era o anúncio de que estavam a cinquenta quilômetros do portal de entrada da cidade. Era uma construção enorme feita por fadas logo após a guerra como um gesto de boa vontade para com os gelfos. Munjalur calculou que deveria ter cem metros de altura. Tinha uma forma de triângulo e exibia cores berrantes para chamar atenção de quem passava.

— O que vocês vão fazer em Kopes — indagou finalmente Gamboa.

— Apenas pegar provisões e voltar para nossa casa aqui na floresta — respondeu Nathana.

— E vocês? — indagou Laline.

— Ouvimos dizer que há fadas em Kopes...

— Existem fadas lá? — indagou Nathana, surpresa.

— Não tenho certeza. O impulso que sentimos é de vir pra cá — disse Camboa.

— As fadas costumam frequentar essa cidade. Tenho certeza disso. É a única nesta região que recebe humanos com certa frequência. Depois, só muito ao norte. Na região de Cestes — explicou Munjalur.

— Por que não foram direto pra Neyd?

— Não sei. — Munjalur ergueu os ombros. — Sentimos um impulso pra vir pra cá. A guerra acabou, mas temos medo de ir até uma cidade só de fadas.

— Impulso? — Laline levantou as orelhas. — Vocês são veteranos de guerra?

— Sim. Pisamos em minas de maldições criadas pelas fadas durante a guerra e agora temos esse sentimento estranho para ir a um lugar. Sabemos que é parte do feitiço. Encontrei Munjalur com sua carroça perto de Piduna e ele estava com o mesmo sentimento. É um impulso. Com sorte, podemos convencê-las a remover a maldição.

— Vocês mataram muitas fadas na guerra?

Camboa olhou para o alto para fazer as contas.

— Ninguém matou muitas fadas. Elas eram muito melhores que nós.

— Ouvi falar das minas de maldição. — Nathana abaixou as orelhas. — Por que vocês não pediram ajuda para as fadas quando acabou a guerra?

— Elas não ajudavam. — Munjalur deu de ombros.

Um silêncio caiu sobre eles. O som das rodas e um ocasional rosnado do peixe se juntava aos sonhos da floresta. Até que Nathana resolveu perguntar:

— Qual a sua maldição, Munjalur?

— Eu vejo pessoas mortas e sinto o cheio delas. — Munjalur baixou muito as orelhas.

— Quando? — insistiu Nathana, embora entendesse que o assunto era desconfortável para o gelfo.

— O tempo todo.

— Está vendo agora? — insistiu ainda mais.

— Sim, estou vendo um velho senhor aí do lado. Não escuto nada, vejo pouco, apenas uma névoa com feições de um gelfo velho, mas o cheiro... O cheio eu sinto muito bem. Tem cheiro de tabaco de túpria nos pelos e seu hálito diz que gosta de amoras. Usa ainda um perfume de fumaça de carvalho seco.

— Pai? — Laline procurou o olhar de Munjalur e a direção em que ele olhava.

— Não pode ser — disse Nathana, perplexa. — Sabe o que ele tá tentando dizer?

— Não entendo nada. — Munjalur sacudiu as orelhas. — Cheiro de preocupação. Ele me viu e sabe que eu o vejo. Odeio isso. Fica gesticulando. Cheiro de preocupação.

— Guinda não permite que os mortos se levantem — replicou Camboa.

— As fadas não ligam para o que Guinda pensa — respondeu Munjalur, abaixando as orelhas. — Quando pararmos para comer, eu tento entender o que ele quer dizer a vocês. Mas não agora. Eu fico nervoso e, se eu fico nervoso, o Buxido também fica. Peço a compreensão de vocês.

Laline e Nathana se entreolharam, percebendo que Munjalur estava atormentado com a situação.

— Claro que, quando você achar conveniente, queremos sim — disse Nathana. — Mas entendemos o seu sofrimento.

Munjalur assentiu.

— Só peço um momento — disse, depois de um silêncio. — Podem me chamar de Munj.

Nathana assentiu com a cabeça.

— Acha que as fadas vão curar a sua maldição? — Ela não conseguia evitar de olhar para o vazio em busca de seu pai. Não via nada.

Não sentia nada. Isso a deixava angustiada. — Não é uma maldição tão ruim…

— É bem pior do que você pensa — respondeu ele sem olhar para ela.

Depois de um tempo indeterminado, pararam na beira de uma pequena lagoa para Buxido beber água.

Camboa e Laline desceram para esticar as pernas. Ele cheirou a água da lagoa e concluiu que estava adequada para consumo de gelfos antes de buscar um recipiente para encher. Laline o ajudou, enquanto Munjalur e Nathana ficaram na carroça conversando.

Agora as longas ferôneas haviam tapado o brilho do anel e apenas fachos de luz conseguiam se esgueirar entre as folhas para iluminar o chão. Várias aves e outros animais percorriam os gigantescos galhos lá em cima.

— E você, Camboa, qual a sua maldição? — perguntou Laline.

O gelfo deu um suspiro.

— Nichids…

— Dinheiro? — estranhou Laline. — Você tem uma maldição de dinheiro?

— Sim, quem não gosta de nichids? — brincou Laline.

— Eu adoro. Mas eles fogem sempre de mim — suspirou Camboa.

— Como assim?

— Fogem…

— Por quê?

— Porque é a maldição. A fada me jogou o feitiço dos doze nichids. Por exemplo, eu tenho aqui comigo, doze nichids no meu bolso. O suficiente para uma refeição razoável, concordam?

— A gente faz uma refeição razoável caçando — destacou Lalina.

— Ah, como eu vou explicar para vocês? — Camboa ficou nervoso e revirou no bolso. — Olhe aqui meus doze nichids. Estou dando-os para vocês de coração. — Agora olhe a minha sacola de moedas.

A jovem gelfa pegou o saco de pano e sentiu que havia moedas lá dentro.

— Conte-as! — disse Camboa.

— Doze nichids! — confirmou.

— Pode me devolver os que te dei? Tipo, dar eles de coração para mim?

Ela pensou antes de responder.

— Sim!

— Olhe então!

O saco esvaziou. As moedas desapareceram.

— Eu sempre vou ter doze nichids durante um certo período. Se eu não gastar, não aparecerão outros. Se eu gastar todos, eles vão reaparecer, mas só depois de certo tempo. O suficiente para que eu não morra de fome. Se eu der, eles se repõem, mas só uma vez. Se eu te der novamente, ou der para outra pessoa, eles não reaparecem tão cedo. É a maldição dos doze nichids.

— Que coisa estranha! Você nunca morrerá de fome... Não parece uma maldição.

— Mas nunca vou ter mais que isso. Se você me der cinquenta nichids, eles vão desaparecer e vão ser só doze.

— E se você for para um lugar onde todos te deem comida e coisas que precisa sem ser dinheiro?

— Aí tem a maldição complementar. Essas pessoas acabam sofrendo coisas terríveis. Não se pode ajudar pessoas como eu.

— Mas é como se fosse uma outra maldição, não é?

Camboa tentou sorrir, mas não conseguiu. Na verdade, os olhos marejaram. Laline acariciou a cabeça do gelfo entre as orelhas. Seu odor era mais do que tristeza, tinha algo de desânimo e desespero. Ela o abraçou com compaixão.

— As fadas vão te curar — disse ela com firmeza. — É o que se diz por aí. Elas estão dando indenizações pela guerra a todos que as procuram.

— Algumas pessoas carregam mais de uma maldição — disse ele com raiva. — As fadas foram bem cruéis nesse ponto. Colocavam minas enterradas no chão, com maldições diversas. Nós pisávamos e ficávamos contaminados. A pior de todas foi o de meu amigo Doussan. Ele era nosso comandante. Ótimo gelfo. Líder carismático, sabe?

Laline se apressou em ajudar Camboa preparando o pequeno fogareiro para esquentar água.

— Você é triste — observou. — Mas é bonito. Gosto de você.

— Só não tente me dar dinheiro, está bem? — Ele sorriu, feliz com o elogio. — Mas, como eu estava dizendo, o comandante Doussan pisou em uma mina e criou uma cópia dele mesmo. Era igualzinho, mesmo cheiro, mesma voz, mesmas roupas, tudo!

— E o que aconteceu?

— Bom, ele e o seu outro Doussan nunca se entenderam e nunca aceitaram existirem. Queriam a mesma esposa e filhos. Pai e mãe. Um dia brigaram e um deles morreu. Não sei qual foi. Imediatamente, apareceu outro Doussan. E isso foi se repetindo até que os dois morreram. Acho que só assim ele teve paz.

Avistaram uma placa ao longe. Podiam ver que a estrada se tornava bem mais definida adiante. Agora, certamente estavam razoavelmente próximos a Kopes.

— Esse é o marco de território — apontou Camboa. — O verdadeiro portal de entrada poderá ser visto assim que entrarmos ali. A missão de vocês está cumprida. Nos trouxeram em segurança. Agora há guardas por perto, logo depois do portal lá na frente. Nenhum ladrão vai nos atacar.

— Está nos mandando embora, Camboa? — provocou Laline.

— Quero dizer que a missão de vocês terminou, mas gostaria que ficassem. Eu sei que um gelfo como eu não tem muitas posses. Aliás, eu só tenho...

— Doze nichids — completou a gelfa. — Você e Munjalur são amigos há quanto tempo? Ele não te ajuda com isso?

— Eu o conheci pouco antes de vocês aparecerem. Ele passou e me deu carona também — respondeu Camboa. — Ele parece ser um bom gelfo.

— Então, eu estava pensando se...

Som de gritos explodiram de dentro da carapaça. De início, Camboa e Laline julgaram se tratar de uma discussão entre Nathana e Munjalur, pois ouviram gritos dos dois. Mas logo viram Nathana sair apavorada de encontro a eles. Depois ouviram a voz de Munjalur carregada de desespero.

— Vão embora todos vocês! Agora! — gritou Munjalur.

— Sua irmã deve ter pisado no rabo dele — brincou Camboa. — Desde que o conheci, não o vi bravo assim.

— Vão embora, por favor! Corram!!! — insistiu Munjalur. — Você também, Camboa! Salve sua vida! Corra em direção ao próximo portal, há guardas lá.

— Seu maluco, o que houve com você? — perguntou Camboa, desconcertado.

— O que houve, Nathana? — indagou Laline.

— Eu não sei, estava tudo bem e...

— Fujam!!! — gritou Munjalur.

Os três gelfos se entreolharam e chegaram à conclusão de que Munjalur estava ficando louco. Talvez um daqueles mortos cujo cheiro ele sentia estivesse agora se manifestando e brincando com a sanidade do amigo.

Um som opaco estalou ao lado de Laline. A gelfa olhou na direção do barulho e viu que era o braço de Munjalur. O braço, a mão, as unhas. Tudo estava ali, mas faltava o resto de Munjalur.

— Meu Guinda! — gritou Camboa, assustado ao ver Munjalur sentado com uma expressão de dor no assento de condução da carroça. No lugar onde deveria estar o braço, havia uma coisa vermelha e grande. Pensou se tratar de sangue, talvez um jorro desproporcional vindo do braço arrancado por alguma criatura medonha. Mas era algo diferente. Algo terrível demais para que conseguisse entender.

— Não! — gritou Munjalur com firmeza. — Não vou deixar você fazer mal a ninguém!

— Você não precisa mais deles para chegar em Kopes e eu preciso me alimentar! — disse uma segunda voz bem mais grave.

— Fujam! — insistiu Munjalur.

Laline achou melhor correr para longe. Munjalur saiu da carroça e desceu. No lugar de seu braço, um tentáculo vermelho enorme. Camboa e Nathana foram para a parte de trás da carroça, pegaram lanças e se prepararam para atacar fosse o que fosse que atacava o amigo.

Nisso Munjalur explodiu em tentáculos. Pedaços de seu corpo voaram para todos os lados enquanto uma criatura vermelha gigantesca tomava seu lugar. Camboa atacou com a lança. O tiro foi certeiro, no meio dos dez olhos da criatura, mas uma boca desproporcional se abriu exatamente ali, naquele ponto, e mastigou o thuá.

O gelfo ficou impassível por apenas um segundo. Tempo suficiente para a criatura envolvê-lo com uma infinidade de tentáculos que arrancaram todos os seus membros e levaram, um por um, até a boca. Um monstro de aparência horrenda estava se formando, com uma carapaça, tentáculos e olhos, muitos olhos e bocas.

Toda a agitação incomodou o peixe, que começou a se movimentar e balançar a carroça.

— Calma, Buxido! — roncou a criatura. — Eu já vou voltar à minha forma normal, só vou…

Esticou o tentáculo desproporcional até Laline e a puxou. Ela tentou se desvencilhar, mas ouviu-se um estalar de ossos quando os tentáculos fizeram pressão. Depois a gelfa foi partida ao meio. O sangue jorrou. A criatura sorriu e levou os pedaços direto para a bocarra e mastigou. O som de ossos sendo mastigados ecoou na floresta. Os olhos da criatura procuraram por Nathana, que também correu muito e se escondeu entre as folhagens.

— Deixe-a viver! — disse a cabeça de Munjalur, pendurada em um dos apêndices do monstro.

A gelfa corria pelo labirinto de caules em uma velocidade maior do que ela se imaginou atingir algum dia. Não olhou para trás. Nem quando sentiu uma pressão nas costas, depois uma dor no peito. O tentáculo atravessara sua barriga e a puxava de volta para aquela criatura medonha. A visão começou a ficar turva, a dor era tanta que parecia se anular. Ela ainda sentiu medo da boca do monstro. Algo naquilo lembrava um caranguejo: havia uma carapaça cheia de chifres, muitos olhos e uma boca que se abria em três níveis de mandíbulas. Um dos chifres, ela pode ver muito bem, era a cabeça de Munjalur.

— Olhe bem, Munj, você nega que sentia atração por ela? — provocou o monstro.

— Você poderia se alimentar de vários animais, Bru! Por que condenar esses gelfos inocentes? — chorava a cabeça pendurada de Munjalur, perfeitamente lúcida, pendurada em um dos apêndices no monstro. Ela era parte dele.

— Que pergunta idiota!

— Não, eu tenho o direito de saber, Bru! — insistiu Munjalur.

— Você já sabe, eu estou na sua mente também. Essa é a sua maldição. Eu sou sua maldição — corrigiu. — Eu vejo as almas dos mortos. O pai dela estava desesperado porque sabia o que eu iria fazer. Você só sente o cheiro deles. Não faça essa cara, seu idiota. Eu sou parte de você. Veja, ela está morrendo. Olhe os olhos dela. Vão ficando vazios. Dá para ver a vida se esvaindo. Não é interessante? Não diga que isso não te excita, seu maldito. Olha a língua dela caindo para fora da boca. Desce uma baba, e mesmo assim ela é bonita, não acha? Vou sentir o corpo todo dela sendo digerido. Uma delícia. Uma guerreira quase invencível. Daria uma esposa e tanto, não é, Munj?

— Seu monstro! Por que faz isso comigo?

— Lá vem essa história de novo. Você vai esquecer tudo, né? Ou finge que esquece quando eu volto para dentro de você?

A boca era tão grande que os tentáculos conseguiram colocar Nathana por inteira em seu interior. Só depois Bru mastigou a gelfa, de boca fechada. Achava que já tinha aterrorizado demais a cabeça de Munjalur.

— Toda vez que você se afeiçoar a alguém, eu vou aparecer, Munj. Mas pode deixar que não vou comer seu peixe. A maldição é só no que se refere a gelfos.

— Eu odeio você. Odeio você com todas as forças! Eu juro que um dia vou te matar, Bru!

O monstro deu uma risada cínica e começou a se decompor. Seus tentáculos passaram a vazar um líquido gosmento. As partes da carapaça, os dentes, tudo se desfez em gosma enquanto o corpo de Munjalur novamente ia se formando por baixo de tudo.

— E veja se não perde o rumo quando acordar. Não esqueça que temos que ir para Kopes encontrar alguém. Você lembra do nome?

Mujalur agora estava recomposto, embora sem roupas. Havia roupas extras dentro da carroça. Seu olhar vazio olhou todo o sangue à sua volta.

— Lembra do nome? — insistiu a voz interior.

— Lembro, sim — falou como se estivesse em transe. — Vellanda.

CAPÍTULO 22

TOSKEN

A mercadoria que Tosken trouxe transformava os Vellanda na família mais rica de Kopes e os Bazir ficavam com um honroso segundo lugar. A situação financeira de Jorost mudara de forma radical. Pipa invadiu o quarto de Jun cantarolando e percebeu que o cheiro da filha mostrava um pouco de tristeza.

— O que houve com a minha gelfazinha? — indagou a mãe. — Eu orei tanto a Guinda pra que você saísse daquele estado que estava... um ano atrás...

— A senhora contou o tempo? — Jun virou o rosto para a mãe e seus olhinhos brilharam.

— Sim, filhota. A alegria maior da sua mãe é te ver bem — disse Pipa. — Aqueles treinos secretos de loraína te deram até coragem de voltar pra escola. Acha que sua mãe não estava vendo? Mas por que está triste agora?

— Tosken nem falou comigo depois que voltou — murmurou Jun. — Fiquei meio decepcionada, mas estou feliz que ele voltou.

— Ele voltou tem uma cambalhota da ampulheta vermelha...

— Mamãe, a senhora aprendeu a contar o tempo?

— Quando a ampulheta vermelha pequena no centro da cidade vira, é uma hora — disse Pipa, sorridente. — E uma cambalhota da azul é um dia. Esse tal de conhecimento que você trouxe não é tão inútil, afinal.

Jun correu e abraçou a mãe com força.

— E não se preocupe com Tosken — falou Pipa, alisando os cabelos da filha. — A vila toda está tratando ele como herói, mas ele já falou pra mim e seu pai que a verdadeira heroína é quem construiu o balão.

— Que bom, eu amo tanto ele! — disse Jun.

— Jun, querida... — A mãe franziu a testa. — Tosken é prometido de sua irmã. Não vai ter ideias malucas. Ele ama Valla e é correspondido. Logo você, que é tão inteligente. Além do mais, você sabe que Saran...

— Mãe, não quero falar sobre isso com a senhora! — disse a gelfa, envergonhada. — Não agora. Não hoje.

— Mais tarde, talvez?

— Talvez...

Pipa já havia preparado uma infinita variedade de comidas para receber o novo herói da cidade e Jun escovara os pelos e tomara vários banhos. Valla e Risa também. Jino e Jost ficaram enciumados pela atenção que não iriam receber.

— Então quer dizer que temos substitutos à altura? Kopes tem novos aventureiros corajosos e valentes! — disse Jorost, cumprimentando Bazir e exalando satisfação para logo depois voltar-se para Jino com olhar severo e um cheiro forte de desapontamento. — Pena que meu filho mais velho não teve coragem pra ir com seu filho — disse em voz alta e clara, para que Jino soubesse de sua decepção.

— Bobagem, ele vai estar pronto quando achar que está pronto — remediou Bazir, sabendo que a motivação de Jino para não ir estava relacionada ao luto por Aimê.

Jino desviou o olhar, mas deixou o odor azedo da vergonha chegar até o nariz do pai. Ao contrário dos humanos, os gelfos tinham muita dificuldade de esconder as emoções e, na verdade, não faziam muita questão disso. Eram criaturas verdadeiras, para o bem e para o mal. Optou por se retirar do recinto para esconder o cheiro.

— Seu filho ficou por respeito à minha filha, Jorost — insistiu Bazir. — Eu sou grato a ele.

Jorost entendeu, mas Jino já havia saído.

Tosken trouxe consigo um quadrúpede de pelo espesso e beiços proeminentes. De longe, pensaram se tratar de uma lhama, comum em Kellyni.

— Trouxe este presente pra Jun — disse Tosken.

Claro que Jun exalou um cheiro de vergonha, mas era uma vergonha de estar sem jeito, de emocionada. Seu rosto corou tanto que esquentou.

— É um gâmoni! — gritou o jovem.

— Este é Dundum — apresentou Bazir. — É um gâmoni, sim, mas do tipo canídeo, que trouxemos de presente pra Jun.

Jun tinha a vaga ideia do que seria um gâmoni, sabia que era uma criatura rara, que muitos acreditavam ter poderes mágicos. Mas parecia um cachorro grande, com beiços e bochechas exagerados. Foi amor à primeira vista. Abraçou o animal, que retribuiu o carinho com um olhar assustado e abobado.

— Vou abraçá-lo, apertá-lo e cuidar dele para sempre! — gritou Jun, empolgada. — Ele fala?

— Dum-dum! — respondeu o bicho.

— Ele fala!

— Dum-dum! — respondeu de novo.

— Ele fala "dum-dum" e só isso. — Tosken encolheu os ombros. — Por isso demos esse nome.

— Dum-dum! — concordou a criatura.

— Encontramos o bicho perdido nas montanhas. Ainda é um filhote. Procuramos sua família, mas não encontramos. Acho até que ele caiu de um caminhante celeste, pois tinha um naquelas redondezas voando baixo.

— Você perdeu sua mamãe, mas achou a Jun agora! — disse a gelfinha, segurando o bicho pelas bochechas. — Ele não é lindo?

— Dum-dum!

Com seu Bazir e Tosken, vieram também Saran, bem mais quieto do que o costume, e Loriza, sempre com seu jeito espalhafatoso, trazendo algum tipo de bolo ou torta. A ceia era algo muito importante para os gelfos. Sentaram-se todos em volta da grande mesa de madeira no salão central, no quarto andar esculpido no tronco, para degustar as delícias preparadas por Meida, sob a supervisão de Pipa e com a ajuda das filhas Jun, Valla e Risa. Bazir e os filhos ficaram em lugar de destaque junto a Jorost à mesa. Pipa não se sentou até estarem todos servidos. Era um momento importante para ela, todos os filhos reunidos e os amigos da família presentes comemorando uma grande conquista em comum.

Jorost propôs um brinde a Tosken, que ficou envergonhado por estar sendo o centro das atenções.

— Devo admitir que passamos por maus bocados, enfrentamos perigos que nunca tinha imaginado antes. — Ele falava como se estivesse vendo os acontecimentos à sua frente, mas havia algo de triste no relato, quase uma mágoa. — Conhecemos as sereias que vivem na cidade de Esparza junto com insetos gigantes que tocam músicas maravilhosas.

Os olhos de Valla brilhavam enquanto os de Jino faiscavam de inveja.

— Sereias que vivem no mar, como Jun contou uma vez? — indagou Risa.

— Sim, com rabo de peixe!

— Eu conheço humanos assim, ele diz a verdade — concordou Jorost, decidido. — Constroem máquinas gigantescas e armas assustadoras. — Fez uma pausa pensativa. — Mas a festa é de Tosken, ele é quem deve contar suas aventuras.

— Olha, eu estou cansado de contar a mesma história! — disse o comandante da caravana, com um misto de brincadeira e cansaço. — O que mais posso dizer?

— Piratas! — sugeriu Jun. — Conte sobre os piratas!

— Havia piratas, sim. Tentaram invadir nosso barco. Gelfos do mar, malditos, com suas peles avermelhadas. Não usam thuás, mas adagas afiadas. Deram muito trabalho!

— Conte sobre os hiperfungos! — pediu Risa.

— Eram criaturas esquisitas — explicou Tosken, fazendo um gesto amplo com os braços. — Na verdade, são apenas tentáculos brancos que falam. Fazem propostas. Alguns seres aceitam viver dentro deles o resto da vida porque sonham pra sempre.

— Como assim? — indagou Jost.

— Entram no fungo, o fungo os alimenta e vai se alimentando deles. Vivem duas vezes mais que o normal, só que num mundo só de sonhos.

— Deve ser uma maneira boa de viver — comentou Jost.

— Coisa nenhuma! — bradou Jorost. — Viver uma mentira, uma ilusão durante a vida inteira. Isso não é vida!

— Não sei se era uma vida — disse Tosken, pensativo. — Acho que jamais aceitaria viver dessa maneira, mas nunca pensei muito nesse assunto. Nem conversamos muito com os hiperfungos. Tudo o que eu queria era poder voltar pra casa e ver minha vila de novo. Queria ver meus pais e meu irmão. Queria ver meus amigos outra vez. — Fez uma pausa, pensando na irmã, mas não teve coragem de falar. Seus olhos começaram a umedecer, porém ele se controlou. — Nada disso seria possível se seu Jorost não tivesse financiado nossa expedição e acreditado no potencial de nossa equipe, que não está aqui comigo, mas é pra eles que gostaria de propor um brinde. Pois não conheço gelfos mais valorosos neste mundo e, se um dia existiram, é certo que Guinda levou pra morar com ele.

Após o brinde, Jorost tornou a falar, já um pouco embriagado pela ambusa forte.

— É a primeira caravana desse porte em muito tempo que volta sem nenhuma morte e volta carregada de mercadorias valiosas. Tosken fez um trabalho irrepreensível!

— Agradeço a confiança, mas vale lembrar que o mérito também é da Jun, seu Jorost, que projetou o balão — completou.

Bazir, Loriza puxaram aplausos, seguidos por Jorost e Pipa. Todos na festa aplaudiram a gelfinha.

Jun se encolheu toda, as bochechas coradas e as orelhas abaixadas.

— Música! — bradou Jorost. — Música pros nossos convidados!

Não precisou insistir. Os jovens estavam ansiosos para testar as novas cordas. Risa entregou um instrumento de sopro para Saran, que não ficou envergonhado pelo convite, apenas nervoso. Começaram a tocar uma melodia alegre em homenagem a Tosken, o novo herói da vila de Kopes.

Jorost e Bazir, muito bêbados, aplaudiram de pé. Terminada a ceia, os grupos se dividiram. Enquanto Bazir conversava com Jorost no escritório, Pipa foi ajudar Meida a arrumar a cozinha. Os mais jovens resolveram descer para o jardim. Era um espaço amplo, cheio de árvores e flores. Havia vários muros feitos de trepadeiras que circundavam cercas de madeira e podadas, que davam ao jardim um aspecto de labirinto.

Valla repousou seus olhos voluptuosos em Tosken e empertigou-se para recebê-lo com todo seu charme, logo arrastando-o para um passeio forçado.

Jino ficou nervoso ao ver o gâmoni. Quase passou por cima de Jun para tentar pegar o bicho. Foi Saran que se interpôs entre os dois. Os dois trocaram olhares agressivos.

— Gâmonis podem realizar desejos dos outros! — informou Jino, quase em estado de êxtase. — Sabem o que é isso? Podemos ter tudo que quisermos!

Os gritos de Jino eram tão altos que atraíram Jorost e Bazir.

— Tolice — censurou Jorost, sorrindo para Bazir e sua esposa. — Esse bicho não sabe nem falar. Quanto mais realizar proezas mágicas.

— É um engano comum — explicou Bazir. — Existem dois tipos de gâmonis, ambos existem na ilha de Osgraü, onde Tosken foi. Um é de fato uma criatura conhecida pelos poderes divinos, é uma criatura estranha e hedionda, mas capaz de realizar qualquer desejo, segundo a lenda. Esses canídeos também são chamados de gâmonis, porque vivem na mesma região, mas não possuem poder algum. Ao menos é o que reza a lenda.

— Não pode ser! — esbravejou Jino de forma repentina, assustando a todos. — Ela mentiu pra mim! A maldita mentiu!

Ele tentou avançar novamente com agressividade sobre o bichinho. Tosken interveio.

— Calma, Jino! — falou Tosken com calma, porém com firmeza. — É um momento de festa. Estou feliz em te ver, meu amigo. Vamos beber juntos.

— Vá para o inferno, seu covarde! — rugiu Jino, apontando as orelhas para trás e mostrando os dentes caninos.

— Jino, o que há com você, filho? — assustou-se Pipa.

Jino apontou para Tosken.

— Você deveria estar de luto pela sua irmã, e não festejando! — disse Jino para Tosken.

— Para, Jino! — Valla interveio e segurou o irmão.

Ao ouvir isso, Saran abaixou a cabeça. A simples lembrança de Aimê o destruía. Tosken também sentiu algo explodir no peito. Algo saiu de sua boca, um gemido fino.

— Se houvesse qualquer possibilidade de trazer Aimê de volta, Jino — disse Tosken, como se as palavras doessem ao sair da boca —, eu iria até o reino de Daison… Eu juro…

— Essa coisa pode trazer ela de volta! — Jino apontou para o gâmoni.

Jino foi mais rápido que todos e segurou de forma rude o animal e começou a bater nele com fúria. Teve que ser segurado por Tosken,

Saran, Bazir e Jorost. Ele ficou ainda mais irritado, largou Dundum e partiu para cima de Saran, que de forma ágil desviou de um soco de Jino. Jorost segurou a camisa de Jino com força e ameaçou socá-lo na frente de todos.

— Vá pro seu quarto esfriar a cabeça — ordenou Jorost, irritado.

Jino correu em direção ao topo da árvore, com lágrimas de ódio escorrendo pelo rosto. Dundum contornou Pipa e Valla e se posicionou atrás de Jun, observando Jino se afastar.

— O que deu nele? — perguntou Pipa, com os olhos cheios d'água.

CAPÍTULO 23

ANA

Jino entrou na casa no topo da árvore, seus passos ecoando de leve nas tábuas de madeira envelhecida. Ele segurava a lança com força, como se fosse a única coisa real em um mundo que já havia lhe pregado mais peças do que ele estava disposto a contar.

A luz ali era estranha — dourada e prateada ao mesmo tempo, um efeito comum na floresta de Kellyni que Jino reconheceu na mesma hora e olhou para cima. Havia uma imensa montanha flutuante passando por cima da árvore dos Vellanda. Viu que esse tinha todo um ecossistema montado em cima. Conseguiu ver um lindo castelo de mármore, que refletia os raios dourados do anel de fogo. Uma majestosa cachoeira despejava água sobre o vazio e naquele momento começou a chover sobre a vila de Kopes. Jino imaginou que aquele lindo castelo fosse habitado por criaturas felizes, fossem quais fossem. Com certeza eles eram alegres e felizes como ele seria com Aimê se ela não tivesse morrido, se aquelas harpias não a tivessem assassinado.

— Você me enganou, criatura humana nojenta — gritou, sua voz carregada de raiva e algo mais. Medo, talvez, mas ele não admitiria isso nem para si mesmo.

A sereia estava lá, exatamente onde ele a tinha deixado, o que o deixou incomodado. Ela estava livre das cordas, mas não fugiu. Algo na forma como ela o olhava — calma, quase gentil — fez o sangue dele esfriar.

— Eu lhe avisei que poderia estar errada. O futuro está sempre em movimento — disse ela, com uma voz tão tranquila que parecia a água de um lago antes da tempestade.

Jino hesitou. Ele não queria hesitar, mas fez mesmo assim. A lança continuava apontada para ela, mas seus olhos se estreitaram.

— Não trouxeram o gâmoni? — perguntou a sereia, como se falasse sobre algo tão banal quanto o clima.

— Trouxeram — respondeu Jino, os dentes cerrados. — Mas era um cachorro beiçudo!

Ela sorriu, mas não de maneira amigável.

— Eles também possuem poderes mágicos, mas não sabem disso — disse ela, como quem comenta algo que não tem importância, mas que mudará o mundo de qualquer maneira.

As palavras dela dançaram no ar entre os dois, e Jino sentiu como se algo invisível estivesse se movendo nas sombras da sala.

— E agora? — perguntou ele, sua voz mais baixa, mas ainda carregada de desconfiança.

— Pagarei minha promessa — respondeu a sereia, inclinando a cabeça como se o peso de suas próprias palavras fosse algo que ela carregava havia muito tempo. — Ficarei com você até me liberar ou me matar.

Jino franziu a testa. Ele deu um passo para frente, examinando-a de perto, tentando encontrar alguma falha na máscara que ela usava — se é que aquilo era uma máscara.

— Você se desamarrou. Por que não fugiu?

Ela o encarou, os olhos dela brilhando como fragmentos de mar noturno, profundos e insondáveis.

— Pagarei minha promessa — repetiu ela, a mesma frase, mas dessa vez com algo mais pesado, mais antigo, embutido nas palavras.

O silêncio entre os dois parecia esticar-se de maneira indefinida, cheio de possibilidades que Jino não sabia se queria explorar. Na verdade, ele gostaria que ela tivesse fugido. Tudo seria muito mais fácil.

— Maldito gâmoni! — praguejou Jino.

— O que você queria com um gâmoni? — A pergunta veio seca como um soco. Jino corou de raiva.

— Quero o que vocês me tiraram! — berrou. — Quero meu amor de volta!

— Nossos homens são fracos. A maioria covardes — comentou a sereia com a voz distante, como se nada ali tivesse a ver com ela. — Sinto pelo que lhe fizeram. Se minha morte lhe traz conforto, fico feliz em ajudar.

O ar ficou ainda mais denso entre os dois. A chuva caía leve, quase como uma neblina.

Jino fechou os olhos e segurou o thuá com força, como se estivesse reunindo forças para executar aquilo que queria. Forças que agora lhe faltavam.

— Faça sua última previsão, sereia — disse o gelfo, com a voz mais firme.

— Qual o seu nome, gelfo das árvores?

— Jino Vellanda... E o seu?

— Ana.

— Ana de quê?

— Só Ana.

A sereia soltou um grito e começou a se contorcer como se estivesse sentindo muita dor. Jino levou um susto. Ainda não tinha ferido a sereia voadora com seu thuá.

— O que houve? — indagou Jino.

A sereia gritava no chão.

— Eles estão nos atacando e o Oráculo não nos ajuda. Há restrições. Não há acesso! Alguém está comandando a mente deles!

As lágrimas saíam dos olhos de Ana. Jino largou a lança, se aproximou e a segurou. Por um instante, ele esqueceu o ódio e amparou a sereia. Limpou até suas lágrimas. Aos poucos, a respiração de Ana começou a voltar ao normal. Ela olhou ao redor como se estivesse acordando de um pesadelo.

— Jino... — disse Ana. — Você é irmão de Jun Vellanda.

— Sou... — Jino se afastou e pegou outra vez o thuá.

Ana começou a rir de maneira perturbadora.

— Por que está rindo, Ana? — perguntou Jino, o thuá firme em sua mão.

— Acho que você terá outro desejo atendido — disse ela. Sua voz era baixa, mas o tom cortava como uma lâmina. — Não terá sua amada de volta, mas se tornará um grande guerreiro.

Ela fez uma pausa. O rosto de Jino estava tenso, a respiração pesada.

— Não é isso que queria? — continuou ela. — Ser venerado como seu pai? Mostrar que é um verdadeiro guerreiro? Pois vai conseguir o que quer, Jino. Sua guerra está vindo.

Jino encarou Ana. Ele não respondeu. A sereia alada deu um passo à frente, o brilho nos olhos dela era frio, quase cruel.

— Mas tudo tem um preço. Guerreiros de verdade morrem. E você tem medo de morrer.

Jino ergueu o thuá, os músculos do braço tremendo.

— Não tenho medo de nada!

— Ah, tem. Porque o que está vindo para Kellyni não pode ser parado. Nem as fadas podem detê-los. Nem os Oráculos sabem o que fazer.

— Não tô entendendo nada! — gritou ele, o thuá agora apontado diretamente para o peito dela.

A sereia sorriu, mas não recuou. O silêncio que se seguiu era como a calmaria antes de uma tempestade.

— Para ser um guerreiro, precisa perder o medo de morrer! — disse a sereia com firmeza, sem se intimidar com Jino.

— Como você pode enxergar o futuro? — perguntou ele, abaixando a lança e limpando as lágrimas.

— Não vejo o futuro. O tempo e o espaço são uma coisa só. Só consigo entender o fluxo, ver para onde ele corre…

— Não entendo nada do que você diz, sereia!

— O que quer de mim? — suspirou Ana, sem paciência. Como se começasse a ficar ansiosa para morrer.

— Que me mostre o que devo fazer!

— Vá na caravana para Neyd e compre lanças, muitos thuás feitos pelas humanas.

— Como sabe da caravana? — estranhou Jino. — Temos thuás aqui, muitos deles!

— Vai precisar de thuás mágicos...

— Pra quê?

— Para sua guerra... Sua guerra está chegando. Ela virá bem mais cedo do que você pensa. Mas não pode ser qualquer lança, peça thuás com pontas mágicas cujo corte não cicatriza.

— Se você pode ver o futuro, sabe que eu vou te matar! — afirmou o gelfo.

Por um tempo muito curto a sereia pareceu absorver as palavras. Fechou os olhos e acenou com a cabeça.

— Prestou atenção no que falei, gelfo? — insistiu.

— Thuás com pontas que não cicatrizam...

— Isso mesmo! Agora estou pronta para morrer.

A sereia não disse mais nada. Apenas acenou com a cabeça e olhou para Jino, seus olhos fixos nele como se visse algo além.

Jino testou o peso da lança. Girou-a entre os dedos. Se aproximou de Ana. A sereia fechou os olhos e respirou fundo.

Ele a perfurou com a lança. O golpe foi rápido. Ela gritou. O som se estendeu no ar. A expressão serena de Ana se transformou em dor. O sangue escorreu, quente e grosso. Demorou para ela perder a consciência. Os olhos dela ficaram abertos, mas perderam o brilho.

Jino observava. O gosto da vingança não era doce. Era amargo. Não era como matar aves. Havia algo mais pesado. Algo que ele não esperava. Ele tirou a lança da ferida. Acariciou o rosto de Ana. Fechou os olhos dela com os dedos. Quebrou a lança. Jogou os pedaços longe.

Não sabia quanto tempo demoraria para conseguir descer da árvore. Não sabia quando conseguiria comer novamente.

CAPÍTULO 24

O ATAQUE

Pipa preparava o almoço quando viu a carroça. Tinha uma carapaça no topo e era puxada por um peixe flutuante, enorme e pesado, mas que parecia ignorar as leis da natureza. Do alto da árvore, Pipa avistou Shimbair ao lado de um estranho.

Ela enxugou as mãos no avental, como era o costume, e chamou Meida. Contou os pratos na mesa e acrescentou dois. Gelfos não deixavam visitas sem convite à mesa. Shimbair sabia disso, mas Pipa não se irritava. Ao menos ele era de Kopes, não como Kadhir.

— Valla! Temos visitas! — anunciou à filha.

— A sala tá limpa e cheirosa, mãe — respondeu Valla. Tentou soar indiferente, mas o orgulho transparecia no tom.

Jorost e os filhos estavam na colheita de morandas e não voltariam tão cedo. Mas isso não impedia visitas. Pipa desceu.

— Saudações, Shimbair. — A voz era educada, sem exageros.

— Saudações, Pipa. Que Guinda a abençoe — respondeu o clérigo, com o mesmo tom amistoso de sempre. — Trouxe um visitante. Ele precisa de banho e comida.

Pipa assentiu.

— Visitantes são sempre bem-vindos na casa dos Vellanda. Você também, Shimbair.

O gelfo sorriu.

— Sei que não gosta de Kadhir, Pipa. — O sorriso era zombeteiro. Ela deu de ombros, mas ele insistiu: — Mas sei que gosta de mim. Sinto o cheiro da sua simpatia.

Pipa sorriu de canto.

— Você era uma peste. Batia no Jino sem motivo.

— E você batia em mim depois. Merecido. É por isso que trago forasteiros aqui. Sei que pode botá-los na linha melhor que Bazir. — Ele apontou para o estranho. — Este é o sr. Munjalur, viajante de Brosbônia.

Pipa olhou o gelfo de cima a baixo. O cansaço estava em seu rosto, no cheiro que carregava.

— O que traz um forasteiro à vila de Kopes?

— Fadas, nobre senhora. Vim atrás de fadas.

Pipa cruzou os braços, séria, e respondeu:

— Bem-vindo à casa dos Vellanda. Não temos fadas hoje, mas temos comida.

— Comida boa, posso garantir — acrescentou Shimbair.

Munjalur sorriu, agradecido.

— Vellanda?

— Sim, é o nome de meu marido e que agora é de minha família — disse sorridente Pipa. — O nome lhe é conhecido?

— É familiar, sim, senhora. Mas não tenho certeza de onde ouvi isso. E aceito a sua comida com a humildade de um viajante. Tenho nichids pra pagar e até insisto nisso. Espero que não se ofendam, mas, de onde venho, devemos pagar a hospitalidade com dinheiro ou com trabalho. Se meu dinheiro não for de agrado, posso trabalhar.

— É um gelfo forte e saudável, a gente podemos usá ele na lavoura — observou Valla, cheia de malícia.

— Me perdoe minha filha Valla — apontou Pipa. — Ela não sabe a hora de ficar quieta. Mas criou-se um problema, meu jovem Munjalur. Pois os Vellanda não cobram por sua hospitalidade e vejo que sua barriga deseja a comida. Ou aceita de graça a minha carne assada com milho, ou vai ter que procurar comida em outro lugar.

— Mas dinheiro e trabalho não são as únicas coisas com as quais se pode pagar uma refeição — replicou. — Tenho a oferecer minha amizade e a gratidão. Meu povo as considera como uma oferta justa.

— Meu povo também — concordou Pipa. — Então temos um acordo.

— Sim, temos! — Munjalur sorriu.

— Viu, Shimbair — provocou Pipa. — Mostre pro Kadhir que não precisa de dinheiro pra se conseguir bênçãos...

— Eu não sou Kadhir e minhas bênçãos a vocês sempre serão gratuitas, Pipa. Como os tabefes que você me dava...

— Está com saudades deles, Shimbair? Eu posso conseguir alguns...

— Prefiro carne e milho...

Pipa deu uma sonora gargalhada e abraçou Shimbair.

— Acompanhe Meida então, jovem viajante. Ela vai te levar até a sala de banho.

Munjalur seguiu Meida, contente. Fazia tempo que não sentia tanta hospitalidade. Mas, ao perceber o cheiro da gravidez dela, a tristeza o tomou. Pensou nisso enquanto caminhava, até que a banheira quente o fez esquecer por um momento. A água cheia de essências o acolheu, e ele submergiu até onde podia. Pegou o sabão e esfregou-se até a espuma cobrir todo o pelo.

Depois, ficou ali, pensando. Os gelfos que conhecera antes sempre iam embora sem se despedir. Sentiu um aperto. Mas essas pessoas eram diferentes. Afetuosas. Ele poderia se afeiçoar a elas, em especial à bela Valla.

Secou-se com calma e vestiu roupas limpas. Antes de sair, olhou-se no espelho embaçado pelo vapor. Usou o dedo para escrever "Bru" no vidro, sem saber por quê.

— Nossa, parece otro gelfo, sr. Munjalur — disse Valla, com um sorriso.

Sentaram-se à mesa. Meida trouxe comida e suco de moranda. Munjalur provou a carne de coláx e não escondeu o prazer.

— Não como tão bem há dias! — disse ele, com satisfação.

— O que o trouxe à vila de Kopes? — perguntou Valla.

— Fui soldado na Guerra da Ampulheta... — hesitou. — Há dez anos.

— Meu pai também era um grande guerreiro! — disse Valla, orgulhosa.

— Pisei numa mina enfeitiçada durante a guerra. Estou amaldiçoado. Espero que uma fada possa me curar.

— Não há fadas na cidade nestes tempos — disse Pipa. —. Elas não aparecem por aqui tem três anos.

— É estranho. Achei que encontraria fadas aqui. — Munjalur suspirou.

— E as fadas num gostam de gelfos — disse Valla, com raiva. — Elas num esqueceram a guerra. São malvadas. Só ajudam quem elas quer.

— Sinto muito ouvir isso — respondeu ele. — Mas tenho que tentar.

— Pode ficar aqui até recuperar as forças — disse Shimbair, com a boca cheia. — Depois arrumo um transporte para Neyd.

— Sua maldição é grave? — perguntou Valla.

— Filha, tenha modos! — disse Pipa. — Não precisa responder, sr. Munjalur.

— Não me incomoda — disse ele, com um sorriso. — Na verdade, sua filha é uma das gelfas mais lindas que já vi.

— E o senhor tem olho bom — riu Valla. — Também é um gelfo muito bonito, admito.

— Eu concordo com ele — empolgou-se Shimbair, para depois notar o olhar bravo de Pipa e encolher as orelhas.

— Bom, sobre a minha maldição... Bom, eu posso sentir cheiros de gelfos que já morreram, mas que continuam andando por aí. Na verdade, agora mesmo eu posso ver uma jovem gelfa com o rosto todo machucado. Ela tá me dizendo alguma coisa.

— Pelo amor de Guinda, isso é coisa do Daison! — exclamou Shimbair, levando a palma da mão na boca. Era um gesto típico dos gelfos religiosos, para impedir que a alma saísse.

— Ai, meu Guinda! — gritou Pipa. — É Aimê!

A sala de refeições, outrora acolhedora com suas mesas de madeira rústica e a luz bruxuleante de lamparinas, transformou-se em um pesadelo pulsante de carne e sombras. A voz de Munjalur, antes calorosa e quase amistosa, reverberava como uma advertência vinda de um inferno particular.

— Sim, ela está desesperada. Quer que vocês saiam correndo daqui. Tá dizendo que vão acabar como ela. Mas não se preocupem... — A entonação amigável desabava em um trovão que parecia rasgar o ar. — Vocês não terão o rosto machucado. Bru engole vocês inteiras!

E então, diante dos olhos aterrorizados dos gelfos, o belo Munjalur começou a desmoronar. Sua pele era como um tecido que se desfazia em fios viscosos, revelando a abominação por trás do disfarce: Bru. A criatura, uma massa de tentáculos rubros e olhos famintos que piscavam em descompasso, parecia ter sido retirada de algum pesadelo primitivo. Cada movimento era acompanhado por estalos nauseantes, e o cheiro da criatura — uma mistura de podridão e ferro — se espalhou pela sala.

Bru era grande demais para o espaço, suas formas esmagando mesas e derrubando cadeiras com facilidade. Shimbair levou as mãos ao rosto e lançou um berro extremamente agudo ao vislumbrar a criatura.

— Bru, por que vai fazer mal a esses gelfos? — indagou a voz fraca de Munjalur, agora reduzida a uma cabeça pendente, balançando como um troféu.

— Preciso me alimentar. Só você que comeu alguma coisa.

— Você comeu três gelfos não faz muito tempo! Não era pra estar com fome...

Bru riu, um som grotesco que parecia arranhar a alma.

— Você está atraído por aquela bonitona ali. — Ele apontou um tentáculo na direção de Valla. Munjalur tentou protestar, mas Bru o cortou com desdém. — Eu leio seus pensamentos, Munj, esqueceu?

Os gelfos mal tiveram tempo de reagir antes que os tentáculos disparassem. Vermelhos como carne crua, eles agarraram Meida, Pipa, Shimbair e Valla em um piscar de olhos. Os gelfos pareciam bonecos, suspensos no ar, enquanto os olhos famintos de Bru os percorriam um a um, como um cliente avaliando os pratos de um banquete.

Bru inspirou fundo, fazendo o ar vibrar com um som grotesco.

— Essa carne está boa de verdade. Vou comê-la primeiro, se não se importa. — E, com um movimento rápido, Bru engoliu a panela de comida inteira, mastigando-a com dentes que pareciam lâminas de pedra.

Mas, então, algo mudou. Um baque surdo acertou a cabeça de Munjalur, e Bru rugiu, compartilhando a dor. Antes que pudesse entender o que estava acontecendo, uma lança atravessou seu tronco monstruoso. O grito que se seguiu foi um hino de dor e fúria, ecoando pelas paredes agora manchadas de sangue e fluidos viscosos.

Jun e Saran surgiram como sombras em movimento, seus corpos esguios e ágeis desafiando a lógica. As lanças, afiadas como dentes de coláx, cortavam os tentáculos de Bru com precisão mortal. Meida foi a primeira a ser libertada, caindo no sofá como uma boneca de pano.

Valla, logo em seguida, aterrissou no tapete com um baque surdo, o olhar atônito.

Bru, desorientado e furioso, tentou retaliar, mas Jun e Saran eram rápidos demais. Eles não eram apenas gelfos. Eram algo mais — algo que Bru reconhecia agora, com um terror que ele mesmo raramente sentia.

— Parem! — rugiu Bru, a voz transbordando pavor. — Eu sei quem você é. Eu me rendo!

Jun pousou no fundo da sala, seus olhos faiscando com determinação.

— Quem sou eu?

Bru hesitou, seus olhos monstruosos fixos na gelfinha, como se tentasse decifrar um enigma antigo. A sala estava silenciosa agora, exceto pelo som abafado da respiração pesada de todos.

E então Bru murmurou, com algo que parecia ser genuína reverência:

— Você é a curandeira.

— Foge daqui, filha! — gritou Pipa, desesperada.

A criatura olhou por alguns instantes e depois se afastou de Valla, Pipa e Meida. Shimbair estava ferido no chão.

— É por você que procuramos, não é? — perguntou Bru, com um respeito incomum na voz.

Ficaram se entreolhando por algum tempo. Jun bufando enquanto Saran cuidava de Shimbair e verificava se as fêmeas estavam bem.

— Sou Jun Vellanda e... — Fez uma pausa. — Acho que sei por que você veio atrás de mim, embora não entenda muito bem.

— Por dez anos esse feitiço me atormentou, srta. Vellanda — falou a voz sofrida de Munjalur. — Mas desde o início deste ciclo que sinto um impulso forte pra vir pra cá, na vila de Kopes.

— Achamos que era para procurar fadas, mas agora sabemos que é você! — disse Bru. — O que você pode fazer pela gente?

— Seu monstro idiota — bradou Saran, também com a respiração forte. — Pode nos dizer o que porcaria você veio fazer aqui?

— Está tudo bem, Saran — disse Jun, mais calma.

— Deixa eu matar esse monstro, Jun, ele ia fazer mal pra sua família! — Saran falava sem gaguejar.

— Está tudo bem — repetiu Jun, para depois se dirigir ao monstro. — Vocês deram sorte de Jino não estar por perto. Eu não iria conseguir fazer ele parar.

Jun tirou do bolso um punhado de pó mágico. Era parte do que as fadas deixavam sob a responsabilidade dela.

— Qual o seu nome? — perguntou Jun, com autoridade de um médico fazendo exames.

— Eu sou Munjalur, da região de Bardes, e esse é meu demônio, Bru.

— Você tem que escolher, Munjalur.

— Como assim? — indagou a cabeça do gelfo, desconcertada.

— Ele já escolheu, Jun Vellanda — respondeu Bru. — Eu morro, ele vive.

— Mas espera aí, Bru — protestou Munjalur. — Como você pode saber?

— Quero deixar claro que podem viver os dois. Mas a escolha precisa ser feita. — A voz de Jun era calma e solene, como se participasse de uma cerimônia. — Só vou separar vocês se me pedirem. Sem a vontade de vocês, não posso quebrar o feitiço.

— Nossas mentes são interligadas — explicou Bru. — Durante anos eu o atormentei. Sim, também o salvei de inimigos e assassinos e salvei sua vida umas três vezes. Duas delas de afogamento. Você é um grande trapalhão, Munj. Mas a escolha é nossa, eu feri você. Matei e comi gelfos que você amava. Acredite, não quero viver separado de você para saber que terei sempre você no meu encalço, me perseguindo, querendo vingança. Sim, porque você não perdoa. E vamos ser sinceros, eu mereço.

— Mas, Bru, são dez anos que estamos juntos...

O monstro soltou uma longa gargalhada.

— Quer dizer que agora sentirá saudade de mim, de Bru, seu demônio particular? Sim, eu também me afeiçoei a você, pobre coitado. E por isso lhe dou esse presente. Ofereço minha morte em troca de todo mal que fiz. Sou um demônio, mas tenho também minha alma, tenho meus pensamentos, meus arrependimentos, minhas cobranças e conflitos. — Virou-se para Jun e fez uma careta ameaçadora. — O que está esperando, jovem? — gritou. — Faça o encanto que desfaz o feitiço!

— Bru, eu...

— Cale-se, Munj! Faça, Jun!

Jun segurou o pó firme na mão. Ela olhou para Bru e Munjalur, e o tempo parecia parado na sala. Então, ela soprou o pó.

— *Paba acauã auçá atauúba.*

O pó dançou no ar, brilhando como cinzas ao sol. Bru começou a se desmanchar. Não queimava. Não havia calor. Só cinzas caindo sem pressa, espalhando-se pelo chão.

— Outros virão, Jun. Esteja preparada — disse Bru. Sua voz soava como se viesse de um lugar muito distante.

O corpo de Bru cedeu, pedaço por pedaço. A cabeça de Munjalur começou a se recompor. Como um quebra-cabeça que sabia o lugar de cada peça. Quando terminou, ele estava inteiro.

Valla e Pipa choravam. Seus soluços enchiam o vazio. Meida não chorava, apenas olhava os bebês no marsúpio. Passava os dedos delicados sobre eles, certificando-se de que estavam bem.

No centro da sala, Munjalur e Bru não se moviam, pareciam participantes de uma brincadeira de estátua. O monstro era formado por várias bocas e vários olhos, havia dentes onde não devia haver. Pernas que lembravam caranguejos. Tentáculos como os de um polvo. Algo que parecia ter sido criado por uma mente doentia.

Jun andou até o monstro. Passo a passo. Seus olhos estavam secos, mas havia algo neles que ninguém ali entendeu. Nem mesmo ela.

— Por que ainda estou vivo? — perguntou Bru. Sua voz tinha medo agora.

— Não posso me mover — disse Munjalur, sem mexer os lábios.

— Saran — chamou Jun, sem olhar para trás. — Vá buscar a guarda. Eles vão para a prisão.

— Shimbair pode fazer isso — respondeu Saran, cruzando os braços.

Jun suspirou e assentiu.

— Consegue andar, Shimbair?

— Consigo.

Shimbair levantou-se com esforço, os olhos vermelhos, e saiu mancando para chamar a guarda.

Bru olhou para Jun. Olhou como se quisesse vê-la por inteiro, de algum jeito que seus olhos monstruosos não conseguiam.

— Eu mereço morrer — disse Bru.

Jun deu mais um passo, até que ficou a um metro dele. Ela olhou nos olhos de Bru, ou no que seriam olhos, e não disse nada. Bru viu algo estranho nos olhos dela. Lágrimas.

— Estou aqui para curar, não para julgar — respondeu Jun com desdém. — Você disse que sentiu um impulso para vir, não foi?

Bru e Munjalur responderam juntos:

— Sim.

Jun não disse mais nada. Apenas balançou a cabeça. Virou as costas e caminhou para a porta. Seus passos eram firmes, mas seus ombros pareciam pesados.

— Espere, sua maldita! — gritou Bru. — Eu não posso me mover!

Jun parou. Não se virou.

— Nem vai — explicou Jun — Até chegarmos à prisão.

Eles esperaram até Shimbair aparecer na porta com os guardas da Gúnia. Bazir também trouxe os guardas da cidade.

— Finalmente — disse Munjalur, suspirando. — Terei minha liberdade!

Jun saiu logo depois, sem olhar para trás. O silêncio ficou na sala. E eles ficaram imóveis, como sombras de algo que já não era mais. Jun se virou e fitou nos olhos do gelfo paralisado.

— Não, não vai. Ficarão em celas diferentes, mas vão ficar presos. Serão julgados e pagarão pelo que fizeram.

— Mas era uma maldição, eu não tive escolha, eu nem me lembrava do que acontecia — protestou.

— Sim, você às vezes se lembrava e não fez nada — afirmou Jun, limpando as lágrimas do rosto. — E Bru não é nenhum demônio. É um wendigo. Vou chamar as fadas aqui para ver o que elas devem fazer com você.

— O que eu poderia ter feito? — insistiu Munjalur.

— Poderia ter se matado, se entregado para autoridades, se confinado... Sempre há uma escolha — respondeu Jun. — Quando eu disse que havia uma escolha que deveria ser feita, era porque você não tinha certeza de que queria que a maldição fosse desfeita. Mas eu só posso curar vocês. Quem vai julgar são as fadas. Até porque elas enfeitiçaram vocês. Elas devem responder também pelo que fizeram. Alegre-se, talvez ganhe uma indenização, mas isso não sou eu quem vai resolver, entende?

— Sim — disse Munjalur, resignado.

Jun saiu pela porta. Andou até a beira do poço e pegou água. Estava revoltada. Atrás dela, Dundum veio trotando e usou a cabeça para acariciar sua perna. A gelfa deu água para o animalzinho, que bebeu com vontade.

— Dum-dum!

— Você entendeu o que acabou de acontecer, Dundum? — Jun falava como se o bicho a entendesse. — Vão vir várias criaturas dessas para eu curar. Não é isso?

— Dum-dum!

— Isso vai gerar mais confusão para meus pais.

— Dum-dum!

— Sim, eu sei que vai — replicou Jun. — Vou escrever uma carta para as fadas e pedir ajuda. Mas quer saber? Eu estou cansada dessa coisa toda! Quando eu começo a dar algum sentido à minha vida, ou pelo menos algo que se pareça com isso, acontece mais essa.

— Dum-dum!

— Estou começando a odiar as fadas. Eu sei que não está certo falar isso, mas eu gosto de ser inteligente. Gosto de saber as coisas que sei. O que odeio é ter que me desculpar por isso o tempo todo!

— Dum-dum!

— Se eu tiver que ir para a cidade das fadas? Não sei. Será que esses gelfos amaldiçoados vão vir atrás de mim ou será que na cabeça deles vão continuar vindo na casa dos meus pais?

— Dum-dum!

— É verdade. Vou perguntar isso para as fadas. Vou escrever uma carta agora!

— Dum-dum! Dum-dum!

— O que foi? — Jun se virou. O gâmoni tentava avisar da presença de Valla.

— Agora cê fala com esse bicho também? — perguntou a irmã, irritada.

Jun não respondeu e Valla continuou:

— Se eu entendi direito, o monstro disse que ele é o primeiro de muitos. Cê sabe o poblema que vai trazer pros nossos pais com esses monstro tudo vindo pra cá? Toda a floresta de Kellyni, todo amaldiçoado da floresta tá vindo pra nossa porta. Parece que cê só sabe criar poblemas, Jun! Cê é um monstro pior do que aquela coisa lá dentro de casa!

Valla caminhava com passos determinados, o dedo apontado como uma adaga invisível, mas ainda assim mortal, em direção à irmã. Havia algo de cômico e trágico naquele gesto, como se ela acreditasse que o simples ato de apontar fosse suficiente para mudar o curso dos acontecimentos. Porém, antes que ela pudesse dizer algo que importasse, Jun levantou a mão, e algo mais brilhante, mais perigoso, cintilava entre seus dedos. Pó mágico. O tipo de coisa que tem cheiro de chuva e ecoa como trovões quando usado.

— *Apekü Kuica* — disse Jun, com uma voz que não parecia sua, mas algo mais antigo, mais pesado.

E então Valla não estava mais no chão. Estava no ar, sacudindo as pernas como um pássaro que não tinha aprendido a voar. O rosto dela era uma mistura de raiva e surpresa, como se o mundo tivesse decidido de súbito desobedecer às suas regras.

— O que cê tá fazendo, sua monstra? — protestou Valla, sacudindo as pernas no ar. — Se você mim machucar, vou contar pro Jino!

Jun não parecia interessada em explicar as sutilezas do uso de pronomes pessoais; ela retrucou.

— O correto é "Se você me machucar", sua burra! — corrigiu.

Valla, ainda elevada do solo, partiu para cima de Jun, que enfiou a mão na sacola de pó mágico e jogou na irmã.

— *Omombo pe possum ýpe!*

Valla foi arremessada alguns metros até o Rio Verdejante, que separava a casa dos Vellanda da casa dos Bazir. Água explodiu para todos os lados e Valla emergiu molhada, ofegante e com olhos que brilhavam de indignação. Jun ficou imóvel por um instante, os olhos fixos no caos que ela mesma criara. Havia algo fascinante nisso tudo, pensou. Talvez até engraçado. Verificou de longe se a irmã estava bem e a observou se afastar assustada. O canto de sua boca começou a se curvar.

E então ela riu.

Shimbair chegou com os guardas e Jun os ajudou a levar os dois prisioneiros em direção à noraseira onde ficava a prisão. Pipa observava tudo de longe, mas Jun podia jurar que havia algum tipo de orgulho escondido no semblante da mãe.

Enquanto acompanhava os guardas e os prisioneiros em direção à noraseira, Jun viu Meida chegar com a vassoura.

— Nessa casa acontece cada coisa doida — resmungou a empregada, tentando limpar a bagunça.

CAPÍTULO 25

O COMBATE

O tempo estava nublado, com a montanha que caminhava no céu teimando em pairar sobre a vila de Kopes derramando suas águas em forma de névoa. Enquanto todos subiam para a sala de estar no meio da árvore, Jino preferiu caminhar sozinho. Sentia o cheiro do sangue da sereia em toda parte. Já tomara dois banhos demorados, mas o cheiro não ia embora. Resolveu que tomaria um terceiro e lavaria todo o local onde matara Ana novamente. Estava se preparando para subir pelo outro lado da árvore em direção ao seu refúgio quando se deparou com o gâmoni de Jun bebendo água em um riacho cristalino que passava ao lado da ferônea.

— Bicho fedido! — gritava e cutucava o animal amarrado com a ponta da vara. — Você deve ser a criatura mais feia da floresta.

— Dum-dum! — respondia o gâmoni, assustado.

— É tudo culpa sua, seu maldito! — rosnou o gelfo, transbordando de ódio. — Se você fosse um gâmoni de verdade, poderia realizar qualquer desejo meu. Mas você é um maldito cachorro! Um gâmoni cachorro! Ou seja, um nada!

Deu dois tapas no rosto do animal, que ficou protestando com urros e gemidos. Logo depois usou um golpe contra as quatro patas do animal e derrubou-o no chão.

— Eu acho que você desmaia se eu te acertar na cabeça — disse o gelfo, com uma raiva inexplicável. — Eu acho que te boto pra...

Em um segundo, Jino estava com a lança na mão, pronto para acertar Dundum. No outro, estava de pernas para o ar. O chão sob suas costas. Ele tinha certeza de que um dos filhos de Bazir cometera o erro de desafiá-lo. Levantou-se pronto para ensinar a tão sonhada lição a Tosken ou Saran, talvez os dois juntos, não importava. Mas não foi nenhum deles que Jino viu apontando a lança em sua direção quando se levantou.

— Você?

Jun estava parada em pé, com o thuá na mão. Seus olhos faiscavam de decepção com o irmão.

— Arrume alguém do seu tamanho, Jino — ameaçou a irmã.

— Você não devia brincar com thuás, Jun. Eles podem te machucar.

— Prometa que não vai mais incomodar o Dundum e ninguém vai se machucar, irmão.

O gelfo sorriu com desdém, achando graça de tudo. Com certeza fora um golpe de sorte, ele devia ter se desequilibrado porque não esperava o ataque.

— Essa história de ser a queridinha das fadas te deixou muito metida, irmãzinha. Acha que pode me vencer...

Poucas coisas no mundo se igualavam à violência de uma briga entre irmãos, mas havia algo diferente na fúria deles. Algo que não era apenas raiva, mas também a dor que vem de carregar a culpa por anos. Jun e Jino estavam em guerra, não apenas um com o outro, mas com o que havia restado deles.

Jun atacou, e Jino se preparou. Seu instinto fez a lança subir, como se quisesse cortar o ar e fazer a violência se dissipar. Mas Jun mudou, tão rápido que ele mal teve tempo de pensar. O salto virou mergulho, e a terra parecia se mover debaixo dele enquanto as pernas do gelfo se viravam para o céu. Jino havia sido derrubado pela irmã com uma velocidade impressionante.

— O que aconteceu com você, Jino? — A voz de Jun era uma mistura de raiva e tristeza. Seus olhos, vermelhos, estavam cheios de lágrimas que ela não tinha tempo para derramar. — Você era bom. Era meu irmão.

— Você não sabe de nada! — Jino respondeu, sua voz grossa com frustração, enquanto a lança ia em direção à irmã. Ele sabia que ela não era fácil, mas não se sentia mais capaz de parar.

Jun saltou, e Jino teve a impressão de que ela estava flutuando. Ela desapareceu de vista, mas a sensação de um toque nos calcanhares fez o chão parecer se abrir sob seus pés. A lança voou de suas mãos.

Ele caiu. Com raiva, levantou-se e avançou de novo, mas dessa vez era sem a lança, sem a certeza de ter alguma vantagem. Seu golpe foi contra a cabeça dela, uma tentativa desesperada de acabar com aquilo, mas ela se esquivou e bateu com força, jogando o irmão outra vez no chão.

Então ela falou. Sua voz era baixa, mas cada palavra batia como um martelo em seu peito.

— Você nunca me perdoou por não ter morrido no lugar de Aimê, não é? — Seus olhos derramavam lágrimas como se o peso do mundo tivesse se soltado de uma vez. — Eu adorava você, Jino. Agora você é só um monstro. Você deseja o mal. Não foi minha culpa, eu... eu faria qualquer coisa para trocar de lugar com ela.

Jino tocou a boca, sentindo o gosto metálico do sangue. Ele olhou para o thuá no chão, sem forças para pegar de volta.

— Eu só queria Aimê de volta.

As palavras saíram como um suspiro, como se ele tivesse se dado conta de que nunca havia parado de querer isso. E, sem mais, ele se virou e foi embora, as costas para tudo. Não olhou para ela, não olhou para nada.

CAPÍTULO 26

VERDADES NA CASCA DE UMA DA ÁRVORE

A rotina dos Vellanda era uma tapeçaria de pequenos dramas e familiaridades confortantes. Jorost estava fazendo uma estante nova para que Jun guardasse seus livros que não paravam de chegar da terra das fadas. Algo neles assustava o velho gelfo. Chamava-os de "livros de areia", pois suas páginas mudavam. Alguns eram pergaminhos cujas letras se moviam de acordo com a leitura. Eram até mais fáceis de ler, mas eram esquisitos para Jorost. E quando tinham folhas múltiplas, nem sempre as mesmas coisas estavam escritas nas mesmas páginas, o que era desconcertante. Uma vez pegou um exemplar de um livro chamado *Hamlet*, que a filha lera várias vezes. Na contracapa estava escrito: "Este livro foi escrito por William Shakespeare há exatos 377.471 anos". Ele ficou com o número na cabeça e tempos depois voltou a ler a contracapa: "Este livro foi escrito por William Shakespeare há exatos 377.472 anos". Era no mínimo assustador.

Tudo seguia a sua rotina com aparente harmonia até que um grito mudou tudo.

Era agudo, cortante, e parecia vir de Inair. Todos pararam. Jorost desceu as escadas de sua árvore correndo. Inair apareceu correndo pela trilha, olhos arregalados e ofegante.

Como a árvore dos Vellanda ficava ao lado da árvore dos Bazir, Tosken e Saran foram os primeiros a chegar. Jost e Risa desceram de canto onde compunham suas músicas e Pipa veio da cozinha.

— Socorro! Junkah... ele brigou com Jino. Ele... ele... — As palavras se atropelavam, e ela apontava de maneira frenética para a floresta.

— Brigaram? Não pode ser coisa tão séria assim... — disse Tosken, tentando acalmar a situação. Mas Inair balbuciava algo sobre "tronco de árvore" e "muito sangue".

Jorost e Jun ficaram para acudir Inair, enquanto Bazir e Tosken resolveram investigar, acompanhados por Pipa, que insistiu em ir.

— Jino — disse Inair nos braços de Jun, que trocou olhares assustados com o pai. Jorost entendeu na hora e saiu atrás do filho. Saran trouxe água em um cálice de madeira para Inair, que bebeu com as mãos tremendo.

O caminho até a cena parecia se estender de forma anormal, como se a própria floresta hesitasse em revelar o que guardava. Quando chegaram, encontraram Junkah.

O corpo estava encravado no tronco de uma árvore antiga, como se a madeira o tivesse engolido parcialmente. Sua cabeça, esmagada, fora forçada para dentro da casca em um ato de brutalidade quase ritualística. O sangue escorria em veios pela árvore, tingindo o chão ao redor de carmesim.

Pipa desviou o olhar, nauseada. Bazir e Tosken ficaram congelados.

— Não é possível... — murmurou Bazir, tentando entender a cena.

Quando voltam com a notícia, o desespero tomou conta de Inair, que desabou em soluços, sendo amparada agora por Pipa.

Jorost chamou Bazir de lado.

— Jino... ele admitiu que brigou com Junkah. Disse que o machucou, mas... não isso. Ele não falou de morte.

— E onde está Jino agora? — perguntou Bazir, franzindo o cenho.

— Escondido. Ele... ele estava abalado. As mãos feridas, as roupas rasgadas. Disse que foi um acidente, mas... — Jorost hesitou. — Eu mandei ele ir. Fugir.

Bazir encarou o amigo com perplexidade.

— Fugir? Ele matou um gelfo, Jorost! Nós temos regras, leis…

— Ele é meu filho, Elhiar! — Jorost suspirou. — Eu não sabia como agir. Ele podia ser linchado pelos guardas de Kadhir.

— Meus guardas não permitiriam isso, Jorost — afirmou Bazir. — Você tinha que ter confiado em mim. Eu prendi meu filho quando ele agrediu um professor para proteger Jun, não se lembra? Agora ele corre risco de alguém vingativo ou os soldados de Kadhir encontrarem ele primeiro.

A discussão foi interrompida pela chegada de Shimbair Taliam, que escutava a conversa com seus ouvidos de gelfo.

— Eu também comando aquela guarda, Vellanda — disse o clérigo. — Ninguém encostaria as mãos em Jino, eu posso garantir.

— Pode? — insistiu Jorost, a voz embargando ao fitar Bazir com os olhos cheios de lágrimas. — Eu tenho pagado fortunas para a Gúnia, ano após ano, tempo suficiente para Pipa me chamar de tolo. Para quê? Para receber olhares de desprezo, acusações contra minha filha, contra minha família? Como posso confiar em vocês, me diga?

Ele levantou-se, a respiração entrecortada, as mãos tremendo sem parar de gesticular, como se quisesse agarrar o próprio ar para não desabar.

— Você sabe o que é passar a vida inteira tentando, Bazir? Tentando ser aceito, tentando ser visto como igual, tentando ser algo mais do que um pobre gelfo amarelo? — A voz dele subiu, mas não em raiva, e sim em dor. — A gente luta, a gente sangra, a gente oferece tudo o que tem… E eles só olham para nós como lixo, Bazir.

Jorost engasgou em meio às palavras, os olhos transbordando lágrimas que escorriam sem que ele se importasse em enxugá-las. Bazir olhou para seus próprios pelos amarelos e depois para o pelo marrom de Shimbair. A comparação lhe fez dobrar as orelhas para trás.

— Eu virei um herói de guerra, você lembra disso, não lembra? — Ele bateu no próprio peito, como se quisesse dar força a si mesmo. — Enfrentei inimigos fossem gelfos do mar, fossem fadas… o que eu ganhei em troca? Fofocas. Humilhações. E agora isso… Minha família. Eles nem respeitam minha família!

Ele deu um passo para trás, como se precisasse se afastar do peso invisível que o esmagava.

— Eu nunca paro de tentar, Bazir. Nunca! E, toda vez, eu me levanto achando que vai ser diferente, que dessa vez finalmente vão nos enxergar como merecemos. E toda vez... Toda vez dá errado.

Jorost deixou o corpo cair numa cadeira, cobrindo o rosto com as mãos, os soluços abafados escapando de seus dedos.

— Eu só queria que eles me vissem... Nos vissem. Não como os gelfos amarelos, não como pobres que tiveram sorte ou que deram um golpe no destino. Mas como gelfos.

Ele ergueu o olhar para Bazir, os olhos vermelhos, marejados, mas cheios de uma raiva desesperada.

— Me perdoe por não confiar em vocês. A verdade é que eu morro de medo da Gúnia. Eu vivo com medo da Gúnia desde que nasci.

As palavras saíram amargas, como se fossem arrancadas de uma ferida profunda e infeccionada. Jorost estava à beira do colapso, sua alma exposta como nunca antes. E, naquele momento, ele parecia mais frágil do que jamais fora, um gelfo esmagado pelo peso de uma luta que nunca terminava.

Jun deixou Inair com a mãe e Saran para abraçar o pai. Naquele momento, ela por fim o entendia.

— Eu não sou a Gúnia, Vellanda. Eu sou amigo de Jino. Sou amigo de vocês. E te entendo. Também conheço muito bem a vila de Kopes — disse Shimbair com firmeza, antes de se virar para Bazir. — Nós vamos dar um jeito. Acho que podemos procurar Jino em conjunto. A guarda da Gúnia e a guarda da cidade. Eu me entendo com Kadhir, embora nos últimos dias haja uma rigidez em seu olhar, uma impaciência em sua voz, como se o mundo ao seu redor de repente tivesse se tornado insuportável.

— Eu falei para ele fugir para fora dos limites da vila — disse Jorost, para depois se sentar e olhar nos olhos dos dois amigos. — Eu sinto muito. Entrei em pânico e acho que fiz o pior possível para meu filho.

Bazir e Shimbair não responderam, mas concordaram em silêncio.

CAPÍTULO 27

A LAGOA

Apesar da dificuldade dos gelfos em contar o tempo, era certo que ele prosseguia seu curso. Várias cambalhotas azuis haviam se passado e Jino desaparecera sem dar qualquer sinal. Era muito provável que tivesse ido para a capital perto do mar. Ao menos era o que todos diziam. Pipa, Jost e Risa haviam sugerido mudar dali. Jun concordaria se fosse para a terra das fadas, mas Valla não aceitava a ideia de forma alguma.

Jun ficou com peso na consciência porque acreditava que a ação violenta de Jino poderia ser uma forma de compensar a surra que levou da irmã. Para evitar ficar chorando perto de Pipa, foi até a margem da Lagoa de Kremmer com Dundum para chorar sozinha e pensar sobre o assunto longe de todos.

Depois do desabafo, Jorost tinha mudado. Sentia que seu pai estava mais leve e mais atencioso. Ele e Pipa pareciam até mais felizes. Valla, por sua vez, estava mais quieta. Jun podia jurar que ela sabia o paradeiro de Jino e, se Valla sabia, Tosken também sabia. De certa maneira, estava claro que o irmão estava protegido e Jun poderia tomar um tempo para sentir raiva do irmão sem culpa. O que não deixava de ser irônico.

Ela e Dundum andaram por um bom tempo até chegar à margem da lagoa onde desaguava o Rio Verdejante. Ali as árvores eram bem menores, talvez trinta, quarenta metros de altura. O anel brilhava no centro do céu, emitindo seu calor amarelado sobre o lago com águas tão paradas que refletiam as nuvens no céu e o imenso rochedo que flutuava a dois mil metros de altura. As fadas chamavam essas pedras flutuantes de caminhantes celestes. Os gelfos chamavam apenas de montanhas voadoras, já que havia grandes massas de terra e vegetação cobrindo a rocha.

Numa das margens mais distantes do lago aconteciam coisas estranhas. Primeiro, um rio saía do lago morro acima, escalando o Drobovol, a montanha mais alta da região, tentando alcançar seu cume. Havia inúmeras cachoeiras embaixo da Pedra Grande. Algumas desciam, outras subiam. E muitos rochedos no alto do Drobovol se desprendiam da terra e saíam flutuando para cima, quase sempre na direção de algum caminhante celeste quando este passava perto.

— Quando era mais nova, Dundum, escalávamos essas pedras e íamos flutuando até lá em cima — dizia Jun, apontando para os rochedos que boiavam no ar como se fossem feitos de pedaços de nuvens. — Para descer era muito complicado. Só conseguia com uma flor de boluxo, sabe? Você já viu. Mostrei uma para você lá perto de casa...

— Dum-dum! — respondeu o cachorro, que com certeza não entendia nada que Jun dizia.

— Jino conseguia descer pulando de pedra em pedra no sentido contrário — disse, em tom de lamento.

— Dum-dum!

— Se eu não tivesse chegado, ele teria machucado muito você. Não poderia deixar isso acontecer. De forma alguma.

— Dum-dum! — concordou o bicho, ou assim pareceu.

— Valla já está com ideias de minhoca, sabe? Quer mudar o sobrenome da família. Ela nunca gostou muito de Vellanda. Queria o nome da mamãe, Lirolle, porque os Lirolle são ricos e marrons da capital. Têm posição social definitiva porque a família é nobre. — Pegou o tecido do vestido de cabota e deu um nó, deixando os pés de fora. Em seguida, molhou os pés na água gelada.

Chegaram até um ponto próximo onde os rochedos se desprendiam. O lago quase não tinha ondulações. A margem era de areia e pedras. Uma fina grama verde e azul crescia no terreno irregular que se estendia por vinte metros entre a água e as árvores. Jun pegou pedras e começou a atirar no lago num ângulo diagonal, tentando fazer com que ricocheteassem. Fez isso várias vezes ao mesmo tempo que tentava limpar algumas lágrimas que caíam dos olhos e escorriam pelo focinho comprido.

— Aquele idiota! — esbravejou. — Como pôde fazer isso? Acabou com a vida de Junkah, com a dele, com a nossa! Era mais fácil quando a vergonha da família era eu...

— Dum-dum!

Jun começou a pegar pedras e jogar no lago. Escolhia as que tinham bordas lisas para que quicassem na água. Contava as vezes que a pedra quicava na superfície do lago. Uma, duas, três... Depois tentava superar o recorde anterior com um arremesso mais forte. Seu pai havia ensinado que aquilo era fazer a pedra patinar. Seu cérebro, porém, lhe trazia dados sobre tensão superficial da água, ângulos de trajetória e velocidade apropriada em metros por segundo. Aquilo era apenas um conhecimento adquirido. Não era mágica. Não tinha a ver com deuses, espíritos ou demônios. Demorou três longos anos para entender aquilo. Para absorver o que aquele pó mágico havia feito com sua cabeça. Eram apenas informações básicas. Havia algo mais para ser aprendido se ela quisesse?

— É por isso que as fadas não dividiam o conhecimento com os gelfos, Dundum! — falou, sem parar de jogar as pedras. Esta tinha quicado seis vezes na superfície cristalina da lagoa. — Porque, sem o preparo moral necessário, podemos nos aniquilar uns aos outros com armas cada vez mais poderosas, entende?

— Dum-dum!

— Isso que Jino fez... — Parou e segurou por algum tempo a pedra na mão. — Ele matou um gelfo com as próprias mãos. E se ele tivesse poder para matar mil gelfos?

— Dum-dum!

— Sim, seria horrível! — concordou, mesmo sem saber o que o cachorro dizia. Se é que ele dizia alguma coisa. — Eu preciso saber mais, Dundum! Preciso entender melhor o que está acontecendo. Há algo errado com este planeta todo. Não reparou?

— Dum-dum!

— Sabe o que eu precisava? — Suspirou. — Sair daqui um pouco, sei lá. Talvez... Eu preciso...

— Você precisa ir comigo para a cidade das fadas, Jun!

A jovem gelfa levou um susto. Será que Dundum aprendeu a falar, afinal? Mas essa não era a voz que ela esperava de um cachorro ou um gâmoni, ou fosse lá o que fosse aquele bicho. A voz era suave e conhecida. Feminina. Humana. Era a voz de Imália.

Virou-se para ver a amiga em pé ao lado de uma árvore. Ela sorria com uma alegria legítima de quem voltava a ver uma amiga depois de três anos. A roupa verde imitando uma folha, como as fadas gostavam de se vestir. Ela estava maior agora. Mais alta. Os cabelos eram de um castanho liso e vinham até os ombros. Os olhos verdes grandes faiscavam. As duas se abraçaram sem pudor de esconder as lágrimas.

— Você é difícil de encontrar, essa lagoa é grande demais! — disse a fada.

— Imália, Jino... Ele...

— Eu estou sabendo, amiga! — disse Imália, segurando Jun pelo rosto. — Você tem que entender que seu irmão nunca mais foi o mesmo depois daquilo que aconteceu. Você fez tudo o que pôde para ajudá-lo, mas ele fez uma escolha.

— Ele escolheu ser mau?

— Não acho que Jino seja mau, Jun — disse Imália. — A vida sempre nos joga contra desafios que não escolhemos ou não estamos preparados. Cabe a nós decidirmos como encará-los.

— Ele é um fraco, Imália! — gritou Jun, revoltada. — Aimê não ia querer ele assim! Ela era forte, inteligente. Ela ia querer que ele fosse feliz, entende? No que ele se tornou? Um assassino! Matou um gelfo de forma covarde. Não era um gelfo tão bom assim, mas não merecia morrer. — As lágrimas agora transbordavam de seus olhos com vontade. — Como ele pôde fazer isso? Como ele pôde estragar tudo para todo mundo?

— Jun, eu não vim aqui por causa do Jino. Vim por sua causa. Vim porque de alguma forma um dos gelfos amaldiçoados procurou por você. — Imália deu um ligeiro suspiro. — Liana recebeu sua carta. Fiquei preocupada e todo mundo lá em Neyd também ficou. E elas gostaram de suas ideias.

Jun estava tão preocupada com Jino que nem se lembrava do episódio em que teve que prender um monstro.

— Bru, o wendigo.

— Sim, por alguma razão estão procurando você em vez de nos procurar — explicou Imália. — Temos que levar você para Neyd ou eles todos vão vir para cá.

— O que querem esses monstros? — indagou Jun. — E como eu sabia como curá-los? Isso não é informação básica de indras....

— Durante a guerra, muitas vezes as fadas usavam essas maldições — prosseguiu Imália. — Agora queremos desfazer essas coisas. Liana pediu para que eu levasse você até o Oráculo, Jun.

— Em Neyd?

— Sim — confirmou. — Você sempre quis conhecer nossa capital. A cidade das fadas! Pela sua cara, acho que é uma boa notícia...

— Sim! Sim! — Jun pulou de alegria. — Eu mandei uma ideia para Liana. Quero me oferecer para cuidar desses gelfos amaldiçoados. Eles já estão me procurando.

— Podemos estabelecer uma base aqui — disse Imália.

— Eu quero que me ensinem como ajudá-los — disse Jun com firmeza. — Mandei isso na carta para Liana.

— Ela não me explicou muita coisa, mas, pelo que entendi, ela concordou — disse Imália sorrindo.

— Nos últimos anos eu tenho ficado dividida entre meu povo e o seu — disse Jun, seus olhos amarelos fitando os olhos verdes de Imália. — Quero ser dona do meu destino agora. Quero aprender com vocês a cuidar direito do meu povo.

— Seja a feita a vossa vontade, Jun Vellanda — respondeu Imália, abraçando a amiga.

— Olhe só, Dundum! Eu vou à cidade das fadas e vou falar com o Oráculo do Sul. — A gelfinha pegou o cachorro e apertou as bochechas protuberantes do bicho. — Você vai querer ir comigo?

— Dum-dum! — balbuciou com dificuldade, já que as mãos apertavam ainda as bochechas com firmeza.

— Mas a viagem é longa, Imália — lembrou-se Jun. — Meu pai não vai gostar muito dessa ideia.

— Nós humanos pensamos em tudo, amiga. — Imália também pressionou as bochechas grandes do cachorro, fazendo com que o beiço do gâmoni, que já era um tanto grosso e carnudo para um canídeo, se projetasse ainda mais. — Você pode ir conosco, Dundum! Nós vamos de balão.

— Como assim?

— Vamos fazer uma grande encomenda para seu pai. Ele vai lucrar muito. Aí você vem junto e aquele gelfo que você gosta pode ser o líder da caravana, já que ele está acostumado com isso. Voltariam em poucos dias... Poucas cambalhotas na ampulheta azul de vocês.

— Tosken — pensou Jun em voz alta.

— Mas leva o que gosta de você também, o irmão dele — falou a indra.

Jun ficou vermelha.

— Você também, Imália? Parece minha mãe!

— Mas, Jun... — disse Imália, olhando as ondulações da lagoa, antes de voltar os olhos para a gelfinha. — Se acontecer o que estou pensando, talvez haja um preço a pagar. Um preço caro.

— Tem uma coisa curiosa sobre os gelfos, Imália — disse Jun, pegando uma pedra lisa e jogando no lago, fazendo com que patinasse pelas águas límpidas.

Imália repetiu o gesto e tentou fazer sua pedra patinar mais na água.

— Já deve ter notado as nossas contradições — continuou Jun. — Nem todo gelfo conta o tempo, nem todo gelfo sabe ler, nem todo gelfo sabe fazer contas. Somos diferentes, não temos nosso conhecimento homogêneo como vocês.

— Sim, isso eu já entendi — concordou Imália, jogando outra pedra. — Acho que até o Dundum sabe disso.

— Dum-dum — concordou o gâmoni.

— Temos um ditado — disse Jun, também atirando outra pedra, que patinou mais umas cinco vezes antes de afundar no lado. — Um ditado dos gelfos comerciantes. Aqueles de nós que sabem contar.

— E qual é? — indagou Imália.

— "Nada de bom pode ser alcançado isento de pagamento."

CAPÍTULO 28

A NOVA CARAVANA

A notícia da caravana nova tirou um pouco do peso do crime de Jino da cabeça de Jorost. Ele e Bazir discutiram por um longo tempo. Brigaram, xingaram e choraram. O motivo era Jun. Bazir se recusava a permitir a presença de fêmeas.

— Eu gostava mais quando você era o cabeça-dura e eu o cara mais flexível — praguejava Bazir.

— Vou confiar a vida das minhas filhas aos seus filhos! — replicou Jorost com determinação.

— Como assim? Suas filhas? No plural?

— Risa também vai. Ela e Jost querem ir e eu não vou impedir. O balão está armado até os dentes e confio em Tosken e Saran pra liderar a caravana!

— Eu confio no meu filho — disse Bazir. — Tosken é tudo o que eu queria de um filho. Mas, digo com toda honestidade, estou disposto a ceder porque Jun vai proteger todo mundo.

— Viu, você treinou minha filha pra esta missão, confia nela, tudo resolvido... — Jorost carregava um tom de deboche na voz e isso irritava Bazir.

— Você ainda age... às vezes... — comentou Bazir. — Como se fosse contra o apoio que dou pra sua filha. E, para ser franco, quando você faz isso eu tenho vontade de...

— Me bater? Eu sei — disse Jorost, pegando um pedaço de bolo de Pipa sobre a mesa. — Mas... Sim, eu sou grato a você por ter me feito abrir os olhos pra minha filha. Ela é um tesouro. E eu tenho muito orgulho dela.

— Que ótimo!

— Mas eu não preciso ficar demonstrando isso todo o tempo, Bazir — disse Jorost.

— Você não tem jeito, Vellanda... — Bazir ergueu as mãos para cima.

De repente, tudo ficou quieto. Mas a conversa não cessara, apenas os dois interlocutores resolveram conversar em um tom mais baixo.

— Vai ser a última caravana de Tosken como empregado, Bazir — anunciou Jorost. — Já passou da hora dele ser dono de seu próprio focinho. Ele já é um gelfo crescido.

— Com os lucros da última viagem, ele já vinha pensando em construir um balão pra si — concordou Bazir. — Mas a lealdade a você é maior que pode imaginar. Ele é um Bazir, pelo amor de Guinda, tem meu sangue e honra a palavra dele acima de tudo.

— Ele não vai precisar construir um balão, estou dando o *Pardal Negro* a ele depois dessa viagem — afirmou Jorost, determinado. — Vai ser meu presente de casamento. Ele pediu a mão de Valla quando voltou.

— Quer dizer que...

— Você e eu seremos parentes, seu desgraçado! — gritou Jorost.

— Você quer dizer que Jun está dando o balão dela como presente, né? — corrigiu Bazir. — Ela quem projetou tudo...

— Sim, um presente dela e meu pra Tosken — replicou Jorost.

A discussão dos dois foi interrompida por gritos do lado de fora. Eram Pipa e Loriza festejando a notícia.

— Meida, faz um coláx assado com direito a muito vinho de moranda pra todos! — gritou Pipa.

O clima de festa voltou a tomar conta da casa dos Vellanda. Muita música e dança com Jost e Risa puxando o ritmo como sempre faziam. Até a comitiva de fadas entrou na dança e se divertiram com comidas, bebidas e eventuais magias que pareciam estar cada vez mais presentes na vida daquela família.

Do lado de fora, porém, Kadhir observava tudo com um grupo de seus soldados montados em aves garravento. Ao seu lado, Shimbair olhou para seu mestre, que apenas balançou a cabeça em reprovação. Depois, fez sinal para que fossem embora.

— O gelfo criminoso não está ali, com certeza — afirmou Shimbair.

— Mas é certo fazer tanta festa depois de um assassinato? — indagou Kadhir. — Eu acho que não. Mas não cabe a mim julgar, Shimbair. Cabe a Guinda. Eu só executo a vontade dele.

— Com essa nova caravana teremos novos donativos para a Gúnia — disse Shimbair.

— Você se afeiçoou aos Vellanda, Shimbair — disse Kadhir com um ar sombrio. — Eles estabeleceram essa dinâmica de comprar as bençãos de Guinda com dinheiro. Mas eu pretendo dar um fim nisso, meu caro pupilo. Olhe o que temos aqui: a jovem Jun não passa de uma bruxa que vive em comunhão com os humanos que se tentam passar por bonzinhos, mas eu os enxergo como os demônios que são.

— Ela salvou minha vida de um demônio, reverendo — replicou Shimbair.

— Demônios criados por humanos — disse Kadhir, impassível. — Para ser franco, só não prendi Jorost Vellanda, pai de um filho assassino e de uma filha bruxa, porque eles mantêm laços fraternos com os Bazir.

— Bazir é o chefe da guarda e delegado da cidade — argumentou Shimbair.

— Convoquei um novo destacamento que vai chegar em breve — anunciou Kadhir. — E isso vai acabar com este festival de heresias. Isso eu lhe garanto!

Shimbair engoliu em seco ao mesmo tempo que Kadhir fazia um gesto para a comitiva e foram todos embora. De volta para a Gúnia.

CAPÍTULO 29

O PARDAL NEGRO

O *Pardal Negro* ainda estava em ótimo estado, mesmo após a longa viagem de Tosken. Tratava-se de um pequeno barco com um balão no lugar das velas. Com cerca de vinte e cinco metros de comprimento, sete metros de boca (largura) e abrigava até vinte gelfos — se não fossem muito gordos, é claro. Era todo feito de madeira leve das ferôneas e cheio de ornamentos complexos com a manipulação de cupins. Espaçoso, havia duas cabines: uma de três andares na popa, que incluía a "sala de máquinas" e a cabine do capitão; e outra no centro do navio, também de três andares, que incluía uma sala de refeições em cima, uma despensa no meio e o banheiro no fundo. Os marujos dormiam no porão da proa, enquanto a cozinha ficava entre a sala de máquinas e o banheiro.

O balão era feito de pele de pterante costurada e enchida com gases da terra, ou seja, bolsões de gás dos boluxos. A pele de pterante quando tratada ficava enegrecida, elemento que ajudou no batismo do barco.

Nas muradas havia várias balestras, duas grandes dominavam a proa e a popa do navio. Fora de Jun, dois anos atrás, a ideia de fazer caravanas com navios-balões. Ela havia projetado cinco naus e o *Pardal Negro*. Ninguém na vila de Kopes havia gostado da ideia da gelfa que ficara louca contaminada pelas fadas, mas Bazir e Jorost acreditaram e apostaram no projeto. Agora, a vila se dividia. Metade festejava as riquezas e reconhecia a sagacidade dos Vellanda. Outra parte, sobretudo os religiosos, condenava. No contexto da esfera pública da sociedade de Kopes, erguiam a voz contra o uso de ideias humanas para o enriquecimento. Mas, ah, aceitavam. Claro que aceitavam. Os dízimos de Jorost chegavam silenciosos, quase um segredo entre eles e o dinheiro. E, nesse silêncio, havia algo que não se dizia, mas que todos sabiam: a contradição era também uma forma de viver.

A gelfa subiu pelo galho onde o barco estava amarrado e viu Tosken coordenando toda a preparação para a viagem. Estava com uma camisa curta que deixava transparecer os músculos que pareciam mais fortes do que antes da partida. O pelo amarelado brilhava sob a luz no anel de fogo que iluminava com esplendor o céu límpido. Ao ver Jun, ele abriu um sorriso genuíno.

— Venha ver como está seu antigo brinquedo — gritou de cima do barco, fazendo um gesto com o braço para que ela se aproximasse.

Toda a parte externa do *Pardal Negro* parecia castigada pela viagem recente. Nada lembrava muito o cheiro de madeira recém-cortada de dois anos atrás. O cheiro estava tomado pelo odor da carga de gudango. O que mais surpreendeu Jun, no entanto, foi o novo "motor" do barco, que era impulsionado por uma grande hélice localizada embaixo da popa. Ela havia projetado todo um sistema para gelfos pedalarem para fazer a hélice girar. Mas, quando Tosken mostrou o andar de baixo — o que ele chamou de "casa das máquinas" —, a gelfinha ficou apavorada com o que viu. Eram quatro seres pouco maiores que os gelfos, lembrando humanoides, só que sem cabeça, e jaziam acorrentados sob fortes barras de aço. A reação da jovem foi de gritar e dar um pulo para trás.

— Não se preocupe, Jun, eles estão bem presos — garantiu Tosken, com um sorriso contido nos lábios. — E, pelo que ando sabendo, você é uma matadora de monstros!

— Eu só curei um gelfo amaldiçoado... Por Guinda, o que são esses monstros?

Olhou de novo, e então viu — não era pele, era terra ressecada, rachada, expondo o que não devia ser visto: músculo, osso, o avesso da vida. Mas não havia podridão, apenas um cheiro cítrico, ácido, como se o ar quisesse arder na língua. E, onde deviam estar as cabeças, nada. Só um fim brusco, um corte que parecia dizer: aqui algo existiu, mas já não existe mais.

— Quando a caravana saiu, essa hélice era impulsionada por gelfos, lembra? — falou Tosken, se aproximando dos monstros de maneira que deixou Jun ainda mais nervosa.

— Eu projetei a droga do navio, Tosken — disse Jun, tremendo. — E isso aí não estava no projeto. São humanos?

— São blemmyes. Bom, na verdade são zumbis, mas o povo da costa os chama de blemmyes, porque é uma raça que tem o rosto no peito. — Tosken mostrou a região torácica dos monstros e Jun pôde ver que não havia nenhum rosto ali, apenas músculos e ossos aparecendo de maneira nojenta.

— Zumbis?

— São humanos mortos, mas que se mexem por mágica. Eles não pensam, não sentem dor, não sentem fome. Apenas trabalham. Giram essa manivela e fazem a hélice rodar.

— Tosken, isso é horrível! — gritou Jun com nojo. — São criaturas vivas, filhos de Guinda como eu e você.

— Não são vivos, são mortos-vivos. — Tosken encolheu os ombros. — As fadas disseram que não são mais do que máquinas. Você não tem pena das máquinas por trabalharem sem parar, tem?

Jun sondou as memórias que ganhara de presente de Imália no processo que quase lhe custara a vida. Nunca havia pensado sobre esses tais zumbis. Sabia apenas que, se o pó mágico fosse usado para reviver Aimê após seu cérebro ter sido destruído, ela se mexeria, mas seria apenas um monstro como aquelas coisas que se sentavam à sua frente. O cheiro cítrico era de uma espécie de verniz no qual os zumbis eram banhados para não soltarem pedaços e cheiros pútridos.

— Olha, Tosken, isso não me parece certo de forma alguma, mas o barco agora é seu. Nem vou falar com meu pai sobre isso, ele já carrega culpas demais sobre os ombros.

— Só estou te mostrando porque você é curiosa e sabia que ia acabar encontrando os zumbis aqui.

Jun ergueu os ombros e resolveu ignorar as explicações do gelfo.

— Como ficaremos acomodados?

— Bom, eu e Saran vamos na minha cabine... na cabine do capitão, e você, Jost e Risa vão no outro quarto. A tripulação fica no compartimento de carga.

— Meu pai quer cinco guardas com a gente, acha que precisa tanto?

Tosken não escondeu a gargalhada.

— Nós e as fadas já tínhamos varrido toda a área entre Kopes e Neyd pra expulsar as harpias da região antes da minha viagem. A bruma negra já passou e não volta tão cedo. Acho que vai ser tranquilo, mas vou levar três guardas: Bunta, Raziel e Timpo. Vai ser uma viagem tranquila, Jun, estaremos em Neyd em três cambalhotas de ampulheta azul.

— É muito trauma junto para poucos gelfos — comentou Jun suspirando.

— Se seu irmão não estivesse tão louco, não íamos precisar de mais ninguém. — Foi a vez de Tosken suspirar. — Eu esperava encontrar o Jino em melhores condições.

— Acho que ele já não gostava de mim antes — desabafou a gelfa. — Nem ele, nem Valla.

— Isso não é verdade. — Balançou a cabeça. — Irmãos mais velhos sempre implicam um pouco com os mais novos.

— Que coisa louca é essa aí? — gritou Valla, entrando na sala de máquinas com Dundum no colo.

Jun ficou sem graça por estar sozinha com Tosken no local, mas não era isso que deixara a irmã perplexa.

— São blemmyes! — disse Tosken.

— São humanos mortos — disse Jun.

— Cadê a cabeça deles, meu Guinda salvador de todos? — Valla foi entrando e olhando de perto os zumbis, tão de perto que Tosken teve que afastá-la.

— Não encoste neles, são sujos.

— Trouxe seu cachorro porque o Jino pode voltar e querer bater no bicho — disse Valla, entregando Dundum no colo de Jun.

Jun não sabia se era por medo, pela falta de Jino, ou por alguma conversa com seus pais, mas o fato era que Valla estava menos agressiva com Jun. De fato, depois que Tosken voltou, ela parecia estar até mais carinhosa com a irmã. Jun se incomodava por isso. De certa forma, agora a irmã má era ela própria por desejar o noivo da irmã. E o pensamento era tão forte que tinha certeza que Valla sabia, que Tosken sabia, que todos sabiam. E, mesmo com sua suposta mente mais sábia, ela não controlava aquele sentimento descontrolado. Era a mesma coisa que a atrapalhava quando tentava trabalhar e que a fazia esquecer de coisas importantes. Parecia que tudo agora era intenso. O sentimento por Tosken era mais que intenso, era irracional. Algo que ela não conseguia controlar ou esconder. E Valla agia como se compreendesse a irmã e a perdoasse. Aquilo era paradoxal demais para a cabeça de Jun. Tanto conhecimento, mas pouca capacidade de administrar seus pensamentos e, em especial, seus sentimentos.

— Não é um cachorro, é um gâmoni — corrigiu Tosken, tirando Jun da enchente de pensamentos e sentimentos.

— Olha, eu queria ir mesmo nessa viagem, gente! Soube que tem umas flores cheirosíssimas em Neyd e que as fadas fazem festa o tempo todo e dançam muito. Mas acho que, se Jino voltar, eu tenho que estar aqui pra proteger ele.

— Dum-dum — respondeu o gâmoni com simpatia, se aconchegando no colo de Jun.

— Ele é pesado, vou levá-lo para fora senão ele vai querer comer um osso da perna de um de seus trabalhadores aqui — brincou Jun.

Valla olhou de novo para os zumbis e fez uma careta.

— Eles fedem a verniz de má qualidade. Seria uma viagem desagradável pras minhas narinas sensíveis. — Valla parou e olhou Tosken de cima a baixo. — Mas seria agradável pros meus olhos. Jun, vai brincar com sua lhama que eu tenho que conversar um pouco com meu noivo e esses brações dele.

Jun detestou a brincadeira. O ciúme veio sem pedir licença, como um bicho que se esconde e de repente salta. Gostava da irmã, sim, mas o casamento era um nó difícil de desatar dentro dela. A falta de controle ferveu em sua pele, e o cheiro amargo do que sentia se espalhou pelo ar. Valla farejou, entendeu e sorriu — não há prazer maior do que ver alguém se retirando em silêncio.

— Olha, muito juízo com minha irmãzinha — disse, olhando no fundo dos olhos de Tosken como se fosse arrancá-los. — Ela tá cheia de pó de fada na cabeça.

— Por que você está preocupada com isso agora?

— Eu sinto seu cheiro quando olha pra ela também, Tosken Bazir. Você é um gelfo amarelo.

— Seu pai é um gelfo amarelo, pelo amor de Guinda, Valla — indignou-se Tosken. — Como pode dizer uma coisa dessas?

Valla apenas ecoou o preconceito da sociedade em que foi criada, repetindo as mesmas palavras que ouvira de sua tia Bell na infância. Não havia lógica ou estatística por trás daquilo — apenas um reflexo condicionado. Em vez de refletir sobre o que dizia, preferiu mudar de argumento.

— Por que você não diz pra ela sobre o seu irmão?

— Saran teve três anos pra se declarar pra Jun, e isso é minha culpa agora?

— Você não é como seu pai. Ou o meu pai. Você gosta de ser reconhecido como herói. Gosta de ser adorado. Gosta da fama.

— Gosto de ser noivo da gelfa mais desejada de toda essa floresta — replicou Tosken, passando os braços em volta da cintura de Valla, que o beijou de forma intensa encostando seu focinho no dele.

— Mas não pense que o cheiro das gelfas da costa já saiu de você, herói — disse Valla, como se golpeasse o noivo no estômago. — Acho que o problema entre os Bazir e os Vellanda é a falta de união entre os irmãos. — Valla suspirou. — Vê se ajuda o seu irmão e não se aproveita da minha.

CAPÍTULO 30

VIAGEM

Contra todas as probabilidades, no segundo dia de viagem os jovens deram de cara com outro balão. Estava distante, talvez a cinco quilômetros, mas pareceu mudar de direção e rumar em direção ao *Pardal Negro* quando fizeram contato.

— Achei que só nós tínhamos balões — resmungou Jost.

— Eu dei o projeto para Mitu e vendemos balões para várias cidades. — justificou Jun.

Tosken pegou uma pequena luneta e subiu no tombadilho.

— É um balão estranho! — foi tudo que disse.

— Estamos flutuando por cima das árvores. Não tem nada mais estranho que isso — observou Saran.

— Veja você mesmo. — Tosken ofereceu a luneta para o irmão.

Saran esticou a luneta e ajeitou seu foco. Era um balão maior que o *Pardal*, talvez o dobro do tamanho. E o barco era mesmo estranho. Tinha o formato de navio, mas, no meio, não havia mastros ou velas. Parecia um tronco de árvore recortado e pregado no meio de um barco.

— É... — disse Saran, entregando a luneta ao irmão.

Um a um, os gelfos foram pegando a luneta para olhar a estranha embarcação. O barco se aproximou tão rápido que nem precisavam mais de ajuda para ver a bizarra embarcação cuja tripulação fazia sinal de que queria trocar informações.

Com firmeza no comando, Tosken mandou todos os gelfos presentes se armarem com thuás.

— Eles são amistosos — disse Jun, confiante.

— Como pode ter certeza? — questionou o primogênito Bazir.

— Eu apenas sinto.

— Você é muito esperta, mas sua intuição não basta pra mim. Não sobrevivi na última caravana apenas com intuições.

— Vejam, estão pedindo permissão pra vir a bordo — apontou Jost.

— Que venham, mas fiquem com os narizes atentos — avisou Tosken. — Jun e Imália, fiquem quietinhas dentro da cabine. Escutem a conversa e se preparem pra fazer as bruxarias de vocês caso seja necessário.

— Não somos bruxas? — protestou Jun.

Imália deu um sorriso estranho, como se achasse graça do preconceito de Tosken, e entrou puxando Jun.

— Que Guinda nos proteja! — orou Risa.

— Guinda levou minha irmã — rosnou Tosken. — Eu não quero nada com ele.

Jun se assustou com a reação de Tosken, mas lembrou que ele tinha mais motivos para se revoltar que Jino. Compreendeu que ambos pensavam de forma parecida, embora agissem de maneiras diferentes. Jino se guardou em seu mundo, querendo proteger sua própria irmã, enquanto Tosken se atirara numa missão suicida enfrentando o mundo externo. Se perguntou até que ponto seriam parecidos.

Os balões se aproximaram e a tripulação do *Pardal* jogou ganchos para o outro balão. Assim que estavam presos, um gelfo amarelo forte e simpático veio a bordo.

— Saudações, meu nome é Mildo Buldu e venho em paz.

— Saudações, Mildo. Eu sou Tosken Bazir. Nós também viemos em paz. Devo dizer que não esperávamos encontrar outro balão.

— Não há muitos — concordou Mildo. — Aprendemos a fazer esse na vila de Cestes.

— Seu barco é muito curioso, devo dizer — observou Tosken.

— Tivemos que improvisar por necessidade. Estamos levando minha esposa para a vila de Kopes e ela não pode sair de casa. Então tivemos que trazer a casa junto.

— Meu Guinda, como assim?

— Minha esposa foi enfermeira durante a Guerra da Ampulheta e foi vítima de uma maldição das fadas. Assim que entrou em casa, não conseguiu sair mais. Está presa.

Tosken olhou para o enorme tronco cortado dentro do barco e depois para Jun, que escutava tudo. Deixou uma fração de sorriso escapar pela boca e tornou a olhar para Mildo.

— Podemos saber por que pretendem ir até Kopes?

— Sim, minha esposa tem certeza de que a cura tá lá. Acredita que as fadas devem curar ela agora em tempos de paz...

— Ela mencionou algum nome específico? — insistiu Tosken.

— Sim. — Mildo franziu a sobrancelha. — Falou, sim. Vellanda era o nome. Ela fica repetindo isso o tempo todo.

Tosken fez um gesto com as mãos como se espreguiçasse e depois balançou o corpo de forma desengonçada fazendo sinal afirmativo, como se concordasse com algo que estava apenas em sua cabeça. Depois se enfiou pela janela da cabine e lançou um olhar acusador para Imália.

— Agora é Jun quem vai ter que arrumar a bagunça que vocês fizeram, é isso? — rosnou Tosken.

— Sim! — respondeu Imália, com um sorriso enorme. Jun não entendeu se ela estava sendo sarcástica, irônica ou apenas alegre.

— Você pode fazer o feitiço desta vez? — pediu a gelfa.

— Não posso, esse é um poder muito específico seu — explicou Imália, com o mesmo olhar vibrante. — E o que aconteceu com aquele papo de "Eu quero cuidar do meu povo"?

— De repente senti medo! — protestou Jun. — É aquela intensidade de novo. Era para ser um medinho e agora é um medo grande. Medo de falhar. Medo de não conseguir ajudar.

— Não pode deixar o medo te controlar, Jun — disse Tosken. — Já conversamos sobre isso. Você fica assim, às vezes, petrificada. Aquela palavra que você usou... Acidade...

— Ansiedade — corrigiu Jun. — Eu tenho crises de ansiedade. Medo de falhar... Medo de...

— Vai lá desfazer o feitiço, Jun! — disse Imália, empurrando a amiga em direção à porta da cabine. — Você vai se sentir bem!

— Meu Guinda, uma fada! — exclamou Mildo, recuando dois passos.

Imália abriu seu sorriso exagerado em resposta ao pavor do gelfo. Jun começou a tremer dos pés até a cabeça. Sentiu as orelhas balançarem, mas respirou fundo e seguiu em frente.

— Mildo, esta aqui é Jun Vellanda. Ela pode ajudar sua esposa. — Imália fez um largo gesto apontando Jun com os dois braços. Os dentes da fada sempre à mostra e com os olhos arregalados.

Tosken balançou a cabeça diante da cena, mas achou graça no final das contas.

— Meu Guinda! — foi tudo o que disse Mildo.

Jun respirou fundo. Pensou no bem que poderia fazer.

— Peço sua permissão para ir a bordo do seu barco, sr. Buldu. — Jun fez uma reverência sutil, flexionando as pernas e se inclinando para frente. Depois olhou para a indra, que continuava na mesma pose, como se fosse uma estátua sorridente. — Imália, por que essa cara?

— A maioria dos gelfos tem medo de fadas e eu não sei lidar com isso — explicou Imália entre os dentes. — Então eu sorrio e tento ser simpática.

— Simpática — ironizou Tosken. — Parece que você vai morder eles com esses dentes brancos.

Com os olhos também arregalados, Mildo Buldu inclinou a cabeça de volta e fez um gesto com as mãos apontando o barco flutuante. As duas seguiram com Tosken, sempre protetor, ao lado. Ao subirem no convés, sentiram uma leve oscilação e o vento resolveu aumentar, tornando a conexão dos dois balões mais difícil. Prosseguiram até a porta da casa esculpida em um tronco, onde uma gelfa simpática estava se debruçando na janela.

— Olá, bela jovenzinha, pra onde está indo? — perguntou a gelfa amarela.

— Estou indo para Neyd, visitar uma amiga — respondeu Jun com educação. — Podemos entrar?

— Seja muito bem-vinda à minha casa e minha prisão.

— Eu sou Jun Vellanda e este é Tosken Bazir — a gelfa repetiu e reverenciou, seguida por Tosken.

— Vellanda? Pois eu já ouvi esse nome em minha cabeça.

— Eu escuto sempre também — brincou Tosken.

Assim que entraram, dois gelfinhos nenéns e espertinhos saltaram de dentro da bolsa da anfitriã e pularam no colo de Jun sem a menor cerimônia. Surpresa, porém feliz, Jun abraçou os dois.

— Ora, ora, se algum dia aparecer na vila de Bugurta, será bem-vinda, Jun Vellanda — falou animada jovem, aparentando gostar muito de tagarelar com quem quer que fosse. — Minha mãe se chama Zhiana e a árvore que ela mora é muito bonita, tem vários cordões de flores enfeitando a base. Pode parar lá antes de chegar a Neyd, diga que Zuzu te contou que ela faz a mais deliciosa torta de frutas da redondeza, e ela vai ficar contente em abrigar vocês prum descanso.

— Eu agradeço a gentileza, pararei lá, sim — respondeu Jun, admirada por receber tanta cordialidade.

Os pequeninos, felizes por mais uma chance de encontrarem gelfos novos, pularam também no colo de um desajeitado Tosken, sem esquecer de olhar curiosos para Jun.

Enquanto isso, Zuzu tagarelava quase em um monólogo interminável, falando como se as duas gelfas se conhecessem havia muitas colheitas, contando novidades sobre gelfos que Jun nem imaginava quem fossem já que não conseguia acompanhar o falatório de sua nova amiga.

E de repente, da mesma maneira como disparou a conversar, Zuzu parou e chamou os filhotes, batendo palmas várias vezes.

— Eu estou presa nessa casa há muito tempo. Não posso fazer muita coisa. Então faço filhos. Os outros estão na vila. São oito ao todo. Esses são os mais novos: Cenei e Raima.

— Eu posso ajudá-la, Zuzu. Posso desfazer o encanto das fadas. Se desejar.

— Eu nem sei como seria sair daqui de novo, mas, sim, eu quero! Claro que esse é o meu desejo. Por que não seria? Talvez eu pudesse ficar presa a essas paredes o resto dos meus dias e talvez esses dias seriam felizes com a presença de tantos filhos. Talvez eu morresse cedo, já que estou engordando muito. Dizem que gelfos gordos morrem cedo!

— Vai ser uma grande ajuda — completou Mildo.

Jun tirou o pó mágico e olhou para Zuzu com um sorriso.

— *Paba acauã auçá ataúba* — disse Jun, soprando o pó na gelfa.

Assim que os suaves raios coloridos pararam de percorrer Zuzu, houve um silêncio abrupto na sala, como se o suspense tornasse o ar mais pesado. Até os filhotinhos ficaram paralisadas olhando para o rosto abobado da mãe.

— Anda, Zuzu! Vai até a porta! — disse Mildo, impaciente.

Com passos hesitantes, a gelfa caminhou até a porta de sua casa acoplada a um barco voador. Passou por Jun e Tosken e só parou na parte onde a luz do anel tocava o chão.

— Anda, Zuzu! — insistiu Mildo.

A gelfa encheu os pulmões de ar novo, um ar que não sabia mais como era, e então atravessou a porta — ou foi a porta que a atravessou? Dez anos cabiam em um único passo. Mildo gritou, riu, correu, braços abertos como se pudesse segurá-la inteira. Os filhotes giravam ao redor, pequenos planetas em festa. Jun chorou sem pedir licença às próprias lágrimas e se agarrou a Tosken, que, sem jeito, afastou um "cisco" dos olhos — porque certas emoções precisam de um disfarce para existirem.

— Filhotes, o descanso acabou. Precisamos chegar em casa antes da próxima bruma — disse Zuzu, como se nada de mais tivesse acontecido, ou como uma forma de esconder a emoção diante da nova situação. — Vamos fazer uma comida decente, seu pai já deve estar enjoado de comer compotas! Preciso fazer uma bela refeição pra ele.

— Como podemos agradecer, Jun Vellanda? — perguntou Mildo.

Não era a primeira vez que Jun conhecia algum gelfo que se sentisse grato em relação aos poderes que ela adquiriu com as fadas. Mas com Mitu, por exemplo, foi um agradecimento tardio pelos lucros da prefeitura. Antes tudo era escondido, sutil. Agora era diferente.

A realidade da rotina era povoada de críticas duras e cruéis a tudo o que fazia. Por maior que fosse o carinho de seus pais e dos Bazir, o fato era que ela se sentia um elemento inadequado naquela comunidade de gelfos. Na verdade, cogitava a possibilidade de morar com as fadas tão logo tivesse idade para sair de casa. O pensamento de gratidão foi de um ineditismo tão surpreendente que, mesmo com o conhecimento de seis línguas básicas, faltou a Jun o que dizer. Limitou-se a chorar como se seus olhos se transformassem em pequeninas cachoeiras. Claro que isso a fez sentir ainda mais constrangida, o que só aumentou o choro.

Tosken deu um sorriso amarelo para a tripulação do barco-casa.

— Amigos, garanto que ela está feliz em poder ajudar, mas acho que só a alegria de poder fazer a diferença na vida de vocês já é uma forma de agradecimento — improvisou.

— Buá! Eu nunca me senti tão feliz em toda minha vida — conseguiu dizer Jun. — Buá!

— Quer ao menos um pedaço de torta de frutas silvestres? — ofereceu Mildo.

— Buaaaaá!

— Ela aceita! — Imália correu e pegou a torta inteira. Isso porque, ao vê-la, todos correram para trás e deixaram a mesa desprotegida. A indra então entendeu que estavam oferecendo tudo. — Obrigada!

— Tudo bem, tudo bem! Vamos voltar agora pro nosso barco e continuar a viagem. — Tosken foi levando Jun enquanto a gelfa parecia se dissolver em lágrimas.

Imália saiu com a torta, e os filhotes voltaram. Olharam para Jun como se estivessem descobrindo algo precioso, algo raro. Admiração — era isso? Jun quase não reconheceu, porque quase nunca sentira.

— Mas agradecemos muito a sua bondade, Jun! — disse Zuzu, e a envolveu num abraço quente, sem pressa. E então os filhotinhos vieram também, como se aquele instante pedisse mais braços, mais calor.

Ficaram assim, juntos, respirando o mesmo ar. Tosken observava satisfeito. E Jun chorava, chorava, porque às vezes o corpo transborda sem pedir permissão.

— Buuuaaaaaaaaaaá!

CAPÍTULO 31

NEYD

Quando chegaram à capital das fadas, foram recebidos com festa — mas não era uma festa comum. Havia alguma coisa boa silenciosa por trás dos sorrisos, daquele enxame colorido de themis voando ao redor do *Pardal Negro* em algum um tipo de celebração que parecia dançar entre o visível e o que apenas se intuía. Para Jun, a emoção dificultava até a respiração. Tentou se apoiar em Risa, mas a irmã havia desmaiado. Saran a segurou firmemente. Estava maravilhada.

As themis, voando leves como vento, guiaram o barco até um edifício alto, esguio, um dedo da terra apontando para o céu — feito de seiva cristalizada, parecendo ao mesmo tempo frágil e eterno. E então, diante dos olhos de Jun, abriu-se Neyd: uma cidade que não deveria existir e, no entanto, estava ali, pulsando. Erguia-se sobre um rochedo flutuante, e a própria luz nela parecia se comportar de maneira diferente. O verde brilhava com um tom metálico, um fulgor impossível. Torres feitas da mesma seiva elevavam-se como árvores que esqueceram suas raízes, coroando-se com abóbadas douradas — ouro puro ou um delírio da vista? Para não sair flutuando à deriva, o rochedo era preso pelas raízes de diversas árvores.

As fadas se moviam como pensamentos livres, como se não voassem, mas apenas existissem suspensas entre um passo e outro. Não batiam asas — nadavam no ar, sem esforço, sem resistência.

No centro, como um coração enterrado apenas pela metade, repousava um grande globo branco. Meia esfera afundada num lago que se espalhava por canais finos, pequenos rios que cortavam a cidade em veias líquidas, desembocando em quedas d'água que se dissolviam no abismo dois quilômetros abaixo. A água era de um azul cristalino e parecia refletir algo que não estava ali — ou talvez estivesse e ninguém soubesse nomear.

Jun olhou para o grande globo e sentiu uma certeza incômoda crescer dentro de si: aquele era o Oráculo. Não precisou de explicações. Havia coisas que não eram ditas, mas sentidas.

A cidade era uma extensão viva da própria floresta. Nenhuma construção parecia feita de pedra ou metal. Era madeira, folhas, raízes, flores, sementes — e a luz filtrada por seivas cristalizadas em tons que desafiavam o entendimento. As moradias ficavam suspensas, no alto das árvores ou sobre as torres, e eram estranhas. Eram grandes esferas translúcidas que pareciam vidro, mas se moviam como se respirassem. Quando uma fada entrava, a superfície ondulava como uma gota d'água sendo tocada. Bolhas? Sonhos solidificados?

Acima delas, o céu escurecia, carregado de nuvens pesadas. Mas a cidade não temia a tempestade. As esferas luminosas pareciam possuir um brilho próprio, e a luz que emitiam não era feita de fogo. Era algo mais antigo, mais sobrenatural, mais inexplicável.

E então havia o ritmo sutil daquela sociedade, a ordem não escrita das fadas. As themis, com suas asas invisíveis, preferiam as alturas. As indras, privadas do voo, caminhavam pelo solo. Entre elas, um laço invisível, como se as mães tecessem caminhos que as filhas seguiriam. As themis vestiam seda e algodão, enquanto as indras se cobriam com folhas habilmente moldadas.

No centro da cidade, ao lado do grande globo, estendia-se um jardim vivo, sempre em mutação. As flores mudavam com as estações, e agora era tempo das pédelas: púrpura e vibrantes, exalando um perfume doce que se misturava à umidade do ar. Elas combinavam, de um jeito estranho e perfeito, com o verde e o marrom predominantes da cidade.

Jun observou tudo em silêncio. Porque algumas coisas não existem para ser descritas — apenas para sentir, absorver. Neyd não era apenas um lugar. Era a materialização dos sonhos daquela gelfinha de Kopes.

— Não parece uma raça com a qual guerreamos de maneira tão sangrenta pouco tempo atrás — observou Tosken.

— Eu esperava outra coisa também — comentou Jost.

— É... — foi a observação de Saran.

Os sorrisos eram genuínos e todos os outros moradores cumprimentavam Jun como se a conhecessem havia anos, com uma gentileza que impressionava. Até o Dundum foi tratado como um convidado especial, recebendo comida e um local para descansar que certamente parecia um paraíso após a jornada. A entrega da encomenda de gudango foi feita e levada para um local fora da cidade, onde um festival aconteceria.

— Sabemos que o bútua do gudango que vocês cultivam é especial, mas ele vai passar por um preparo diferente, assim poderemos usar ao nosso modo e comemorar deixando a alma livre — explicou Imália a Jun.

— Agora é hora de uma bela refeição, para que Jun se alimente e descanse. Depois vocês podem passear, Imália — recomendou Dynaia.

Um grupo de fadas veio receber Tosken com um baú de moedas de ouro. O gelfo não escondeu o sorriso.

— Sou Liana, represento as themis de Neyd.

— Sou Tosken Bazir, represento o sr. Vellanda. Este é meu irmão, Saran, e estes são os filhos de Jorost, Risa e Jost. Vocês já devem ter ouvido falar daquela ali que está atracada com as mães de Imália, Jun Vellanda.

— Sejam bem-vindos a Neyd! Vocês devem estar cansados da viagem, mas este é o pagamento pelos produtos que trouxeram. — Liana fez um gesto e outra fada entregou um outro baú de ouro aos gelfos. — Temos outra ótima proposta para vocês. Podemos conversar mais tarde. No início da primeira virada da ampulheta. — Apontou para a enorme ampulheta azul no centro da cidade.

— Tá — disse Saran.

Tosken também concordou.

Jun sentou-se embaixo de uma frondosa árvore enquanto as fadas traziam uma toalha florida e depositavam sobre ela uma farta refeição, formada de um pão saboroso, geleias, bolos quentinhos e todos os quitutes que Imália sabia serem os favoritos de sua amiga. Dundum corria atrás de Jun como se fosse um protetor de gelfos. Zangava-se com a aproximação das indras que queriam tocá-lo também, cheias de curiosidades.

— Você é um gâmoni de verdade? — perguntou uma indra.

— Dum-dum! — respondeu.

Entre risos e suspiros de satisfação, a refeição correu célere e alegre. Depois que todos terminaram de deliciar-se, rapidamente arrumaram tudo e resolveram passear pela cidade.

— Mas não é melhor que Jun descanse um pouco?

— Eu agradeço, Liana, mas estou radiante demais e ansiosa demais por conhecer todos por aqui, não conseguiria descansar agora. Prefiro mesmo passear — respondeu Jun.

— Bom, eu nunca vi Jun tão feliz, então não vou me preocupar — disse Tosken, respondendo ao olhar inquisitivo de Saran.

— Nós vamos também — gritou Risa, pegando Jost pela mão e puxando-o com força.

— Então vamos, temos muita coisa pra ver e, depois que voltar, vou lhe dar a surpresa prometida! — disse Imália, já puxando Jun e os irmãos em direção ao centro da cidade.

Chegaram até um local que impunha o silêncio, solene. As portas eram grandes, as árvores em volta pareciam guardar segredos. Jun parou. Algo ali era diferente. A cidade subia, erguia-se para o céu, mas aquele portal chamava para baixo. Um mergulho.

— Esta é a nossa biblioteca. Tenho certeza de que vai adorar.

A voz de Imália era tranquila, como se não dissesse nada de mais. Mas Jun sorriu. Sorriu de um jeito que preenchia tudo dentro dela. Livros. O peso das palavras, o cheiro das páginas, a espera por histórias novas. Seu coração bateu mais rápido. Ela já amava aquele lugar.

Jost e Risa se olharam. Não tinham a mesma pressa. Ler era para Jun, não para eles.

— Esses livros são iguais aos do quarto da Jun — disse Jost. — Só têm duas páginas.

— Sim — respondeu Imália, sem entender.

Jun pegou um dos livros. Sentiu-o nas mãos, quase podia ouvir um sussurro.

— Os livros da escola são diferentes. Eles têm muitas páginas. E as palavras não mudam — explicou. — São feitos com tinta comum. Não com tinta mágica.

Imália piscou.

— Eu não sabia que existia outra forma de fazer livros — disse a indra, admirada.

— E, se você puser fogo neles, eles queimam e você pode rasgar as páginas também — continuou Jun.

— Mas eles podem perder toda a informação! — Imália ficou horrorizada.

— Bem-vinda ao mundo dos gelfos! — ironizou Jun.

Entraram na biblioteca, que parecia muito maior por dentro do que por fora. Vários labirintos de livros se estendiam de forma interminável. Acompanhados por Liana, Imália e suas mães, a comitiva dos gelfos caminhou por aquele labirinto alternando os passos com longos suspiros. Imália fez sinal de que eles podiam pegar qualquer livro.

— Não estamos entendendo nada — protestou Jost, olhando as montanhas de livros que se apresentavam cada vez mais enquanto avançavam para o interior da biblioteca.

— Acho que vocês vão gostar deste livro aqui. — Jun entregou a eles um livro vermelho.

— Duvido — ironizou Jost.

— Abre!

— Abri, e agora? Está escrito em língua de fada. Eu não consigo ler.

— Olha de novo! — disse Jun, apontando o dedo para o livro e sorrindo.

— Ué, mudou!

— O que está escrito?

— Mú-si-ca... Música!

— Leia tudo, preguiçoso!

— Música frânia... O que é "frânia"? — Jost coçou a cabeça.

— É um dos melhores estilos musicais — explicou Imália. — Abre aí!

Jost tentou esconder, mas ficou empolgado. Risa se apertou ao seu lado para ver o livro também. Ao abrir as páginas, pareciam se multiplicar, mas depois voltavam a ser apenas duas. Ele olhou o índice.

— Eu ajudo você. — Jun segurou o livro sem tomá-lo das mãos do irmão e encostou em uma palavra. O efeito foi imediato: uma suave música começou a tocar.

— É linda!

— O livro ensina a tocar, é só ler direito. Se quiser, ele fala para você como fazer — explicou Jun, toda orgulhosa de estar trazendo os irmãos um pouquinho para seu mundo e, melhor, eles estarem gostando.

Jun olhava para o labirinto como se quisesse abraçar tudo de uma vez. Pagava um livro atrás do outro, passou os dedos pelas lombadas. Texturas diferentes, frias, ásperas, lisas. Os livros estavam ali, dormindo, esperando. Pequenas caixas de mundos inteiros. Havia de tudo. Histórias antigas, histórias inventadas, receitas que ensinavam a transformar comida em magia, páginas cheias de desenhos, livros de ensinar, livros para sonhar. Livros. Muitos livros.

— De onde vêm tantos livros? — perguntou, sem conseguir segurar a pergunta dentro de si.

Imália sorriu. Um sorriso que parecia saber de coisas que Jun ainda não sabia.

— Isso é o resultado de mais de quinhentos anos de trabalho — disse, com a naturalidade de quem carrega o tempo nas mãos. — Livros reunidos de todos os cantos deste mundo. Muitos vêm dos Oráculos. Outros, vendemos para outras espécies. Infelizmente não temos acesso aos Oráculos do norte, do outro lado do mar. Não é seguro atravessar o Mar de Tryria.

Jun olhou ao redor mais uma vez. Quinhentos anos de histórias. E ela ali, no meio de tudo, sentindo-se tão pequena e, ao mesmo tempo, tão parte de algo maior.

A cabeça da gelfa estava fervilhando.

— Tem mais livros de música? — indagou Risa.

— Todos os vermelhos serão de assuntos semelhantes — afirmou Imália.

Risa pegou outro livro e sorriu.

— Que coisa legal esse livro: *O Zic e o zoc*. Tudo se resume a "zic zic zic" e "zoc zoc zoc" — comentou a gelfa, curiosa.

— É poesia frânia — explicou Imália. — Não vou dizer que entendo, mas acho linda. Talvez não queira dizer nada. Mas gosto dos sons.

— Mas o que daison é um frânio? — indagou Risa, impaciente.

— É um povo que vive ao norte da capital de vocês — explicou Imália.

— Perto do mar? — indagou Jost.

— Sim, numa cidade portuária chamada Esparza — explicou Imália, sempre paciente e empolgada com as dúvidas dos gelfos. — Não são humanos, nem gelfos. São insetos. Muito grandes.

— Eu ouvi falar deles durante a caravana — contou Tosken, que até agora estava mudo pela grandiosidade do lugar. — Mas não sabia que escreviam livros. Deve ser tudo coisa de maluco.

— Tudo que você não entende, diz que é coisa de maluco — brincou Jun.

— Mas poesia sem sentido é boa? — interrompeu Risa, interessada.

— Para ser boa, precisa ter sentido? — desafiou a indra, levantando as sobrancelhas.

A discussão sobre livros durou até o momento em que foram chamadas pelas mães de Imália para outras atividades. Foram instantes de felicidade tão reais que pareciam ter forma, peso, quase uma textura. Jun pensou que, talvez, quem sabe?, poderia estender a mão, colher um punhado daquela alegria e guardá-la numa sacola. Levar consigo. Para usar nos dias em que a alegria fosse pouca, quase nada.

CAPÍTULO 32

O BANQUETE

Um som grave e incômodo acordou Jun. Fosse o que fosse, estava ecoando por toda a cidade e acordava todos os habitantes ao mesmo tempo.

— O que Daison é isso? — xingou Tosken.

— Acho que aqui todos dormem juntos — especulou Jun. — Os humanos são o topo da cadeia alimentar. Não têm predadores.

— E acordam juntos, pelo visto!

Estavam todos no mesmo quarto enorme com uma cama grande, redonda e macia para cada um. Tudo era liso e colorido por tonalidades entre branco e azul.

— Eu nunca me deitei em algo tão macio em toda a minha vida! — exclamou Risa, feliz.

— Eu queria ficar deitado aqui o resto da minha vida. — Jost pegou o cobertor e jogou por cima de sua própria cabeça.

Alguém bateu três vezes na porta de madeira. As orelhas de todos os gelfos apontaram na mesma direção, mas quase ninguém entendeu o que havia acontecido.

— Humanos não entram em uma sala sem autorização — explicou Jun.

— Pode entrar, Imália Daê! — gritaram Risa e Jost em coro.

— Como sabiam que era eu? — disse a indra ao entrar.

— Todos nós sabíamos pelo seu cheiro — explicou Jun.

— Mesmo atrás da porta? Vocês farejam bem mesmo.

— Pra que serve o nariz de vocês, já que é tão pequeno? — perguntou Risa, sempre curiosa.

— Boa pergunta — riu Imália. — Acho que para respirar melhor e só. O café está servido!

— Café?

— Modo de falar, Jost — explicou Jun. — É uma refeição que os humanos fazem quando acordam. As fadas gostam de usar uma planta chamada café. É como um chá.

— Preparamos uma refeição especial para vocês! Vou esperar que tomem banho e se aprontem.

— Por que tomaríamos banho? — indagou Risa.

Jun deu uma risadinha quando percebeu o constrangimento de Imália com a situação.

— Está tudo bem, amiguinha Imália — tranquilizou Jun. — É que, apesar dos narizes pequenos, os humanos acham nosso cheiro muito forte. Eles tomam banho quase todo dia porque não têm pelos grossos como os nossos.

— Mas somos obrigados a tomar banho? — perguntou Jost.

— De forma alguma — desculpou-se Imália.

— Mas vamos tomar — decretou Tosken, olhando para Jun, que concordou. — Qual a graça de estar em outra cultura sem experimentar um pouco?

— Essa foi a fala do nosso viajante de caravanas — admirou-se Jun.

— M-mas eu não g-gosto muito de á-água... — protestou Saran.

Apesar das confusões, Imália e as outras fadas haviam se inteirado um pouco sobre como lidar com gelfos. Levaram todos a um ambiente onde havia uma enorme piscina de águas mornas, onde tiraram as roupas e mergulharam. Ficaram com água até o pescoço. Se fossem mais para o fundo, cobririam suas cabeças, mas gelfos eram ótimos nadadores.

— Essas fadas são tão legais, por que fizemos guerra contra elas? — indagou Jost, pensativo.

— Porque queríamos seu pó mágico e elas não quiseram nos dar — respondeu Tosken sem rodeios.

— M-Mas, pelo visto, precisa s-sa-saber como usar ou teríamos mais problemas do que soluções — ponderou Saran. — Veja J-Jun, por exemplo, ela sabe usar esse negócio, mas isso a mudou pa-para sempre.

— É um troço poderoso demais pra ir parar nas mãos de um idiota como Bauron, o Manco — observou Tosken.

— Mas poderia fazer coisas maravilhosas nas mãos certas — disse Saran. — Olha esse lugar. É ma-maravilhoso! Tudo aqui deve ser caro, elas são muito ricas.

— Com esse pó, elas não precisam de nichids. — Tosken apontou para as paredes lisas de forma que nunca se conseguiria fazer esculpindo madeira.

— Elas devem nos considerar monstros — disse Risa. — Não gostam nem do nosso cheiro. Eu mesma não sei se gosto delas. Crescemos ouvindo histórias de humanos, de como eles destroem tudo que tocam.

— Será que nós somos tão melhores que elas assim? — indagou Jost.

— Não sei, irmão, mas é certo que eu não iria gostar de viver com humanos. Não tenho tanta raiva como Jino, mas seres que voam ainda me incomodam. Seres que voam mataram nossa Aimê — concluiu Risa.

— Nós temos um ba-balão e voamos nele — replicou Saran.

— Mas eu apenas vou a bordo do nosso "babalão" — gracejou Tosken. — Não temos asas ou essa capacidade de voar das fadas.

— Eu posso resolver isso — disse Jun com um sorriso sapeca.

— Não, obrigado. — Tosken balançou a cabeça e sorriu.

Após o banho, os gelfos foram conduzidos a um grande salão com apenas uma mesa. Cheiros dos vários tipos de comida perfumavam o local de forma tão deliciosa que seus estômagos roncaram.

Uma porta se abriu e Liana entrou acompanhada de algumas fadas e um gelfo cujo cheiro ninguém reconheceu, mas Jun e Risa tiveram certeza de que se tratava de um dos gelfos mais belos que já viram. Era amarelo, grande, forte e imponente. Exalava um odor de quem tomara muitos banhos nos últimos dias. Também era um cheiro de coragem semelhante ao de Tosken, de quem vivera muitas aventuras e não tinha medo da vida.

— Meus amigos gelfos, temos mais uma visita da espécie de vocês — anunciou Liana. — Este aqui é Eveld DasChard, da vila de Cestes.

— Saudações! — falou o gelfo amarelo.

Como manda o costume dos gelfos, Tosken, como líder da caravana, se levantou e cumprimentou Eveld com um abraço caloroso.

— É bom ver outro gelfo por aqui — disse Tosken de forma amistosa.

— Eveld é comerciante também, como vocês — disse Liana. — Está aqui para comprar nossas mercadorias. Eveld, estes são Tosken e Saran Bazir e Jun, Jost e Risa Vellanda.

Eveld cumprimentou um a um dos visitantes com um sorriso confiante, mas, ao ver Jun e Risa, o cumprimento foi mais demorado.

— Peço desculpas, mas estou na companhia de humanos há tanto tempo que meus olhos e meu nariz se desacostumaram com a beleza da minha própria espécie — disse o gelfo amarelo.

— Pode olhar à vontade! — disse Risa, empolgada, antes de receber uma cotovelada de Jun.

Tosken não gostou nem um pouco da ousadia do forasteiro, mas disfarçou.

— Venha, nos dê a honra de sua companhia em nossa mesa!

— Senta aqui pertinho! — insistiu Risa, levando outra cotovelada.

— Não posso negar o convite de uma jovem tão bela — disse Eveld, sentando-se ao lado de Risa, que mostrava todos os dentes que um gelfo poderia ter em seu sorriso.

— O que você compra aqui em Neyd? — perguntou Jost.

— Tudo que você imaginar, desde frutas até armas.

— Eveld está nos ajudando a manter contato com o litoral. Tanto com o rei Bauron, quanto os frânios e os merfolks, que são as sereias d'água.

— Estive na capital recentemente — contou Tosken. — Mas o rei Bauron está resistente ao comércio com outros seres.

— O rei Bauron é um idiota — disse Eveld, ajeitando-se à mesa.

— Sou obrigado a concordar. — Tosken deixou escapar uma risada. O estranho não era tão ruim, afinal.

— Eu sinto o cheiro da comida, mas não a vejo — observou Risa.

— Como você mesma diz... "Que será que o vento traz? Não sei dizer o que é nem quando vai chegar" — gracejou Jun.

Como em um passe de mágica, várias bandejas redondas cheias de comida entraram flutuando no salão e se dirigiram à mesa. Eram alimentos das cores mais variadas e com aromas que enlouqueciam o olfato apurado dos gelfos.

— Só o ch-cheiro já-já é melhor do que a comida lá de casa! — exclamou Saran.

A maioria dos alimentos eram frutas, todas grandes e de cores fortes e brilhantes. Jun comeu uma fruta púrpura arredondada e suculenta. Devia ter quase vinte centímetros de altura. Julgou ser blamora pela aparência, mas não conhecia o gosto. Era doce e cítrico. Após uma fina casca que parecia ser feita de gelatina, a polpa era suculenta e desmanchava na boca. Havia acompanhamentos que também não conhecia. Castanhas picadas, farinhas adocicadas e bolos com coberturas deliciosas.

Eveld foi logo pegando uma bebida alcoólica à base de frutas cítricas. Bebeu grandes goladas antes de experimentar outras coisas. Tosken olhou como as fadas faziam: pegavam as frutas e os bolos e colocavam em seus pratos na mesa. Depois as bandejas tomavam seu curso, dando lugar a outras. E havia muitas outras bandejas. Pratos salgados, doces, sucos, tudo o que os gelfos poderiam imaginar durante uma vida toda.

Liana estava sentada ao lado de Tosken e comia frutas azuis triangulares com a ajuda de uma colher.

— Gostam de ser chamadas de fadas? — indagou Tosken.

— Sim.

— Nós nã-não g-gostamos quando vocês nos chamam de gambás — falou Saran.

— Sabemos disso — disse Liana. — Por isso não chamamos mais. Não depois que a guerra terminou.

— Podem nos chamar de duarnos — disse Jun. — É como nos chamamos nos nossos livros.

— É verdade — concordou Eveld. — É como o rei Bauron se refere à população.

— É mesmo! — Tosken riu da lembrança. — Só fui descobrir que eu era um duarno depois que saí de Kopes.

— Tá… — disse Saran, desinteressado.

Jun agora se deliciava com fatias de algum tipo de carne. Parecia coláx, mas não tão intensa em sabor. Havia sido condimentada de forma suave e ficava perfeita com molho agridoce.

— Eu gosto assim, olha! — disse Imália, pegando duas fatias de queijo e colocando geleia em cima.

— Vocês plantam isso tudo ou é o pó mágico que faz? — indagou Jun.

— Um pouco de cada coisa. — Explicou Imália. — Trazemos sementes de várias partes da região, cultivamos, colhemos, o pó nos ajuda. Temos regras para que não nos tornemos escravas da mágica. Nós, humanos, temos tendência a depender de coisas. Coisas como o pó mágico precisam trabalhar para nós e não mandar em nós.

— O pó mágico tem suas limitações, Jun — disse Liana. — Eles obedecem a alguns comandos e são muitos, muitos comandos. A gente pode viver uma vida toda e não aprender nem metade deles. E, mesmo assim, há muitas limitações. Você vai aprender sobre isso em breve, eu acredito.

CAPÍTULO 33

EXPECTATIVAS

Seguiu-se muita comida e música. Imália levou Jun para passear pelo lugar. Parecia um palácio das histórias que Jun conheceu nos livros. Tudo era amplo, grandioso, bonito. As duas desceram por uma escada e foram parar em um salão gigantesco que parecia ter sido esculpido na rocha. Dezenas de raízes grossas de ferôneas passavam por ali. Abriam caminho na parede e mergulhavam no chão. Havia uma inclinação constante levando a outro salão.

— Para onde está me levando?

Mais uma escada para baixo e chegaram ao local mais belo que Jun já havia visto. Era um salão enorme, iluminado com chamas azuis. Parecia uma pequena cidade prateada, mas logo a gelfa percebeu se tratar de… água! O cheiro não deixava dúvidas, aquilo era água, mas não do jeito "normal". Eram casas, prédios, ruas e até praças feitas daquilo.

— É maravilhoso!

Bolhas grandes de água flutuavam por toda parte e a umidade e o frio pareciam abraçar Jun do mesmo modo carinhoso que os filhotes de Zuzu.

— Esta é a nossa fonte — explicou Imália. — Costumamos vir para cá quando queremos pensar.

— Como a água faz isso? Quero dizer, como vocês fazem isso com a água?

— Gravidade, minha amiga! Venha!

Desceram até o que seria o centro da cidade prateada e chegaram à entrada de um prédio. Tudo parecia ser feito de cristais com duas exceções: a água ondulava o tempo todo e, quando tocadas, as paredes molhavam as mãos.

— Prove — disse Imália enquanto se curvava para encostar o rosto num arco e beber a água. — É gostosa!

Jun se aproximou da parede do prédio ornamental e usou sua língua longa de marsupial para beber a água. Sentiu o gostinho gelado refrescando sua boca e resolveu beber mais ainda.

— Vamos lá para cima! — Imália puxou a mão de Jun de novo, dessa vez para dentro do prédio. Havia uma escada, só que de cristal verdadeiro, onde conseguiram colocar os pés e subir. Não havia um som pesado, apenas um barulho brando de gotejar. Volta e meia, as paredes maiores do prédio faziam ondas que se quebravam em suas quinas. — Tenho um presente para você lá em cima. Mas você vai ter que ir sozinha.

Dito isso, Imália saiu do prédio, deixando Jun sem ação. Pensou se tratar de mais comida e ficou com medo de engordar. Resolveu que subiria a escada para descobrir a surpresa. Deu passos firmes da escadaria de cristal que, graças a Guinda, tinha um corrimão sólido também. Ao chegar no alto, entrou por uma grande sacada que dava para uma impressionante vista do teto do salão que, embora escuro, brilhava com milhares de luzes que piscavam. Não sabia se eram bolas de água iluminadas, tochas, vaga-lumes, só sabia que era lindo e azulado.

— Olá, Jun!

Ela levou um susto. Era a voz de Tosken. Ele estava parado do lado oposto, encostado no parapeito de cristal.

— Tosken, o que está fazendo aqui?

— Imália me trouxe, disse que tinha uma coisa importante pra mim e saiu fora.

Jun sentiu algo gelado em sua barriga. Tosken, aquele que brigara com um professor para defendê-la. Que reverteu a condição de banido da vila para o grande herói de Kopes. Aventureiro. Olhou para os braços musculosos que a roupa deixava transparecer e pensou que ele era tudo o que um gelfo deveria ser. Era muito simbolismo para um gelfo só. Nem toda a informação passada pelas fadas para seu cérebro a preparara para isso. Começou a tremer e não entendeu. Logo ela, Jun Vellanda, a gelfa mais esperta que já existiu, que sabia coisas que nenhum outro de sua espécie deveria ou poderia saber, não conseguia explicar como não parava de tremer.

— Por que está aqui, Jun? — perguntou Tosken, com uma expressão indecifrável.

— Acho que foi uma confusão da Imália. Tenho que voltar lá para cima.

— Tem certeza?

— Sim, foi apenas uma confusão.

— Tem certeza? — insistiu.

— Sim... apenas uma confusão.

— Não quer me falar nada?

Jun respirou fundo. Esperava por esse momento. Resolveu falar. Mas, quando sua boca abriu, levou um susto. A voz saiu mascada, fina, falha. Estava chorando. "Que droga", pensou. "Mas agora vou falar de qualquer jeito! São anos de sentimentos reprimidos."

— Você sabe o que eu sinto por você, não sabe? — O choro tornava sua voz infantil, mas isso não a impediria. — Você sente meu cheiro, mas eu também sinto o seu. Eu sei que é errado, que você está prometido para minha irmã. Mas eu preciso perguntar: você sente isso também? Ou é só da minha parte?

Tosken manteve a mesma expressão e respondeu. Mas nesse exato momento uma onda na parede d'água fez um barulho alto e, apesar dos ouvidos apurados dos gelfos, ela não entendeu a frase. Isso era embaraçoso.

— Desculpa, eu não escutei... A onda... atrapalhou.

Tosken repetiu e outra onda conseguiu atrapalhar a frase de novo. Parecia que algo havia agitado o prédio d'água justo agora, quando não deveria. Várias ondas começaram a fazer barulho para todos os lados. Aquilo era absurdo demais. Ela ficou muito irritada.

— Por favor, eu não escutei — disse, sem graça. — Pode repetir?

— Não vou ficar repetindo isso — irritou-se Tosken.

Ela deu três passou em direção a ele.

— Por favor, é importante para mim. Desculpa! Mas peço para repetir só mais essa vez!

— Eu disse que preciso te contar uma coisa, Jun! — disse, enfático.

— Pode dizer. — Jun subiu os ombros.

— Meu irmão... — hesitou. — Bom, você tem que dar uma chance a ele, Jun. Ele gosta de você. Gosta de verdade.

A gelfinha sentiu um frio na barriga.

— Mas eu pensei que você gostasse de mim — disse, depois de tomar um fôlego.

— Claro que gosto, Jun. — Tosken sorriu quase que com compaixão. — Mas eu não acredito que você, com esses conhecimentos todos que adquiriu, essa inteligência toda, não consegue enxergar as coisas com clareza.

Jun respirou fundo.

— Você e Valla...

— Sua irmã pode ter seus defeitos, mas, quando se gosta de alguém, se gosta de alguém — disse Tosken, segurando Jun pelos ombros. — E você precisa de alguém que goste de verdade de você. Aliás, não estou usando as palavras corretas. Desculpe, eu não sou tão inteligente quanto você. Eu quero dizer que conheço o meu irmão e conheço você. Embora eu não entenda por que vocês não entram em um acordo, eu nunca vi dois gelfos tão indicados pra cuidar um do outro. Vocês já cuidam um do outro desde sempre.

— Saran pode ter todas as gelfas que quiser — retrucou Jun, perplexa. — Claro que percebo que ele tem alguma atração por mim, mas ele tem atração por todas as gelfas da vila também.

— Como eu disse, você pode ser muito esperta pra algumas coisas, mas pelo jeito essas fadas não entendem muita coisa de assuntos do coração — disse Tosken, com certa autoridade na voz. — São boa gente, mas também são humanos. Não sabem lidar com emoções, ou, pelo menos, não gostam de sentir emoções. Já reparou como eles tentam esconder as emoções da gente? Mas as fadas não entendem que nós sentimos cheiros que elas não sentem. Não, não e não. Jun, você pode pegar o melhor delas, essa cultura, essa ciência, mas pegue também o melhor de nós. Entenda suas emoções.

— Mas... Mas...

— Viu? — interrompeu Tosken. — Está gaguejando igual a ele. Me deixa falar uma coisa? Que espécie de gelfo eu seria se aceitasse te seduzir, sendo que pedi sua irmã em casamento? E eu não consigo aceitar que você fosse permitir este tipo de coisa.

Jun ficou quieta, perplexa. De fato, todos aqueles conhecimentos que vinham junto daquela bendita poção não falavam nada sobre amor, sobre sentimentos, sobre paixão. Ela ainda era, apesar de tudo, uma gelfazinha ingênua. E ainda veio essa confusão, essa intensidade de sentimentos. Tudo ficou muito mais forte, muito mais intenso.

— Enfim — continuou Tosken —, se você não sabe, Saran pode, sim, escolher entre várias fêmeas de Kopes. Mas ele já escolheu. Mas acho que ele quer ser escolhido também. E, nesse caso, eu não posso fazer essa escolha por você. Eu posso bater num professor por você, mas não posso te obrigar a fazer o que eu acho melhor. Só posso dizer que o melhor pra você, com certeza, não sou eu.

— Mas... Mas...

— Pensa e reflita. Não se apresse — disse sereno. — Considere como pedido deste seu amigo: dê uma chance ao meu irmão, se puder.

Jun sorriu e andou alguns passos meio sem direção.

— Desculpa, mas isso é tão inesperado para mim — disse a gelfinha. — Acho que eu mantinha uma paixonite por você durante tanto tempo... Isso talvez tenha me cegado. Eu queria ser especial para você. Acho que também queria vencer Valla em alguma coisa.

Tosken deu uma gargalhada. A autoestima dele com certeza foi a uma altura superior à copa das grandes árvores da região.

— Vamos falar sobre Valla depois. Mas claro que você é especial pra mim, Jun — disse Tosken. — Mas acho que te entendo. Eu não sou tão esperto, você sabe. Mas acho que te entendo e acho também que você me entende. Você tem capacidade de conseguir tudo na vida com esses seus conhecimentos, mas, pra conseguir um amor de verdade, precisa usar essa inteligência no seu coração de gelfa também.

Os olhos de Jun se encheram de lágrimas e ela virou as costas para Tosken. Se sentiu ferida, magoada, frustrada. Tosken tocou em seus ombros balançando a cabeça.

— Me deixa sozinha, Tosken — disse secamente.

— Jun, eu...

— Se é verdade que me quer bem, peço que me deixe sozinha agora. Quero ficar só. Pode respeitar isso?

Tosken não disse nada. Apenas saiu, deixando Jun com suas lágrimas e sua frustração.

CAPÍTULO 34

O ABISMO NEGRO

Jun avistou as duas indras em uma sacada das construções da cidade de Neyd que parecia ser uma espécie de taverna ao ar livre. Elas estavam sentadas a uma pequena mesa, cadeiras frágeis equilibradas perto do precipício, enquanto uma themis ruiva servia chá para elas. Abaixo, as ferôneas se estendiam em alturas vertiginosas, suas raízes e trepadeiras se agarrando ao rochedo como dedos esqueléticos de uma coisa antiga e faminta.

Acima, nuvens pesadas obscureciam o anel de fogo no céu, deixando o ambiente escuro, mas não o bastante para esconder as fadas adultas que flutuavam entre as árvores, seus movimentos suaves e despreocupados como se não percebessem a escuridão ao redor. A cidade brilhava com um material estranho e pulsante, cores de azul e verde vibrando como o sussurro de um segredo nunca revelado.

Com as orelhas totalmente voltadas para trás, Jun foi ao encontro de Imália, que estava sentada ao lado de uma outra indra. A vontade da gelfinha era empurrar a indra para ver se ela voava.

— Imália, sua doida! — esbravejou Jun. — Por que você fez aquilo?

— Ou Jun, esta é Kleia, amiga de Eveld e....

— Encantada, Kleia — disse Jun, com o tom mais seco possível, e voltou os olhos furiosos para Imália.

Imália tentou um sorriso, mas ele nasceu torto, desbotado. Seus olhos correram para Kleia, um pedido mudo, um resgate impossível. Mas Kleia não cedeu. Seu olhar era quase uma sentença, algo que sabia mais do que deveria saber.

O silêncio entre as duas era denso, como um segredo derramado antes da hora. A culpa vestia seus rostos, não havia como disfarçar.

Então, sem escolha, sem fuga, Imália estendeu a mão e pegou o recipiente fumegante sobre a mesa. O calor atravessou sua pele. Mas o que queimava não era o vapor.

— Quer chá? — Imália fazia um sorriso largo com olhos verdes arregalados.

— Eu quero jogar todo esse chá quente na sua cara e depois jogar você daqui de cima — respondeu Jun.

— Com ou sem açúcar? — continuou Imália, esticando ainda mais o sorriso e mostrando que havia mais uma xícara na mesa, como se estivessem à espera dela.

— Acho que é uma boa hora de contar para ela, Imália — disse Kleia.

— Contar que fiz papel de trouxa? — Jun estava bufando.

— Queríamos que sua mente estivesse livre para focar no que vai acontecer — disse Kleia. — E, para isso, precisava resolver essa questão com seu cunhado.

— Vamos combinar que é uma situação bem complicada, né? — Imália deu outro sorriso exagerado irritante.

— Complicado está agora — esbravejou Jun.

— Ele vai se casar com sua irmã, Jun — disse Kleia. — Vocês gelfos não têm bigamia na sua cultura. Ia ficar uma coisa...

— Louca — completou Imália, nervosa.

Jun bebeu o chá que lhe queimou a língua de tão quente. Seus dentes de marsupial apareceram sobre o rosto. A raiva aumentou e as orelhas viraram para trás de novo. Imália levantou os olhos e tentou sorrir, mas Jun não queria saber de desculpas.

— Como você ousa interferir na minha vida amorosa, Imália Daê? — rosnou a gelfa. — Não basta ter me transformado em uma aberração para toda a vila de Kopes? Tem que querer dizer com quem eu devo...

— Peraí! — interrompeu Imália. — Eu falei para Tosken que vocês deveriam se entender, porque nós vamos te fazer uma nova proposta. Não falei para ele te beijar ou dizer com quem você deveria ficar.

— Ele me dispensou, jogou no lixo e, claro, como todas as desgraças que acontecem na minha vida, tem sempre um humano envolvido! — As lágrimas escorriam do rosto da gelfa enquanto ela gritava.

Imália se levantou e encarou Jun, as duas eram quase do mesmo tamanho.

— Eu passei um bom tempo me culpando por isso, Jun Vellanda — disse Imália com firmeza. — Mas quer saber? Eu te transformei em tudo que você queria ser. Aquela poção é para crianças humanas e olha onde você foi? Você é mais inteligente do que eu. Eu não construo balões, eu não sei desfazer feitiços de maldições. Eu não destruí sua vida, Jun, eu te libertei.

Jun olhou para o precipício e depois para Imália. Estava tendo ideias...

— Se eu não fosse essa aberração, ele iria me querer e não a minha irmã perfeita...

— Sabe o que eu acho, Jun Vellanda? — Imália deu um passo à frente, as duas quase se tocando. — Acho que está com medo. Acho que acredita no que aqueles gambás estúpidos da sua vila dizem. Quer ser aceita por eles, mas pelas regras deles. Quer ser como sua irmã, que não sabe nem ler? Eu não acredito nisso!

Kleia olhava tudo sentada e acuada como se assistisse a uma erupção de um vulcão.

— Gambá é o seu nariz pequeno, sua humanoide de Daison! — retrucou Jun.

Imália respirou fundo e deu um passo atrás.

— Eu acho que, de certa forma, Tosken representa um ideal que você construiu em sua cabeça, um sonho do que poderia ter sido — disse Imália. — O mundo para você mudou de forma drástica e, quando isso acontece, todos nós precisamos encontrar nosso caminho dentro dessa nova realidade. Acho que você tem medo de abandonar isso de vez.

Jun ficou muda. As palavras da jovem indra talvez até fizessem sentido, mas rasgavam seu coração, trazendo à tona algo que ela não queria ver. Não estava pronta para ver. Não agora.

— Humana!

— Gambá!

As duas sorriram diante de uma Kleia perplexa.

— Vocês podem se sentar agora? — A sugestão de Kleia foi prontamente aceita. — Eu sei que você é jovem e cheia de hormônios, nós também somos, também temos ideias esquisitas sobre o amor. Imália é mais esquisita que nós duas juntas.

Imália olhou curiosa para Kleia.

— Por que eu sou esquisita? — indagou Imália.

— Você sonha em acasalar com um príncipe encantado que virá do povo do norte — respondeu Kleia.

— Foi o Oráculo que me mostrou, não tem nada de...

— Vocês duas querem parar? — interrompeu Jun.

Kleia encheu a xícara de chá e deu para Jun. A gelfinha fez menção de que iria jogar o líquido quente em Imália, mas ficou só no esboço. Suas mãos tremiam enquanto bebia o líquido e desceu quente pela sua garganta, deixando um gosto cítrico e mentolado.

— O que daison é esse Oráculo? — indagou Jun. — Acho que estão ligados àquela biblioteca gigante de vocês, é isso?

Foi a vez de Imália beber um pouco do chá antes de falar.

— Quando eu dei a poção para você, várias informações básicas foram para sua mente — falou Imália. — O problema é que eu não sabia que nunca isso tinha sido feito com um gelfo antes.

— Sim, você já se desculpou várias vezes por isso. — Jun respirou e tomou outro gole de chá, agora mais calma. — Não é por isso que vou matar você, é por ter me feito acreditar que eu teria o gelfo dos meus sonhos...

— E ter mostrado que era só um sonho — completou Kleia, batendo a xícara no recipiente metálico de chá como se brindasse. Imália abriu seu sorriso escancarado com os olhos arregalados outra vez.

— Esse é o seu jeito de dizer "não me mate"? — riu-se Jun.

— Depende — disse Imália. — Funciona?

— Vamos para aquela parte do Oráculo? — disse Jun.

— Pois é — completou Kleia. — Como você sobreviveu à nossa poção de conhecimentos básicos, Liana viu em você uma oportunidade de conseguir estabelecer uma relação mais forte com os gelfos.

— Eita! — disse Jun.

— Sim, estivemos em guerra por anos por conta do pó mágico — explicou. — Os gelfos queriam que dividíssemos e ensinássemos a usar o pó, mas acreditávamos ser muito perigoso. É uma coisa muito poderosa para ser usada de forma indiscriminada. Se ensinássemos aos gelfos, que garantia teríamos que as sereias não teriam acesso? Ou outras criaturas... Trata-se de uma arma muito poderosa.

— Eu nunca discordei disso — disse Jun. — Até meu pai, que lutou na guerra, sempre disse que os gelfos usariam o pó mágico para se autodestruir.

— Mas tivemos uma ideia! — disse Imália, com o mesmo sorriso exagerado e os olhos verdes arregalados.

— Para de fazer essa cara, pelo amor de Guinda, Imália. — Jun relaxou e caiu na gargalhada. — Me conta, que ideia vocês tiveram?

— Vamos começar aos poucos — disse Kleia. — Vamos dar mais conhecimento para você, mas desta vez as fadas mais velhas vão supervisionar tudo. Você saberá mais que a maioria das fadas. Você será uma sibila, como Liana. Alguém com conexão com os Oráculos.

Jun buscou a xícara de chá com a mão e acabou derrubando o líquido na mesa. Suas orelhas apontaram para frente.

— Só se você concordar, Jun — disse Imália. Agora sem o sorriso exagerado.

— Mais conhecimento? — esbravejou Jun. — Eu sou rejeitada pelos meus pais, pela comunidade inteira, pelos religiosos, pela minha espécie só porque eu sei de coisas que eles não sabem, não acreditam ou não aceitam. Ter conhecimento, para meu povo, é como ter uma doença grave, intratável, desagradável e contagiosa. Por que eu iria querer mais disso? Mais dessa maldição? Pelo amor de Guinda, me responda: por quê?

— Porque o conhecimento é um caminho sem volta — respondeu Kleia.

— Porque você sabe que o que você é, o que você se tornou, é uma coisa boa — respondeu Imália. — Que você não é uma aberração ou um monstro. Você apenas tinha sede de conhecimento e quis aprender. Não cometeu nenhum crime. E, apesar de toda a reação negativa em torno disso, você ainda tem esperança de que um dia seu povo reconheça isso. Você me disse isso, lembra?

Jun suspirou.

— Sim, mas eu tinha pensado em montar um hospital para receber os gelfos com as maldições que vocês lançaram durante a guerra. Foi o que disse na carta para Liana. Mas eu queria que mandassem themis para me ajudar. Não eu fazer isso tudo sozinha. Como isso seria possível?

— Sim, as themis gostaram da sua ideia, querem fazer um hospital na sua comunidade e você vai ser a médica — respondeu Kleia. — E, sim, vamos lá para ajudar você.

— E essas coisas que acontecem comigo? — indagou Jun. — Essa intensidade de tudo. Às vezes, não me controlo. Esqueço as coisas. E se um dia eu estiver operando alguém e esquecer algo dentro dele?

— Liana disse que o feitiço aumentou os neurônios no seu cérebro, mas eles nem sempre funcionam em harmonia — respondeu Imália. — Isso pode ser consertado, ou pelo menos melhorado.

Jun sentiu a raiva crescer, avassaladora. Pela primeira vez na vida, perdeu o controle completamente. Com um único movimento, derrubou a mesa onde as indras estavam, agarrou Imália com força e a ergueu sobre o abismo. Não se lembrava de ser tão forte, mas sabia que um gelfo, embora menor em estatura, era mais musculoso que um humano. Ainda mais que uma indra jovem.

Kleia gritou. Jun rosnou, os caninos proeminentes à mostra.

— Vocês sabiam desses efeitos colaterais e não fizeram nada? — Sua voz saiu áspera, selvagem. — Me deixaram três anos sozinha!

— Isso não é uma doença — retrucou Kleia, mantendo a calma apesar de Imália estar pendurada pelo pescoço. — É uma condição. Agora sabemos que podemos ajudar.

— Sabia que, se eu disser para os selvagens da minha vila que não se cura doenças com cantoria e fumaça, eles me agridem? — Jun falou, a voz carregada de fúria. Seus olhos faiscavam. — Somos animais, indra. Não somos humanos como vocês.

— Jun, se jogar Imália, ela pode morrer. Ela é uma indra! — alertou Kleia, ofegante.

— Será? — Jun sorriu, cruel.

E soltou.

O grito de Imália se perdeu no vento. Kleia arregalou os olhos e correu para a beira do abismo. Jun virou as costas e saiu, sem olhar para trás. Não viu que, segundos depois, uma themis que passava por baixo resgatou a indra no ar.

— Você podia ter matado Imália! — exclamou Kleia, furiosa.

Jun deu de ombros.

— Pelo tamanho do precipício, numa cidade onde metade dos habitantes voam e sabendo que vocês têm esse pó mágico, achei que ela tinha 89% de chance de sobreviver. Vocês me ensinaram estatística com aquela maldita poção.

Imália voltou carregada por uma fada de cabelos vermelhos, a expressão indignada.

Liana apareceu, o olhar confuso.

— O que aconteceu aqui? — indagou a themis.

Jun sorriu, sarcástica.

— Eu aceito sua proposta, Liana. E joguei sua indra no abismo para ver se ela voava.

— O que estava tentando provar? — perguntou Kleia.

— Que não somos iguais — respondeu Jun, caminhando até uma bancada e pegando um chá. — Eu sou um maldito gambá. Vocês são humanas. Vou fazer esse jogo diplomático com os da minha raça, mas, daqui em diante, não precisamos ser amigas.

— Mas, Jun, você precisa entender que...

— Eu entendo — interrompeu Jun. — Minha raiva vai passar. Só me deem um tempo...

E saiu, bufando, deixando as fadas perplexas.

CAPÍTULO 35

TODO O CONHECIMENTO DO MUNDO

Jun vagava sem destino pelos corredores, a mente em um turbilhão de pensamentos confusos. Parte de si reprimia o fato de estar tão furiosa com as fadas, mas algo dentro dela dizia que havia razões, sim. Ela havia se acostumado com os abusos e começava a entender que não precisava mais aceitar isso.

Sua vida tinha virado do avesso, e talvez, no fundo, esperasse que Tosken fosse uma espécie de compensação por tudo. A ideia era absurda, mas só agora percebia o quanto.

Chegou a outra sacada cristalina, que se abria para um novo abismo de beleza esmagadora. "Beleza em toda parte", pensou, sentindo que o esplendor daquele lugar contrastava com a desordem em sua mente.

O parapeito transparente, resistente como diamante e límpido como cristal, oferecia uma vista desimpedida do mundo abaixo. As imensas árvores se entrelaçavam em um caos harmonioso, banhadas pelo brilho do anel que cintilava entre as folhas. Foi então que os viu: síssios, dezenas, talvez centenas, cruzando o céu em uma dança hipnotizante.

Não eram apenas os amarelos que conhecia. Havia síssios negros, azuis, vermelhos, enormes. Bolas de penas ligadas por partes invisíveis, como se brincassem com a luz ou existissem em outra dimensão. Suas asas ocultas traçavam arcos-íris efêmeros no céu.

O ar era um bálsamo de perfumes exóticos: flores doces, folhagem úmida, musgo e terra. Ali, suspensa entre céu e floresta, Jun sentiu que aquele lugar despertava os sentidos e libertava a imaginação — um mundo onde a realidade e o sonho se confundiam em uma dança eterna.

— Aqui é muito bonito, né? — disse uma voz suave que ela reconheceu na hora. — Eu vim te procurar, minha irmã. A gente não tem se falado muito. Acho que a culpa é minha, só penso em música.

Risa estava, claro, com uma flauta feita de madeira na mão. Ela também suspirou para a paisagem arrebatadora.

— É estranho estar em um lugar tão bonito e não ter sossego para apreciar — suspirou Jun.

— Se eu estiver atrapalhando, vou embora — disse Risa, abaixando a cabeça.

— Não! — Jun estendeu a mão para a irmã. — Não foi isso que eu quis dizer. Me referia à confusão na minha cabeça.

— Mas você quer que eu fique ou que vá embora? — indagou Risa.

— Por favor, fique — pediu Jun. — Eu não quero ficar sozinha e, como você falou, a gente não tem conversado muito.

Jun se recostou no corrimão da varanda, contemplando a revoada dos síssios em meio à paisagem espetacular que se apresentava diante delas como se pedissem plateia. Risa se aproximou, seus olhos brilhando com uma mistura de admiração e ternura.

— É mesmo deslumbrante, não é, Jun? Nunca vi nada assim antes — disse Risa, se debruçando no parapeito.

— Não tem medo de cair aí, não? — A preocupação de Jun era legítima, ainda mais depois de ter jogado uma fada dali.

— Sei lá. Acho que as fadas devem ter algum tipo de mecanismo mágico de segurança — disse a gelfinha amarela, empolgada com a vista.

— Sim, eles devem ter algum tipo de mecanismo de segurança — concordou Jun, com sarcasmo. — Às vezes, a beleza deste local parece quase mágica.

— E não é? — Risa olhou fazendo uma careta estranha. — Tipo, se isso tudo não for mágica, o que é?

— É o que vou descobrir... — disse Jun, se debruçando ao lado da irmã. — Elas querem que eu saiba mais sobre isso.

— Querem fazer aquilo de novo contigo? — gritou Risa, indignada. — Elas quase te mataram da outra vez, irmã. Não faz isso não, de jeito nenhum!

— Daquela vez foi um acidente — disse Jun, sem se abalar. — Agora querem uma coisa mais... nem sei que palavra uso...

— Arriscada? — sugeriu Risa.

Jun sorriu e colocou a mão no ombro da irmã.

— Não vão piorar minha cabeça além do que já está.

— Você está querendo me dizer que vai aceitar? — Risa olhou direto nos olhos da irmã. Jun apenas afirmou com a cabeça. — Por quê?

— O conhecimento é um caminho sem volta, Risa — disse Jun. — É a frase que as fadas mais gostam de dizer. Eu acho que não tenho escolha.

— Sempre temos escolha, irmã — replicou Risa.

Jun suspirou. Estava mais calma agora com a presença da irmã.

— É a minha escolha, Risa. — Jun deu de ombros.

— Se você diz assim, eu vou te apoiar — disse Risa.

Jun abraçou a irmã com ternura e depois se olharam.

— Ei, Jun... tem algo que quero te dizer. Algo que tenho guardado por muito tempo — disse Risa.

Jun olhou para Risa, uma mistura de curiosidade e apreensão se formando em seus olhos.

— Parece sério — disse.

Risa respirou fundo, reunindo coragem para expressar seus sentimentos.

— Eu sei que às vezes pode parecer que não tenho tempo pra nós duas, que estou sempre ocupada com minhas próprias coisas. Fazendo minhas músicas. Mas, Jun, quero que saiba que nunca senti vergonha de você. Nunca.

Jun piscou, surpresa pela revelação sincera de sua irmã. Ficou sem palavras.

— Valla é cega pra beleza que você carrega dentro de si, Jun. Mas eu vejo. Sempre vi. Você é minha irmã, minha amiga, e eu te amo como você é. Você sabe que o pai e a mãe te amam, né? Eles só são um pouco enrolados. O mundo deles é mais simples, só sim e não, bem e mal, certo e errado, humanos versos gelfos. Acho que nada mudou em

Kopes desde a guerra. As coisas foram difíceis pra eles. Queriam passar despercebidos, sossegados, mas acho que nós duas somos diferentes deles, não é? Queremos o palco, o picadeiro, queremos deixar nossa marca.

As palavras de Risa envolveram Jun como um abraço caloroso, dissipando as incertezas que a assombravam.

— Obrigada, Risa. Eu... eu não sabia que você se importava tanto assim.

Risa sorriu, seus olhos brilhando com sinceridade.

— Sempre me importei, Jun. E Jost também. — Fez uma pausa. — E Saran, bem mais que nós...

Jun arregalou os olhos.

— Ah, você também com essa conversa?

— Eu também. — Risa franziu a testa em sinal de compaixão. — Olha que conspiração monstruosa. Todos querem que minha irmã dê uma chance ao gelfo mais bonito da vila de Kopes, só porque ele também é louco por ela e porque ele tem sido o seu melhor amigo nos últimos anos. Todo mundo culpou você pela morte da irmã dele, mas ele te defendeu sempre.

Jun ficou quieta, pensativa, ia abrir a boca para falar alguma coisa quando uma criatura estranha chegou na porta da varanda. Era um ser com corpo de homem e cabeça de touro. Liana e Sarya apareceram logo atrás e se aproximaram em silêncio. Jun entendeu que havia chegado a hora.

— Sua escolha foi feita? — indagou o minotauro com uma voz cavernosa.

— Quem está na chuva, é para se molhar — respondeu Jun. — Não é isso que vocês humanos dizem? Peraí, você entra na categoria humano também, né? Tipo, esse corpo metade uma coisa, metade outra, parece que andaram fazendo experiências aqui...

— Quer que eu vá com você, irmã? — indagou Risa, olhando temerosa para o minotauro.

— Se for permitido, sim — disse Jun, olhando para Liana, que assentiu com a cabeça.

Liana e Sarya apontaram para o monstruoso ser que olhava impassivo. Sarya abriu a palma da mão.

— Este é Dalenor, nosso guardião do Oráculo.

Jun sentiu um frio na barriga pela proximidade do momento. Respirou fundo para controlar o caos de sentimentos que povoavam sua mente. Depois fez uma reverência.

— Sou Jun Vellanda, sr. Delanor — disse Jun. — Esta é a minha irmã Risa. Perdoe minha impetuosidade, acho que estou um pouco ansiosa.

O minotauro ergueu sua cabeça majestosa, fixando seu olhar em Jun.

— Bem-vindas, Jun e Risa, filhas de Jorost — disse ele, com sua voz ressonante. — É um prazer recebê-las nos domínios do Oráculo do Sul.

— Prazer, seu Delanor — respondeu Risa.

Jun sentiu um arrepio percorrer sua espinha ao ouvir a voz do guardião do Oráculo. Ela se aproximou em silêncio, seu coração batendo forte de ansiedade e nervosismo.

— Conforme combinamos, Jun veio em busca de respostas — disse Sarya.

— Estou a par de sua vida, jovem Vellanda — disse Dalenor. — Acompanhamos seus feitos daqui de Neyd.

— Vocês podem ver tudo do Oráculo? — indagou Jun.

O minotauro sorriu.

— Não, jovem gelfa. Ficamos sabendo por contato com outros gelfos. O Oráculo pode ver alguns lugares, sim, até através de alguns animais, através de pequenos portais na floresta e de sua visão estendida. — Dalenor fez um gesto amplo com as mãos. — Mas a maior parte do conhecimento que temos é armazenado em algo que por enquanto podemos chamar de livros.

— Vamos para o salão do Oráculo. — Liana apontou para um corredor no interior da árvore gigante.

Caminharam um tempo até que o cenário foi mudando. Antes, parecia uma combinação de árvore, rochas e cristais. Agora só havia cristais de um branco leitoso e, sem pressa, entraram em um recinto muito amplo que saltava aos olhos de Jun e Risa. O salão do Oráculo do Sul se erguia majestoso, uma fusão intrigante de estilos arquitetônicos que desafiavam a compreensão convencional. Os corredores serpenteantes estavam adornados com entalhes intricados, onde figuras místicas dançavam eternamente entre o éter e o material. A iluminação, se é que podia ser chamada assim, fluía de fontes invisíveis, lançando sombras distorcidas que pareciam sussurrar segredos aos que se aventuravam ali.

No centro do salão, elevando-se em um pedestal imponente, estava o Oráculo do Sul. Não era uma figura divina envolta em mantos dourados, como as lendas sugeriam, mas, sim, uma monstruosidade de metal e circuitos. Algo que ninguém deveria ver. Seu corpo era uma colmeia de cabos entrelaçados, placas de circuito cintilantes e luzes piscantes que lembravam estrelas distantes. Os sons que emanavam dele eram uma cacofonia de zumbidos e murmúrios eletrônicos, uma língua estranha que falava direto à mente.

Com um gesto majestoso, Delanor indicou a entrada do Oráculo, convidando Jun a adentrar seu reino de mistérios e revelações.

Uma cadeira estranha, semelhante a um trono e acolchoada, se ergueu diante de Jun. Foi nesse momento que Imália entrou correndo no salão e parou diante de Jun.

— Jun, me desculpe — disse a indra. — Eu não queria colocar você naquela situação. Eu deveria ter te procurado antes em Kopes.

— Eu sei. — Jun deu um meio-sorriso, estendendo a mão e tocando a da indra. — Me desculpe ter por feito algo com quinze por cento de chances de matar você.

— Tudo bem, você tinha sessenta por cento de chances de morrer com a poção do conhecimento, mas eu não sabia. — Imália riu, mas agora não era o sorriso forçado e nervoso.

— Quais são as minhas chances de morrer agora? — perguntou Jun.

— Talvez cinco por cento — respondeu Imália.

— É a minha escolha. Eu sou o que sou. Eu já era assim antes. Você só permitiu que eu começasse a ser como eu queria ser. Agora, tenho que dar o próximo passo. Não somos mais duas crianças, eu sei o que estou fazendo.

Virou-se para Sarya, Liana e Delanor e sorriu. Depois para Risa, que acenou com a cabeça.

— Eu fiz minha escolha — disse com firmeza. — Sou forte, corajosa e sabida!

— Sente-se na cadeira — ordenou Delanor.

— Beba e todas as suas perguntas serão respondidas — disse Imália, com os olhos cheios de lágrimas.

Os olhos de Jun estavam marejados também. Ela tinha medo, um medo profundo e sólido. Como se pudesse pegá-lo com as mãos. Mas ela prosseguiu e se sentou na cadeira. Três anéis prateados que envolviam o Oráculo começaram a girar, fazendo um barulho que Jun não conseguia identificar, mas parecia que algo muito poderoso estava acordando.

— Para fazer a conexão com o Oráculo, diga apenas a palavra "Entrada" e feche os olhos — disse o minotauro.

— Entrada! — disse Jun.

Um oceano de luzes se derramou sobre os olhos de Jun. Era como se o salão desaparecesse e ela estivesse sendo puxada por uma corrente invisível, arrastada para o âmago do Oráculo do Sul em uma jornada além dos limites da realidade conhecida.

Aos poucos, sua percepção começou a distorcer-se, fragmentando-se em cores e formas que dançavam diante de seus olhos como vaga-lumes na escuridão. Ela flutuava em um vácuo cósmico, envolta por uma sensação de transcendência que a fazia sentir-se pequena e insignificante.

Então, como se uma porta invisível se abrisse para dela, Jun foi envolvida por uma torrente de informações. Eram como ondas gigantescas que a engolfavam, cada uma carregando consigo fragmentos de conhecimento e sabedoria além da compreensão.

Então, algo mudou. Uma presença.

Jun não a via, mas sentia. Não com os sentidos comuns, mas com um entendimento que transcendia a carne. A entidade diante dela não era um ser. Era um sistema, um fluxo de consciência vasto demais para ser contido por qualquer forma.

"Eu sou o Oráculo", disse uma voz ecoando na eternidade. "Me diga: quem sou eu?"

— Você é o planeta inteiro? — disse Jun.

"Os Oráculos estão em todas as partes de Anelo. Nós somos fundações de conhecimento. Colocados aqui para preservar a civilização. Mesmo sendo sibila, você terá acesso apenas ao conhecimento dos Oráculos do sul deste planeta. Mas há muito mais para ser descoberto. Quanto mais você aprender, mais saberá que falta muito para aprender. Você vai querer mais e mais e sempre será pouco. A pergunta é: você quer iniciar esta jornada, Jun? Porque o conhecimento é um caminho sem volta."

Jun não se intimidou.

— Me mostre! — disse com firmeza e um sorriso.

Ela viu civilizações nascerem e desaparecerem em um piscar de olhos, estrelas explodindo em supernovas de cores deslumbrantes, galáxias dançando em um ballet cósmico que ia além do tempo e o espaço. Cada pensamento, cada emoção, cada história que já fora contada ecoava em sua mente, como se ela estivesse mergulhando em um oceano infinito de memórias e sonhos.

Um planeta brilhante e azulado apareceu. Depois outro. Pareciam girar um em torno do outro enquanto orbitavam uma estrela amarela.

"Foi aqui que eu nasci. Aqui é o berço da humanidade", disse a voz.

— Então, é verdade? — indagou Jun. — Você foi criado por humanos?

O planeta se aproximou e Jun pôde ver nuvens brancas pairando sobre a imensidão azul.

"Trezentos mil anos atrás, começamos a explorar o espaço."

O outro planeta era menor e cinza-claro. Jun entendeu que, na verdade, aquilo era uma lua muito grande em relação ao planeta.

O planeta azul e sua lua se afastaram e Jun viu que em volta da estrela algo começou a ser construído. A construção foi tapando toda a estrela e engoliu o planeta e sua lua, depois todos os outros planetas.

"Nós somos Dyson agora", disse a voz.

Naves gigantescas deixavam a Esfera Dyson rumo a outros sistemas estelares. Em pouco tempo, alcançaram diversos planetas. Um deles foi destacado para Jun. Era um mundo em ruínas, devastado. Entre os escombros, um grupo de humanos avançava, protegidos por armaduras metálicas contra a radiação. Encontraram corpos de seres peludos espalhados pelo solo estéril.

Arquivo histórico carregado:

* "Os gelfos, também conhecidos como duarnos, foram a espécie dominante no planeta Celenides. No ano de 14.712 Tyllion, uma guerra termonuclear global levou à sua extinção. O planeta permaneceu desabitado até ser descoberto e conquistado em 14.970 Tyllion pelos yentauros, uma raça invertebrada considerada não consciente. Após anos de estudo sobre a civilização duarna, decidiu-se pela recuperação de seu código genético e posterior reprodução. Esse processo teve início em 15.074 Tyllion nos berçários da Esfera Dyson.

"Em 16.846 Tyllion, parte da nova geração de gelfos foi enviada de volta a Celenides, onde prosperaram sob supervisão disoniana. Outra parcela foi transferida para Eloh, um mundo desprovido de qualquer tecnologia. Lá, sem qualquer avanço técnico, formaram tribos nômades que guerreavam entre si. Muito depois, a primeira nação organizada surgiu ao redor da cidade de Manfária, na ilha de Phidea. Com o tempo, os gelfos se espalharam por toda Akona, tanto nas ilhas quanto no continente, prosperando nas regiões de floresta.

"A grande floresta de Kellyni abriga, atualmente, a maior parte da população gélfica de Eloh. Entre guerras, ascensões e quedas de reinos, o evento mais marcante foi o surgimento do guinetismo, em 14 Thranna. As subsequentes guerras de conversão consolidaram essa religião, que acabou por suplantar a maioria das crenças anteriores.

"Não há um calendário unificado em Eloh. As datas são marcadas pelos ciclos das estações e pelo crescimento das árvores-mãe." *

— É isso que eu sou? — perguntou Jun, perplexa. — Uma experiência de humanos?

"Vocês estavam extintos", explicou a voz. "Nós apenas recuperamos sua espécie."

— O que é Anelo? — insistiu Jun. — Um zoológico?

"Anelo é muito mais do que isso!", disse a voz. "Aqui colocamos todas as espécies que encontramos na galáxia, inclusive nós."

— Aqui não é a Esfera Dyson, não é? — indagou Jun. — A verdadeira é aquela coisa preta que fica no céu. Anelo é outro planeta... Outra coisa...

"Construímos Anelo para ser melhor que Dyson", respondeu a voz. "A humanidade está se deteriorando em Dyson. Não vamos sobreviver por muito tempo se não mudarmos."

— Vocês dominaram uma galáxia inteira, destruíram civilizações — disse Jun. — O que houve agora? Por que isso?

"Os humanos se tornaram imortais. Quando se perde a chance de morrer, perdemos a vontade de viver. E nossos macrocomputadores criaram realidades virtuais e a população está migrando em peso para esses lugares. São realidades ilusórias onde não há dor, sofrimento, decepções... Se não enfrentarmos mais nossa dor, se nunca mais nos decepcionarmos, deixamos de existir", respondeu. "O futuro de Dyson está em Eloh, ou Anelo, como muitos de vocês chamam. Por isso esse planeta é fortificado."

— O anel! — disse Jun. — O anel de fogo que ilumina o céu. Nunca entendi aquilo. Nem as fadas entendem direito. Agora sei que é um escudo, mas contra quem?

"Contra nós", respondeu a voz. "Se um dia a humanidade mudar de ideia, temos poder para destruir vocês. O escudo é para que não mudemos de opinião. Assim, o futuro está garantido e protegido até de nós mesmos."

— Está me contando isso tudo só para eu tomar conta de um hospital na vila de Kopes? — estranhou Jun.

"Por enquanto, sim", respondeu a voz. "Mas o futuro reserva coisas muito maiores para você. Isso é apenas o começo. Esta é apenas a sua primeira vida, Jun Vellanda. Você viverá mais que qualquer gelfo. Agora, você é uma de nós."

— Virei humana? — gritou, assustada.

"Não", tranquilizou a voz do Oráculo. "Estamos apenas lhe dando uma parte de nós. Você agora é parte de um plano maior. Tudo o que precisa saber agora, você já sabe. Com o tempo, você vai entender melhor. Por enquanto, você receberá o conhecimento de uma themis e estará conectada a todos os Oráculos do sul de Anelo. Com o tempo, você entenderá que isso é pouco, é muito pouco. Porque há restrições. A Hegemonia não quer que vocês saibam de muita coisa. Ao menos até estarem prontas para entender a verdade."

— Hegemonia! — gritou Jun. — É como vocês agora se chamam. Vocês não são mais humanos, vocês querem voltar a ser humanos. Quem vive na Esfera Dyson não é mais humano, não é isso? Vocês são dysonianos... disonianos... É como vocês se chamam!

"Sim, nós somos mais que humanos, nós somos a Hegemonia! Nos juntamos com as máquinas e somos agora uma coisa só."

— Por Guinda — praguejou Jun. — Eu entendo que há uma luta entre vocês, mas não é declarada. Alguém está tentando salvar a espécie de vocês e Anelo é parte do plano. Mas a Hegemonia não quer isso. Você, Oráculo, age de forma escondida dos disonianos. Mesmo sendo parte da Hegemonia. Quem? Quem está tentando salvar vocês de vocês mesmos?

"Essa informação não está disponível", disse o Oráculo. "Você já tem mais informação do que qualquer gelfo."

— Pelo amor de Guinda, me responda isso! — gritou Jun.

"Guinda não existe. Nas estrelas só existe eu. Eu sou a Hegemonia", disse o Oráculo.

— Mas o Oráculo é só uma parte limitada dela — falou Jun. — A parte que nos cabe ao sul de Anelo. Agora entendo. Você quer que eu saia daqui e descubra mais. As fadas não atravessam o mar. Elas estão confinadas aqui. Gelfos não. Elas são prisioneiras?

"Elas estão protegidas."

— Por isso elas tem tantas limitações... Meu Guinda... As fadas são limitadas e eu não sou. Por Guinda, o que você fez comigo?

"Guinda não existe. Nas estrelas só existe eu. Eu sou a Hegemonia".

— Não, você não é só o Oráculo — bradou Jun em meio ao turbilhão de informações. — Eu sinto que há mais alguém. Você é mais do que isso. Você é algo além da Hegemonia. Me responda? Eu consigo ver você aí. Qual é o seu nome?

"Gelfinha esperta!", disse a voz, que agora apresentava uma entonação diferente.

— Isso que está acontecendo, não é comum entre as sibilas, não é? Tem algo a mais.

"Sim, você é algo a mais, Jun Vellanda".

— Quem é você?

"Eu sou as trevas!"

— Não, você não é! — retrucou Jun. — Eu vejo dor em você, mas também vejo coisas boas.

"Há coisas boas entre as estrelas, mesmo nas trevas".

— Você tem um nome! O poema é sobre você, não é? Há flores guardadas nas estrelas, Em berços de fogo e luz!

"Forjadas na ira de sóis extintos, no véu do cosmos, tecidas em cruz"

— Você é o Guerreiro das Estrelas do poema!

"Me chame de Klen, gelfinha esperta".

Com isso, o turbilhão se agigantou. E no centro daquela tempestade de informações estava aquele ser estranho e enigmático em forma de um hipercubo, pulsando com uma intensidade que era ao mesmo tempo aterradora e fascinante. Era como se fosse o coração do Universo, batendo em um ritmo antigo e eterno que conectava todas as coisas. Por um instante que pareceu durar uma eternidade, Jun se viu suspensa entre dois mundos, a ponte entre a realidade material e o reino do desconhecido. E, quando finalmente emergiu do outro lado, ela sabia que nunca mais seria a mesma. Agora era uma sibila.

CAPÍTULO 36

LIANA

Jun despertou no grande salão de cristal como quem volta de um mergulho fundo demais, sem saber se ainda pertence à superfície. Os sentidos vieram aos poucos, hesitantes, como se precisassem reaprender a existir. Ainda havia o eco da experiência — forte demais, sempre forte demais. As fadas nunca entregavam menos do que o impossível.

Ela tentou organizar os pensamentos, mas eles eram pássaros inquietos dentro do peito. Esperava clareza, mas encontrou apenas mais perguntas. E, no entanto, algo nela sorria. Uma felicidade estranha, sem dono, sem motivo. Apenas estava. Apenas era.

Liana estava ali, esperando. Seus olhos não diziam nada e diziam tudo.

— Você está bem, Jun? — perguntou Liana, assim que a gelfinha abriu os olhos. — Você retornou de uma jornada que poucos já ousaram empreender. Como se sente?

— Estou confusa, Liana. É como se minha cabeça estivesse pegando fogo, tem verdades queimando como um incêndio aqui dentro, verdades que eu não estava preparada para conhecer — disse Jun, olhando para a fada com um olhar interrogativo. — Você sabia dessas coisas? Quero dizer, de todas essas coisas?

— Eu não sei lhe responder com exatidão — disse Liana num suspiro. — Mas nem toda fada sabe e com certeza a maioria das indras não sabe. Agora você está conectada aos Oráculos, como toda sibila. Há poucas de nós, e você é a primeira gelfa a ocupar esse posto. E te digo com franqueza que talvez você saiba mais do que eu agora.

— Uma sibila é uma conexão com os Oráculos, um terminal de acesso — disse Jun, pensativa.

— Mas apenas aos Oráculos do sul — disse Liana. — E agora você sabe que há muitas restrições de acesso.

— Quem diabos é Klen? — indagou finalmente.

— Quem?

— "Quem" não, Klen...

— Eu não sei — Liana balançou a cabeça. — Deveria saber?

Jun balançou as orelhas e piscou.

— Havia alguma coisa no Oráculo, algo a mais. Parecia um ser poderoso, cósmico...

— Muitas sibilas relatam encontros com entidades cósmicas — Liana levou a mão ao queixo. — Mas nunca aconteceu comigo.

— Por que vocês estão presas aqui? — indagou Jun. — Por que não podem atravessar o mar?

— Não sabemos, Jun — disse Liana. — Mas você pode. Num futuro próximo, se você estiver disposta. Você poderá continuar além de onde nós podemos ir. Ter acesso a mais idiomas, mais conhecimento, mas somente quando e se estiver pronta. Quando achar que está pronta. E se quiser.

A gelfinha estava sobrecarregada pela magnitude do que havia descoberto, mas também sentia uma centelha de determinação ardendo dentro dela, uma determinação de confrontar as verdades desconfortáveis e moldar seu próprio destino.

— O planeta todo é artificial?

— Sim — respondeu Liana. — Isso aqui é muito maior do que o que costuma ser chamado um planeta normal habitável. Isso também é uma Esfera Dyson, só que menor do que aquela coisa lá no céu.

— Toda essa mágica... é apenas uma tecnologia sofisticada da Hegemonia?

— Sim — respondeu Liana. — Mas eu não usaria palavras como "sofisticada". O pó mágico é apenas um bom recurso, mas que não chega perto do que eles podem fazer. Isso aqui, este planeta, é o lugar da ralé. A Hegemonia pode destruir estrelas. E quando você souber das macronaves... Eles têm veículos do tamanho de planetas, com poder de fogo ilimitado. E eles se consideram os donos deste lugar. Fazem o que querem. Eles são o pior tipo de humanos que você possa imaginar.

O coração de Jun acelerou de acordo com as perguntas que iam aparecendo em sua mente e sendo confirmadas pela fada.

— As estrelas que aparecem no céu quando o Anel está mais baixo, elas estão cheias de vida, de planetas — disse Jun. — Eu sempre achei que elas fossem grandes bolas de luz distantes. E eu estava certa. Mesmo antes da poção. Eu estava certa. Há todo um universo lá fora esperando para ser descoberto.

— Mas primeiro temos que sair daqui, de Anelo — Liana franziu a testa.

— Há veículos que voam daqui para Dyson — disse Jun. — Você já saiu deste planeta?

— Nunca passei nem para o outro lado do mar, onde há civilizações mais avançadas — respondeu Liana. — Quiçá querer sair deste planeta.

— Os gelfos vieram de outro planeta, de um sistema solar distante — disse Jun, com lágrimas nos olhos. — Nossa civilização se destruiu em guerras intermináveis e só existimos aqui porque os humanos resgataram nosso código genético. Mas e vocês?

— A origem das fadas é de alguns milhares de anos atrás, e com certeza viemos de Dyson. Existem no norte algumas civilizações que são de humanos que caíram aqui e resolveram ficar. Viemos como exiladas. Expulsas da Hegemonia. Não sabemos o motivo. Talvez alguma insurreição...

— O Oráculo disse que vocês estão aqui para serem protegidas — informou Jun.

— Será?

— Anelo é como um zoológico — disse Jun, apesar de o Oráculo ter negado. — Isso é uma área de preservação ambiental... Tudo isso é muito estranho. Por que parte da Hegemonia quer nos proteger de outra parte?

— Bem-vinda ao meu mundo, Jun — disse Liana. — Quanto mais sabemos, mais sentimos que não sabemos nada. Mais perguntas aparecem e ficam sem resposta.

— Eu achei que seria capaz de ver o futuro ou coisa parecida... — Jun quase riu de sua própria ingenuidade.

— Acho que sim, os Oráculos podem fazer algo que pode ser chamado de prever o futuro, mas só contam para a gente o que lhes interessa. — Liana deu de ombros. — Os oráculos estão aqui, segundo eles, para nos proteger, mas não para libertar.

— Agora sei que, para conseguir saber mais, eu teria que ter acesso a ciberteia, que eles chamam de "A Biblioteca", que só encontramos em sua plenitude em Dyson — praguejou Jun. — Mas tem uma parte que funciona no norte. Do outro lado do Mar de Trytia. Sei que este planeta é oco, mas ninguém, nem vocês, sabem o que tem dentro dele. Ou seja, preciso de informações e coisas que eu não precisava antes. Anelo também é uma espécie de Esfera Dyson. Meu Guinda, que não existe, quantas informações ao mesmo tempo!

— As verdades nem sempre chegam com suavidade, Jun. Às vezes, elas nos sacodem até o âmago — Liana comentou. — Mas é preciso coragem para encará-las. Sabe qual o meu maior medo? Que quando eu mais precisar de um conhecimento, em um momento de perigo, um momento crucial, esse conhecimento seja negado. Tenho pesadelos com isso.

Jun se sentou, sentindo a dor de cabeça começar a diminuir, mas a tontura voltou forte. As lágrimas ainda teimavam em rolar de seus olhos para o contorno de seu rosto de gelfa.

— E sobre o que aprendi... sobre os segredos da floresta de Kellyni. Devo compartilhá-los com meu povo? Se eu contar tudo para eles, vou ser incinerada em uma fogueira...

Liana tocou o ombro de Jun, tentando transmitir calma.

— Eu me ateria à parte do hospital, mas essa é uma decisão que só você pode tomar, Jun. Mas lembre-se: a verdade tem o poder de libertar e destruir. Escolha com sabedoria. O que se passou aqui, eu não vou revelar para ninguém.

Jun olhou para Liana, sentindo-se acolhida pela governadora das fadas.

— Eu irei, Liana. Irei encontrar meu próprio caminho, mesmo que seja através das sombras da incerteza.

Liana sorriu, seus olhos brilhando com orgulho.

— Então que a coragem seja sua guia, Jun. O destino aguarda por aqueles que ousam desafiá-lo. — Liana enxugou com um pano as lágrimas de Jun e depois a abraçou.

— Eu sei o que devo fazer. Tenho que compartilhar essas verdades com meu povo, mesmo que seja difícil. Mas não agora. Tenho que esperar a hora certa.

— Você encontrará o caminho, Jun. Confie em si mesma — disse Liana enquanto acompanhava Jun até a porta do salão. — E estarei sempre aqui para ajudá-la quando precisar. Na verdade, eu vou com você para Kopes.

— Vai me ajudar?

— Você vai precisar de ajuda para implantar o hospital — disse Liana, respirando fundo. — Vamos ajudá-la desta vez. Da outra vez, nós mudamos sua vida e deixamos você sozinha. Isso não vai se repetir. Desta vez estaremos sempre com você.

CAPÍTULO 37

LILITH THRANNA

No início, parecia apenas um som estranho, grave e oco, como se alguém tivesse socado a parede. Um pulso reverberando no ar.

John Taylor acordou sobressaltado. O peito travado. Algo pressionava seus pulmões, como se uma mão apertasse sua traqueia. Tentou respirar, mas seu corpo não obedecia. Sua garganta produziu um ruído animalesco, um relincho rouco, um som que não parecia seu. Durante um instante interminável, pensou que iria morrer ali, esmagado entre seu próprio corpo e a inconsciência.

Então, a derma reagiu.

O fluxo de oxigênio entrou à força, expandindo seus pulmões — ar puro, sintético, filtrado, destilado. A sensação de sufocamento foi substituída por um frio metálico, como se sua respiração agora pertencesse a outra pessoa.

— Por que não fez isso antes? — Sua voz soou estranha, deslocada.

A derma hesitou antes de responder. O que era incomum.

Interrupção inesperada do padrão neural durante o ciclo onírico. Anomalia detectada.

Ele piscou algumas vezes, ainda confuso. A Consciência Sintética raramente se desculpava, mas algo na entonação dela parecia... inseguro?

— Que susto! — murmurou, tentando se convencer de que estava tudo bem. Mas não estava. Nunca estava.

Virou-se para o lado. O vazio ao seu lado pareceu mais profundo do que deveria. O sistema de compensação gravitacional evitava que o colchão afundasse, mas ele sabia que ali deveria haver um peso. O peso dela. Mas ela não estava. Nunca estava.

O castelo era infinito. Havia salões enormes suficientes para milhões, mas ele continuava dormindo ali, naquele quarto pequeno, aconchegante de um jeito que nada mais ali era.

Seu olhar recaiu sobre o livro. Um objeto real. De fibra de carbono, artesanal. Algo que suas mãos podiam tocar, virar as páginas, sentir o peso. Precisava disso para lembrar que sua mente ainda era sua.

A derma pulsou em sua cabeça.

Oferta de inserção automática do conteúdo do livro. Economia de tempo estimada: 12 horas e 43 minutos. Aceitar?

John fechou os olhos. Inspirou.

— Não.

Tem certeza?

Ele apertou o livro entre os dedos, sentindo sua textura. A voz da Consciência Sintética estava sempre ali, sempre tentando otimizar sua experiência. Mas ele se recusava. Se deixasse a história ser implantada, deixaria de ser história. Seria apenas um arquivo. Apenas mais uma lembrança que poderia ser editada, apagada, substituída.

Virou a página.

O nome saltou diante de seus olhos: *Long John Silver*.

Era por isso que seu mentor, o professor Galvarius Thranna, o chamava de *Lob John*. Ele ainda podia ouvir a gargalhada do velho ressoando em sua mente. Mas e se não fosse memória? E se fosse apenas mais uma inserção da derma? Ele sabia que se lembrava, mas saber não era o suficiente.

Afinal, quando foi a última vez que teve certeza de algo?

Levantou-se e se espreguiçou. A derma removeu as remelas dos olhos, absorveu o suor de sua pele e tonificou seus músculos para evitar atrofia. Mas ele queria um banho de verdade. Antes disso, caminhou até a sacada para observar as estrelas no céu escuro de Dison.

Nenhum dos orbes passava pelo castelo — por sua vontade. Alguém em sua posição podia se dar ao luxo de evitar a luz do dia. Naquele castelo, era sempre noite. Da sacada, via-se um braço da Via Láctea e, ao fundo, a galáxia de Andrômeda. No lado oposto do céu, brilhava a estrela mais intensa.

Ele evitou olhar para Andrômeda, pois gerava lembranças e saudades que doíam.

Lilith viera de lá. Era difícil admitir, mas o capitão Lob John Taylor estava amando aquela mulher que encontrara anos atrás, em hipersono, na astronave *Lagêndala*. Em vez de resgatar seu professor, encontrara a filha dele, Lilith Thranna.

Flagrou-se outra vez encarando Andrômeda e desviou o olhar, fixando-o na estrela mais brilhante: Anelo ou Eloh, Elôh... aquele planeta-zoológico tinha nomes demais. Cercado por anéis de fogo, brilhava com intensidade quase insolente.

Uma raiva repentina cresceu dentro dele. Sabia que Lilith estava dedicando mais atenção àquela estrela cintilante do que a ele. Riu de si mesmo. Que estupidez. Mas o que o incomodava mais? Ser tratado como um rei consorte da Hegemonia ou o simples fato de que ela estava ausente havia tempo demais, presa naqueles tubos como se fosse apenas mais uma peça do macrocomputador?

O som voltou. Grave. Estrondoso. Um clarão cortou o céu.

Fora da proteção da sacada, não havia ar para propagar som. O que ele sentiu com seus ouvidos aprimorados não eram ondas sonoras, mas radiação gama convertida em sinais auditivos pela derma.

Instantaneamente, a armadura negra envolveu seu corpo, deixando apenas o rosto barbado exposto.

Aproximou-se da beira da sacada e varreu a paisagem com o olhar.

Lá, do topo da torre mais alta — vinte quilômetros de altura —, podia enxergar os pontos luminosos da cidade de Dronn. O horizonte infinito reforçava a sensação singular da Esfera Dyson. Ou Dison, como a chamavam agora os disonianos.

Parecia um mundo plano. Mesmo daquela altura, não havia curvatura visível naquele macromundo artificial. Apenas a cidade — um aglomerado brilhando em meio à vastidão tricromática, onde preto, verde e azul se fundiam na estrutura colossal que os continha.

O ponto de luz surgiu de repente, pulsando como uma anomalia no tecido da realidade. Ele pairava perto de uma torre — ou o que parecia ser uma. Na verdade, era uma bateria antiaérea, inútil desde a concepção, pois não havia força na Via Láctea que ousasse desafiar a Hegemonia. Mas aquela luz... aquela luz não pertencia a este lugar.

A bola de plasma cresceu sobre Dronn, esticando um de seus tentáculos luminosos como um predador brincando com a presa. O raio cortou o céu, atingindo a bateria com uma precisão cruel. O colosso metálico, com seus dez quilômetros de altura, desfaleceu em partículas, desmanchando-se como o farelo de pão da infância de Lob John Taylor. Em seguida, os tentáculos se espalharam sobre a cidade, espalhando caos e destruição. O ar vibrou com um som inquietante — algo entre um suspiro sufocado e o relinchar de um cavalo moribundo.

O alarme da cidade explodiu. Não no lado de fora, pois o lado de fora da Esfera Dyson era um vácuo sem som, mas dentro de cada edifício, de cada cômodo.

— Derma, estou sonhando de novo?

A voz da Consciência Sintética respondeu sem emoção:

Não, general Taylor. A singularidade está ocorrendo.

Ele piscou. A singularidade, outra vez.

— Atenção, todos! — Sua voz ecoou pelo comunicador. — Aqui é o gen... o capitão... Droga! Aqui é o general Taylor! Dison está sob ataque. Quero todas as macronaves em alerta máximo. O plasma branco está de volta! Reforcem os campos de força do castelo da rainha!

Por séculos, ele fora apenas "capitão". "General" ainda soava estranho.

A coisa pulsava no céu, oscilando entre dimensões como um sonho febril tentando se tornar real. Tentáculos eletrificados chicoteavam as ruínas fumegantes, depois começaram a se mover — a rastejar em direção ao castelo-pirâmide.

— Pelos deuses, Lilith...

Sem hesitar, ordenou à derma que o teletransportasse. O brilho azulado engoliu sua visão, e ele emergiu na sala do trono.

Lilith estava lá. Conectada. Ficava suspensa com os braços abertos, como se estivesse crucificada, prisioneira dos tubos metálicos que a ligavam aos macrocomputadores da Hegemonia. O macacão negro ocultava tudo, exceto seu rosto, pálido e sereno, como o de um cadáver descansando num mausoléu digital.

Lob John avançou.

— Comando do general Taylor, liberar a rainha. Emergência de nível máximo!

Nada. Os computadores ignoravam sua voz. Claro que ignoravam.

As lâminas de prótons surgiram de seus punhos, vibrando em um azul afiado. Ele cortou os cabos, um a um, até que o corpo de Lilith despencou. Ele a segurou antes que atingisse o chão.

Lá fora, o monstro rugia. O mesmo rugido. O som exato que saíra de sua própria garganta minutos antes. Uma coincidência? Ou… um aviso?

Ele sacudiu Lilith.

— Acorde. O mundo está acabando.

Os olhos dela se abriram. O mesmo azul. A mesma profundidade abissal. E aquele maldito sorriso.

— Lob John… — Sua voz deslizou como uma lâmina fria. — Sentiu minha falta? Quanto tempo se passou?

O universo lá fora gritava. O tempo colapsava. E ele ainda não sabia se era um sonho ou se tinha finalmente acordado.

— Dois anos e meio que você tá conectada nesses tubos — respondeu, suspirando.

— Pela contagem de Dison ou da Terra? — perguntou Lilith, olhando em volta.

— Por todos os deuses, isso importa agora? Pela contagem daqui, ora bolas! — Lob John sacudiu a cabeça.

Ela continuou com seu sorriso embriagado.

— Não, o tempo passa igual. Só contamos ele de forma diferente aqui. Contamos o mês aqui com dez dias. O ano em dez meses. Lá o mês tem trinta dias e o ano, doze meses.

— Tudo bem, mas eu te falei que o mundo tá acabando e…

— O hipercubo está nos atacando de novo, eu sei… Me ajude a levantar e fala para essa máquina tirar essas "asas" de mim. Cadê minha espada justiceira?

Lob John sacudiu a cabeça enquanto o oniscanner curava os oito orifícios nas costas de Lilith.

— Você quer seu cetro, o Fathor? Está aqui. — Lob John balançou o objeto no ar, impaciente. — Toda vez que você acorda, inventa um nome novo pra essa coisa. Como foi da última vez?

— Excalibur!

— Isso... — Ele ergueu as sobrancelhas. — Essa sua calma me apavora. O troço tá vindo pra cá.

Lilith sorriu, mas o sorriso não alcançou os olhos. Levantou-se, pegou o cetro — um bastão de um metro de altura, metálico, dourado com fragmentos negros, um formato cilíndrico pela metade, brilhando azulado como se carregasse um pedaço de céu congelado.

— Derma, trocar vestimenta.

No instante seguinte, sua pele foi envolvida por nanorrobôs, uma armadura fina, negra, ajustada ao corpo, com reflexos azulados que pulsavam como organismos vivos.

Lá fora, as explosões continuavam. E aquele som... Lob John sentiu um arrepio. Era o mesmo ruído de antes. Não exatamente um grito. Mais como um gemido. Um gemido de alguém se afogando no próprio vazio.

Lilith brilhou e desapareceu. Um segundo depois, estava no topo da pirâmide. Ele a seguiu, ainda sentindo a pressão do teletransporte no peito.

Eles estavam agora no lugar mais alto. De frente para a entidade de plasma que pairava sobre a cidade, oscilando entre formas que pareciam moldadas por uma consciência instável. Andava — se aquilo podia ser chamado de andar — como se estivesse perdida, às vezes se afastando, às vezes se aproximando, mas sempre destruindo. As macronaves esperavam em silêncio, aguardando ordens.

Do lado de fora não havia atmosfera. A derma os provia da pressão e do ar que precisavam para respirar e para que seu sangue não fervesse.

— De espada para escudo! — disse Lilith, rindo. Um sorriso nervoso, como se ainda estivesse embriagada pela sua estadia naquela estrutura biocibernética que a levava para além de onde o espaço-tempo permitia.

O cetro não reagiu.

— Você está bem, Thranna? — Lob John estreitou os olhos. — Que história é essa de espada para escudo, Espada Justiceira, Sabre de Luz, Mjölnir, Excalibur...

— Passei muito tempo no passado da Terra, Lob John. Sabia que os primeiros vinte mil anos de cultura humana são muito bons? Depois eles deixaram tudo por conta das máquinas, até a cultura. — Sua voz oscilou.

— Na verdade, estou exausta. Você não faz ideia. Eu estou tentando arrumar as coisas, Lob John, mas não consigo. Você não faz ideia!

Foi aí que ele percebeu.

Os olhos dela estavam marejados. Lob John entendeu que Lilith não estava tentando fazer graça, estava tentando não chorar. O humor era uma tentativa fútil de defesa.

— Isso aí... — A voz dela falhou. — Isso aí é o nosso neto.

Lob John congelou.

— O quê?

— Ele está triste. Eu fiz algo terrível com ele. E esta... é a reação dele.

Lá em cima, o hipercubo vibrava. Seus tentáculos elétricos chicoteando o ar como uma tempestade viva.

— John, mande as macronaves saírem! AGORA!

Lob John não hesitou. O comando foi enviado.

Tarde demais.

Um único raio saltou da criatura e atravessou uma das naves de dois mil quilômetros. Ela explodiu como se nunca tivesse existido, transformando-se em mil pedaços incandescentes.

Lilith assistiu a tudo, respiração pesada. Então, levantou o cetro. A luz que emanou era azul e depois ficou branca. Absoluta.

Lob John desviou o rosto. Mas não adiantou. Mesmo com o capacete ativado, mesmo com os filtros no máximo, ele viu.

E, por um momento — só um momento —, soube que estava olhando para o que existia do outro lado da realidade.

— Klen! Nunca duvide das flores, pois elas são feitas de estrelas...

A coisa pareceu se estabilizar. E uma voz ecoou no espaço onde o som não deveria se propagar.

— Você está rezando, Thranna?

Lilith arregalou os olhos.

— Klen?

— Você não é digna de dizer meu nome — trovejou a voz. — Me chamar de "criador", então, é patético.

— Eu sei que você está triste...

A coisa se agigantou e seus raios serpenteavam a cidade de Dronn, causando mais destruição e mortes dos que a Esfera Dyson havia visto em duzentos mil anos.

— "Triste" é um eufemismo bem desagradável! — bradou a voz. — Eu estou furioso.

— Não há nada que possamos fazer, Klen...

— Não diga meu nome! — O raio atingiu o castelo explodindo tudo. Lilith e Lob John foram lançados no vácuo protegidos apenas por suas dermo-armaduras. A gravidade da superfície era suficiente para que ela não ficasse à deriva no espaço. Caiu ruidosamente entre os destroços

Um braço de plasma segurou Lilith Thranna e a levantou dos escombros. Ela tentou se desvencilhar. Usou o cetro para cortar o tentáculo plasmático. Funcionou. Ela caiu em pé sobre escombros. Nenhum sinal de Lob John.

— O que você quer de nós? Espera que eu te ajude?

A entidade mudou de formas várias vezes, formas geométricas indefinidas de onze dimensões diferentes.

— Não, Thranna, eu espero que morra!

A entidade lançou um raio que despedaçou a dermo-armadura de Thranna. O cetro foi arremessado bem longe. Ela ficou lá, envolvida em plasma, nua, o vácuo do espaço à sua volta, o plasma fluindo a energia de uma supernova para dentro do seu corpo. Ela gritou. Sua dor foi visceral. Como se cada célula de seu corpo sentisse a dor mais intensa que um ser poderia experimentar.

Quando abriu os olhos, constatou que ainda estava viva no vácuo. E nada mais a afetava. Aquela entidade havia dado a ela um pouco de si.

O poder do cetro não era nada comparado àquilo.

— Pronto, você queria poder, eu te dei o poder — disse a entidade.

Ela olhou em volta. Lob John estava inconsciente, protegido pela derma no chão. Foi a gravidade? Ou teria sido a entidade que o colocou ali com todo o carinho como se fosse um bebê.

— Eu queria matar Lob John, só para ver você sofrer, Lilith. Queria matar alguém que você ama só para fazer você sentir o que eu senti — disse a entidade, a voz ecoando no vácuo. As leis da física não se aplicavam àquele ser. — Mas isso me faria igual a você. E eu não sou você.

Lilith não se sentia vulnerável assim havia muito tempo. O cetro estava entre os escombros, longe de seu alcance. E ela flutuando no espaço, sob a gigantesca Esfera Dyson que se perdia em todos os pontos do horizonte, infinita, perene. Ela sem roupas, sem esperança e, mesmo assim, olhou em direção à entidade pandimensional e falou com voz firme:

— Você ia morrer e não ia me criar, Klen! Eu não tive escolha. Agora, talvez eu possa criar você. Efeito antes da causa. Em um looping temporal eterno. Está feito!

A destruição parou. E a criatura continuou se exibindo em várias formas geométricas infinitas. Anéis de plasma azulado envolviam a criatura, oscilando, cintilando.

— Por isso te dei uma parte de mim, Thranna. Agora, se eu morrer, você pode continuar sem mim. Está criada. Está pronta. Sabe o que tem que ser feito. Nossas realidades estão conectadas. Você tem acesso a todas as realidades agora sem precisar se conectar às consciências sintéticas. É a vantagem que você queria.

Os olhos azuis procuraram um ponto na entidade para olhar. Havia olhos ali para serem fitados?

— Eu juro que vou tentar fazer minha parte daqui, custe o que custar. E talvez a gente possa se encontrar de novo. Em outras circunstâncias.

— Reze para isso não acontecer, Lilith Thranna. Eu não ligo mais para o que vai acontecer comigo. Não importa mais. Você me tirou tudo. O que vai fazer com tantos poderes, para mim, não faz a menor diferença.

— Nós já estivemos aqui antes, Klen. Meu criador. "Nunca duvideis das flores, pois são feitas de estrelas. E vós também."

A entidade em forma de hipercubo começou a se fragmentar como um enxame de abelhas azuis e brancas se espalhando pelo espaço. Anéis giravam em órbitas aleatórias sobre si mesmos até se dissiparem. A entidade sumiu, implodindo sob a superfície da esfera. Retornando para outras realidades além da compreensão.

A gravidade da Esfera Dyson a puxou lentamente. Ela continuava nua, mas invulnerável. A entidade a havia transformado em alguma coisa mais poderosa e mais letal. Sentiu-se mais forte do que nunca quando seus pés pisaram sobre a superfície da cidade de Dronn. Ela esticou a mão e o cetro veio ao seu encontro. Com um gesto da outra mão, ela trouxe Lob John desacordado para perto de si.

Após um brilho azulado, estavam novamente no interior da cidade. Em outra fortaleza.

Lob John começou a acordar, totalmente dolorido.

No painel à sua frente, ela conseguia monitorar os milhares de veículos automatizados que voavam pela cidade consertando os estragos, contabilizando os mortos.

— Eu quero falar com Randal agora — falou para a consciência sintética diante de si. Um rosto sem cabelos e com muitas rugas apareceu na tela. — Professor Randal...

— Minha rainha — respondeu o homem do outro lado da tela.

— Houve uma manifestação interdimensional aqui depois que levaram um gelfo para o Oráculo do Sul — disse Lilith.

— Eu não vi isso, minha rainha. — Randal arregalou os olhos. — Estávamos seguindo com o plano, não vigiávamos suas filhas. Apenas não permitíamos que cruzassem o mar.

— Está tudo bem, professor. Estamos bem agora — disse Lilith. — Se elas quiserem cruzar o mar agora, pode permitir. Eu vi daqui o gelfo. Confesso que nunca pensei que uma criatura daquelas iria sobreviver ao Oráculo. Vocês trabalharam bem.

— Sim, Vossa Majestade, eu agradeço. Eles estão com o cérebro mais desenvolvido e parece que houve um acidente — disse Randal.

— É o sinal dos tempos que eu estava esperando. Mas veio mais cedo do que o previsto. Há uma variável que eu não queria que acontecesse, mas pode acontecer.

— Já discutimos isso, Majestade — disse Randal. — Sabemos o que fazer se acontecer.

Lilith respirou fundo. Eles sabiam o que fazer. Haviam discutido isso antes. E incluía a morte de todos que trabalhavam com Randal, inclusive ele próprio, caso algumas variáveis acontecessem. E o oficial aceitava isso com tanta firmeza que ela teve que se controlar. Não podia demonstrar fraqueza agora. Instintivamente levou a mão direita aos olhos e usou as costas do dedo indicador para secar a única lágrima que estava se formando.

— Tudo bem, Randal. — Lilith controlou a respiração. — Eu vou te pedir pra fazer algo nefasto, não é a primeira vez. Mas desta vez vai causar muita dor. Quero que manipule os saters. Use as masonbactérias e faça eles atacarem os gelfos... e as themis...

— Você vai mandar matar themis? — Era a voz de Lob John acordado e abismado atrás dela.

— Eu vou te explicar tudo, general. — O tom mais firme na voz lembrou a Lob John que ele não deveria questionar a rainha na frente de um súdito, ainda mais um oficial. Limitou-se a ficar quieto.

— Assim, será feito, Vossa Majestade — disse Randal.

— Obrigada, Randal.

— É minha obrigação, Majestade!

— Thranna desligando.

— Randal desligando.

Lilith soprou a própria franja.

— Tudo bem, eu não deveria… Me desculpe… — disse Lob John.

— Ah, não vem você com esse papo de "Vossa Majestade" — zombou Thranna. — Ainda sou eu, a sua Li. Só que é um erro que você, o disciplinado capitão Taylor, agora promovido a general, não costuma cometer.

— Você nunca colocou nossas filhas em perigo antes — disse Lob John. — Acabou de mandar os saters, dragões vermelhos, atacarem… Elas vão morrer. Muitas delas vão morrer.

— Não todas… — Lilith se levantou da cadeira e suspirou. — Tudo faz parte de um plano. Eu vou te explicar essa porcaria toda.

John Taylor recuou.

— Eu nunca mais vi minhas duas filhas, Li. — A voz dele falhou. — Nunca lhes dei um último abraço, nunca… nunca estive lá quando choravam. Nunca tive a chance de dizer o quanto as amava. Porque você disse que lá elas estariam a salvo. Elas cresceram e morreram, e se passaram centenas de anos. Agora são quantas? Mil? Duas mil? Dez mil? Não interessa. Elas são tudo que sobrou das minhas duas filhas.

— São minhas filhas também, John. — Lilith virou-se e o encarou.

— Por quê?

— Porque preciso salvar o Universo! — Ela abriu as mãos, novamente se esforçando para manter algo parecido com serenidade.

— Para que serve existir em um universo onde nós matamos nossos filhos, Li? — perguntou.

Ela piscou devagar. O tempo era viscoso. As palavras saíram dela como se já estivessem gastas antes mesmo de serem ditas.

— Ou morrem algumas, ou morrem todas — disse, depois fitar os olhos dele. — Ou morremos nós todos.

— Eu sempre estive junto com você, Li. Mas preciso de mais explicações desta vez.

— Acho justo. — Ela tentou sorrir novamente, mas tornou a falhar. — Mas vou te contar tudo. Teremos uma longa, longa conversa.

Ela olhou os painéis piscando e indicando longos relatórios sobre incêndios na cidade, naves danificadas, avarias intermináveis que a entidade transdimensional deixou para ela resolver.

— Não vou te deixar mais sozinho. Agora estou pronta. Vou te contar tudo. Eu precisava ter certeza. Fui ao passado, ao futuro, ao presente… A mais lugares do que gostaria. Tentei mudar as coisas, mas não adianta. Mesmo sem querer, sou a vilã desta história.

Ela ergueu os olhos para ele.

— E você também.

CAPÍTULO 38

O RETORNO

O *Pardal Negro* repousava sobre um dos dedos do prédio em forma de mão aberta e deitada. Era como se um gigante estendesse o braço para tocar o navio voador. Com a carga entregue e o pagamento feito, a caravana estava preparada para voltar para casa, agora carregada de ouro.

Jun chegou com Liana, Imália e muita bagagem. Tosken fez uma careta e protestou por ter que levar uma governadora. Só foi convencido depois que concordaram em levar uma guarnição de fadas "armadas".

— Nosso sistema de governo é diferente do sistema de vocês, eu não sou importante. Se algo acontecer comigo, rapidamente me substituirão — explicou a fada. — E não se preocupem com luxo ou coisas parecidas, não faço questão alguma disso.

— Tá — respondeu Saran enquanto mostrava à fada o quarto onde ficariam, junto com os Vellanda.

— Isso me incomoda igual — resmungou Tosken, que parecia nervoso e irritado de um jeito que Jun poucas vezes tinha visto, mas que entendia as razões. — Não tenho boas recordações da minha última viagem com fadas na caravana.

As fadas não escutaram porque tinham ouvidos pequenos, mas Jun escutou e a lembrança de Aimê a entristeceu.

— Dum-dum! — disse o gâmoni, tentando consolar a amiga.

— Prontos para mais uma viagem, né? — disse Imália, pegando o gâmoni no colo e apertando as bochechas grandes do bicho.

Dynaia e Sarya chegaram com um pequeno carregamento trazido por dois minotauros, extremamente fortes. Quando Tosken as viu, desceu do barco ansioso.

— Essa é a minha encomenda?

— Sim! — disse Dynaia, dando uma batidinha na caixa. — São as mesmas cinquenta lanças que você trouxe, mas agora com um encantamento especial. Quem se ferir nestas pontas, vai sangrar até morrer.

Tosken abriu a caixa e não viu thuás comuns. Pareciam mais cetros de madeira com detalhes prateados de algum rei com poucos recursos. Mas Sarya pegou um na mão e a coisa se expandiu, formando um legítimo thuá gélfico com pontas prateadas.

— Ótimo! — exclamou Tosken.

— Você sabe que nossos encantamentos não funcionam com fadas, não é? — brincou Dynaia.

— Não pretendo usar em vocês. Fiquem tranquilas. Nem vou deixar cair nas mãos de Bauron.

— Então em que pretende usá-las?

— Eu não sei. — Tosken ergueu os ombros. — Não são encomendas minhas, são de Jino. Ele me pediu. Disse que é importante.

"Jino?", pensou Jun. Mas ele teria conversado com Tosken antes da viagem e feito uma encomenda para ele? Que loucura era essa?

— Mas tome muito cuidado, isso nas mãos de alguém doente como Jino não pode ser boa coisa — aconselhou Imália.

— Ele pediu para entregar pro meu pai e pra Mitu — continuou Tosken, inspecionando as lanças. — Enfim, eu também não entendi. Mas Jino disse que era importante. Meu palpite é que elas podem nos defender desses monstros que vocês criaram.

Imália se calou diante do argumento incisivo de Tosken.

— Você sabe onde está Jino, Tosken? E por que não me disse que encontrou com ele? — indagou Jun, desapontada.

— Porque ele pediu pra não contar — Tosken respondeu e então amarrou bem o baú agora cheio de thuás mágicos. — E, se eu dissesse, você seria minha cúmplice e meu pai é o responsável pela segurança de Kopes. Eu me entendo com meu pai. E depois porque ele parecia diferente. Como se fosse o antigo Jino… Enfim, vão ficar guardadas no depósito de armas.

As orelhas de Saran, Jun, Jost e Tosken se agitaram e depois giraram para a mesma direção. Escutavam gritos de uma gelfa. Gritos histéricos.

— Risa? — adivinhou Jun.

Momentos depois, Risa passou voando e gritando de felicidade. No caminho, derrubou três ornamentos que as fadas tinham colocado sobre postes.

— Isso é bom demais! — exclamava a gelfa, em êxtase, fazendo manobras no ar.

— Ela está usando o feitiço do voo de novo — rosnou Tosken, mais mal-humorado. — Essa história está me parecendo cada vez mais repetida. Não gosto disso!

— Quando chegarmos a Kopes, eu ensino o encanto para ela — provocou Jun, levando Tosken a fazer uma careta.

— Parece que estamos conseguindo com diplomacia o que o falecido Bauron não conseguiu com a força — comentou Eveld ao mesmo tempo que subia pela rampa que levava ao *Pardal* ao lado de Kleia.

Jun comprovou que se tratava de um gelfo muito bonito, mas disfarçou o olhar. O gelfo, entretanto, veio direto em sua direção.

— Estou na companhia de fadas, mas é você que me encanta — disse Eveld, galante.

— Meu trabalho agora é desfazer encantos — brincou Jun.

— De onde ele tira tanta baboseira? — resmungou Tosken para Saran, pouco ligando se Eveld poderia ouvir.

Depois de todos pouco acomodados em seu espaço apertado, o *Pardal Negro* levantou voo mais uma vez para a viagem de retorno. Dessa vez, o céu não estava tão claro e muitas nuvens insistiam em tapar a visão do anel de fogo. Assim que se afastaram de Neyd, foram pegos por uma chuva fina que Jun concordou que serviu para refrescar o calor repentino dos últimos dias. Eram os últimos suspiros de calor antes que o inverno começasse a se fazer presente na floresta de Kellyni.

CAPÍTULO 39

VOLTANDO PARA CASA

Após a primeira cambalhota de viagem, parte dos gelfos recolheu-se ao repouso, e outros permaneceram em vigilância. Saran e Jost manobravam o *Pardal Negro* com destreza, e Tosken dormia na cabine. Na cabine central, na sala de refeições, os convidados — Liana, Kleia e Eveld — conversavam sob a luz suave das lanternas. Pelo barco, os gelfos da escolta seguiam suas rotinas: alguns limpavam o convés, outros preparavam alimentos, e os restantes aproveitavam o tempo de descanso conforme o turno estabelecido pelo capitão Tosken.

Do lado de fora, a paisagem enevoada abria ocasionalmente uma e outra fresta para deixar a luz do anel de fogo passar. Nivelavam sempre com as copas das árvores, tentando não subir mais alto do que o necessário para evitar colisões com as gigantescas ferôneas. Jun e Imália subiram até a cesta para checar a flutuabilidade do gás no interior do balão através de um registro.

— Você projetou bem este balão, amiguinha — elogiou Imália. — Aproveitou bem os conhecimentos das fadas. Estou orgulhosa de você.

— Eu não estou nada orgulhosa de mim, Imália — resmungou Jun, descendo da cesta de observação. — Eu não consigo parar de pensar em como vamos construir esse hospital, como vamos mantê-lo, como vamos dialogar com a Gúnia, como vamos acertar isso com o prefeito… E essa coisa de sibila… É legal. Ajeitaram melhor meus neurônios, meu cérebro processa melhor as informações, mas eu estou impressionada com as limitações. Tanto conhecimento para um gelfo, mas agora entendo que as sibilas são limitadas. Tem tanta coisa que não sabemos…

— Jun, calma! Você se preocupa muito, você sofre muita pressão, você se cobra muito — enumerou Imália. — Eu acho que você precisava de um namorado.

Jun apontou para o abismo lá embaixo em tom ameaçador.

— Jogo você daqui também, duvida? — provocou Jun.

Imália deu seu sorriso grande e exagerado em resposta. Jun balançou a cabeça e foi andando na frente.

Chegaram à proa e a vista era de tirar o fôlego. Podiam ver ao longe alguns rochedos flutuantes. Jun já havia visto vários deles passar entre uma clareira e outra, mas era a primeira vez que podia acompanhar toda a sua movimentação com detalhes. Estavam lá: grandiosos com sua vegetação espessa e cachoeiras que viraram fumaça. Nem perceberam que Saran estava do outro lado, subindo ao cesto de observação. Os ouvidos do gelfo prestavam atenção cuidadosa à conversa.

— Tá, mas o que dá a ele o direito de escolher com quem devo ficar? — indignou-se a gelfa.

— Jun, acho que você me entendeu errado — disse Imália. — Antes de você me jogar no precipício, eu estava tentando te dizer que você não tem que ficar com ninguém. Não precisa disso para ser completa. Precisava entender isso para ser uma sibila. Precisava desapegar de Tosken. Não quer dizer que tenha que escolher outra pessoa.

— Mas eu me sinto sozinha, poxa vida! — Jun baixou as orelhas. — Hormônios, sabe? Eu sou um ser vivo. Como vocês fadas fazem?

— Eu te conto quando tivermos mais tempo…

— Você está cheirando vergonha, Imália? — Jun fugou duas vezes. — É aquela história do príncipe do norte?

— Eu vou te contar depois, prometo.

— Tudo bem, mas, até lá, sem pressões para ficar com Saran, tudo bem? — disse Jun. — Preciso de um tempo.

— E o que vai fazer agora? — indagou a fada. — Você tá com um olhar estranho.

— Talvez seja hora de dar chance a outros corações — brincou Jun.

— Tem alguém em mente? — perguntou Imália.

— Estou pensando naquele forasteiro simpático, o Eveld. Ele é lindo, forte, inteligente e corajoso…

— Estava gostando mais da ideia de dar um tempo — brincou Imália. — Mas por que não? Eu o vi aqui na sala de refeição. — A indra apontou para a porta em frente a elas. — É só ir lá e chamá-lo.

Do alto da cesta, os olhos de Saran ficaram turvos de decepção. Ele se virou, voltou seu olhar para o horizonte e tentou não ouvir mais a conversa.

— Por que não? — disse Jun, abrindo a porta com firmeza e vendo Eveld de costas para ela.

Jun hesitou.

— Eveld, posso falar com você?

Ele se virou devagar e, no instante em que o fez, Jun viu: braços entrelaçados, um meio beijo interrompido, o reflexo de uma felicidade alheia. Risa. O rosto dela era um sol radiante, indiferente à sombra que se formava no olhar de Jun. Ela acenou, e naquele aceno havia um mundo inteiro que não incluía Jun.

— O que foi? — perguntou Eveld, com gentileza.

— Nada, não — disse Jun, e a porta se fechou com um estrondo.

Caminhou pelo corredor como quem foge da própria sorte, que parecia sempre errar o caminho até ela. Gelfa poderosa, sim. Mas e daí? O coração, esse, nunca fora promovido.

— Guinda, se você tem um plano maior pra mim, manda um sinal. E, por favor, que seja por escrito. Com letra caprichada.

Bufou, atravessando o convés sem perceber Saran. Saran, que dançava uma pequena dança de triunfo, braços soltos no ar, orelhas de gelfo captando o que não deviam. E então, num descuido, o mundo inclinou-se. O céu se fez chão, o chão se fez céu, e lá estava ele: metade fora do barco, metade dentro e, entre os dois mundos, apenas o corrimão.

O vento sussurrou que a queda era certa. Mas a queda não veio.

Uma mão firme o puxou de volta.

Era a mão de Jun.

— Saran, você quase morreu — berrou Jun, zangada. — O que estava fazendo?

— Tá... Quero dizer... Jun, posso conversar com você um minuto? — perguntou Saran.

Jun olhou em volta.

— Espere aí, você falou "minuto"?

— Sim. É o tempo das fadas, não é? Eu andei lendo aqueles livros que você me passou.

Jun olhou para Saran e sorriu. Depois seu olhar se tornou desconfiado.

— Sabe contar até um minuto?

— Um, dois, três, quatro, cinco, seis, sete, oito...

— Meu Guinda! Como você aprendeu isso?

— Dezenove, vinte, vinte e um, vinte e dois, vinte e três...

— Saran, como assim?

— Trinta e sete, trinta e oito, trinta e nove, quarenta, quarenta e um...

— Está muito lento, o tempo de um segundo dos humanos é mais rápido — corrigiu Jun, começando a achar graça da situação.

Saran se apressou.

— Cinquenta e sete, cinquenta e oito, cinquenta e nove... sessenta! Pronto, um minuto! Os humanos do norte contam em cem — acrescentou.

— Muito bem, Saran! — elogiou Jun. — Estou orgulhosa de você.

— É isso mesmo que eu queria falar, Jun. Eu tenho algo que preciso te falar.

O jovem gelfo parou e começou a respirar fundo. Jun não entendeu nada.

— Saran, você está nervoso. Está com falta de ar? O que houve? — Jun estava ficando preocupada.

— Eu vou te dizer uma coisa agora e não me importa o que você vai pensar, estou com isso entalado no coração há muito tempo e talvez não tenha mais tempo...

— Saran, você parou de gaguejar?

— Jun, eu te amo! Sempre te amei. Você é a gelfa mais linda e encantadora que existe.

Fez-se um silêncio. Um silêncio tão denso que parecia ter peso, que se espalhava pelas coisas, escorrendo pelas frestas do tempo. Até o vento hesitou, como se não quisesse perturbar o instante. Só uma brisa, tímida, sem coragem de existir.

— Saran, você aprendeu a contar por minha causa? — Jun perguntou, mas não era bem uma pergunta. Era um tropeço de pensamento, uma confissão de surpresa.

Ela piscou, tentando encontrar no ar alguma resposta, mas não havia resposta, só aquele vazio macio entre os dois.

— Eu não sei o que dizer — murmurou, sentindo-se pequena diante do momento.

— Nem eu — disse Saran.

E então ele a beijou. Sem pressa, sem aviso. Apenas aconteceu, como se o próprio tempo tivesse segurado a respiração.

O tempo parou para o casal de gelfos durante uma breve eternidade, até que tiveram que interromper por causa de um grito estridente. Olharam assustados para trás e viram o sorriso exagerado de Imália, toda aquela arcada dentária da indra de cabelos castanhos. Nem quando ela entendeu pelo olhar dos dois que ela deveria se retirar dali, e assim ela o fez, nem assim o sorriso se desfez. O casal viu a indra indo embora e voltaram a se olhar. Não havia muito o que discutir e apenas voltaram a se beijar.

CAPÍTULO 40

RELAÇÕES TENSAS

As ampulhetas giravam, giravam, e o hospital começava a tomar forma — lento, inevitável. O tempo se desdobrava em duas brumas negras, dois invernos. As fadas chegavam à vila de Kopes, primeiro tímidas, depois confiantes, e uma delas, sem saber bem o porquê, comprou uma árvore do velho Fucô. Ele partiu sem olhar para trás, carregando um baú de ouro e um destino incerto, talvez o mar, talvez apenas um lugar onde pudesse desaparecer.

Mitu olhou para a fábrica e soube: era hora de expandi-la. Jun aceitou, mas agora era sócia, parte do todo. E os Vellanda floresciam, mas como rosas na primavera. Tosken perguntou a Valla se queria se casar. Ela olhou para ele, olhou para o chão, olhou para o céu — e disse não. Ou disse: não sem meu irmão. O que significava isso, exatamente? Nem ela sabia ao certo. Mas sabia que, sem ele, o tempo ainda não havia chegado.

Toda aquela confusão sem descanso foi demais para Jun, que resolveu voltar à Lagoa de Kremmer para jogar pedras, sempre acompanhada de Dundum.

— Sabia que o Oráculo me falou que existe realmente um bicho chamado gâmoni que tem poderes interdimensionais?

— Dum-dum!

— Acho que era o que Jino queria com você. — Jun se sentou em uma pedra e tirou os sapatos.

— Dum-dum!

— Dizem que ele pode até controlar o tempo. Tem muitos seres estranhos naquela região, principalmente em Par-Osretiu, que é perto de onde você veio.

— Dum-dum!

— Tem razão, tudo é estranho neste planeta.

Havia um caminho de pedras que ia até perto da cachoeira que corria ao contrário. Além do caminho de rochas cravadas no leito do rio, várias outras rochas flutuavam perto da cachoeira. Jun resolveu tentar se equilibrar entre as pedras para ver aonde chegava. Claro que o Dundum foi atrás. Os dois demonstravam razoável agilidade, já que as rochas não eram muito grandes.

Chegaram ao lado de uma rocha flutuante, não maior que dois gelfos bem grandes. Jun conseguiu subir e Dundum saltou em seu colo. Ficaram ali, a rocha flutuando próxima à fumaça que a cachoeira fazia.

— Eu estou com certo medo desse negócio de casamento, Dundum — disse, sentada e balançando os pés.

— Dum-dum!

— O que o Oráculo disse sobre eu viver mais que os outros gefos? E sobre uma missão importante? Sobre o outro lado do mar?

— Dum-dum!

— Pois é… É tudo muito vago, entende?

— Dum-dum!

— Só você que me entende, Dundum.

De um lado da lagoa, pôde ver um grupo de gelfos caminhando em sua direção. Era um grupo de oito a dez gelfos. Jun julgou ser mais detalhes envolvendo a mão de obra para o hospital. Nos últimos tempos, a construção envolveu mais gelfos e mais fadas do que o previsto. Estava sendo cansativo intermediar a conversa entre as duas partes. O fato era que a realidade era complexa. Fadas eram, sim, arrogantes em relação aos gelfos. Tinham bom coração, mas no fundo estavam ajudando aqueles seres que julgavam inferiores com um ar de superioridade, quase piedade. Claro que os gelfos não ajudavam e criavam vários problemas que testavam a paciência das fadas.

Do outro lado da lagoa, ela pôde ver Risa e Valla caminhando. Pareciam procurar por ela. Jun acenou. Elas acenaram de volta.

— Eu acho legal ser importante agora, Dundum — disse Jun pensativa. — Mas, enquanto Liana não formar uma comissão permanente aqui de fadas, esse hospital não vai andar.

— Dum-dum!

— Isso mesmo — concordou ela, como se o bicho desse uma opinião muito bem colocada. — Eu sou uma só. E as fadas demoram para resolver as coisas também.

— Dum-dum!

— Nesse meio-tempo, a cada três cambalhotas azuis temos um amaldiçoado em Kopes querendo ajuda. Não dou conta.

O grupo de gelfos chegou e Jun percebeu que eram liderados por Garfael e Tâmi Merfa, especialistas em arrumar problemas para ela. O sorriso de Tâmi era tão afiado quanto uma lâmina.

— Nossa, Vellanda, que dedicação — ela zombou, cruzando os braços. — Um hospital construído por fadas? Que ideia brilhante. O que vem depois? Entregar nossas terras pra elas?

Garfael e Espólito riram baixinho, enquanto outro grupo chegava do outro lado, como se quisessem cercar Jun.

Jun puxou Dundum para perto de si em um reflexo.

— Se veio até aqui só para fazer piada, Tâmi, economize o esforço. Estou cansada.

Tâmi deu um passo adiante, seu sorriso desaparecendo.

— Eu não vim só para isso — disse ela, a voz mais baixa, quase um sussurro ameaçador. — Viemos pra te ensinar uma lição, Vellanda.

Jun percebeu tarde demais o que estava acontecendo. Os gelfos mostraram seus thuás com gestos ameaçadores. Jun estava desarmada. Atrás de si, a cachoeira que corria ao contrário poderia arremessá-la bem alto se ela caísse. A gelfinha pegou o gâmoni no colo e se levantou equilibrando-se na pedra.

— Você não cansa de bancar a heroína, não é? — Tâmi continuou. — Mas ninguém aguenta mais isso. Ninguém das famílias importantes de Kopes. Acha mesmo que ajudando esses doentes amaldiçoados vai mudar alguma coisa? Que vai fazer diferença?

Jun respirou fundo, lutando para manter a calma.

— É isso que te incomoda, Tâmi? — ela disse, tentando parecer inabalável. — Que eu esteja realmente ajudando alguém, enquanto você só fica aí, falando besteira e fingindo que é melhor do que todo mundo?

Tâmi cerrou os dentes.

— Você acha que sabe tudo, não é? Mas você não tem ideia do que está por vir.

Jun sentiu um arrepio na espinha.

— O que isso quer dizer?

Tâmi hesitou por um segundo, mas então seu olhar endureceu.

— Quer dizer que gelfos amarelos como seu pai vão sempre ser um peso pra gente carregar em Kopes.

Jun viu vermelho.

Os gelfos cercaram Jun com thuás apontados. Alguns começaram a pegar pedras. Não estava claro se a intenção era um linchamento, se queriam intimidá-la, ofendê-la ou uma combinação de tudo. Na verdade, parecia que não havia nada premeditado, gelfos não eram bons em planejar nada. O espaço se abriu para Tâmi chegar com uma pedra grande na mão.

Jun enfiou a mão no bolso em busca do pó mágico.

Tâmi ergueu o punho, pronto para jogar a pedra em Jun, mas antes que ela pudesse fazer qualquer coisa...

BAM!

Uma figura entrou correndo no meio na multidão e, sem hesitar, acertou um soco direto no rosto de Tâmi.

Valla.

O impacto foi tão forte que Tâmi foi jogada dentro da lagoa, mas na parte rasa, em frente a Jun.

— MAS QUE DAISON!

— Ah, cala a boca, Merfa! — Valla exclamou, balançando a mão dolorida. — Tô farta de você e suas idiotices!

Espólito e Garfael ficaram tão chocados que recuaram.

— Tão com medo? — provocou Valla, para o espanto de todos, Jun inclusa. — Jino não é o único doido na minha família. Ele é meu irmão gêmeo. Querem descobrir se sou tão malvada quanto ele?

Risa chegou logo atrás com olhos arregalados.

— *Mo'Ã!* — Jun pegou o pó mágico e conjurou, atingindo todos à volta. Thuás e pedras saíram das mãos de quem estava com intensões agressivas. Todas as pedras caíram longe na lagoa e todos os thuás flutuaram ao lado de Jun, como se estivessem montando guarda em volta da gelfinha.

Garfael ameaçou dizer alguma coisa. Provavelmente algum xingamento. Mas Risa fez um gesto com as mãos como um aviso.

— Se eu fosse você, não provocaria minha irmã — disse Risa finalmente. — Nenhuma das duas.

Ele se apressou em ajudar Tâmi a sair da água. A gelfa toda molhada e humilhada olhou ao redor, percebendo que a situação havia virado contra ela.

— Vocês vão pagar por isso — ela rosnou, levantando-se com dificuldade.

Valla cruzou os braços.

— Ameaça minha família outra vez e não respondo por mim — disse a bela gelfa.

Tâmi hesitou. Seus olhos dispararam de Valla para Jun, depois para Espólito tremendo de medo.

— Isso não acabou, Vellanda — Tâmi cuspiu, antes de se virar e sair correndo, seguida por um Garfael atordoado.

O grupo se retirou apressado, notando que as mãos de Jun brilhavam.

— Valla, você me... salvou — disse Jun, finalmente relaxando.

Valla olhou para Risa e as duas riram bem alto. Dundum ainda estava no colo de Jun. Valla pegou o bicho enquanto Risa ajudava Jun a descer. Dundum lambeu o rosto de Valla, que acariciou o gâmoni.

— Eu também sou forte, corajosa e sabida! — disse Valla.

— Mas por que agora? — indagou Jun.

— Porque Jino disse que cê é minha irmã e eu tenho que te proteger — falou Valla, abraçando a irmã. — Os Vellanda agora são unidos.

— Mais do que nunca! — completou Risa.

— Mas onde está Jino? — indagou Jun.

— Ele vai se entregar pro Bazir, mas na hora certa — respondeu Valla.

— Quando vai ser essa hora?

— Num sei, mas vamos ficar juntas até isso acontecer.

CAPÍTULO 41

O EQUILÍBRIO SE ROMPE

A bruma negra ainda não tinha se manifestado quando um cheiro forte acre chamou a todos para uma reunião. Vieram gelfos de várias proximidades. Mais ainda do que na chegada da caravana de Tosken. Uma grande fogueira fora montada na praça em frente à Gúnia com madeira de árvores cinzentas que exalava o tal cheiro que era ácido e não muito agradável. Todos sabiam o significado: reunião importante na Gúnia. Não era uma simples missa, muito menos uma festa, mas uma reunião de grande importância conhecida como Queimada.

A praça estava lotada e todos vestiam as melhores roupas e exalavam o melhor cheiro que podiam. Como todas as fêmeas, Pipa, Jun, Valla e Risa usavam vestidos longos, deixando apenas os pés à mostra. Além disso, usavam lenços coloridos na cabeça tapando o cabelo e as orelhas, deixando o rosto e o pescoço de fora. Os gelfos machos iam com os casacos de cores escuras de tecido grosso, coletes de cores claras e calças largas. A maioria dos gelfos das árvores andavam descalços, pois usavam as grandes unhas para se agarrar às árvores.

Um grupo de mais de vinte fadas também veio, afinal, esse era o grande dia em que selariam o maior acordo depois da guerra. A construção do hospital só precisava agora de uma benção da Gúnia, através de Kadhir, que era o representante maior da entidade na região.

A Gúnia de Kopes, redonda como um cogumelo vermelho e branco, grudava-se à noraseira com um raio de noventa metros. Com quase dez metros de altura, suas paredes eram brancas e o teto, vermelho-vivo, feito de massa de fungo solidificada. Jost e Risa subiram uma vez sobre o teto, encontrando-o fofo e macio. Jost, entusiasmado, mordeu a superfície espumosa e cuspiu longe, insatisfeito com o sabor.

O interior era iluminado, com formações que lembravam cogumelos, uma ilusão planejada pelos gelfos para atribuir às obras de Guinda. Sentaram-se em um local de destaque próximo ao altar, enquanto Jun ocupava o centro ao lado de Liana, onde convidados e réus se encontravam durante os julgamentos. Hoje, porém, era uma mistura dos dois papéis, onde a comunidade e a Gúnia julgavam os méritos e deméritos da construção do hospital.

Sob a luz escassa do anel, o clima nublado e sombrio projetava sombras hipnóticas nas paredes próximas, enquanto Shimbair iniciava as apresentações. Filhotes vestidos de branco entoavam uma melodia bonita. Após saudações e cânticos prolongados para aumentar o suspense, Kadhir, vestido com suas roupas cerimoniais, leu trechos em mandru do Guinair, o livro sagrado dos gelfos, na língua que poucos na vila entendiam, mas que Jun, agora, compreendia melhor que eles.

Todos notaram que Kadhir, vestido com roupas mais elaboradas que o habitual, cobria-se dos pés à cabeça, deixando à mostra apenas os olhos e o focinho. Shimbair mencionou que o kundra enfrentava problemas de saúde desde antes da viagem de Jun a Neyd, lutando contra uma anemia persistente. Apesar disso, hoje parecia mais enérgico, mesmo com a roupa grossa e o capuz azul exagerados para a ocasião.

Finalmente, com seu manto azul-claro e uma coroa branca adornando a cabeça, Kadhir começou sua palestra.

— Sabe, Shimbair, por que Guinda é tão belo? — perguntou ao assistente com intenções retóricas, recebendo de volta um sorriso e uma negativa teatral. — Porque ele é pleno!

Por mais etérea que fosse a lógica, a maioria dos gelfos sentados na frente, inclusive Jorost, sorriram, concordaram e aplaudiram. Satisfeito e sorridente com a reação, o kundra continuou:

— Tempos virão em que Guinda mandará um salvador! Um guerreiro poderoso que resolverá todos os nossos problemas. Trará riqueza e conforto a todos e punirá os nossos inimigos, aqueles que não o aceitam, aqueles que são diferentes. Pois está escrito em mandru que Guinda escolheu apenas os gelfos para entrar em seu reino subterrâneo. As grandes cavernas de Akona são os caminhos para o paraíso. Lembrem vocês das palavras da profecia sagrada: "Existe um povo que sofre e reza. Um povo cheio de necessidades. E nós clamamos por aquele que será o maior de todos os guerreiros e terá uma parte de cada um de nós e empunhará a espada que controla tudo. E nós o reconheceremos e o chamaremos de 'O Guerreiro das Estrelas' e ele será nosso rei!". Devemos, pois, nos preparar para a chegada de nosso salvador. Guinda nos fez à sua imagem e semelhança. É o amor puro e irrestrito em sua plenitude. E ele condenará sem perdão quem não puder ou não quiser amá-lo. Não há como amar alguém que seja diferente. — Fez uma pausa, olhando em direção à plateia.

Jun virou-se para Liana e cochichou:

— Eu li um poema em Mandru que fala de uma espada poderosa...

— Não é melhor falarmos sobre isso depois? — sugeriu Liana.

— Tá bom...

Kadhir aparentemente não escutou os cochichos e deu início à entrada de mais um grupo, agora um coral de gelfos vestidos de azul e branco que começou a cantar várias músicas em louvor ao grande marsúpio que agora Jun sabia ser apenas uma história mal escrita por gelfos antigos. Mas a jovem aguentou com paciência todo aquele ritual porque, afinal, essa era a cultura de seu povo. Só depois da cantoria Kadhir resolveu falar sobre o assunto da grande reunião. Dessa vez, direto ao ponto.

— Apesar de saber que muitos desejam a construção do hospital — continuou Kadhir —, eu tomei a decisão de negar a minha bênção para a construção dessa obra humana.

O salão se encheu de murmúrios de protesto. Até Shimbair se mostrou intrigado com a fala do kundra.

— Mas, sacerdote, não é verdade também que, se proibirmos o hospital de ser construído aqui, ele será feito em outro lugar? — As palavras saíram da boca de Shimbair sem ele pensar muito.

— Eu já mandei besouros para a capital, para nosso jovem rei Bauron, avisando que a presença das fadas aqui não é benéfica — disse Kadhir, sem alterar a voz. — Acabei de receber como resposta que um batalhão do exército está vindo para cá para garantir que essas atividades ilegais sejam impedidas.

A multidão manteve um silêncio de provável perplexidade. Jun e Liana se entreolharam sem saber direito como reagir àquela surpresa desagradável.

— O jovem rei Bauron respeita acima de tudo nosso grande guni, primeiro-ministro da Gúnia e representante de Guinda neste plano material. Ele mandou que parássemos com toda e qualquer atividade que envolva contato com seres que não sejam gelfos em nossa região. Hiperfungos, brodais, tulientes, fadrugos e, em especial, humanos.

Até então a plateia mantinha um silêncio respeitoso diante do discurso, com apenas alguns sussurros, mas logo começaram murmúrios de insatisfação que foram se elevando. Para desespero de Jorost, Pipa foi a primeira a falar.

— Nossa vila estava esquecida pela Capital. Por que isso agora? Não é só o hospital — disse, e sua voz soava como um fio fino de resistência. — Sem o comércio com os humanos, vamos passar fome.

Jorost, ao ouvir, afundou-se na poltrona branca. Era como se quisesse desaparecer.

Então Kadhir queimou. Não de fogo, mas de ódio. Vermelho, pulsante, e com um cheiro podre de coisa que se deteriora por dentro.

— Como ousa? — A voz dele cortou o ar, e Jun sentiu um arrepio, como se algo vivo rastejasse pelas paredes. — Duvidar de Guinda é o pior desrespeito. Guinda não se questiona! Jorost, controle sua esposa. Há punições para isso. Punições que ela nem imagina.

Jun esperou. Esperou a resposta óbvia, a submissão, o murmúrio de obediência. Mas o que veio foi o silêncio.

Jorost não se moveu. Não falou. Seus olhos, grandes e vazios, estavam presos em Pipa. E Pipa continuava ali, sem desviar o olhar do kundra. O silêncio entre eles tinha peso. Tinha forma. E, de alguma maneira, era mais forte do que a fúria de Kadhir.

— Essa ideia de hospital foi uma completa loucura desde o início — falou a voz de Vícius Merfa, pai de Tâmi Merfa, que aplaudia o pai com entusiasmo. Ele ficou de pé ao lado de Darla, sua esposa. Ao seu lado também estavam Gema e Purius Linus, pais de Junkah e Garfael. — Vocês não estão vendo? — continuou. — Essa gelfa é uma desgraça pra essa cidade. Já causou uma morte e vai trazer mais problemas pra nós!

— Fazer um hospital aqui só vai trazer gelfos amaldiçoados que deveriam estar longe de nós — completou Purius Linus. — Deveríamos banir os Vellanda de Kopes, junto com as fadas.

Tâmi Merfa e Garfael, com seus pais, Darla e Vícius Merfa, também se posicionaram a favor de Kadhir.

— O pacto que os Vellanda estão fazendo com os humanos pode trazer riqueza pra alguns poucos, mas vai condenar a vila pra sempre! — gritou Garfael. — Só existe um caminho a seguir e este é o caminho que a Gúnia nos mostra!

Pipa não se abateu.

— Meu marido não é o único que faz comércio com humanos aqui em Kopes! — Pipa olhou para trás, encarando a plateia. Todos estavam perplexos com a reação da gelfa. — Se o kundra quer tomar terras de quem possui ligações com os humanos, vai comprar briga com muita gente.

— Sim! — respondeu Grott, o ferreiro, que vivia recebendo encomendas das fadas e de algumas sereias aladas. — Vou ter um prejuízo danado e a capital não vai me reembolsar!

— Viram? — apontou Pipa. — Muita gente aqui depende do contato com outras raças. Como você, Dulísio, que conseguiu consertar seu moedor de sementes graças à ajuda das fadas.

— Sim, é verdade! — concordou Dulísio. — Se não fossem elas, eu ia estar amassando sementes com meu moedor antigo e não teria curado as minhas dores nas costas.

— E os remédios que elas nos conseguem — lembrou Marna, a curandeira da vila. — Muitos de nós teríamos morrido se não fosse por elas.

Kadhir ficou vermelho. A raiva subiu como fogo seco na pradaria. O suor cheirava amargo.

— Guardas! — gritou. — Prendam essa gelfa insolente! Ela incita todos contra o rei! Contra a Gúnia! Quem desafia a Gúnia desafia a comunidade!

O salão ficou em silêncio. Então uma voz se ergueu.

— Se prenderem Pipa, terão que prender a mim e aos meus filhos.

Era Bazir. O chefe da guarda da cidade. Seus filhos se ergueram ao lado dele. Peito erguido, olhos duros.

— Enfrentar meus filhos não é fácil. Mas é mais fácil do que me enfrentar.

Os guardas hesitaram. Suas lanças pesavam nas mãos. Bazir estava desarmado, mas não precisava de lâminas. Eles sabiam disso.

O velho Lodran quebrou o silêncio.

— Minha colheita de gudango vai para as fadas e os fadrugos — disse.

Outros começaram a falar. Alguns concordavam. Outros queriam se aproveitar. Mas ninguém mais estava calado.

Mitu, o prefeito, pigarreou.

— Sem a caravana de Jorost, o mercado fica pobre — disse. — Precisamos de calma. A ordem da Gúnia nos prejudica. Mas desobedecer ao rei é traição. E traição é morte.

Silêncio outra vez. Então Pipa cuspiu no chão.

— A capital nos esquece. Só vem buscar impostos. Se não fossem as fadas, os homens-pássaro já teriam nos matado.

A multidão murmurou. Depois gritou. Depois rugiu.

— Fora Kadhir!

Tâmi, Garfael e seus pais saíram de fininho. Não queriam problemas.

No fundo do salão, Shimbair ergueu os braços.

— O rei Bauron nunca se importou com esta vila — disse. — Sempre fui fiel à Gúnia. Mas o rei perdeu o juízo. O guni também.

Ele esperou. Deixou que suas palavras caíssem pesadas.

— Liana nos fez uma proposta. Se rompêssemos com a capital, as fadas nos protegeriam.

Shimbair fez um gesto. Seus soldados se aproximaram.

Kadhir sorriu. Esperava por isso. O coração de Jun gelou. Mais dez guardas entraram, lanças erguidas. Agora eram trinta contra Bazir e seus filhos. Mas a multidão somava mais de noventa. Se houvesse luta, haveria sangue. Filhotes estavam ali. Pipa mordeu o lábio.

Shimbair respirou fundo.

— Irmãos da Guarda Branca, vocês têm família aqui. Pensem em Guinda e sua justiça. Ele vê tudo. Ele é sábio. Ele é justo.

Pausou. Esperou.

— Prendam Kadhir! Ele não representa esta vila!

O salão explodiu em gritos.

Jun saltou e berrou. Gostava de Shimbair desde pequena.

— Meus caros cidadãos de Kopes, acredito que há um consenso entre a maioria — disse Mitu com firmeza. — Sendo assim, mediante aos poderes que me foram concedidos como prefeito de Kopes, eu declaro Estado Contestatório de três cambalhotas azuis. Neste período, o kundra deverá ser preso e mantido longe de qualquer outro gelfo.

O aplauso veio como um trovão. Gritos e comemoração encheram o salão. Menos Pipa. Jun notou.

— O que houve, mãe? — perguntou Jun.

— Não sei dizer, filha. — Pipa olhava Kadhir com desconfiança. — Um aperto no coração. Conheço Kadhir desde filhote. Sempre foi fascinado pela Gúnia, pelo poder. Nunca foi bom, mas isso... isso é estranho. Ele ganharia mais sem criar problemas.

— A senhora acha que ele mudou? — Jun perguntou.

Pipa olhou nos olhos da filha.

— Não mudou. Está pior.

Kadhir sorria. Já tinha um plano. Jun sentiu um frio na espinha.

A Guarda Branca entregou as armas. A milícia levou Kadhir.

— O mal cairá sobre esta vila! — gritou Kadhir. A voz rouca gelou Jun.

Ela subiu as escadas. Bazir estava com Shimbair. Três soldados seguravam Kadhir.

— Seu Bazir — disse Jun, calma. — Tirem o capuz dele.

Bazir fez um sinal. Um guarda abaixou o capuz. Algo estava ali.

A multidão silenciou. Jun puxou o pano que cobria a nuca de Kadhir.

Uma criatura rosada, olhos grandes, tentáculos enrolados. Assim que Jun a descobriu, tentou mordê-la. Kadhir rugiu. A multidão gritou.

— Ugamino? — Jun mal acreditou. — Disseram que você estava morto!

— Ai, meu Guinda! — Pipa gritou.

— Saia de perto de mim, feiticeira! — Ugamino rosnou. Kadhir não tinha expressão.

— Por quê, Ugamino? — Bazir perguntou.

Os tentáculos se retesaram, mudaram de cor. Kadhir arregalou os olhos. Fechou-os. A língua caiu para fora. Morto.

Os soldados soltaram o corpo. O barulho da queda ecoou.

— Depois de tudo o que fiz por esta vila, vocês me traíram! — Ugamino gritou. — Um exército vem. Encontrará um kundra morto. Tentem explicar ao rei.

— Você fingiu sua morte? — Jun perguntou.

— Posso me desidratar — disse Ugamino. O tentáculo venenoso apontou para Jun. — Escapei do meu caixão. Peguei Kadhir dormindo. Transformei seu cérebro em suco de gelfo. Só faltava matar o corpo.

— Eu sei. Sei como esta comunidade pode ser cruel com quem é diferente, Ugamino — disse Jun. Sua voz era uma lâmina fina, cortando o silêncio. — Por que não veio falar comigo? Eu podia ajudar.

Ugamino riu, mas não foi um riso. Foi um golpe.

— Acha que sou igual a você, Jun? — As palavras vieram carregadas de fel. — Eu sentei à mesa com reis e nobres. Você é uma aberração que anda com humanos. Eu nunca me rebaixaria a pedir ajuda para uma bruxa. Uma bruxa que cospe blasfêmias contra Guinda!

Jun ergueu as mãos. Palmas abertas, vazias.

— Guinda? — disse, com doçura e algo mais. — Guinda é deus dos gelfos, Ugamino. Nós somos marsupiais. Você… você é um ixodidae.

— Não! Eu sou um gelfo! — A voz do parasita era um trovão de desespero. — Vivi como um gelfo. Comi como um gelfo. Fui amado e temido como um gelfo. Você pensa que sabe mais do que eu só porque andou com humanos? Você pensa que sua ciência pode contra a fé? Você não leu o Guinair como eu. Você não leu com os olhos certos.

Jun respirou fundo.

— Eu li o Guinair, Ugamino. E sei mandru.

— Não da maneira certa! — Ugamino sacudiu os tentáculos, a voz mais fina, mais cortante. — Você não aceitou Guinda em seu coração. É uma pena. Eu queria que você fosse para o reino de Guinda comigo. Quando morresse. Queria que encontrasse a salvação.

O silêncio se estendeu como um véu sobre todos. As sombras nas paredes pareciam vivas.

— Você usa o corpo de Kadhir há menos de um ano — disse Jun. A voz dela soava cansada. Ou talvez fosse só lúcida demais. — Já se considera um kundra?

— Não gostei do tom de ironia na sua voz, bruxa! — Ugamino cuspiu, cuspia raiva, cuspia medo. — Você deveria ser mais humilde. Você não tem a base de dados que eu tenho!

Ele se endireitou, inflou-se.

— Eu escrevi mensagens. Através de Kadhir. Enviei pelos besouros ao rei Bauron. Ele sabe. Sabe que você é a causa de todos os males. Logo chegarão aqui. E encontrarão um kundra assassinado. Você sabe qual é a pena por matar um kundra?

Jun nada disse. Ugamino sorriu, porque o silêncio era seu agora.

— A pena é a morte! — Ele ria, mas ninguém mais ria. — Você será executada! Você e sua família de insanos!

— A pena por matar um kundra é a morte? — Jun perguntou, mas não a Ugamino. Perguntou a Bazir.

— Sim — disse Ugamino, antes que Bazir dissesse qualquer coisa. — Sim! Mas não terão tempo. O exército do rei Bauron já terá exterminado essa vila maldita. Essa é minha vingança! Odeio cada um de...

A lança atravessou seu corpo antes que pudesse terminar.

Foi um instante. Uma sombra, um golpe, um baque surdo. O pequeno corpo rosado, pesado demais, caiu. O sangue no chão era parte de Kadhir, parte dele.

— Sentença executada — disse Bazir.

Pipa tremia.

— Ele está morto desta vez?

Jun olhou. O sangue. Os últimos espasmos. O fim.

— Sim — respondeu. Pousou a mão no ombro da mãe.

Bazir limpou a lâmina.

— Cremaremos os dois desta vez. Daremos a Ugamino o funeral de um gelfo. Era o que ele queria.

CAPÍTULO 42

GENERAL XISTO LEBETH

Levar três mil gelfos armados de Gunideia até Kopes era uma caminhada de oitocentos quilômetros que levou trinta cambalhotas de ampulhetas azuis para ser percorrida, com a ajuda de aves garravento e alguns crustáceos. Não era apenas uma questão de percorrer a estrada esburacada; cruzar a floresta de Kellyni significava fugir de pássaros gigantes, árvores carnívoras, bruma negra e uma variedade de perigos. Quando a tropa do general Xisto Lebeth chegou ao topo de um grande morro, todos estavam exaustos. Os uniformes azul-claros estavam marrons e muitos haviam emagrecido. Dali, podiam ver a parte alta das grandes ferôneas, a apenas algumas jornadas de viagem dos portões de Kopes.

O céu estava nublado, o anel de fogo podia ser visto delineado por trás das nuvens e uma neblina branca e gélida se formava saindo da vegetação densa.

— Pai? Por que vamos acampar logo aqui? Eles podem nos emboscar aqui? — A voz sonolenta de Zeph saiu. Os soldados estavam exaustos.

— Eu já vi o que as fadas podem fazer, filho. Se nos quisessem mortos, já estaríamos.

— Então por que viemos?

Xisto não respondeu de imediato. Havia algo na hesitação do filho que o tocava. Olhou para ele. Um rosto ainda novo, mal coberto por bigodes. A juventude é cheia de perguntas. Algumas, sem resposta.

— Não acredito que haverá derramamento de sangue, filho. O rei encena para a Gúnia.

Zeph assentiu devagar.

— Eu entendo, pai. Bauron finge obedecer ao lorde Aurínio, mas quer mesmo é um acordo com as fadas.

Xisto sentiu orgulho. O filho via as engrenagens ocultas.

— Você está ficando esperto.

Mas a inteligência também traz medo.

— Essas armas… me preocupam.

Xisto baixou os olhos para os baús. O peso de ferro e pólvora. Uma barganha. Um caminho para uma glória silenciosa. Nenhuma glória vem sem riscos. Mas tudo na vida tem risco.

— Vamos acampar aqui.

— Eu aviso os soldados — disse Zeph.

Ele subiu na elevação. Transmitiu a ordem. Os soldados não se moveram.

Xisto sentiu um calor subir-lhe à garganta.

— Vou urinar atrás daquela moita — disse, ainda na sela. — Se o acampamento não estiver pronto quando eu voltar, alguém vai ser chicoteado.

As mãos que hesitavam encontraram pressa. Barracas se ergueram no susto.

Um soldado levou sua ave corredora ao riacho. O animal grasnou. A fome e o cansaço colavam-lhe as penas ao corpo.

Outro oficial veio. O ombro enfaixado, o andar pesado. Fez continência.

— Como está o ombro, Brenn?

— Melhor, general Lebeth. Peço autorização para distribuir as novas armas.

— Depois que comerem.

Brenn hesitou.

— Permissão para falar livremente, senhor.

— Concedida.

— Essas armas, senhor... Vindas dos frânios... O elixir. Só conseguimos usá-las com ele. O senhor já pensou se isso acontece porque...

Xisto viu o medo nos olhos do jovem.

— Porque é contra a vontade de Guinda?

Brenn engoliu em seco.

Xisto respirou fundo. O céu começava a escurecer.

— Pensei, sargento Brenn. Mas recebi uma ordem direta do rei Bauron. — Silêncio. — Soldados obedecem a ordens.

— Mas e se Guinda nos condenar por isso?

Xisto meneou a cabeça com um sorriso quase imperceptível, como quem já ouvira aquela pergunta antes e sabia que, no fundo, a resposta não importava.

— Então talvez o rei Bauron tenha nos ordenado para o Reino de Daison. E ordens são ordens, sargento.

Brenn abriu a boca, mas desistiu. Apenas baixou a cabeça e retirou-se para a barraca onde a cozinha estava sendo montada.

Zeph, ao contrário, permaneceu imóvel, fitando o pai com olhos carregados de dúvida.

— Pai, esse elixir... é um feitiço, como os das fadas. Por que precisamos dele para usar essas armas?

Xisto suspirou, um suspiro cansado, de quem já vira muitas coisas neste mundo e aprendera que algumas perguntas eram mais fáceis de ignorar do que responder.

— Eu realmente não sei, filho. O que eu disse para o oficial não é exatamente o que eu penso, você sabe disso. E essas escopetas não são coisas mágicas. São algo perigoso.

Dizendo isso, inclinou-se sobre a caixa na carroça puxada por um crustáceo, retirando dali uma das tais armas. Observou-a por um instante, como se esperasse encontrar nela algum segredo revelador. Carregou-a com pólvora, mas, logo depois, deixou-a cair na grama com um gesto distraído, quase desinteressado.

Zeph abaixou-se, pegou o objeto e girou-o nas mãos.

— É como se uma magia nos impedisse de usá-las... mas, com o elixir...

Desprendeu do cinto o frasco azul e tomou um gole, sentindo um arrepio leve, quase um choque. Depois, ergueu a arma mais uma vez, mirou um síssio que flutuava sobre uma moita e disparou.

O bicho caiu, tingindo o chão de amarelo.

— O feitiço do elixir anula essa magia — concluiu Zeph, ainda observando o resultado do disparo. — E então podemos tocá-las. Podemos usá-las.

Xisto manteve-se em silêncio. O jovem olhou para ele, hesitante, como se esperasse uma confirmação.

— Não sei nem como chamar esses pequenos canhões.

Xisto cruzou os braços, analisando o filho. Por fim, respondeu, com a serenidade de quem dá nome ao inevitável:

— Armas de fogo.

Zeph repetiu as palavras em voz baixa, como quem experimenta um gosto novo na boca.

Xisto, por sua vez, limitou-se a encarar o céu, onde as nuvens se adensavam. Entre os tantos rumores do mundo, mais um nome havia sido pronunciado.

CAPÍTULO 43

QUANDO OS DOIS EXÉRCITOS SE ENCONTRAM

Jino ainda estava desaparecido quando o exército do rei Bauron apareceu na entrada da cidade com três mil gelfos armados. A neblina branca parecia entrar junto a eles pelos grandes portões que permaneceram abertos por orientação de Bazir e Mitu. Queriam deixar clara a posição da vila de não se colocar como inimiga do rei. Mas havia uma atmosfera de tensão no ar. O vento era gélido e as nuvens apontavam no céu carregado, como se uma tempestade de proporções violentas estivesse prestes a cair sobre a vila de Kopes.

Shimbair, como o novo kundra, olhou apreensivo para o alto das árvores, onde havia quatrocentas fadas e duzentos gelfos de Kopes. Dez balões também reforçavam a tropa da vila.

Bazir, que conhecia muito bem o guerreiro que comandava a tropa branca, pôs a mão no ombro do Shimbair.

— Xisto não vai arriscar a vida de tantos gelfos em vão, ele não é tolo — disse.

Os guerreiros gelfos de Gumineia vestiam o uniforme branco da Gúnia e a maioria portava lanças montados em garraventos. Nenhum usava sequer um arco. Mas guardavam algo estranho em suas costas. Algo que parecia uma espada, mas não era.

— Eles têm armas de fogo — disse Liana, olhando pela luneta. — Nunca vi gelfos com esse tipo de arma.

— Que tipo de arma? — indagou Bazir, preocupado.

— Do tipo que pode matar melhor que alguns arcos — explicou Liana. — Nós nos recusamos a usar esse tipo de coisa e os Oráculos dizem que gelfos não podem usar.

— Como assim, não podem?

— É proibido para vocês. Eu não sei por quê. — Liana encolheu os ombros. — Bauron conseguiu alguma forma de burlar essa proibição. Isso não é bom.

— Não foi Bauron — comentou Bazir. — Foi lorde Aurínio. E claro que isso não é bom, eles podem nos matar.

— Não é só isso. — Liana balançou a cabeça. — Você não sabe do que este planeta é capaz quando se contraria suas leis.

Bazir não entendeu. Sentiu apenas um aperto súbito no peito, um incômodo que não sabia nomear. Mas agora estava preocupado, verdadeiramente preocupado.

As fadas vestiam azul, sempre azul. Era assim que devia ser. Não havia indras na tropa, porque não podiam estar ali. Eram as themis que guerreavam, as themis e apenas elas. Os gelfos de Kopes também usavam azul, e aquilo era um alívio, porque azul era a cor da aliança, da promessa silenciosa de que estavam do mesmo lado. Então, quando o pequeno grupo surgiu levando a bandeira de trégua, houve um respirar fundo, um instante em que o mundo pareceu parar. Poderia mesmo ser evitado? O sangue, a matança?

Mas Bazir sabia, todos sabiam: mesmo que Xisto perdesse, mesmo que seu exército fosse nada além de poeira, outro exército viria. Depois outro. Porque lorde Aurínio queria a guerra. Não pela guerra em si, mas pelo prazer de atiçá-la, de vê-la arder.

A esperança estava ali, frágil, prestes a ser decidida por palavras que ainda não haviam sido ditas. Liana sabia disso.

Ela olhou para os que se aproximavam e virou-se para Jorost.

— Chame Jun. Agora.

Jorost hesitou. Era uma hesitação cheia de significado, cheia de algo que doía.

— Não, senhora — disse ele, firme. — Não vamos colocá-la em perigo.

Liana piscou devagar, como se aquele momento fosse outro dentro do tempo, um tempo seu.

— Não haverá guerra — murmurou. — Eu entendi agora.

Mas Jorost não se convenceu.

— Não vou botar Jun em risco!

Liana suspirou. Um sopro leve, que não pedia permissão para existir.

— Confie em mim — disse.

Jorost não respondeu.

— Você conhece Xisto — continuou ela. — Sabe quem ele é.

— Sei. É um gelfo honrado.

— Então precisamos de Jun.

Jorost fechou os olhos por um instante. Depois chamou alguém, deu a ordem com um fio de voz.

Bazir viu Liana limpar o suor da testa. Havia um peso sobre ela, um peso que talvez nunca pudesse ser dividido.

Ele queria dizer algo que a fizesse respirar melhor.

— Xisto não fará besteira — disse.

Era o que podia oferecer.

— Eu estava com uma sensação ruim — disse Liana. — Mas agora estou aliviada.

— Já estive em muitas batalhas contra fadas, pode ter certeza de que temos mais medo do que vocês — brincou o gelfo.

Liana sorriu.

Xisto estava ao lado de Brenn, ambos montados em duas aves garravento. Havia uma terceira corredora vazia.

— Saudações, general Bazir — cumprimentou Xisto Lebeth.

— Saudações, general Lebeth — respondeu Bazir. — Essa é Liana La Bekar, de Neyd.

— É uma honra encontrá-la, sra. La Bekar. Estes são o sargento Breen e meu filho Zeph.

Bazir e Liana acenaram para Brenn, mas Bazir não enxergou ninguém montado na outra corredora.

Xisto Lebeth se aproximou e se colocou em pé em posição de sentido diante de Liana e Bazir. Seus olhos brilhavam, mas não de raiva — havia algo profundo e doloroso ali.

— General Bazir — disse ele, com a voz um tanto rouca. — Sra. La Bekar.

Houve uma troca de saudações, mas o ambiente permaneceu tenso, como se todos estivessem esperando o pior. Xisto, no entanto, surpreendeu-os com suas palavras. Ele apontou para a terceira corredora, que parecia estar vazia.

— Eu queria saber se podem cuidar do meu filho nesse hospital. — Xisto apontou para a montaria vazia. — Ele atuou na guerra, mas não sei se ele morreu e eu só o vejo em meus pensamentos ou se ele é real. Meus comandados me respeitam, apesar de pensarem que estou louco, mas eu preciso saber. Porque, pra mim, meu filho ainda está ali. Fala comigo e eu escuto sua voz. Minha esposa não o vê mais e me abandonou, dizendo que estou louco. O corpo dele nunca foi encontrado. Estava do meu lado quando pisou em uma mina e desapareceu. Mas só pros outros. Pra mim, ele sempre continuou lá. E mesmo que vocês digam que é apenas uma loucura de um velho gelfo, eu ainda sinto orgulho e amor quando o vejo. Você entende o que é isso, Bazir? Perder um filho, não entende? Soube de sua perda. Sua bela filha. E sei que, se pudessem, as fadas a teriam trazido de volta, mas e agora? Até onde vai o amor de um pai pelo filho? Até onde posso resistir? A resposta você sabe tão bem quanto eu: vai até a morte, a nossa morte, Bazir. Talvez além.

Não houve lágrimas nem de Xisto, nem de Bazir. Mas suas emoções emanavam odores tão distintos que até Liana podia sentir. Bazir e Liana trocaram um olhar. O cheiro agridoce de emoções conflitantes preenchia o ar, como uma tempestade prestes a desabar. As palavras de Xisto pairaram no silêncio.

— Sinto muito, amigo — disse Bazir, com a voz pesada de compaixão. — Mas até a mágica das fadas tem limites. Não dá pra enganar a morte.

— Eu vejo seu filho. — A voz de Jun saiu com firmeza chegando ao lado do pai. — Ele não está morto, foi transformado em espectro. É uma maldição. Não era para o senhor conseguir vê-lo.

— Mas eu o vejo — insistiu Xisto.

— Talvez a maldição tenha essa brecha — disse Jun. — Talvez... Acho que o amor de pai é mais forte que a maldição das fadas.

Bazir arregalou os olhos.

— Quer dizer que podem trazer o filho dele de volta?

— Ele já está aí. Só que como espectro. Mas sim. Posso agora, se quiser — falou Jun para um paralisado Xisto.

— P-por favor — foi tudo que o general Lebeth conseguiu dizer.

Jun tomou entre os dedos uma pitada de pó mágico e, com um sopro leve, dispersou-o sobre a sela da ave corredora. No mesmo instante, um clarão de faíscas multicores riscou o ar e, pouco a pouco, tomou a forma nítida de um jovem gelfo. Era, em tudo, distinto dos soldados ali presentes: não trazia no rosto a poeira da estrada, nem as marcas da fadiga; ao contrário, parecia recém-saído de um banho, alheio à rudeza da guerra.

— Meu Guinda, então era verdade! — exclamou Brenn, atônito.

— Oi, pai! — disse Zeph, com a naturalidade dos que ignoram o peso da ausência. — Olá, sargento Brenn.

Xisto, como que sacudido por um ímpeto irresistível, correu ao encontro do filho e arrancou-o do lugar, apertando-o num abraço que trazia em si dez anos de dor e incredulidade.

— Filho, você tá bem?

— Só com um pouco de fome — respondeu Zeph, com uma leveza que contrastava com a solenidade do momento. — Não como nada desde a guerra...

Liana, cruzando os braços, sorriu de lado:

— Dez anos de jejum devem ser difíceis.

Xisto, tomado por uma emoção que nenhum guerreiro saberia conter, lançou os braços em torno de Bazir e Liana, como se, naquele gesto, encerrasse todo o fardo de uma década perdida e o alívio de um destino que se reescrevia. Mas não havia tempo para hesitações. Segurou a mão do filho e levou-o ao encontro do exército.

E então, quando os soldados viram Zeph de pé entre os vivos, um clamor se ergueu, poderoso como um trovão que rasga o céu. Brados e gritos ressoaram pelo campo, rolando como ondas contra as colinas distantes. Não era apenas júbilo; era algo mais profundo, mais antigo, como se ecoasse desde tempos imemoriais, uma voz que falava das batalhas e dos sacrifícios de seus ancestrais.

Xisto voltou-se para Jun e, com um gesto solene, estendeu-lhe a mão. A jovem hesitou por um instante, mas, ao fitar os olhos do comandante, compreendeu. Naquele olhar não havia apenas gratidão; havia reconhecimento. O que fora quebrado estava sendo restaurado. Com a leveza de quem carrega o peso do destino, Jun aceitou-lhe a mão e caminhou ao seu lado.

E então, com voz firme, Xisto ergueu-se acima do clamor e bradou:

— **Vellanda!**

O nome cortou o ar como o soar de um sino em meio à tempestade. E novamente, mais forte:

— **Vellanda!**

A resposta veio em uníssono, uma torrente de vozes que atravessou as planícies, ultrapassou os muros da vila de Kopes e penetrou na vasta floresta de Kellyni.

— **Vellanda! Vellanda! Vellanda!**

Xisto, já incapaz de segurar as lágrimas, apertou o filho contra si, seu corpo sacudido por um alívio tão intenso que beirava a dor. Então, com reverência, voltou-se para Jun. Seu olhar não era mais o de um comandante, mas o de um gelfo diante da verdade. E ali, sob o céu carregado de história, pai e filho dobraram os joelhos diante da gelfinha.

O silêncio caiu como um véu sobre o exército. Sem hesitação, um a um, os soldados desmontaram de suas aves e se ajoelharam. Três mil guerreiros, cada um inclinado diante da jovem que outrora fora um nome esquecido, uma sombra entre os seus.

Jun sentiu as lágrimas queimarem-lhe os olhos, mas conteve-se. Seu olhar procurou Jorost, e nele encontrou algo que nunca conhecera antes: orgulho.

Xisto Lebeth se moveu então, seu olhar passando de Jorost para Bazir, como se aquele momento os unisse de uma forma irrevogável. Depois, sem palavras, deu dois passos à frente e caiu de joelhos diante de Jun.

E foi então que aconteceu.

De todas as direções, das ruas de Kopes, das casas, dos campos, vieram os aldeões. Alguns eram velhos, outros filhotes; machos e fêmeas que haviam sussurrado seu nome em escárnio, que a haviam negado, ignorado. Mas ali estavam eles, dobrando-se um a um, até que toda a vila de Kopes estivesse ajoelhada diante daquela que, um dia, fora seu opróbrio.

Jun não conteve mais as lágrimas. Elas desceram, quentes e silenciosas, enquanto o peso da redenção caía sobre seus ombros como um manto antigo, tecido não apenas com dor, mas com algo maior — algo que ninguém poderia jamais tomar dela outra vez.

CAPÍTULO 44

CONFRATERNIZAÇÃO

A praça pulsava, viva, cheia de um ruído de festa que não se firmava completamente, como se hesitasse entre a euforia e o cansaço. Os exércitos agora misturados, sem lados, sem fronteiras. Gelfos iam e vinham, sumiam na noite para dormir e depois voltavam, os passos ainda incertos, alguns cambaleando, outros rindo alto demais. O chafariz da praça já não era só chafariz, era banho, era brincadeira, era alívio. O forno coletivo nunca trabalhara tanto — pães, bolos, cheiros quentes de nutrição e de consolo.

E havia as fadas, sempre vigilantes. Mas mesmo a vigília tinha seus instantes de trégua, um pé que se movia no ritmo da música, um giro leve, um convite aceito ou negado. Entre elas, algumas dançavam sozinhas, outras encontravam nos gelfos mais destemidos um par inesperado.

Jost e Risa já estavam roucos. Cantavam com a voz que restava, porque o que mais poderiam fazer? Não havia silêncio possível, só esse barulho, esse desarranjo alegre, essa vida desorganizada.

Mas havia aqueles que olhavam de longe. Sempre há. Os que não dançam, os que não se permitem ser tomados pelo instante. Estes foram os primeiros a ver.

Mitu também viu. A pele se arrepiando antes que a mente entendesse. Algo no ar, algo errado. E então o olhar ergueu-se e viu. As sombras riscavam o céu, grandes, vermelhas, velozes. As fadas também viram — dez criaturas aladas sobrevoando as árvores imensas. Mas elas não ficaram ali.

Elas mudaram de rumo.

E de repente não havia mais música, não havia mais dança, não havia mais festa. Só o caos.

Dez dragões, enormes, descendo sobre a vila de Kopes como se o próprio céu cuspisse fúria. O fogo veio primeiro. E depois a gritaria, que crescia, descontrolada, esmagando tudo o que restava de alegria.

E então choveu fogo.

O mundo se incendiou em estalos e explosões. As árvores que antes guardavam a vila agora queimavam, labaredas subindo como dedos desesperados para o céu negro. O calor, no começo um sopro, tornou-se um abraço sufocante. Os gelfos corriam sem saber para onde, os ouvidos feridos pelo estrondo, os olhos cegos pelo brilho alaranjado da destruição.

No meio da tempestade de fogo, Jorost e Bazir gritavam ordens, tentavam conter o medo alheio enquanto lutavam contra o próprio. E Mitu, sempre Mitu, já formava um grupo, porque, se o fogo vinha, alguém tinha que apagá-lo.

A festa havia acabado.

Mesmo com o tumulto, Xisto, Bazir e Liana se apressaram em organizar suas tropas o melhor possível. As fadas estavam em galhos próximos com arcos, fazendo pares com a tropa de gelfos.

— Soldados, tomem seu elixir e se preparem — avisou Xisto. — Acho que vai ter guerra, sim.

Os soldados obedeceram, mas se juntaram às fadas e as tropas de Bazir, em lugares estratégicos.

— Kleia e Imália, levem essas pessoas para um lugar seguro — ordenou Liana, apontando para um grupo que estava estático olhando o caos instaurado de maneira tão rápida.

Foi Eveld que se antecipou e pegou Dundum no colo e depois fez sinal para Jost e Risa o seguirem.

— Vamos pra nossa casa — sugeriu Pipa, já apontando o caminho.

Kleia e Imália reuniram os filhotes, firmes, mas gentis, como quem sabe que o medo precisa de mãos para segurar. "Dêem as mãos. Sigam-nos." Risa hesitou apenas um instante. Correu para pegar suas balinkas, as cordas trançadas com bigodes de carudo, pequenos tesouros de um mundo que talvez estivesse prestes a acabar. Então, juntou-se a Jost e ajudaram as indras a guiar os pequenos.

Mitu, Bazir, Xisto, Jorost e Liana trocaram olhares, sem precisar de palavras. Shimbair se aproximou.

— Valla, Tosken — chamou Bazir, a voz baixa, mas sem tremor. — Vão até a noraseira. Tirem todos de lá. Levem-nos para dentro de uma árvore grossa.

— Vou com eles — disse Shimbair. — Tenho as chaves.

— Sejam rápidos — alertou Jorost.

O céu se encolheu. Alguns dragões recuaram, mas um não. Ele veio. Cortou o ar como um trovão antes da tempestade e pousou diante deles. O chão tremeu.

Jorost pôde ver Pipa, Jost e Risa entrando em sua grossa árvore junto a Imália, Kleia, Loriza e todos os filhotes e muitos outros gelfos. Deixou escapar um suspiro de alívio. Mas muitos outros gelfos ainda corriam para todos os lados e só pararam quando o monstro aterrissou.

Os gelfos eram pequenos, nenhum maior que um metro e meio. O dragão não era. Tinha cinco metros de altura. As asas, largas como as de um morcego, pareciam tecidas de sombra e couro, estendendo-se por seis metros. Os dentes eram de cobra. Os olhos, grandes, amarelos e impossíveis de ignorar. O corpo vermelho, escamoso, mas mais claro no peito, como algo que o fogo moldou e depois esqueceu de apagar. Os braços eram humanos, ou quase. Se não fosse pela cauda, pelo pescoço longo e pelas asas que sussurravam promessas de destruição, ele poderia ser um homem — um homem terrível, nascido em pesadelos.

Ele pousou com um impacto que fez o ar vibrar. Jorost não recuou. Liana surgiu ao seu lado, o arco pronto. Bazir segurava sua lança como se ela fosse uma resposta para todas as perguntas do medo.

Os gritos diminuíram. O silêncio veio rastejando, carregando uma dúvida: o que viria agora?

Mais dragões desceram, empoleirando-se na casca da noraseira, atentos, à espreita, como espectadores de um teatro onde o terceiro ato sempre termina em sangue.

O dragão caminhou. Suas pernas grossas pareciam erradas, como se tivessem sido feitas para outra criatura. Mas ele não parecia disposto a atacar.

Jorost sentiu um arrepio gelado percorrer sua espinha.

Dragões não falavam.

Dragões eram desenhos em páginas antigas. Eram monstros que viviam em histórias contadas à beira do fogo.

Mas aquele ali não era um desenho.

E parecia que queria conversar.

— Püion em Striebber huntra Crônius. Fluiiz draa truss unrshun avro neü mars? Fluiiz draa ravaa junniris hio? Fluiiz draa püion gran avro? Dhar truss lun nor Jünnar kun'ai? — grunhiu o dragão em uma língua que, por um infortúnio, nenhum dos presentes compreendeu.

— Dragões falam? — balbuciou Bazir, perplexo.

— Eu não tinha nem certeza se existiam — sussurrou Jorost.

— Liana, você sabe falar a língua deles? — perguntou Sarya, com a maior calma que poderia ter em uma situação como aquela. — Não tem a língua deles no Oráculo?

— Sinto dizer que não — disse Liana, apavorada, seu pesadelo mais profundo tornando-se realidade.

— Esse pó mágico não pode fazer um tradutor? — indagou Jorost.

— O pó mágico tem limitações — respondeu Liana. — Não pode fazer tudo. Não é assim que funciona. Eles são saters, falam uma das línguas mais antigas. Uma das línguas proibidas.

— Firihk drostran Canshu Shwimu, fluiiz draa pion ravaa junniris hio?

Liana trocou olhares com Sarya e respirou fundo, se aproximou da fera. Mesmo com todo o conhecimento das fadas, ela não entendia uma palavra do que aquela criatura dizia.

— Eu sou Liana, da cidade das fadas — disse a sibila, tentando se manter calma. — O que vocês querem? Não fizemos mal algum a vocês.

— Püion Striebber huntra Crônius. Laun chor shren Avro firihk hchi. Laun chor paz manipulaazun hchi kohnos. Laun chor püion til raipajani tiuf. Tir paz firihk paz kehz azdun? — bradou o dragão. — Tli drostran em grazy. Tandü paz il vaz hri rsun grofrrairnuun tivt sai.

Liana suava. Se esforçou ao máximo para entender a língua. Ela sabia falar mais de dez línguas diferentes, mas essa era uma infeliz exceção. Quando tentou acessar os conhecimentos do Oráculo, não conseguiu nada. Teve que se esforçar em lampejos de livros antigos para entender.

— Eu não estou entendendo direito. Ele está dizendo que seu nome é Striebber — traduziu em voz alta para o grupo. — Pelo que entendi, há humanos em seus pesadelos.

— Diga que há todo tipo de humanos, nem todos são maus — pediu Jorost.

A situação estava tão tensa que Jorost olhava constantemente em direção à sua casa. Tudo o que importava agora era que todos lá dentro estariam ou não em segurança.

— Cês falam disoniano e são humanos — disse o dragão na língua das fadas, com um sotaque carregadíssimo, de forma quase ininteligível, enquanto apontava para a bola escura que despontava no céu azul.

— Somos humanos, mas não somos disonianos — argumentou Liana, apontando também para a esfera negra distante além do anel de fogo.

— Nitzarca! Püion kajun khrüa kun'ai! — O monstro pareceu ficar cada vez mais furioso. Levou as duas mãos à cabeça, como se algo o incomodasse dentro do cérebro. — Grofrron rion todosh! — gritou.

— Estamos dizendo a verdade — insistiu Liana. — Não queremos fazer nenhum mal a vocês!

Com um movimento rápido, o monstro girou, virando as costas para Jorost, Bazir, Liana e Mitu. Mas a cauda veio depois. Veio como um chicote, como uma lâmina, como uma sentença inevitável. O golpe os lançou contra as árvores, quebrando galhos, esmagando ar. Apenas Sarya foi rápida o bastante para saltar para o lado.

Mas rapidez não era o bastante.

O dragão abriu a bocarra e cuspiu uma bola de fogo. Sarya teve tempo de ver as chamas, mas não de fugir delas. O fogo a engoliu e, com ela, os que estavam perto demais. O grito dela durou um instante. O cheiro de carne queimada duraria muito mais.

Os gelfos da guarda de Xisto estavam prontos. Flechas e virotes voaram, cortando o céu como estrelas caídas. Alguns encontraram a barriga do monstro, rasgando a pele macia entre as escamas. Outros quebraram placas inteiras, rachando-as como gelo fino. Foram dezenas de tiros e flechas, perfurando, dilacerando, ferindo.

E, então, a mágica aconteceu.

As feridas fecharam. O sangue derramado voltou ao corpo. A carne rasgada se refez.

O dragão bateu as asas e subiu, carregado pelo vento e pela fúria.

Foi então que Baldomero se lançou para frente. Era jovem. Era rápido. E era bom. A lança que arremessou voou reta como uma promessa e se cravou fundo no olho direito do dragão.

O monstro rugiu. De dor. De raiva.

E então, simplesmente, puxou a lança.

O olho se regenerou. Como se nada tivesse acontecido. Como se Baldomero nunca tivesse existido.

Em troca, o professor Bonfalur, que estivera na festa, que segurava apenas uma bengala e nenhuma arma, recebeu uma rajada de fogo. Ele não teve tempo de gritar. Apenas queimou.

Os outros dragões avançaram. Vieram como tempestade. Vieram como desespero. Caíram sobre a árvore dos Vellanda, sobre a cidade de Kopes, sobre aqueles que tinham muito a perder e nenhum lugar para fugir.

As fadas nos galhos reagiram. Elas voaram, dispararam flechas. Mas eram apenas fadas. E os dragões eram cinco. Eram imensos. Eram imunes.

Quando as lanças venciam as escamas, os ferimentos se curavam. As balas também não matavam.

O resultado era um só: as fadas caíam. Primeiro uma. Depois outra. Depois dezenas. Elas brilhavam enquanto queimavam, bolas de carne em chamas se apagando antes de tocarem a grama verde da planície.

— Meu Guinda, o que está acontecendo? — gritava Pipa, que saiu da casa desesperada e correu até Jorost, caído no chão. — Jorost, meu amor! Você está bem?

— Acho que quebrei o braço — disse Jorost, se remexendo. — Bazir? Liana? Mitu?

Olhou para o lado e viu Bazir gemendo de dor.

— Não quebrei nada, mas vou quebrar esses malditos dragões — rosnou Bazir, furioso. — Liana?

A fada estava desacordada, mas sua respiração parecia normal. Mitu estava ferido, com certeza tivera umas costelas fraturadas. Mesmo assim, se levantou com dificuldade e tratou de carregar Liana desacordada para a entrada de uma árvore próxima. A dor nas costelas lhe arrancava lágrimas. Xisto Lebeth já havia se levantado e tentava coordenar o ataque junto ao seu filho.

Ao atravessar o pequeno portal, Mitu sentiu o cheiro da terra úmida e seguiu pelo interior subterrâneo da casa dos Vellanda. O porão, normalmente um abrigo contra o frio, com seu velho aquecedor encostado na parede, agora servia a outro propósito. Ali, no meio da penumbra, vários gelfos se amontoavam com filhotes nos braços, os olhos arregalados de medo, as mãos apertadas em preces silenciosas.

Quando viram a fada, correram para ajudar Mitu, que grunhia de dor. Colocaram Liana sobre uma poltrona grande.

A fúria dos dragões era diferente de tudo que aquela vila já testemunhara. Eles não pareciam ter um plano. Eles apenas destruíam. Voavam baixo, cuspindo fogo sem direção, incendiando árvores, derrubando construções, reduzindo a cinzas tudo o que encontravam — gelfos, casas, histórias.

Mas a vila não se entregava em silêncio.

As fadas e os gelfos lutavam. Eles eram pequenos, mas eram rápidos. Eram organizados. E eram corajosos. Atacaram com armas de fogo, flechas, lanças. Dispararam contra os dragões sem hesitação. Miraram nos pontos vitais — na cabeça, nas asas, no coração, na barriga. Às vezes, atingiam mais de um lugar ao mesmo tempo. Duas lanças. Três lanças. Uma saraivada de tiros.

Por um momento, parecia que poderiam vencê-los.

E então, assistiram, horrorizados.

As feridas se fecharam. Sempre.

O sangue derramado voltou ao corpo. Sempre.

Não importava o quão fundo fosse o corte, o quão certeiro fosse o golpe. Os dragões apenas se curavam. E contra-atacavam.

E, lá fora, o mundo queimava.

No alto da árvore dos Vellanda, alheios a toda tragédia que acontecia lá embaixo, Jun e Saran se beijavam na cabana que outrora fora de Jino.

— Por Guinda, você beija tão bem! — elogiou Jun.

— Tenho mais prática — respondeu sem gaguejar.

— Sim, pegou todas as fêmeas da nossa idade na vila, só faltava eu.

— Eu só queria você.

— Tá bom que eu acredito — provocou Jun.

— Eu só quero você. Sempre quis. — Saran a beijou de novo.

— Você é convincente. Mas concorda que é difícil de acreditar?

— Quer casar comigo, Jun?

— Você é muito convincente...

Saran olhou para as lanças no canto da parede e lembrou-se dos treinamentos que faziam juntos.

— Você é boa com cheiros. Você sentia o cheiro dos meus sentimentos? — indagou Saran.

Jun deu uma longa gargalhada.

— Sentia que estava atraído por mim, mas é como eu disse, você tinha sempre o cheiro de outras gelfas em você. Achei que sentia atração por todas as fêmeas da vila.

— Tá...

Ficaram abraçados no sofá de couro construído por Jino. Tempos depois, Saran foi olhar a festa lá embaixo. Viu que havia muita gritaria, barulho e correria, como uma festa normal dos gelfos.

— Tudo vai ser diferente agora, né? — suspirou Saran.

— Talvez. Eu sei é que tenho muito trabalho pela frente. — Ela levou os olhos para o céu.

— E Jino? O que faremos com ele?

— Ele deve estar longe. — Jun fitava a cabana construída pelo irmão, os olhos carregados de memórias. Por um tempo, Jino fora um bom gelfo. Um irmão. Mas esse tempo já se fora. — Acho que nunca mais o veremos.

— Mas se virmos? — Saran cruzou os braços. — Ele matou Junkah. A pena pra isso é a morte.

— Você acha que ele se arrepende?

— Acho que me arrependo, sim — disse uma voz vinda da porta da cabana.

Jun e Saran se viraram ao mesmo tempo.

Jino estava lá.

Parado à entrada, a lança firme nas mãos, como se fizesse parte dele. Saran se moveu rápido, posicionando-se diante de Jun, um escudo de carne e osso contra qualquer loucura que Jino pudesse estar prestes a cometer.

— Jino, abaixe essa lança — disse Saran.

Mas Jino não abaixou.

Ele se moveu.

Avançou contra eles, os pés afundando no chão úmido. Saran e Jun recuaram, os corpos tensos, os olhos arregalados. Jino ergueu o thuá, preparando-se para lançá-lo. E então gritou:

— Por favor, abaixem-se!

Saran preparou-se para atacar, mas Jun hesitou. Algo no olhar de Jino. Algo que não era ódio. Algo que não era raiva.

Ele não olhava para eles.

Ele olhava para cima.

Jun agarrou o braço de Saran e o puxou para o chão. No mesmo instante, a lança passou zunindo por cima deles.

E então veio o som.

Não era um rugido qualquer.

Era um trovão, uma explosão, um grito rasgado da própria terra.

O calor veio logo depois, intenso, sufocante.

Jino os ajudou a ficar de pé e se colocou entre eles e o monstro.

— Fiquem atrás de mim! — disse ele.

E então o monstro caiu.

Cinco metros de altura, uma montanha de escamas vermelhas, um par de asas grandes o bastante para bloquear o céu. Contorcia-se, as garras rasgando o próprio peito na tentativa de arrancar o thuá que Jino havia arremessado contra ele.

Ele conseguiu.

E o sangue veio.

Veio como um rio, escuro e espesso. O dragão rugiu uma última vez antes de ceder, os olhos apagando-se como brasas sob cinzas.

Estava morto.

Jun correu para o irmão, os braços apertando-o como se quisesse segurá-lo ali para sempre.

— Jino, você voltou!

Ele sorriu.

— Falei que ia ficar pra proteger minha família. — O sorriso sumiu, dando lugar a algo mais cansado, mais quebrado. — Só precisava recuperar um pouco da minha sanidade.

Jino pegou um baú com rodinhas e abriu. Estava cheio de thuás, as lanças com ponta de ferro que Tosken havia trazido de Neyd.

— Eu falei praquele tonto do Tosken entregar isso pro Bazir — suspirou Jino, balançando a cabeça e tentando contar as lanças na caixa. — Pelo visto ele procrastinou.

— São vinte e cinco lanças aí — disse Saran.

— Eu juro que vou aprender a contar direito também — disse Jino. — Então as outras estão com Bazir.

— São as lanças com mágica, né? — Jun demorou para entender o que estava acontecendo e então arregalou os olhos. — Os gritos lá embaixo! Estamos sendo atacados por dragões.

— Essa é minha irmã mais inteligente que todo mundo, parabéns. — Jino embaraçou o cabelo da irmã como fazia antigamente. — Levem com vocês essas... essas vinte lanças, contei direito? Esses dragões não morrem fácil. Eles se curam. Com esses thuás, as feridas não cicatrizam. É a única maneira de acabar com eles. Vocês entenderam?

— Tá — disseram Jun e Saran ao mesmo tempo.

— Então vamos agir. — Jino pegou as lanças que sobraram e desceu.

Jun olhou para o *Pardal Negro* ancorado na árvore e sorriu para Saran.

— Tenho uma ideia.

— Qual? — indagou Saran.

— Sou forte, corajosa e sabida!

Jorost e Pipa corriam pelo campo, tentando alcançar sua árvore, quando foram forçados a parar.

Havia um grupo à frente deles. A família Merfa, cercada por outros gelfos.

— Essas fadas só trazem desgraça! — bradou Tâmi Merfa, a voz cortando o ar como um chicote. — Jun e essa família fedorenta! Sempre foram uma doença pra esta cidade! Deviam ser entregues aos dragões!

— Jun é uma bruxa! — gritou Garfael, o rosto distorcido pela raiva. — Olhem o que ela fez! Olhem o que essas malditas fadas trouxeram para nós! Vamos entregar todas elas!

E, por um instante, o caos ao redor silenciou. Alguns gelfos pararam e olharam para eles.

Tâmi sentiu-se inflamada. Sim, estavam ouvindo. Sim, estavam do lado dela. Sim, estavam apontando.

Mas não para ela.

Ela se virou.

E viu.

O dragão vinha rápido, asas abertas como um céu envenenado. O fogo veio antes que ela pudesse gritar.

E então não havia mais Tâmi.

Nem Garfael.

Nem seus pais.

Nem os futuros sogros.

Apenas um círculo de cinzas e um cheiro de carne carbonizada.

O dragão pousou ali, sobre os restos fumegantes do que havia pouco fora a fúria de Tâmi Merfa.

Jorost não se moveu.

Pipa, sim.

Ela deu um passo à frente, o corpo pequeno diante da criatura colossal, os olhos ardendo de lágrimas e desafio. Sabia que sua presença não salvaria Jorost. Sabia que o dragão poderia incinerá-los sem esforço. Mas, ainda assim, abriu os braços, como se pudesse ser um escudo contra o inevitável.

E gritou:

— Se for matar meu Jorost, vai ter que me levar junto, seu dragão idiota!

Então fechou os olhos.

E esperou.

— Grofrron rion Todosh! — bradou o dragão, sugando o ar para cuspir mais uma rajada de fogo.

Pipa sabia.

Sabia que iria morrer ali, ao lado de Jorost. Não havia escapatória, não havia truques, não havia milagres. Apenas o calor insuportável do destino vindo em sua direção.

Apertou as mãos dele. Abraçou-o.

— Eu te amo, Jorost Vellanda!

Ele sorriu. Triste. Inquebrável.

— Eu amo muito você, Pipa Lirolle.

Ela negou com a cabeça.

— Pipa Vellanda, meu amor. Sempre fui sua. Sempre senti orgulho de carregar seu sobrenome. E estou feliz de morrer com ele.

Palavras apressadas, mas demoradas. Uma eternidade em poucos segundos. Talvez nem precisassem dizer nada. O amor estava ali, tatuado na existência deles, nos olhares, nos sorrisos, nas noites silenciosas e nos dias barulhentos.

O dragão se preparou.

Eles se beijaram.

Fecharam os olhos.

Esperaram.

O som veio primeiro. Algo quebrando. Um rugido de dor.

Não era deles.

Abriram os olhos.

O dragão estava caído, uma lança cravada na cabeça. Sangue negro e espesso escorria pelo chão.

Jino segurava a lança.

— É isso que acontece com quem ameaça meus pais — disse ele, olhando para Jorost.

CAPÍTULO 45

SALVE-SE QUEM PUDER

Depois de deixar seu pai e sua mãe em segurança, Jino entregou seis lanças para Bazir e Xisto.

— É bom vê-lo de novo, meu genro — disse Bazir. — Espero que não se ofenda se eu disser que é melhor ainda ver essas armas que matam dragões.

— Mas cadê as armas que eu pedi para Tosken te entregar? — indagou Jino, impaciente. — São trinta lanças como essa.

— Estão na delegacia, dentro da noraseira, no centro da cidade. — Bazir baixou as orelhas. — Eu vou lá buscar.

— Deixa comigo! — Jino balançou a cabeça e trocou abraços com Bazir e Loriza.

— Valla, Tosken e Shimbair estão lá, mas o fogo aumentou lá dentro desde que eles entraram — informou Bazir.

— Jun e Saran foram com Risa e Eveld até o *Pardal Negro* — disse Jino. — Eles vão enfrentar os dragões lá de cima. É mais perigoso, mas pode dar certo. Eu vou lá pegar as lanças na delegacia.

— Tome cuidado! — exclamou Loriza. — O centro da vila está em chamas.

— Vai ser uma boa corrida — disse Jino.

— Péssima hora para você se tornar uma gelfo ponderado — disse Bazir.

— Péssima hora para vocês discutirem — disse Xisto, apontando. — Olhem do outro lado do campo.

Liderados por Mitu, alguns gelfos viram a oportunidade e lançaram suas lanças contra um dragão que parecia ferido. As armas cortaram o ar, atingiram a criatura e, pela primeira vez, ela vacilou. Cambaleou. Balançou como uma árvore retorcida prestes a tombar.

Mas não tombou.

Jino viu tudo e pegou dois thuás.

— Eu vou lá ajudá-los. Fiquem com as outras lanças.

Dito isso, ele saiu correndo pelo campo em direção ao grupo onde estava Mitu.

O dragão, com um movimento brusco, arrancou a lança cravada na cabeça. Algo úmido e cinzento escorreu, respingando no chão como uma chuva grotesca. O cheiro de carne queimada se misturava ao fedor acre do sangue de dragão. Então, diante dos olhos aterrorizados dos gelfos, a ferida se fechou. E depois outra. E mais outra. Em instantes, o dragão estava inteiro novamente.

E furioso. Sempre furioso.

Antes que avançasse, Mitu atacou. Ele correu, gritou, ergueu sua lança e a fincou no flanco da criatura. O dragão rugiu, girando para esmagá-lo, mas o prefeito de Kopes já estava subindo em sua cauda, chutando, espetando, arrancando pedaços de escama e carne. O dragão se retesou, surpreso com a ousadia, e então agarrou Mitu com suas garras afiadas.

Mitu não parou de lutar.

Ele se debatia, chutava, rasgava, mordia se fosse preciso. E quando o dragão bateu as asas e subiu aos céus, levando-o junto, Mitu apenas riu.

Era isso que ele queria.

Que a fera fosse para longe dos outros gelfos.

Que os deixasse em paz.

Eles subiram. E subiram. O vento cortava seu rosto, seus olhos lacrimejavam, o mundo se tornava um borrão abaixo. Então, o dragão, com um brilho cruel nos olhos, simplesmente o soltou.

Mitu caiu.

Rodopiou pelo ar, braços abertos como um pássaro sem asas.

Viu o chão, viu o céu, viu a árvore onde os gelfos se abrigavam e estavam se afastando. Sorriu, porque pelo menos o monstro não estava mais lá.

Ouviu o dragão gargalhar acima dele, um som que preencheu o céu como trovão zombeteiro.

Então, o impacto.

O chão o recebeu com uma brutalidade silenciosa. Ossos quebraram, órgãos estouraram, e Mitu deixou de existir antes mesmo que pudesse sentir a dor.

Jino chegou tarde para salvar Mitu, mas consegui atirar seu thuá com força, certeiro. O dragão viu, não ligou de ser atingido no coração, mas ficou surpreso quando não se regenerou. Caiu perplexo na grama, explodindo em sangue e tripas.

Nem o Guinair, o livro sagrado dos gelfos, ousaria contar uma história tão apocalíptica quanto aquela.

Jun chegou à doca onde o *Pardal Negro* flutuava, ancorado como uma sombra contra o céu. O casco rangia suavemente.

Jost surgiu primeiro, seguido por Risa e Eveld, suas silhuetas recortadas pela luz vacilante.

— Jino nos mandou — disse Jost, a voz firme, mas com um quê de urgência. — Para ajudar você.

Dundum apareceu atrás dele, adorável e desajeitado.

— Você fica aqui, Dundum — ordenou Jun. — É perigoso demais para um cachorro.

— Dum-dum — concordou o gâmoni.

Jun respirou fundo, tentando decifrar o caos ao seu redor: tinham um navio, tinham lanças encantadas, tinham uma tripulação. E tinham dragões. Quatro, ela contou, queimando a vila de Kopes como se estivessem moldando um inferno particular. Ela pressionou os olhos com os dedos, tentando organizar os pensamentos.

— Alguém precisa assumir o leme — murmurou.

— E esse alguém não pode ser você? — indagou Saran, os braços erguidos num gesto teatral, como se questionasse a própria lógica do Universo.

Jun piscou. Então, de repente, tudo fez sentido.

— Sim — respondeu, com um lampejo de decisão. — Eu posso. — Ela girou para a tripulação, sua mente agora um turbilhão de engrenagens se encaixando. — Eveld, você opera uma das balestras. Saran, a outra. Risa, você mantém os blemmyes trabalhando na propulsão.

— Como faço isso? — perguntou Risa, franzindo a testa.

— Saran explica — retrucou Jun, já apontando para a sala de máquinas.

— Tá… — respondeu Saran.

Ela indicou o baú na proa, onde os thuás repousavam com seus cabos prateados.

— São as lanças que compramos na cidade das fadas. Jino disse que seriam necessárias. De algum modo, ele sabia. Ou foi avisado.

Jost e Eveld pegaram-nas com reverência, virando-as nos dedos. O cotoco de madeira crescia e aparecia quando segurado.

— Então era para isso que serviam esses thuás estranhos? — Jost empinou as orelhas.

— Em vez das flechas comuns, usamos isso nas balestras? — perguntou Eveld.

Jun assentiu.

— Vai ser mais difícil de mirar. E cuidado: se tocarem a ponta, o corte nunca fecha.

— Ainda bem que me avisou só agora. — Jost olhava para o objeto com perplexidade.

— Você se cortou? — Jun esticou o pescoço na direção dele, preocupada.

— Não, pode deixar — Jost riu. — Vamos matar uns dragões!

Ela tomou o leme, sentindo a madeira fria e lisa sob as mãos. Acionou as alavancas com movimentos calculados, e o *Pardal Negro* se desprendeu da doca, ascendendo para o céu. A fumaça da vila logo os envolveu, densa e sufocante, até que emergiram do outro lado — e os viram.

Os dragões.

Quatro bestas colossais, com escamas que refletiam o fogo como espelhos distorcidos. Eles circulavam o centro da cidade, cuspindo chamas nas construções enquanto os gelfos fugiam, as pequenas figuras se contorcendo como insetos na borda de uma fogueira. Fadas não voavam mais, mas atacavam escondidas entre os galhos das árvores, mas nada, nada fazia mal aos dragões. Isso agora iria mudar.

Jun virou as orelhas para trás, mostrou os caninos e semicerrou os olhos, fixando-os no cenário abaixo. Corpos queimados espalhados pelo solo como cinzas caídas de uma lareira. Os sobreviventes corriam para as árvores, mas alguns não chegavam a tempo — e então os dragões os devoravam, com a lentidão de quem saboreia uma refeição.

Jun apertou o leme, os nós dos dedos esbranquiçados.

— Preparar as lanças — ordenou, a voz como aço.

O *Pardal Negro* desceu em direção aos monstros como uma ave de rapina. E ninguém, nem mesmo os dragões, percebeu a sombra que vinha do céu para caçá-los.

— Segurem-se, todos. Vou alinhar as balestras de estibordo — anunciou Jun, a voz firme como o próprio casco do navio.

— De onde? — indagou Saran, franzindo a testa.

— Estibordo... A direita do navio. — Jun indicou com a mão, mais para si mesma do que para os outros, como se quisesse ter certeza. Esperou que Saran e Eveld se posicionassem, que as balestras fossem carregadas, que o inevitável tomasse forma. — Segurem-se nas cordas! — Ela apontou para os cabos grossos ao lado das balestras, usados para amarrar o navio. Jost, Saran e Eveld se agarraram como se dependessem daquilo para continuar existindo.

O *Pardal Negro* mergulhou levemente antes de inclinar os estabilizadores laterais. Jun desligou as hélices no momento exato, forçando o navio a girar no ar como um predador se preparando para o ataque. O flanco direito agora apontava diretamente para os dragões.

— Dum-dum! — gritou Dundum, instantes antes de se esborrachar contra a parede da cabine. Baús caíram sobre ele em uma avalanche de madeira e couro.

— Eu avisei para não vir atrás! — bradou Jun, sem paciência, antes de voltar sua atenção para fora. — Mirem. Atirem!

A sombra do *Pardal Negro* se espalhava sobre os dragões como um presságio. Mas eles, embriagados pelo espetáculo de chamas e destruição, ignoravam a ameaça vinda do céu. Saran foi o primeiro a disparar, mas sua lança se perdeu no vento, desviada como um pensamento errante. Eveld tentou logo depois — e também errou. O barco oscilava, descendo rápido demais, aproximando-se dos dragões com uma ousadia suicida.

Na terceira tentativa, Saran finalmente acertou. A lança rasgou o ar e cravou-se fundo nas costas da criatura. O rugido do monstro estremeceu os céus, um grito de dor e fúria que fez até as nuvens hesitarem. Cambaleou, como se o próprio peso fosse um fardo novo e inesperado, e então caiu. Os outros três pararam, como se o tempo tivesse congelado, e ergueram os olhos flamejantes para o *Pardal Negro*.

— Isso! — desabafou Eveld, os olhos brilhando como brasas. — Mais perto fica mais fácil de acertar!

Jun sacudiu a cabeça. O caos reinava, e sua mente girava como o navio ao sabor dos ventos.

— Péssima ideia! — gritou. — Larguem essas balestras. Somos gelfos!

Saran sorriu, um brilho de compreensão cruzando seu rosto.

— Claro. Por que não pensei nisso? — murmurou. — Se chegarmos mais perto, podemos lançar os thuás com a mão.

— Por que eu também não pensei nisso? — repetiu Eveld, uma pontada de frustração na voz.

Jun continuava apertando o leme com força.

— Eu pensei, meu Guinda — disse ela, os olhos fixos na escuridão adiante. — Mas achei que era uma loucura voar perto deles. Agora, vejo que é a única solução. Peguem as lanças. Vamos caçar dragões.

O *Pardal Negro* mergulhou outra vez, abrindo caminho entre os monstros. O casco colidiu contra um deles, um baque surdo seguido de um rugido de dor. Os outros dois não hesitaram — seus olhos predatórios fixaram-se no navio, e eles avançaram, com fúria suficiente para incendiar o próprio céu.

Jost pegou a lança como quem segura uma incerteza. O braço se moveu antes que a mente terminasse de ordenar. A lança seguiu o ar, uma prece sem fé, e o dragão, com sua mão de garras, apanhou-a no meio do voo. Ficou ali, segurando, examinando o objeto com olhos de quem vê algo pela primeira vez. Olhou para os companheiros caídos. Olhou para a lança. Olhou para o vazio.

E esse instante, essa hesitação, bastou para Eveld lançar o thuá com toda força possível. O projétil entrou e saiu, atravessou o peito da criatura como uma resposta inevitável. O dragão tombou, a vida abandonando o corpo antes que ele entendesse que já não era.

Outro dragão avançou sobre eles com fúria e fogo. Saran desviou das chamas com agilidade e arremessou, agora com firmeza. O thuá atravessou o fogo para encontrar a garganta do monstro que engasgou, depois explodiu, depois caiu, rodopiando para finalmente se espatifar na grama. Saran deu um urro comemoração.

O último dragão, ao menos era o que parecia, veio em direção ao *Pardal Negro*.

Mas esse, talvez pela ira, talvez pela astúcia, moveu a cauda num golpe de fim de mundo. E as balestras voaram pelo convés, quebradas, inúteis. Uma corda se rompeu, um estalo de tendão arrebentado, e o *Pardal Negro* inclinou-se num lamento de madeira e vento. Girou, rodopiou, perdeu-se no próprio peso. E enquanto afundava em sua própria vertigem, o dragão cuspiu fogo.

A labareda desceu como um decreto.

E então correram. Correram para a cabine, sem pensar, sem respirar. Jost, Risa, Saran e Eveld, uma massa de urgência e medo. E Eveld foi o último e quase não chegou. A chama lambeu suas costas e ele teve de arrancar a jaqueta, o cheiro de tecido queimado misturando-se ao caos.

Agora estavam dentro. Agora eram cinco espremidos num espaço que não comportava tanto medo. E o dragão estava lá fora. Observava. Pensava. Podia um dragão pensar?

O navio girou, mas o dragão se lançou sobre a proa. Pousou como quem reivindica o fim. As garras cravaram na madeira em chamas. O choque fez o *Pardal Negro* parar, o silêncio entrecortado pelo baque de corpos contra a popa: Eveld, Risa, Dundum — jogados como peças soltas de um jogo cruel.

O dragão respirou fundo.

O fogo viria.

Mas então, antes que viesse, veio a dor.

O dragão rugiu, um som de pedra sendo partida ao meio. E então caiu. E caiu como um trovão que esqueceu de ser som e virou apenas corpo. E quando seus olhos se apagaram, atrás dele surgiu Imália.

Imália, cheia de sangue de dragão, com um thuá encantado nas mãos.

E seus olhos não eram os olhos que Jun conhecia. Havia neles algo quente e terrível, algo maior do que Imália poderia conter. Sua pele morena, quase dourada, brilhava em meio ao sangue vermelho-escuro, e seu corpo tremia, e suas mãos ainda estavam presas na lança.

— Eles mataram minha mãe — disse, e sua voz não era um sussurro, não era um grito. Era algo que não precisava de volume para ser escutado.

E então sorriu, um sorriso sem alegria, um sorriso de faca.

— Posso ajudar em alguma coisa?

CAPÍTULO 46

INCÊNDIO

Dentro da noraseira parcialmente em chamas, Tosken observava, junto a Valla, o *Pardal Negro* derrubar vários dragões e comemoravam. Com a ajuda de Shimbair e alguns soldados, tinham evacuado todo centro da cidade.

Foi quando Jino chegou com duas lanças em meio à fumaça.

— Por que demorou tanto? — perguntou Tosken.

— Eu demorei a encontrar uma lança na cor que você gosta — respondeu Jino.

— É bom ter você de volta. — Valla correu e abraçou o irmão.

— É bom ter criaturas aladas para matar. — Jino deixou escapar um sorriso.

— Eu também gosto da ideia — concordou Tosken. — O problema é não deixar eles nos matarem primeiro.

— Preciso pegar mais lanças dessa na delegacia. — Jino mostrou o cotoco de lança. — Elas são mágicas e podem matar os dragões.

— Aquelas que você me pediu para trazer? — indagou Tosken. — Como você sabia que a gente seria invadido por dragões?

— Não sabia! — respondeu Jino, erguendo os ombros. — É uma longa história.

— Eu tenho as chaves da delegacia — informou Shimbair. — Mas tem uma nuvem de fumaça envolvendo o local.

Ao chegar em frente à prisão, se deparam com uma cena desconcertante. O wendigo Bru estava solto com os tentáculos levantados e rugindo para eles. Tosken empunhou a lança em posição de defesa e Shimbair soltou um grito agudo. Um dos guardas caiu no chão de tanto susto.

— Por favor — disse a criatura, com uma voz que parecia sair de um cano de esgoto. — Me ajudem a salvar Munjalur. Ele está preso e eu não consigo soltá-lo.

Bru estava totalmente queimado nos tentáculos. A cela do monstro havia se desintegrado com as chamas e o wendigo conseguira escapar, ainda que queimado. Mas se recusou a sair e abandonar o seu antigo hospedeiro.

A fumaça preta se intensificava cada vez mais. Tosken sentiu os olhos arderem e as narinas queimarem.

— Com as minhas chaves, o feitiço se abre — disse Shimbair. — Mas como chegar lá?

— Precisamos entrar ali de qualquer jeito — disse Jino. — Precisamos dessas lanças! Orar para que não estejam queimadas ou que essa fumaça não estrague o feitiço delas.

Valla arregalou os olhos e abriu a boca.

— Fumaça! — gritou. — Por que não pensei nisso?

— O que foi?

Valla correu em direção ao banheiro da escola e fez sinal para Tosken, Jino e Shimbair seguirem-na. Pegou alguns sacos de pano e correu para o depósito de comelimpos. Pegou as larvas de fezélias num pote e jogou no saco e amarrou como se fosse uma máscara na boca e no focinho rosado.

— As fezélias respiram gases tóxicos e cospem ar puro e cheiroso — explicou.

— Isso é genial! — exclamou Shambair, pegando as fezélias e colocando no saco.

— Viu? — disse Valla, com um sorriso que dançava entre a bravata e o orgulho. — Minha irmã não é a única Vellanda esperta.

— Somos uma família esperta — disse Jino. — Apesar de mim.

— Eu concordo! — brincou Tosken, para levar um tapa de Valla.

Os gelfos colocaram as máscaras e Tosken fez sinal para Bru, apontando para Jino e Shimbair.

— Bru... a fumaça... está entrando — gritou Munjalur lá de dentro. — Não vejo nada. Você deveria se salvar.

Bru suspirou, um som baixo e gutural.

— Sempre dramático, Munj.

Com um movimento ágil, o monstro ergueu Shimbair e Jino com seus tentáculos e os colocou diante da cela.

— Deixa comigo! — disse Shimbair.

As fechaduras estalaram, a porta se abriu. Shimbair foi em direção a cela de Munjalur e também a destrancou. Jino, com os olhos ardendo, conseguiu encontrar o baú com as lanças.

— Estão aqui! — gritou.

Em um instante, Bru já segurava os três gelfos com seus tentáculos, tirou-os da prisão e colocou-os em um lugar seguro em frente à escola. Tosken ajoelhou-se e derramou um pouco de água nos lábios ressecados de Munjalur antes de prender a máscara de fezélias em seu rosto. Ele tossiu, um som áspero, mas vivo. Tosken fitou os soldados que tentavam apagar o fogo da cidade sem muito sucesso. Usavam panos e baldes d'água, mas as chamas teimavam em crescer.

— Jino, eu preciso salvar o centro da cidade desse fogo e você precisa levar essas lanças pro meu pai.

Jino acenou com a cabeça. Entregou o baú para os soldados e depois olhou para Valla. Ela olhou para Tosken.

— Ainda quero que você saia daqui enquanto temos tempo, amor — disse Tosken, a voz mais grave do que gostaria. — Jino te acompanha e os guardas vão levar Munjalur. Eu vou tentar salvar o centro da cidade.

Tosken segurou a máscara por um instante, depois virou-se para ela. Seu olhar era intenso. Ele tirou a máscara de Valla e, sem hesitar, a beijou. Foi um beijo como o silêncio antes da tempestade, como a última nota de uma canção antes do fim. Atrás deles, a cidade queimava, mas, por um breve momento, era como se nada mais existisse.

Valla deslizou a máscara de volta ao rosto, ocultando o que quer que estivesse por trás dela — um sorriso, talvez, ou uma sombra de preocupação. Ela lançou um olhar para os guardas e então piscou para Tosken.

— Essa fumaça vai acabar com meu cabelo — brincou. — Te espero lá fora.

— Estarei lá.

Jino assentiu com a cabeça e ajudou Munjalur a se levantar. E então eles se foram, Jino e Valla com Munjalur e os guardas desaparecendo na fumaça. Tosken observou até o último vestígio de Valla sumir antes de se virar para Shimbair e Bru.

— Bru! — chamou Tosken. — Seu nome é Bru, não é?

Bru inclinou a cabeça, um sorriso de dezenas de bocas. De alguma maneira, o monstro entendeu que não era hora de sair dali. Shimbair também insistiu em ficar. Também se sentia responsável pelo centro de Kopes.

— Ao seu dispor.

— Precisamos apagar esse fogo. Seus tentáculos são fortes. Então me diga... posso te pedir três coisas?

Bru piscou.

— Diga.

Tosken apontou para a imensa caixa-d'água em formato de pétala branca.

— Primeiro: pode derrubá-la? Segundo: pode fazer isso sem nos matar? Terceiro: pode nos segurar para que não nos afoguemos?

Bru ficou em silêncio por um momento, considerando.

— Jovem gelfo, posso tentar. Mas não garanto nada.

Tosken sorriu de um jeito que fazia parecer que nada poderia dar errado.

— Se está disposto a tentar, então assumo o risco. Se remover uma das três vigas, a estrutura não aguenta.

— Prefiro me afogar do que virar cinza — murmurou Shimbair.

Bru se moveu, seus tentáculos serpenteando até a base da estrutura. Eles se enrolaram ao redor da madeira e resina, apertando, puxando. A madeira gemeu, uma coisa viva resistindo ao inevitável.

— Vai dar certo... — murmurou Bru, seus tentáculos esticando ainda mais.

Ele segurou Tosken e Shimbair, preparando-se para a queda.

— Segurem-se! — gritou Tosken.

A viga cedeu. Um rugido. Água se lançou do alto, como um deus furioso despertando de um longo sono. A pétala da noraseira que abrigava o centro da cidade foi engolida pelo dilúvio. O fogo gritou ao ser sufocado, sua fúria transformada em fumaça negra que subiu para os céus.

Tosken inspirou o cheiro de cinzas molhadas e sorriu.

— Bom trabalho, Bru. Agora vamos sair daqui.

CAPÍTULO 47

TRAGÉDIA

Jun abraçou Imália com cuidado para evitar a lança. A indra ainda brilhava pelo pó mágico que usara para voar até o balão. Os olhos estavam cheios d'água, mas sua expressão era de ódio. Se permitiu retribuir o abraço quente de Jun, sentindo os pelos dos braços da gelfa a envolverem. Ficaram ali abraçadas enquanto o *Pardal Negro* queimava.

Risa pegou a lança da mão de Imália, com medo das duas se cortarem em meio à demonstração de afeto. Depois olhou para as labaredas tocando o revestimento externo do balão.

— Gente, pele de pterante pega fogo? — perguntou, preocupada.

Jun percebeu que o fogo já estava sem controle no convés. Ainda estavam bem longe do chão.

— Hora de abandonar o navio — disse Jun. — A pele de pterante é resistente, mas vai chegar o momento em que tudo vai explodir.

— Eu tenho pó mágico, mas só consigo levar um de cada vez — disse Imália, abrindo os braços.

— Temos que ser rápidas! — disse Jun, pegando o pó mágico em sua bolsa de pano.

Jun puxou um punhado de pó da bolsa e soprou sobre Imália. Ela retribuiu o gesto. Ambas começaram a flutuar. O tempo tornou-se algo maleável, preso entre a urgência e o medo. Jun pegou Risa e Dundum. Imália segurou Eveld. Saran e Jost ficaram para trás, entre o céu e a fumaça. Entre o fogo e a queda.

O céu parecia infinito quando finalmente tocaram o chão. Mas o momento de alívio durou apenas um suspiro.

Três sombras rasgaram o firmamento. Dragões.

Antes que pudessem ter qualquer reação, o grande dragão — o primeiro que conversara com eles e queimara Sarya — direcionou seu plasma incandescente ao coração do balão e tudo explodiu. Até o dragão foi arremessado para longe pela força da explosão.

Imália e Jun se entreolharam e levantaram voo, tentando ver quais daqueles destroços eram Saran e Jost. O coração de Jun quase explodia: angústia, medo, terror, ansiedade, desespero. Tudo isso ao mesmo tempo, mas ela continuava subindo até que percebeu o que se parecia muito com dois corpos de gelfos caindo e exalando fumaça para o chão. Imália também viu, mas os corpos estavam caindo rápido demais. Elas perceberam que não iriam alcançá-los a tempo. Era uma realidade dura que se apresentava para Jun agora. Ela não pensou, apenas tentou acelerar ao máximo, movida pela força do desespero.

Até que aconteceu.

Ela demorou para entender e acreditar.

Dois tentáculos de um vermelho escuro como carne se esticaram a se enrolaram nos corpos. Amorteceram a queda e trouxeram Saran e Jost para o chão com cuidado.

Era Bru.

O wendigo. O monstro de antes dos dragões. Carapaça de caranguejo, olhos numerosos, bocas em excesso — e todas sorriam.

O mais terrível dos terrores de Kopes acabara de salvar Saran e Jost.

Munjalur estava ao lado de sua antiga maldição e ajudou a amparar os gelfos.

— Vocês estão bem?

— Tô — disse Saran, sempre econômico em seus discursos.

Eveld olhou para seus pelos fumegando e tentou apagar. Munjalur também tentou usar sua jaqueta para apagar os pelos dos dois gelfos que estavam queimando levemente.

Foi quando Bru esticou mais uma vez seus tentáculos para alguns baldes de madeira que jaziam do lado de um tanque. Jogou água em cima dos dois gelfos, resolvendo o problema.

— Obrigado, sr. monstro! — disse Eveld, aliviado.

— Obrigado, sr. Bru — disse Saran.

— Seu criado — disse o monstro, com dezenas de sorrisos.

Os gelfos e as fadas se organizaram, agora com as lanças enfeitiçadas. Jino saiu de novo correndo e recolhendo o máximo de lanças que pôde. Xisto e Bazir formaram uma linha com as lanças. As fadas que sobraram estavam ao lado dos gelfos com lanças nas mãos.

Exaustos e sujos de fumaça, o grupo dos últimos três dragões, deslizando pelo céu como sombras vivas, analisando, esperando. Moviam-se devagar, afastando-se uns dos outros, tornando impossível que um único golpe os atingisse a todos. Agora sabiam. Tinham aprendido. Viram seus companheiros caídos sob aquelas lanças. Tremeram. Sentiram o cheiro da morte no ar.

Striebber vinha no meio, suas asas traçando círculos hesitantes, o corpo marcado pela batalha. Os olhos ardendo de ódio. Ao seu lado, Paar, igualmente cansado, músculos tensos, e a fêmea Drixx, deslizando pelo vento com um olhar interrogativo.

— Ghani emut süyê ichh? Dreestes emut Adastroor ichh? — perguntou Paar.

— Chdun draa süyê ich drammed vazoi chizd. Chdun draa emut aithebus. Mars Sfun Kohustus Kohustus dreestes nestanher. Emut dodraa Püion Ksodun — falou Drixx.

— Hezm emut ili aithebus. Vlikrhis drostran emut Adastroor dru haacho adrastroroor! — respondeu ríspido Striebber.

— Püion vazoi shichdun draa Dreestes emut grasses wir haacho adrastroroor! — replicou Drixx. — Dreestes emut grasses lüt yuna.

— Tharria graudart prosco ksodun grofhuudah khrüa hio. Püion kajun! — argumentou Paar, levando as duas mãos na cabeça em sinal de dor.

— Trua suu shhien neü ec kzibivun mars reht Mars nestanher dreestes. Mars vazoi Pionbres Ksodunes kun'ai Ixxudum. Jessy graudart Amande — insistiu Drixx.

— Iaas frexjhss frahisand! Püion akren draa murghunshalaahh! — ordenou Striebber.

— Püion vazoi tobrukked, tharria püion ethkaun — resignou-se Drixx.

Os dragões se dividiram, cuspindo fogo. Gelfos e fadas, mais preparados, esquivavam-se dos ataques. Jun e Saran, treinados juntos, lutavam em perfeita sincronia.

Paar mergulhou em um voo rasante. Jun correu, impulsionada por Saran, e saltou sobre o dragão. Com força, cravou o thuá em suas costas. As asas foram danificadas, mas nenhum órgão vital atingido. Drixx veio em socorro, varrendo Jun para longe com um golpe de cauda. No ar, Imália a amparou antes da queda.

Eveld e Tosken trabalhavam juntos, ainda sem grande entrosamento. Um buscava lanças enquanto o outro arremessava, cuidando para não se acertarem nem serem queimados. Mesmo assim, sua pontaria deixava a desejar.

Os dragões intensificaram o ataque. O calor era sufocante, e faíscas iluminavam a batalha com um brilho alaranjado. Jun, recuperada, agradeceu a Imália com um gesto antes de voltar à luta.

Saran investiu contra Striebber. Desviou das chamas, correu em ziguezague e agarrou-se à perna do dragão, escalando suas costas. Com precisão, cravou a lança entre as escamas. Striebber rugiu, sacudiu-se, mas Saran manteve-se firme. O dragão então o agarrou e, mesmo ferido, alçou voo.

Eveld pegou uma lança caída enquanto Tosken lançava outra, atingindo Paar no flanco. Furioso, ele cuspiu fogo, mas os dois se jogaram para os lados. Tosken gritou um aviso; Eveld lançou sua lança no instante certo. O golpe atingiu Paar na barriga, forçando-o a recuar.

A batalha rugia ao redor deles, e cada segundo pesava como um destino selado. Os gelfos, sob a liderança de Jun, lutavam com ferocidade, sabendo que hesitar significava morrer. O coração de Jun apertou ao ver Saran, desarmado, rolando para longe dos destroços da queda. Striebber, o grande líder dos dragões, ergueu-se com a asa ferida, os olhos brilhando com a promessa de fogo e destruição.

Ele abriu a boca, preparando-se para incinerar Saran. Mas, então, Jino avançou. Sem armas, sem medo, apenas um desafio nos olhos. Striebber hesitou por um instante — o suficiente para a armadilha se fechar.

Tentáculos escuros se enrolaram ao redor do dragão. Bru, o wendigo, ferido mas ainda letal, apertava o monstro em seu abraço cruel. O dragão tentou se virar, tentou cuspir fogo, mas os tentáculos perfuraram sua carne, rasgaram suas escamas. O rugido de Striebber tornou-se um grito sufocado quando dois tentáculos deslizaram ao redor de sua cabeça e apertaram. Ossos estalaram. Tendões se romperam. E então, num estalo seco e definitivo, a cabeça separou-se do corpo.

Os outros dragões avançaram furiosos, cuspindo plasma incandescente sobre Bru. Chamas envolveram sua pele esfolada, seu corpo quebrado, mas era tarde demais. Striebber não voltaria. Sem a cabeça, não havia regeneração. Não havia retorno.

E no caos do campo de batalha, enquanto o corpo decapitado do grande dragão desabava sobre as cinzas, Jun soube: o equilíbrio daquela guerra acabava de mudar.

O horror da cena deixou os últimos dragões atordoados. Parr e Drixx, que haviam se apaixonado na longa travessia das montanhas geladas do deserto de Akonadi até as sombras úmidas da floresta de Kellyni, sabiam que nenhum dos gelfos que agora os cercavam jamais conheceria sua história. Não havia tempo para palavras, apenas para a morte que os aguardava. Mortalmente feridos, lançaram-se contra Bru, Saran e Jino, não por esperança, mas porque nada mais restava.

Bru, exausto, tentou afastar os gelfos do perigo, seus tentáculos esticando-se na última tentativa de protegê-los. Com um rugido de dor, lançou Saran na direção de Jun. Mas, ao tentar salvar Jino, o destino interveio. Drixx, com o que lhe restava de força, afundou os dentes no tentáculo de Bru, rasgando carne e tendões.

O wendigo gritou, o som reverberando pela clareira como um lamento de outro mundo. O tentáculo se partiu. E os dragões avançaram.

Talvez houvesse entre Jino e o wendigo Bru uma estranha fraternidade, essa comunhão muda que só se forma entre almas marcadas pelo sangue. Ambos haviam matado e, se o fizeram sem remorso ou com ele, é questão que pouco importa. Raiva, desespero, necessidade — qualquer que tenha sido o motivo, o fato permanece: mataram. E mataram aqueles que jamais lhes fizeram mal.

Junkah, por exemplo, não passara de um incômodo momentâneo. Apenas uma provocação, um tom irônico ao falar de Aimê. Nada que justificasse a morte. Mas Jino não estava em um dia comum. Naquele momento, seu limite se rompeu. O balde transbordou.

A raiva acumulada explodiu: pelo gâmoni errado, pela surra da irmã, pela perda de Aimê — o único motivo que lhe restava para continuar. E agora a irmã gêmea ia se casar. Não precisava mais dele.

Era isso o que martelava na mente de Jino Vellanda quando ele avançou, sem hesitar, para o meio das chamas. Os dragões atacavam Bru, e ele estava ali para revidar.

Jino teve apenas um instante para agir. Com um golpe certeiro, enfiou a lança na cabeça de Parr, que recuou com dor. Um rugido de agonia ecoou pelo campo de batalha.

Drixx, a fêmea, avançou também sem hesitação, os olhos selvagens tomados pelo desespero. Com seus braços poderosos, agarrou Jino e, em um único golpe brutal, arrancou-lhe a cabeça com uma bocada.

O corpo decapitado tombou no chão.

Os outros gelfos não pararam. As lanças voaram contra os dragões, afiadas, impiedosas. O campo de batalha era um redemoinho de ódio e medo. Os dragões lutavam sem entender o porquê — apenas matavam, dominados por uma raiva sem explicação, uma fúria instintiva que queimava dentro deles. Os gelfos, por sua vez, lutavam por suas vidas. Mas também por vingança.

Quando o último dragão caiu, foi Drixx quem tombou. A fêmea, que rugira por Parr, que ceifara Jino, agora jazia coberta de thuás, o sangue escorrendo em rios escarlates. E então, por fim, a fúria se apagou.

Os gritos romperam o silêncio como lâminas cortando o ar. Valla chamou por Jino, a voz embargada pela dor insuportável. Jun gritou também — havia se reconciliado com o irmão havia tão pouco tempo, apenas para perdê-lo de novo. Agora era para sempre.

Jorost e Pipa choravam como só pais que perdem um filho podem chorar — um pranto que não pedia consolo, que não encontrava resposta. Um som áspero, dilacerante. Mesmo Munjalur rugia de dor por Bru, caído entre os corpos de Jino e dos três dragões.

— Desculpe por tudo, Munj — disse Bru, antes de morrer estirado no chão entre os dragões.

Mas ninguém chorou pelos dragões. Não havia por quê. Ninguém sabia ao certo por que haviam atacado, de onde vinham, o que queriam. Eram apenas algozes sem nome, destruindo uma vila pacífica sem razão aparente. Para os gelfos, não havia lágrimas para monstros.

A batalha terminara como todas terminam: com gritos, prantos e perguntas sem resposta. Qual era o sentido daquela carnificina? O que os dragões queriam? O que significavam suas palavras estranhas?

Jun se ergueu, o corpo suado, sujo, marcado por queimaduras. Abraçou Saran, depois Tosken. Eveld se juntou ao grupo, trazendo Liana ferida, ambos atentos, prontos para qualquer sinal de perigo. Por fim, veio Dundum com seu olhar abobalhado.

— Isso não faz sentido — murmurou Jun.

— Dum-dum!

Ela se agachou e acariciou o bichinho, se agarrando a ele. A única coisa inocente naquele cenário.

— Guinda nos ajude — disse Eveld, sombrio.

Tosken segurou Valla quando ela caiu de joelhos, debatendo-se, gritando sua dor para o mundo.

Ao redor, corpos cobriam a planície — dragões, fadas, gelfos. A noraseira no centro da vila ardia. Jun caiu de joelhos. Mas não chorou. Não conseguia. Era tudo absurdo demais para lágrimas.

Então, ela gritou.

Um grito entre tantos.

CAPÍTULO 48

O CONSELHO DE KOPES

O hospital estava quase pronto. Uma estrutura híbrida, metade fada, metade gelfo, com muita madeira e cristais. Vários setores já estavam funcionando, com camas ocupadas por pacientes que se misturavam: feridos pelo ataque dos dragões e amaldiçoados que não paravam de chegar.

Jun transitava de um setor a outro, orientando fadas e gelfos sobre como organizar os pacientes por prioridades. Para seu desânimo, foi mais fácil ensinar fadas sobre a anatomia dos gelfos do que instruir gelfos sobre a medicina das fadas. No entanto, voluntários haviam chegado de várias partes da floresta e até de lugares mais inesperados. Graças à tecnologia das fadas, as cirurgias eram rápidas. Os nanorrobôs do pó mágico só precisavam do comando "curar gelfo" ou Mo'Ã Saruê, uma palavra-chave na língua humana antiga que controlava os organismos sintéticos.

O trabalho mais árduo já havia passado. O número de mortos era grande, mas os funerais foram realizados com os rituais apropriados, incluindo a cremação dos dragões, que receberam o máximo de respeito possível dadas as circunstâncias. As preocupações agora se reduziam a dois pontos principais: entender com clareza o que havia acontecido e evitar que algo assim se repetisse.

— Esses são os pacientes que vão precisar de cirurgia, professora Vellanda — disse Valla, sem sarcasmo, mas com uma risadinha de admiração.

Risa também estava presente, vestida de verde-claro, como sugerido pelas fadas. A cor se repetia na máscara e no gorro que cobria sua cabeça. Os nanorrobôs cuidavam da higiene do local, mas o bom senso mandava usar os equipamentos, já que o pó mágico não era um recurso infinito ou mesmo infalível.

— Obrigada, enfermeira Vellanda — respondeu Jun, devolvendo o sorriso e sacudindo a cabeça. — Acho que demos conta do que estava ao nosso alcance — acrescentou, suspirando.

— Queria que Jino estivesse aqui para ver isso — suspirou também Risa.

— Ele tá aqui e tá orgulhoso de nós — disse Valla. — Eu posso sentir.

Risa levantou os dois polegares em concordância. Jun sorriu por trás da máscara.

— E por falar em orgulho.... Você não sabe o que te espera — brincou Valla.

No mesmo instante, uma gelfa marrom, bem-vestida e de modos espalhafatosos, apareceu na entrada do alojamento dos doentes.

— Cadê minha sobrinha? A médica deste estabelecimento! — gritou.

— Tia Bell? — exclamou Jun, fazendo um gesto de silêncio.

Risa sinalizou para Jun ir receber a tia.

— Nós damos conta aqui — completou Valla, para depois apontar para algumas fadas que estavam entrando para assumir o posto delas.

Jun tirou as luvas, lavou as mãos e foi até a entrada, onde cumprimentou a tia. Dois gelfos se encarregaram de levar seu jaleco para a lavanderia. Só então ela conduziu Bell a outra sala, onde finalmente pôde abraçá-la.

— Eu peço perdão, minha sobrinha. Foi preciso uma tragédia dessas proporções para eu te visitar.

— Mas eu me lembro da senhora de quando eu ainda era uma filhotinha — disse Jun, segurando as mãos da tia.

— Eu cuidei de Valla para sua mãe por um tempo, antes de vocês terem Meida — disse Bell, com um largo sorriso. — Visitei pouco vocês depois disso. Seu pai era meio ressentido comigo. É uma longa história. Depois te conto. Mas Valla aprendeu muito comigo. Vim de Cestes para este grande conselho. Até Bauron mandou um representante.

— Sim, vai ter muita gente — disse Jun.

— Já tem muita gente, jovenzinha — respondeu Bell, com uma gargalhada. — O conselho vai começar agora, e me pediram para te chamar. Seu pai disse que eu seria mais rápida. Acho que ele quis dizer que eu não me importaria de gritar bem alto seu nome e te arrancar dali. Sou uma Lirolle escandalosa.

— Meu Guinda, já vai começar?

— Sim, mas não dá para começar sem você, jovem Jun. Acho que está com roupas apropriadas — disse Bell, olhando Jun de cima a baixo. — É um conselho de guerra, não um evento social.

Alguns gelfos esperavam na porta, claramente acompanhantes de Bell, que fez um gesto para que Jun se apressasse.

— Eveld? Você já está de volta? — sorriu Jun ao reconhecer o gelfo amarelo. — Risa não me contou.

— Chegamos há pouco — disse Eveld. — Mal tivemos tempo pra um bolo da Pipa. Vieram gelfos de várias partes da floresta!

Não havia dado tempo de reconstruir o auditório incendiado do centro de Kopes. A reunião ocorreria ao ar livre, ao pé da noraseira. Gelfos de outras cidades estavam presentes, e muitas dúvidas e incertezas pairavam no ar. Ninguém sabia, afinal, o motivo do ataque dos dragões. E, para as fadas, pela primeira vez em muito tempo, havia uma barreira tecnológica a ser vencida: a língua dos dragões. Todas as soluções envolviam atravessar o mar.

Havia uma grande mesa, com Tosken ao centro, como o novo prefeito de Kopes. Ao seu lado, Jorost, Shimbair, Bazir e Xisto. Apenas Liana representava as fadas.

Jun sentou-se em uma das cadeiras mais próximas, ao lado de Saran, Pipa e Loriza. Imália estava com Dynaia. A expressão delas era séria, mas sorriram ao ver Jun.

— Quem é o representante do rei Bauron? — perguntou Jun a Eveld.

Bell soltou uma gargalhada nada discreta.

— Sou eu, sobrinha — disse a tia, sentando-se ao lado de Xisto Lebeth. — Longa história, depois te conto.

Tosken tocou um sino grande, colocado de maneira provisória ao seu lado, para iniciar a reunião.

— Caros irmãos, todos sabemos que o motivo desta reunião é discutir, de forma transparente, as ações que precisam ser tomadas após o ataque dos dragões — disse Tosken com autoridade. — Todas as vilas com as quais tivemos contato estão tomando precauções: construindo habitações subterrâneas com a ajuda de vermes, estabelecendo vigilância e aumentando a cooperação com as fadas e outros seres. Sabemos que, antes de nós, um ninho de harpias foi completamente dizimado pelos dragões.

Tosken trocou olhares com seu pai, que se adiantou para falar.

— Pelo que sabemos, o grupo de dragões que nos atacou foi totalmente dizimado, mas há uma grande possibilidade de que outros apareçam, procurando por eles.

Bazir olhou para Liana, que assentiu com a cabeça e também se levantou para falar.

— Os dragões que nos atacaram são conhecidos como saters. Vivem na região de Akonadi. Nunca nos fizeram mal antes, mas entrar em suas terras sempre foi proibido. Como não conseguimos nos comunicar com eles, decidimos fazer uma expedição até a cidade dos frânios.

Houve um burburinho. A cidade dos frânios ficava no norte, no litoral. Os dragões ficavam no sul.

— Mas o que aqueles insetos podem nos ajudar? — indagou Petrúnio, com seu filhote no colo. — Tenho mais medo deles do que dos dragões.

Foi a vez de Jorost falar.

— Os frânios são perigosos, mas Esparza faz comércio com humanos do outro lado do mar.

O murmúrio se elevou.

— Eu tenho mais medo dos humanos do outro lado do mar do que dos frânios — disse Petrúnio, mais para si mesmo do que para os outros. Mas todos ouviram, e muitos concordaram.

— Uma vez, uma nave caiu perto da costa, durante a guerra com os gelfos do mar — disse Bazir. — Jorost, eu, Grumman e Turok resgatamos um humano que sobreviveu. Ele viveu entre nós por algum tempo antes de voltar. Levamos ele até Esparza. Fizemos amigos lá.

— Além de todos os esforços que estamos fazendo para nos proteger, incluindo nossa nova aliança com as fadas — disse Tosken —, esta é nossa única alternativa para tentar descobrir o que levou esses dragões a nos atacar.

— Vamos mandar uma caravana de três balões — disse Grumman, antigo companheiro de Jorost e Bazir vindo de Cestes, com voz estrondosa e cheia de autoridade. — Sabemos que a viagem até Esparza é longa e perigosa. Mas sabemos que lá existe um tipo de comunicador que pode mandar mensagens para o outro lado do mar. Também temos os merfolks, que são nossos amigos.

— Esparza era uma cidade de merfolks — disse Yeibe, ao lado de Jun. — Sabemos que os frânios a tomaram. Aquilo lá é uma zona de guerra. Sim, nós vamos entrar no meio de uma guerra. Esse gelfo velho já esteve lá. E, sim, esse velho gelfo concorda com vocês. Admiro a coragem de quem vai nessa caravana.

Yeibe aplaudiu com força, até que todos os gelfos estivessem também aplaudindo.

— O *Bailarina de Prata* será comandado por mim e meus filhos, Onan e Orobone — disse o velho Turok, de Cestes. — Nosso prefeito Grumman DasBurg e o jovem Eveld DasChards vão conosco em nossa tripulação.

— *Tornado* será o representante das fadas — disse Liana. — Dynaia irá liderá-lo com mais cinco de nossas themis.

Foi a vez de Bell se levantar.

— Em nome do rei Bauron III, eu e o capitão Xisto Lebeth, com seu filho Zeph, lideraremos o último barco, o *Vento-livre*.

Jun olhou para Saran, surpresa.

— Também teremos Jost e Risa Vellanda conosco — completou Bell. — Estamos esperando uma resposta de Saran Bazir, para saber quem será o almirante de nossa... frota.

— O que acha, Jun? — disse Saran, apontando as orelhas para ela e depois olhando para o balão lá no alto. — Uma nova aventura?

— Mas quem vai cuidar do hospital? — indagou Jun.

— Temos várias fadas sibilas pra lidar com os amaldiçoados — disse Tosken. — Mas, pra lidar com o que há além da floresta de Kellyni, acho que só você.

— Tosken, isso é loucura. — Jun baixou as orelhas. — Isso foi ideia sua? Fazer essa proposta sem falar comigo?

— Foi ideia minha!

A voz era de Pipa.

— Como assim, mãe?

— Minha filha, você já salvou a vila, já fez muito por todos nós — disse Pipa, levantando-se. — Por mais perigoso que seja, você sempre quis saber o que há além da floresta. Sempre quis ver um mundo maior do que a vila de Kopes. Um mundo maior que a floresta de Kellyni. E acho que esta caravana precisa de um almirante. Acho que só você serve.

Jun arregalou os olhos, completamente perdida.

— Saran, você não falou nada comigo! — foi o que conseguiu dizer.

— Saran e falar na mesma frase? — gracejou Tosken. — Você ainda pergunta?

— Tá... — respondeu Saran. — Você estava ocupada no hospital, e dona Pipa falou pra não te incomodar.

— Dum-dum! — disse o gâmoni, pulando em sua perna.

Jun olhou para baixo e apertou as bochechas do gâmoni.

— Sou forte, corajosa e sabida! — disse baixinho. — Tudo bem, eu vou! — Jun levantou os braços. — Mas não sei se levo você, Dundum.

— Eu ajudo a tomar conta — falou Imália, dando de ombros. — Falei que não te abandonaria mais. Vou ter que ir junto agora.

Todos no conselho se levantaram, aplaudindo em uníssono. O som das palmas ecoou pelo ar livre, misturando-se ao som singular que vento fazia ao passar pela casca da noraseira. Rostos antes carregados de preocupação agora brilhavam com esperança e admiração. Jun ficou parada por um momento, olhando ao redor, sentindo o peso da decisão e a leveza do apoio de todos.

Saran, ao seu lado, deu-lhe um leve toque no ombro, puxando-a de volta à realidade.

— Parece que você não tem escolha — disse ele, com um sorriso maroto.

— Você já sabia que isso ia acontecer, não é? — respondeu Jun, olhando-o com um misto de incredulidade e gratidão.

— Talvez. — Ele encolheu os ombros, os olhos brilhando de divertimento. — Mas agora é oficial. Você é nossa almirante!

Antes que Jun pudesse responder, Pipa apareceu ao seu lado, abraçando-a com força.

— Minha filha, estou tão orgulhosa de você! — disse Pipa, com lágrimas nos olhos.

— Mãe, eu... — Jun tentou falar, mas a voz falhou. Em vez disso, abraçou Pipa de volta, sentindo o calor daquele momento.

Logo, outros se juntaram à celebração. Gelfos, fadas e até mesmo os mais contidos, como Tosken e Liana, se aproximaram para cumprimentá-la. Bell, com sua risada contagiante, levantou uma taça de madeira.

O conselho de guerra transformou-se em uma festa, dessa vez sem dragões para interromper e as fogueiras que foram acesas eram para fazer comida. Mesas improvisadas foram cobertas de comida e bebida.

Jost e Risa assumiram com seus instrumentos musicais, agora com Imália no meio dos dois. A indra estava meio sem graça.

— Olha, eu ensinei música frânia para esses dois, lá em Neyd, e eles me ensinaram a cantar essa música deles — falou Imália. — Acho que é uma forma muito boa de mostrar a união de nossas culturas. Eu nunca cantei uma música de gelfos antes.

Imália estava até rosada por ter tantos olhos e ouvidos apontados para ela naquele momento. Mas logo Jost e Risa começaram a tocar e ela cantou.

Que será que o vento traz?
Não sei dizer o que é, nem quando vai chegar
Mas posso dizer com certeza
Que vento sempre carrega uma surpresa embalada em seu soprar

Surpresas do vento nos fazem rir
Surpresas do vento nos fazem chorar
Mas peço de coração ao vento que ele nunca pare de soprar

Se nos sopram infortúnios
Se a ventania me faz mal
Nas raízes nos protegemos esperando estiar
Se me sopram alegrias
Se o vento me faz bem
Guardo as alegrias para curtirmos juntos também

Surpresas do vento nos fazem rir
Surpresas do vento nos fazem chorar
Mas peço de coração ao vento que ele nunca pare de soprar

E quando você me deixou
Pediu pra não olhar pra trás
Eu segui o meu caminho vendo a sua porta fechar
Então o vento me levou, pra longe e mais além
Seca as minhas lágrimas, não preciso de mais ninguém

Surpresas do vento nos fazem rir
Surpresas do vento nos fazem chorar
Mas peço de coração ao vento que ele nunca pare de soprar

Todos começaram a dançar. Tosken e Valla foram o primeiro casal. Pipa e Jorost também, seguidos por Loriza e Elhiar Bazir. Até Meida e Petrúnio dançavam ao lado de seu filhotinho. Foi quando Saran fez uma reverência convidando Jun.

— Eu acho que… Bom, não sei dançar! — protestou ela, rindo.

— Eu te ensino — ele respondeu, segurando suas mãos com firmeza.

Enquanto dançavam, Jun sentiu uma onda de emoção invadir seu peito. Olhou para Saran, percebendo que, apesar de todos os desafios que os aguardavam, ele estaria ao seu lado. E, de repente, a ideia de atravessar o mar e enfrentar o desconhecido parecia menos assustadora.

— Obrigada — sussurrou, quase sem querer.

— Por quê? — perguntou ele, inclinando-se para ouvi-la melhor.

— Por acreditar em mim — respondeu Jun, segurando suas mãos com mais força. — Você foi o único, desde o começo.

Saran sorriu, e, por um momento, parecia que o mundo ao redor desaparecia. A música, as risadas, o calor das fogueiras — tudo se fundia em um só instante, perfeito e efêmero.

— Vamos fazer história, Jun — disse ele, com uma determinação que fez seu coração acelerar.

E, enquanto a festa continuava sob o céu nublado, Jun sentiu que, pela primeira vez, estava exatamente onde deveria estar.

FIM

$E=mc^2$

SURPRESAS DO VENTO

Ouça a música composta por Jost e Risa
e Imália (Interpretada por Lívia Kodato)

DICIONÁRIO DOS DRAGÕES

Explore a etimologia da língua
dos dragões da Hegemonia

www.aveceditora.com.br/produto/hegemonia-vellanda/

Este livro foi composto em Adobe Garamond
Pro (corpo), Adso e Broadsheet (títulos e destaques) em Maio de 2025 e impresso em Triplex
250g/m² (capa) e Pólen Soft 80g/m² (miolo).